Y0-DHP-938

WITHDRAWN
No longer the property of the
Boston Public Library.
Sale of this material benefits the Library.

Los pecados de verano

Los pecados de verano

Daniel Blanco Parra

BN.

Barcelona • Madrid • Bogotá • Buenos Aires • Caracas • México D.F. • Miami • Montevideo • Santiago de Chile

1.ª edición: mayo, 2015

© Daniel Blanco Parra, 2015
© Ediciones B, S. A., 2015
    Consell de Cent, 425-427 - 08009 Barcelona (España)
    www.edicionesb.com

Printed in Spain
ISBN: 978-84-666-5684-9
DL B 9360-2015

Impreso por LIBERDÚPLEX, S.L.
Ctra. BV 2249, km 7,4
Polígono Torrentfondo
08791 Sant Llorenç d'Hortons

Todos los derechos reservados. Bajo las sanciones establecidas en el ordenamiento jurídico, queda rigurosamente prohibida, sin autorización escrita de los titulares del *copyright*, la reproducción total o parcial de esta obra por cualquier medio o procedimiento, comprendidos la reprografía y el tratamiento informático, así como la distribución de ejemplares mediante alquiler o préstamo públicos.

A mi madre, siempre,
porque no imagino maestra mejor

Del 11 al 13 de mayo de 1951 se celebró en España el Primer Congreso Nacional de Moralidad en Playas y Piscinas, en el que autoridades, prelados y representantes de todas las provincias debatieron —muy intensamente, todo sea dicho— sobre la decencia en el baño y en las zonas costeras. De este peculiar acto da fe un documento que recogió las preocupaciones, los desvelos y las propuestas de los castos asistentes. El simposio se repitió en años posteriores en un intento férreo e incansable por mantener a raya las disolutas costumbres de los españoles, cada vez más influenciados por los turistas extranjeros.

Eran tiempos raros, y también curiosos, en los que los hombres no podían coger el cigarro con la mano derecha, usar paraguas, fregar los platos o tener otro *hobby* que no fueran los deportes. Para las mujeres quedaban reservados los bailes regionales, las flores, la decencia, los espejos y, por supuesto, la cocina. Se deseaba —o se envidiaba— a Gilda, se pedía consejo a la señorita Francis y se rezaba el rosario en familia. Eran, sin duda, tiempos raros, o quizá curiosos, en los que el Caudillo competía en devotos con el mismísimo Dios.

Primera parte

EL PUEBLO

1

Se despierta sudando y sudada; su camisón chorrea, como un traje de playa recién salido del mar. Aún no ha terminado de abrir los párpados y una expresión de asco ya le deforma el rostro: parece que una lengua de tela le estuviera lamiendo todo el cuerpo. Se retuerce, incómoda. Nace al día pegajosa y húmeda, que es lo mismo que nacer a la vida manchada del pecado original. «Dios mío, qué calor.» Está empapada. La cara, el cuello, las axilas, las ingles, incluso las yemas de los dedos. Que ella recuerde no ha tenido ninguna pesadilla ni está febril —se toca la frente con la mano derecha y se la limpia de sudor—. No, es solo el calor, *esta* calor. Con el asco ahora en la punta de los dedos, se separa el camisón del cuerpo, pero de poco le sirve: la tela vuelve a la piel, a señalarle con obscenidad las hechuras y las redondeces, la lozanía. Se levanta de la cama sin querer rozarse con ella misma, el colmo de la escrupulosidad, y va dejando las huellas de sus pies impresas en las negras losas de pizarra. Abre los ventanales, sube la persiana. La luz limpia de las ocho de la mañana la molesta. Arruga la frente, retrocede, vuelve la cara. Tiene la intuición de que la vida va siempre por delante de ella, como un tren que acabara de escapársele, y encima lo ve alejarse, pitando de alegría, perdiéndose en el verde del paisaje. «¿Adónde irá?» Se sacude el pelo, que le cuelga por la espalda como un matojo de algas, y cierra los ojos, esperando una brisa que nunca la refresca.

Quieta delante del balcón de su dormitorio, encoge los dedos de los pies y deja que se le escape un bostezo. Su vecina Angelita, con un paño de cuatro nudos sobre la cabeza, igualita que un albañil, prepara la cal para blanquear la fachada. ¿Cómo quitará esos nidos que han hecho las golondrinas en las cornisas y en lo alto de las ventanas? Las dificultades ajenas la reconfortan: lo interpreta como un signo de «Justicia Divina», esa expresión que tanto usa don Ramón en sus homilías para calmar a sus fieles. «Mía es la venganza», dice el Señor (Romanos 12, 19), y susurra ella. Baja la persiana, cierra los ventanales, abre más los ojos. Atrapa en su dormitorio la penumbra, el aire mil veces respirado. «Dios mío, qué calor», se repite para que no se le olvide. Se sopla la cara con la palma de la mano y se quita el camisón, que queda en el suelo como un charco de tela. Se santigua. La intimida su desnudez; se siente violentada, tanto, que mantiene erguida la barbilla y la mirada al frente. Con el paso firme, vuelve a la cama de matrimonio, a la parte seca de su Marido, y se queda boca arriba, las piernas y los brazos extendidos, esperando a que el día la embista.

2

Amalia duerme poco. Se levanta siempre de noche, antes incluso de que cante el gallo de *la* Jacinta; da igual que sea domingo, Navidad o fiesta de guardar. Ella aprovecha el letargo general —de su casa, del pueblo— para baldear la fachada, regar el patio y desayunar con Madre, que aparece en la cocina al olor del pan tostado. Las dos, en bata de *boatiné*, se sientan alrededor de la mesita pequeña y hablan de sus cosas mientras restriegan un diente de ajo en sus rebanadas; después, un buen chorro de aceite de oliva, y se beben un vaso de leche caliente con su poquito de café portugués, del bueno, traído de contrabando y pagado a precio de oro. La criada cuenta con la boca llena que le ha dicho una amiga suya, *la* Juani, la que trabaja en casa de la señora Eulalia, la que vive a las traseras del mercado, que su señor tiene una querida. Se ha dado cuenta porque, como es ella la que lava la ropa, vio que un día, después de un viaje a la capital, tenía una marca en la camisa, «roja como la sangre, pero claro, no era sangre».

—Hija, come con la boca cerrada, que eso está muy feo.

Amalia traga, se repasa los dientes con la lengua y, para demostrar que es maleducada solo por descuido o por exceso de confianza, se limpia la comisura de los labios dándose golpecitos con la punta de la servilleta, como ha visto hacer a la Señora.

—Pues eso, doña Trinidad, lo que le estaba contando, que seguro que su mujer ya lo sabe o por lo menos se lo imagina, es que hay que ser tonta para no *coscarse*. ¡Tonta de remate! Si no, a ver cómo se explica la pobre que ese hombre vaya tantas veces a la capital, que sí, que él dice que es por trabajo, que tiene todas las semanas reuniones «muy importantes» y que tiene que verse con no sé quién, pero me ha dicho *la Juani* en secreto que a veces hasta pasa allí las noches. Porque se hace tarde, dice, y que no hay autobuses de vuelta al pueblo... ¡Ja! Seguro que ese tiene allí un pisito, si no, al tiempo.

Madre, que no deja de comer, la escucha y niega con la cabeza, incrédula.

—¡Cómo está el mundo, qué pena!

—Y eso es de lo que nos enteramos. Figúrese usted la de cosas que no sabemos. —Sube un segundo las cejas—. ¡Figúrese! —Y se concentra en rebañar el poco aceite del plato con un pellizco de pan.

3

Cuando Amalia toca con los nudillos en la puerta del dormitorio de su Señora, ya se ha puesto el uniforme gris, se ha recogido su generosa cabellera en un moño y se ha enjuagado la boca dos veces, por eso del aliento a ajo. La sirvienta está esperando una respuesta, o más bien una orden, cuando se espanta de una telaraña que, oscura, centellea en un rincón del techo. «¡Maldita sea!» Pero ¿cómo se le ha podido pasar algo así, con lo limpia que es ella, Dios mío? Ahora mismo bajará a por el escobón y la quitará en un momento. Pensándolo bien, hoy le va a dar un buen *fregao* al pasillo, que ya le va haciendo falta. Amalia carraspea y sube la voz:

—Señora, buenos días. Son las ocho y media. ¿Quiere usted el desayuno? —Con los oídos pegados a la puerta, sacude la cabeza una y otra vez, obsesionada ya con ese nido de hilos negros, a los que no es capaz de quitarle los ojos de encima. Ya está de mala leche, empieza el día sulfurada. Qué poco le dura la tranquilidad.

A la Señora, tumbada y aún sudada, todo le supone un esfuerzo, igual que un tartamudo se acobarda frente a un monosílabo: se da media vuelta, se traga su saliva-pegamento.

—Señora, ¿Señora? ¿Está usted bien? —Arruga los labios,

sorprendida: no es propio de ella dormir tanto—. Son las ocho y media. Las ocho y media. ¿Me está escuchando?

Con la cabeza casi hundida en la almohada, bufa:

—Me he enterado, Amalia. Ahora bajo. —Allí, aislada de su casa y del mundo, con la puerta y la ventana cerradas a conciencia, descubre una cueva de libertad. No tiene intención de levantarse, al menos de momento. Sabe que no está preparada para la vida y mucho menos para la gente—. Unos minutos más, por favor —se pide a ella misma. Quizá sea la desnudez, que la vuelve miedosa y vulnerable. Mujer-desarmada.

Retoza en las sábanas, siempre con los párpados echados. De vez en cuando, suspira, como si estuviera triste. De la calle llegan, amortiguados, los saludos de unas vecinas, diría que son Gregoria y Vicenta, «¿Qué pasa, hija?», y ella se coloca en posición fetal, esa posición creada por Dios para los cobardes o los doloridos. Le importa un bledo lo que ocurra a las afueras de su cama. En la planta de abajo, reconoce la algarabía de los niños y siente la presencia de Madre. Piensa en la vieja como una sombra y no por su luto, sino por su presencia, tan hiriente, tan pesada. La Señora, como le ha pedido a su criada que la llame, aprieta a la vez los ojos y la mandíbula. Se da la vuelta y se queda boca abajo.

—Señora, ¿le voy calentando la leche, entonces?

4

Dicho y hecho. Amalia, a la que pocas cosas le dan más placer que una pared blanca, un patio sin matojos y un mueble reluciente, baja las escaleras a toda prisa, saluda a los niños con un «Buenos días» atropellado —su mente está en otra cosa—, y vuelve a subir a la primera planta con el escobón en alto, como quien blande un hacha. Sirvienta-guerrera. Se coloca frente a su presa y, con la mala leche de un macho, destroza, rompe, aplasta y deshace la telaraña hasta reducirla a una bolita negra y repugnante que queda enganchada a las cerdas del escobón. La Señora, mientras tanto, se muerde el puño: le gustaría tener fuerzas para gritar como una loca, para sublevarse y pedir silencio. La araña gorda, que ha caído al suelo, muere de un pisotón certero. «Ea, arreglado.» Y así, llenando los pulmones de aire fresco y con su arma boca abajo, regresa a la planta principal, repite los «Buenos días», ahora sonriente, y se mete en la cocina.

—A ver, niños, ¿qué os pongo de desayunar? ¿Lo de siempre, unas tostaditas con aceite y azúcar? Hoy os voy a echar en la leche una cucharadita de miel, que no me gustan nada esas toses que tenéis, pero ¡nada! Me da a mí que os estáis resfriando otra vez. Ya lo dice vuestra madre, que tenéis que tener cuidado con el asma. Yo creo que es este tiempo, que no es normal tanta calor a principios de mayo, que nos vamos a achicharrar. Yo estoy ya sudando y no son ni las nueve de la mañana...

—Esta noche he tosido mucho —cuenta el mayor, y se esfuerza en toser para darle veracidad a sus palabras.

—Pues haberme llamado, que yo en mi cuarto no me entero de *ná*. Cuando te pase algo, tú bajas las escaleras con *cuidaíto* para no caerte, y me lo dices. Y si no me despierto, me haces así en el brazo —se da unos golpecitos en el antebrazo—, que duermo como un tronco. Duermo poco, pero vamos, el ratito que cierro los ojos...

—¿Tú roncas?

Amalia se queda parada y parece hacer memoria:

—Hijo, yo qué sé, nunca me he escuchado. Además, las mujeres no roncamos.

—La abuela ronca.

—Es que tu abuela está ya mayor. Pero a ver, *dejaros* ya de cháchara. Os voy a preparar un vasito de leche con miel, que es mano de santo. ¿Y qué más queréis? ¿Pan tostado con aceite y azúcar o perrunillas? —Se coloca frente a la alacena, los mira y se hace la impaciente—. Venga, que no tengo toda la mañana.

—Las dos cosas —responde uno.

—Sí, las dos cosas, que estamos malos —repite el otro. Y tose.

Amalia se cruza de brazos, reprime una sonrisa:

—El resfriado no os ha quitado el hambre, ¿verdad, granujas?

5

—Ya está aquí el verano.

La voz de la Señora precede a su cuerpo. Baja por las escaleras apoyándose en la pared y tanteando con los pies cada uno de los peldaños. La floreada bata de seda, que se hincha y se deforma con sus pasos, le confiere un aire voluble, casi onírico. Parece vestida para desmayarse con las manos a la altura de los hombros, igual que una actriz de cine, o para echar a volar y escaparse por una de las ventanas. «Ojalá.» Por su cara —brillante y pálida, copiada de las mártires a las que tanto reza en la iglesia—, todos adivinan que trae alguna de sus jaquecas. La vida, como siempre desde que ella recuerda, no se interrumpe con su llegada. Señora-prescindible. «¿Cuánto tiempo ha pasado?» Los niños, ya desayunados, vestidos de pitiminí y perfumados más que mujeres viejas, la miran con los ojos grandes, la saludan desde la distancia, y después retoman sus risas y sus juegos. Están otra vez sentados en el suelo con los cromos, volviéndolos a contar, intercambiándose los repetidos y dispuestos a pelearse por cualquier tontería. Hoy no han ido al colegio. Supone que es por las toses y el asma, aunque da igual por lo que sea. Sus hijos están hermosos y sanos, al menos por fuera. El mayor de ellos recordará este día como el que creyó verla bajar las escaleras sin rozar los escalones. Así de vaporosa va. Madre, en su sillón, con sus agujas de punto bajo las axilas, la saluda con el moño, perfecto y tenso sobre la cabeza. Ella le responde con una caída de pestañas. Amalia entra, sale, vuelve a entrar, limpia, resopla, barre y, justo después de darse una palmada silenciosa sobre la frente, se pierde un segundo en el patio y vuelve con los orinales (ya limpios) de la abuela y los niños. Los lleva a sus dormitorios y los esconde debajo de las camas.

—Ahora mismo le pongo el desayuno —grita desde algún sitio.

La Señora se queda quieta en su propio salón, como pasmada o aterrorizada, sin saber adónde ir ni qué hacer, y mucho menos qué decir. Como un personaje que se ha colado en otra obra. Ya está agotada. Ya da esta batalla por perdida.

—Esta noche he tosido —le dice uno de sus hijos.

—¿Te ha dado Amalia algo? —susurra ella.

—Leche con miel.

—Dice que es mano de santo —añade el otro.

—Lo es.

—¿Qué es «mano de santo»?

—Que vas a estar curado ya mismo.

—Pero ahora me duele la garganta.

—Eso no es nada.

—¿Me has oído toser? Toso mucho.

—Eso no es nada —repite, ahora en un murmullo.

La Señora se da media vuelta e inicia la ascensión hacia su dormitorio. Se cruza con la criada:

—Lo he pensado mejor: hoy quiero desayunar arriba. Tráigame una palangana con agua y un vaso de leche con una perrunilla. Y un Okal. —Se alegra a medida que sube escalones y va dejando atrás a *esos*.

Espera a Amalia sentada en el borde de la cama, ya con la

ventana abierta, pero aún en penumbra. La trata con autoridad, a veces con desprecio. Le gusta mirarla de soslayo y hablarle siempre desesperada, como si la otra no se enterara, como si le hubiera repetido lo mismo treinta veces. No quiere que la pobre analfabeta le note que nunca ha tenido sirvienta, y mucho menos que se crea que es de la familia. «Eso ni *mijita*.» Que después, le escuchó decir el otro día a doña Eulalia, se crecen y ya no hay quien las controle. Amalia, que está sudando, entra en la habitación y deja la palangana de agua sobre el tocador.

—Está tibia, como a usted le gusta. Ahora mismo le traigo el desayuno. —Se echa un vistazo fugaz en el espejo, ¡presumida!, y se extraña ante el camisón mojado, caído en el suelo. La Señora, con los ojos, le ordena que lo recoja y la otra, cómo no, obedece. Se asombra de que su criada no muestre ni un ápice de repulsión ante aquella tela sudada—. ¿Le subo la persiana?

Niega con la cabeza. La oscuridad la consuela.

—Como usted quiera.

6

Parada ante la bandeja de perrunillas que le compró ayer mismo a doña María, la mujer del antiguo cartero —pobre hombre, que perdió una pierna en la Guerra y claro, ya no trabajó más repartiendo la correspondencia—, Amalia duda y después elige la que cree que es la mejor. La más dorada. La más gordita. La más redonda. La coloca en un plato pequeño, justo en el centro. Lo hace con tanto tiento que parece que manejara una hostia consagrada. Se chupa los dedos con los que ha cogido la torta, rebañando el azúcar, y contempla la leche, ya sobre el fogón, pero todavía en calma. La sirvienta se acerca y no le aparta la mirada, como metiéndole prisas. Tamborilea los dedos sobre la encimera. La Señora no se bebe la leche si no está hirviendo.

7

Parece que a la Señora le gusta sacarse de quicio. Quizá lo hace para experimentar con su paciencia, para encontrar cualquier motivo con que justificar su rabia y entender su comportamiento desde las afueras de sus cabales. Se sienta en la cama —espalda ligeramente encorvada, hombros encogidos, pies descalzos en el suelo, uno sobre otro— y agarra el vaso de leche humeante con las dos manos mientras sopla la nata hasta que la arruga y la pega al cristal. Después la sacará con la cucharilla. La detesta. «¡Puaj! Qué asco.» Le entran arcadas solo con imaginarse esa telilla blandengue y escurridiza dentro de la boca. Debe decirle a la criada que a partir de ahora se la quite, que no vuelva a ocurrir, que lo sume a su amplísima lista de tirrias: al pan duro o demasiado tostado, a la sopa tibia y a los plátanos pasados, a los caracoles, al conejo y a los callos, al olor a lavanda... y ahora a la nata. Así es ella, mujer de mil manías. No sabe de dónde las ha sacado, porque antes no era así, pero ahí las tiene, siempre a flor de piel, siempre a punto de sacarla de sus casillas. Huele la perrunilla para justo después hundirla hasta la mitad en la leche, morder el trozo empapado y dar rienda suelta a sus pensamientos.

Menea la cabeza y sonríe: «¡Qué lista es Amalia, que

acompaña el desayuno con el frasco de miel!» Ya sabe la pobre que si no lo trae, se le hubiera antojado y la hubiera mandado a grito pelado a por él. Así que para curarse en salud, se lo ha llevado, aunque bien sabe la criada que ella no es mujer de endulzarse la leche. Hoy sí, se le acaba de antojar y hasta ella misma se sorprende. Señora-impredecible. Saca la cucharilla envuelta en miel pegajosa, líquida casi como agua, y la mete en el vaso. Remueve con todas sus fuerzas. Ti-ti-ti-ti-ti-ti. El tintineo metal-cristal es exasperante, angustioso, casi claustrofóbico. Quiere salir de ahí. Ti-ti-ti-ti-ti. Su mano, independiente de su cuerpo y de su cerebro, no para. Lo hace ahora con más rapidez. Ti-ti-ti-ti-ti-ti. Le duele la muñeca, pero sigue. ¿Romperá el vaso? Ti-ti-ti-ti-ti-ti. Y ella se enerva, se alborota, se solivianta, suda, se encorva aún más, encoge los dedos de los pies, aprieta los labios, parece que no puede respirar, como si estuviera debajo del agua. Ti-ti-ti-ti-ti-ti. Al final, la mano se apiada de ella y toma la decisión de detenerse. La Señora suspira, agotada, y tira la cucharilla en la bandeja. Es el corazón ahora el que se ha disparado, como una metralleta. Ta-ta-ta-ta-ta. Cierra los ojos y respira hondo para tranquilizarse. Se toma el Okal con un buche de leche. Se achicharra la garganta. No es capaz ni de gritar.

8

Como si tuviera un sol —grande, de verano— dentro del pecho, la Señora vuelve a sudar. Se seca con las dos manos las mejillas, la frente y el cuello. Incendiada por dentro, respira con la boca abierta, se pone de pie y camina por la habitación, intentando escapar de esas llamaradas calientes que tiene detrás de las costillas y que le abrasan hasta la garganta, aún con el regusto de la leche y de la miel. Hasta el aire le parece caliente, rojo. Ha terminado de desayunar, aunque ha dejado en el plato la mitad de la perrunilla. No tiene más hambre. Sabe que se la comerá Amalia de camino a la cocina. Y si no, Madre, en uno de sus viajes furtivos a la alacena. Así son ellas, rapiñadoras por naturaleza, glotonas insaciables... La nata cuelga sobre uno de los bordes del vaso, como un cadáver blando, como un reloj de Dalí.

9

Y qué más le da que la tomen por perezosa. No es pereza ni vagancia, solo dinero. (Billetes, pesetas, perras gordas, parné, cuartos, como quieran llamarlo los que la critican.) Su Marido gana lo suficiente como para que ella pueda pasearse por la casa como un alma desganada, con los hombros caídos y el paso vacilante, igual que alguien que busca un sitio donde caerse muerto. Decidió, mucho tiempo atrás, no hacer nada a lo que no estuviera obligada. Y lo cumple a rajatabla: voto de desgana que renueva cada mañana. El día la arrolla, sus horas le pasan por encima como vagones de tren, y la Señora casi ni se inmuta. Como una muerta que ya no puede morir más. No cocina ni pone la mesa, ni tampoco baña a sus niños. No airea las alfombras ni zurce calcetines, ni lava las sábanas. Tampoco borda, con lo bien que se le daba el punto de cruz. A la Señora le basta con aguantar a su Marido y con odiar a Madre. Lo único que los demás han aprendido a esperar de ella es que se vista de punta en blanco —da igual que sea un lunes vulgar, como hoy— con esos trajes que encarga a la modista y que copia de los *Ecos de Sociedad*. Viste de raso su condición de Señora. Perlas, tacones y hasta su poquito de carmín. Y con ese atuendo, se dice a ella misma, ¿quién va a cocinar, a poner la mesa o a bañar a los niños? ¿Quién va a airear las alfombras, a zurcir calcetines o a lavar sábanas?

El reloj del salón desgrana las once en punto. «Qué mañana más larga.» Mientras Amalia hace la cama de matrimonio, estirando las sábanas con la palma de la mano, ella se coloca frente al tocador. El agua de la palangana se le ha quedado fría. Moja tímidamente los dedos y se santigua. «¿Qué estás haciendo, sacrílega?» Le gusta paganizar los ritos cristianos. Es una provocadora, aunque de puertas para adentro, solo en la soledad de su conciencia. A veces, aunque nunca lo reconocerá, se mete un pedazo de pan blanco en la boca, deja que se le deshaga y se lo traga con los ojos cerrados, como si estuviera en pleno éxtasis eucarístico. Ahora sí, forma un cuenco de carne y huesos con sus manos, lo hunde en la palangana y se moja la cara. El agua la ciega durante unos segundos y le gotea por el cuello de la bata floreada: primavera mojada. Espera a que la sirvienta se haya ido para lavarse las axilas.

10

Angelita, con su ridículo paño en la cabeza, suda la gota gorda mientras ella, oculta tras la persiana de su cuarto, emperifollada y casi mareada con su propio perfume, se aguanta con las dos manos una carcajada que le abre de par en par los labios rojos. Pobre mujer. Pobre desgraciada. Atrás, en un tiempo que ya nadie recuerda —qué corta es la memoria de este pueblo—, quedaron sus modales de niña bien, su educación refinada, sus caprichitos caros y su futuro resuelto. Mala suerte, Angelita Castellanos. «Hija, así es la guerra, igual de injusta que la paz. Da gracias, que por lo menos estás viva.» Y ahí la tienes, bajo un sol abrasador, removiendo con un palo el bidón de cal viva, como una bruja que remueve su caldero. Sin darse cuenta se le meten en la boca estas palabras: «Cal viva.» La garganta se le reseca al pronunciarlas, se le cierra de golpe y parece que se asfixia. Da un par de pasos atrás y se le van las ganas de reírse. Se aterroriza, se abraza a ella misma, arruga el entrecejo. El miedo se le hincha bajo las costillas como un globo gigante, a punto de estallarle: respira con la boca abierta. Voltea la cabeza, buscando auxilio, y el espejo le devuelve el reflejo de una mujer espantada.

Es culpa de Madre, origen de todos sus males, que la atormentaba desde pequeña con la terrible historia de Virtudes, la niña que quedó desfigurada cuando le cayó en la cara y en las manos un cubo de cal viva. Dejó de ir al colegio, de jugar en la calle, de acompañar a la sirvienta al mercado. Su madre, por lo visto, solo la sacaba de casa los domingos por la tarde, para la Santa Misa, cubierta con un velo negro y tupido, como una viuda en miniatura o peor, como un monstruo venido del mismísimo Infierno. En sus deditos amorfos se balanceaba el Santo Rosario. «¿Ves lo que le ha pasado a tu amiguita? Eso es porque se portaba mal y Dios la castigó.» La Señora-niña se hizo obediente de puro miedo, sumisa y servicial para no acabar como *la Virtu*. Cualquier travesura (quedarse con una perra chica de alguna vecina, robar un mendrugo de pan, dormirse sin haber terminado de rezar o desear que su amiga Edelmira muriera para quedarse con su muñeca) le parecía suficiente motivo para merecer un baño de cal viva. «¡Virgen Santa!» Y de noche, Virtudes se le aparecía en todos los sitios. A veces, hasta la oía llorar. O eso pensaba ella, que tenía terribles pesadillas imaginando el gurruño de piel que se le había quedado por cara. Ni el coco ni el hombre del saco, ella lo que de verdad temía era que su amiga deforme se abriera paso entre la oscuridad de su cuarto y le tocara las mejillas (o los pies) con sus manitas arrugadas. «¿No querrás que te pase lo mismo que a *la Virtu*, verdad?», le decía Madre. La Señora, temblando sobre sus tacones, cierra de un manotazo los ventanales de su habitación. Y vuelve a santiguarse.

11

Ha sido Madre la que los ha mandado, pero ellos no se atreven a entran sin el permiso de la Señora. Sus dos retoños —ella jamás utilizaría esa palabra— se quedan en la puerta, *arrimaditos* y firmes, después de haber susurrado: «Mamá, mamá.» Su impulso primero es llamarla Consuelo, pero Amalia y la abuela les dan pellizcos en los brazos y una pequeña bofetada en la boca cuando la nombran como los demás, los de la calle, los que no la conocen ni la quieren. «¡A una madre se le llama mamá, que para eso os ha parido!» Y los niños se van acostumbrando, a fuerza de pellizcos, de cachetes y de quedarse sin postre. «Mamá, mamá», repiten. El mayor tose, el pequeño lo imita. La Señora los recibe desde su tocador. No hace ni el intento por levantarse de la silla. Detiene el lápiz de labios a mitad de su ascenso, se gira hacia ellos y los mira, espera. El negro impoluto del traje le come la cara y le subraya las ojeras. Sigue esperando.

—¿Podemos cantarle una canción en francés? —pregunta el más pequeño.

¡Para canciones está ella ahora!

—¿En francés?

—Nos la ha enseñado la maestra Gregoria.

—No deberíais cantar con esas toses, no es bueno para la garganta. —Saca toda la dulzura posible. ¡Cuánto teatro!—. ¿Por qué no os guardáis la canción para cuando os pongáis mejor?

—Queremos cantarla ahora.

—Sí, ahora. Y ya no nos duele la garganta —añade el pequeño.

Ella se encoge de hombros, apoya los dos antebrazos en la cómoda y se excusa, explicando algo que cree evidente:

—Ya sabéis que tengo un oído enfrente del otro. Si por no cantar, no canto ni en la iglesia. —Ella nunca ha sido mujer de tararear—. ¿Por qué no se la cantáis a la abuela? Seguro que le gusta.

—Ya se la hemos cantado y nos ha dicho que es muy bonita y que se la cantemos a usted.

Ella cierra los ojos un segundo y se imagina a Madre, de pie junto a las escaleras, escuchando sonriente la conversación. «Maldita vieja, ojalá se pudra en el Infierno.» La Señora asiente con un suspiro. Los niños se miran y se alegran. A la de tres:

—*Frère Jacques, frère Jacques,*
Dormez-vous? Dormez-vous?
Sonnez les matines! Sonnez les matines!
Ding! Daing! Dong! Ding! Daing! Dong!

—Disculpe, Señora. —No es la tos la que los interrumpe, sino Amalia, quien asoma solo la cabeza—. Voy al mercado, que mire la hora que es. ¿Qué compro?

Siempre la misma pregunta.

—Lo que veas.

Y siempre la misma respuesta.

Ella arruga los labios y aprovecha para mirar por la ventana. Los niños siguen juntos y rectos, con las manos entrelazadas a la altura del bajo vientre y la boca medio abierta, confiados en poder terminar su actuación. «¿Por qué no se van?» Amalia entra en la habitación.

—¿Hay algo que quiera el Señor? —pregunta la sirvienta.

—Tú sabes lo que le gusta a él igual que yo.

—Pero...

—Cualquier cosa, no se me ocurre ahora nada.

—Un puchero, ¿le parece?, que hace mucho tiempo que no lo pongo y les vendrá bien a los niños.

—Lo que quieras.

—¿Y el dinero?

Ella se levanta, se toma su tiempo para ejecutar cada movimiento y saca cinco duros de una cajita de madera que guarda en un cajón de su cómoda. Los mira atentamente y después se los ofrece a la criada, es como si le diese una limosna.

—Toma y llévatelos abajo —mira fugazmente a sus hijos—, que tengo que terminar de arreglarme, seguro que ya es tarde y quiero ir a la iglesia a ver a don Ramón. Cómprales a los niños unas canicas o algo que no sea muy caro, pero que no se acostumbren.

—O cromos —apunta el mayor.

—Sí, cromos, lo que sea. Gracias por la canción, diría que ha sonado muy bien. Felicitad a la maestra Gregoria de mi parte. —Agarra el pintalabios, vuelve a mirarse a ella misma en el espejo.

—¿Le ha gustado? —dice el pequeño con la sonrisa ensayada.

—Mucho. Habéis heredado el oído de vuestro padre. —En efecto, esos niños son la viva estampa de su padre, tanto que le da hasta repelús. La boca siempre medio abierta, los mofletes rosados, la pachorra y la gordura, las piernas zambas, la baba en la comisura de los labios... Por más que los observa, no se reconoce en sus hijos, como si ella solo hubiera aportado la pesadez del embarazo y el desgarro del parto.

Nada más. Ella es una madre que podría ser madrastra. Y la idea no le desagrada. Devuelve la mirada hacia el espejo, hacia su rostro.

—Nos sabemos más.

—Pues otro día me las cantáis. Mamá está ahora muy ocupada... ¿No queríais cromos?

Amalia entiende la indirecta y coge de las manos a los retoños. Parece que se va murmurando algo. La Señora comprueba con la mirada que se pierden en el pasillo; y se pinta los labios con carmín. Después vendrán el colorete en las mejillas y la abéñula en los párpados.

Frère Jacques, frère Jacques, canturrea en sordina y casi sin quererlo.

12

Madre viviría en la gloria si no fuera por su hija. Come bien (incluso demasiado), duerme de un tirón y huele a colonia. ¿Qué más podría pedirle a la vejez? Ella, arrugada prematuramente de sustos y ayunos, pasa los días como navegando en un lago diminuto: sin sobresaltos ni dramas (a no ser que su hija la saque de quicio), oteando siempre las orillas y sabiendo que no puede naufragar. Tiene claro que todo lo que le rodea —la leña junto a la chimenea, las medicinas para el corazón, el piar de las gallinas en el corral y sus dos nietos, rosados y robustos— se lo ha ganado a pulso. No tendrá estudios, pero es lista como ella sola. La pobre mujer, que veía su futuro negro como un luto milenario, usó su única baza para salir de la miseria. Y la jugada le salió bien. «¡Qué digo bien, estupendamente!» Ahora, a descansar y a disfrutar de lo conseguido. Apoltronada en su sillón, levanta la barbilla para refrescarse. Se quita de encima una enorme sábana blanca en la que borda las iniciales entrelazadas de los señores (P y C) y estira las piernas lo poco que puede.

El calor entra en el salón por no sé dónde. Madre suda, se abre un poco el cuello de su vestido y resopla. Parece que trama algo: después de mirar a un lado y a otro, se levanta, camina hacia la cocina con la mirada baja, igualita que una ladrona, y se queda frente a la alacena. Observa y saliva. Ante ella tiene algo que casi nunca ha tenido: posibilidades. «¡Con el hambre que he pasado, Dios mío!» Los ojos se le van a las almendras garrapiñadas —un capricho de su yerno—, a la lata de melocotones en almíbar, a la leche condensada y a la ristra de chorizos, ya casi curados, que cuelga de lo más alto. ¡Chorizos! Podría comerse ahora un trocito, con una rebanada de pan blanco, pero se aguanta. Irse de vacío sería demasiado sacrificio, así que se da un pequeño gusto: se chupa el dedo índice y lo mete, lentamente, artrítico y mojado, en el bote del azúcar (por eso del calor y de las bajadas de tensión, que son muy malas). Después, ¡hala!, a la boca *enterito* mientras sale al corral.

Se queda plantada frente a ese enorme jazmín que endulza las noches de verano, rechupeteándose el dedo como si fuera un hueso de pollo. Suda bajo su traje negro, pero no es momento de preocuparse por eso. Sus sentidos están todos concentrados en la lengua, que mueve como una jovencita. Los sobacos le gotean. Las gallinas se arrejuntan en una sombra enana. La anciana mira hacia atrás, atropellada por la sospecha: que no la vea su hija. Su única hija. Esa a la que todo le parece mal, esa que ahora quiere que la llamen Señora, esa que se mueve poniendo en sus gestos diez años de apatía. «Dios santo, mira dónde estás viviendo», le entran ganas de chillarle. A su hija nada parece contentarla. Se lo nota en la respiración: siempre anda bufando y acechándola, como a punto de abalanzarse sobre ella. Su hija tiene, por primera vez, dinero y clase. «¿Clase?» Bueno, lo que sea. Dinero tiene mucho. Después de limpiarse el dedo en la falda, aprovecha su salida al patio para hacerse una biznaga de jazmines que pondrá sobre su almohada o en la mesita de noche. ¡Qué costumbre más tonta heredada de su madre! La anciana forma un ramito de florecillas blancas que va sujetando desde el tallo y se lo pega al vientre —como una novia tardía—. Entra en el salón con la pechera del traje llena de granos de azúcar: una noche estrellada dentro del pecho. Oye unos pasos que bajan por la escalera. «Por ahí viene.»

13

—¿Qué mira?

La Señora no tiene piedad con nadie. Su voz, afilada y certera, sale de sus labios disparada como una flecha y se hunde en su adversario, donde más le duela, donde antes se desangre. Señora-cazadora. Ella trata como un enemigo a cualquiera que le hable. ¡Pues claro que sí! Todos (los pobres, los míseros, los comunistas y hasta los vecinos) la envidian, la espían y viven solo con la esperanza de encontrársela en un renuncio para recordarle que viene de baja cuna y de sobrevivir entre la mugre y las ratas. Y ella no se lo permitirá. Defiende su nueva identidad a hachazos, a mordiscos, a gritos... Como sea necesario. Consuelito ya no existe. Murió de golpe. Ahora es la Señora. ¿Os enteráis todos? La Señora.

Madre se encoge de hombros mientras repasa el bordado de la sábana blanca solo con los dedos, como si fuera una lectora ciega. Se encoge en el sillón.

—¿Que qué mira? —le escupe en el último escalón.

—Nada.

—¿Nada? Entonces, ¿por qué me mira así?

—Por nada. —Mueve los labios, pero no parece que le salga la voz del cuerpo. Los ojos le brillan, quizá sea solo la vejez.

—Ah.

—¿No vas muy arreglada?

La aludida se para en un punto cualquiera del salón, junto a la mesa, y chasquea la lengua. Baja la barbilla —se traga una bocanada de su perfume y se topa con su collar de perlas— y lo confirma. Va muy arreglada, «sí, ¿y qué?». Se palpa el velo de encaje, que le cae por la espalda como una catarata negra y espumosa, casi etérea. Se encorva un poco más para verse los tacones. De punta en blanco, o más bien de punta en negro.

—¿Vas a alguna parte? —insiste la vieja.

—Quizá.

—¿No es ese el traje de los domingos? ¿No te lo hizo la modista para una procesión de la Patrona?

—A lo mejor voy a la iglesia, a ver a don Ramón. Quiero confesarme. —Busca su misal. Ha debido dejarlo en algún sitio. No lo encuentra. Rastrea la estancia con los ojos, aprieta la mandíbula.

—Es un vestido precioso, muy elegante, digno de una señora.

—Lo sé.

—Pero no deberías salir así a la calle. Es lunes.

—¿Ha visto mi misal?

—No son ni las doce de la mañana. —Madre vuelve a bordar. Por primera vez, aparta la vista de su hija—. Y ya sabes, la gente habla.

La Señora borbotea, como un cazo de leche puesto en un fogón enorme:

—Pues que hablen, que hablen todo lo que quieran, ¡a ver si se les pudre la lengua y se quedan mudos! Maldito pueblo y malditos catetos. No tienen otra cosa que hacer nada más que controlarme y señalarme con el dedo. Juzgada por un ejército de imbéciles. ¡Qué hartura! Pero ¿sabe qué les digo? ¡Que les den a todos!

—Hazlo por tu marido.

Pone los brazos en jarras y estira el cuello para soltar una risa. «Ja.» Repite la operación: «¡Ja!»

—¿Por mi marido? ¿No lo espero aquí cada noche? ¿No duermo con él? ¿No lo beso cuando me lo pide? ¿No le he parido dos hijos? —La Señora no se da un respiro. Encadena las frases casi sin tomar aire, como si hubiera tenido que aprendérselo de memoria. Madre la escucha y no asiente—. Pues no se puede quejar.

—Es un buen hombre —parece excusarlo la anciana.

—Y yo una buena mujer.

La Señora apoya una mano en la mesa y, con la otra, se toca la frente. Suspira con los ojos cerrados. Después, se acerca a una ventana y se queda embobada con el árbol raquítico que crece junto al jazmín. Debería talarlo y plantar otro nuevo, porque no termina de agarrarse a la tierra. Se lo dirá a Amalia en cuanto vuelva. «Maldito árbol también.»

—Llevas los labios muy rojos.

La Señora resuella. Desearía quedarse sorda.

—No encuentro mi misal. Y se me hace tarde. ¿Lo ha visto?

—Amalia lo ha guardado en el primer cajón del taquillón —la señala con la mirada—. Para que no lo toquen los niños.

14

Amalia se ha llevado a los retoños de la Señora a la tienda de comestibles de don Teófilo. Ha pensado que les vendría bien salir y que les diera un poco el aire, que no es bueno que se pasen todo el día encerrados, sin hacer nada, solo pendientes de los cromos, las chapas y las canicas. ¡No ha visto nunca a unos niños más tranquilos, qué barbaridad, parecen que están siempre cansados! «Estos dos no se mueven a no ser que se les llame para comer. ¿Qué van a dejar para cuando sean viejos?» A veces ha tenido el impulso de prepararles, con el desayuno, una yema de huevo batida con un chorrito de coñac, que le han dicho que es buenísimo para dar energía. Lo malo es que abre el apetito. «¡Lo que les hacía falta a estos dos, que encima les abriera el apetito!» Al final nunca lo hace: a ver si va a ser peor el remedio que la enfermedad. Mejor estarse quietecita. Su amiga, la que trabaja en la casa de la señora Eulalia, le cuenta que los que ella cuida siempre están maquinando: cuando no es el mayor, que el otro día le prendió fuego a la ropa que estaba tendida, es el mediano, que tiene una caja con agujeros donde cría no sé cuántas salamanquesas, de esas que corren por las fachadas. Y la niña no se queda atrás, pues cada tarde vuelve a casa con una raja en el vestido.

De jugar a la comba, dice ella, pero ¡por Dios santo! ¿Esta niña cómo salta a la comba? Y Amalia pone cara de espanto, de horrorizarse, de no creerse lo que escucha, pero la verdad es que le gustaría que Vicentito y Antoñito —qué gusto en esta familia por los diminutivos— le dieran un poco de vidilla. «¡Hija, es que parece que tienen treinta años! Solo me falta encontrármelos fumando puros en el salón.»

La sirvienta sale de casa y camina por la calleja de tierra que lleva a la calle Real y que dentro de muchos años (ni Amalia, ni los señores y mucho menos Madre seguirán vivos) se llamará la calleja de Villalobos, en honor al apellido paterno. Los niños aceleran el paso para ponerse a la altura de la criada. Resoplan. Trotan. Se acaloran y se cansan. Ella los alecciona:

—Que no se os antoje de todo, que vuestra madre solo me ha dado cinco duros y me tienen que llegar para el mercado. Y no se os vaya a ocurrir pedirle orejones a don Teófilo, que eso de pedir está muy feo.

Antoñito y Vicentito siguen caminando, en silencio y enrojecidos.

—¿Me habéis escuchado? Que no os lo quiero volver a repetir.

Colmado Teófilo. Suena al entrar una campanilla de metal, que revolotea a ras del techo durante unos segundos, y los únicos dos clientes se giran. «Buenos días. Buenos días. ¿Quién es el último?» Doña Esperanza, que se llevará un kilo de garbanzos, una morcilla y un trozo de tocino, todo fiado, les da la vez. Amalia chasquea la lengua. A ver si no tardan mucho, que se le está echando la hora encima. Tiene que ir al mercado, hacer de comer y le gustaría limpiar el pasillo de la planta de arriba, que no quiere ver otra telaraña en esos techos. Los niños sortean las piernas de los adultos y se colocan en primerísima fila, desde donde contemplan, extasiados, los botes de caramelos, ciruelas e higos secos, chicles y almendras garrapiñadas, los sacos de arroz, harina, lentejas y garbanzos, los bacalaos en sal, las sardinas y los arenques; el chocolate en polvo, la achicoria, las especias y los aliños para la matanza. Van imaginando qué se comerían y en qué orden. Un festín para los ojos y también para el olfato. Vicentito de mayor quiere ser tendero. Su maestra doña Alfonsita dice que se le dan muy bien las cuentas, pero a él lo que más le gusta es hacer cucuruchos con el papel de estraza.

—Amalia, has venido hoy acompañada, ¿no? —habla don Teófilo mientras calcula en la báscula el kilo exacto de garbanzos para doña Esperanza—. Un kilo bien despachado, para que no se me queje. ¿Algo más?

—Un trozo de tocino y una morcilla, que no sean muy grandes, ¿eh? *Medianitos*.

—Fíjese usted. —Amalia levanta las cejas y sonríe—. A buenos me he traído yo para que me ayuden a hacer la compra. Si fuera por ellos, te dejarían la tienda vacía en menos que canta un gallo. Estos niños comen de todo, ¿verdad que sí?

—Sí, pero lo que más nos gusta son los orejones de melocotón. Mmm. —Antoñito alarga la «m» mientras aprieta los labios y espera a que alguien diga algo. Amalia calla. Doña Esperanza calla. Don Teófilo calla. La otra mujer, cree que se llama doña Laura, también calla. Él retoma la palabra—. Me gustan mucho. Cuando sea mayor y trabaje, me los compraré todos. Y te dejaré la tienda vacía.

Don Teófilo corta un trozo de tocino y suspira. Deja el cuchillo a un lado y abre el bote de los orejones:

—Anda, uno para cada uno, que os lo habéis ganado, pero uno y no más, ¿eh?

Los dos asienten y estiran las manos, con la palma hacia el techo. Amalia menea la cabeza:

—Ay, estos niños, ¿qué os he dicho antes de entrar?

—Nosotros no hemos pedido nada, Amalia. Nos lo ha dado él —se excusa el pequeño, ya con la boca llena.

—Y usted, don Teófilo, no me los malcríe, que después van pidiendo comida en todos los sitios como si fueran unos pordioseros. ¡Yo no digo *ná*, pero como se entere la Señora, le echo la culpa a usted, que lo sepa!

El tendero se deja caer sobre el mostrador y les guiña un ojo a los niños. Les habla en un susurro:

—Pero no se va a enterar, ¿verdad?

—Nunca —dice Vicentito.

—Nunca —repite Antoñito. Y junta los dos dedos índices en una cruz y se los besa: símbolo de un compromiso inquebrantable.

15

Se le olvidaba. Madre lleva a su cuarto el ramillete de jazmines. Se lo apoya en el pecho y lo protege con la mano que le queda libre. Entra y cierra la puerta, por eso de la intimidad, y las ventanas, por eso de retener el olor. A solas con sus flores. Acomoda la biznaga sobre la almohada con una especie de reverencia, con la misma suavidad con la que se devuelve un bebé dormido a la cuna. Se queda ahí, quieta y con los brazos a los lados del cuerpo, observando los jazmines blancos —aún capullos, aún cerrados— como si acabara de hacer una ofrenda en la lápida de alguno de sus muchos muertos. Casi está a punto de rezar. Aparta la mirada, una mueca extraña le cambia el rostro. Ella, a la que cada vez le da más pereza eso de ir al cementerio y llorar a los ausentes —¡que la dejen disfrutar un poquito de la vida, hombre!—, se incomoda ante su cama-tumba. De repente, le parece que el luto que lleva es también por ella. Como si la pobre anciana se hubiera convertido en fantasma y asistiera a su propia desaparición. Así sería la vida sin ella... Una cama vacía, un armario cerrado y poco más. «¿Pondrá su única hija un ramillete de jazmines sobre la almohada para recordarla?» Qué ilusa es doña Trinidad. Los únicos ruidos llegan de la calle, de las afueras, de las mujeres que se saludan a voces. Se toca con una mano el cuello, suspira. Quiere volver al salón, huir de aquel trocito de cementerio, pero antes cambia de sitio la biznaga. «Sobre la mesita de noche está mejor.»

16

La Señora va a salir de casa. Lleva en una de sus manos enguantadas el rosario de nácar y el misal; con la otra, estirada, se dispone a abrir la puerta. En ese justo momento, un aldabonazo desde las afueras la frena y casi la tira de espaldas. «¡Virgen santa, qué susto!» Alarmada, se toca la frente y se mira los dedos, como si le hubiera dado a ella y pudiera estar sangrando. La Señora, enfurecida y aún acobardada, se traga una enorme bocanada de aire, abre la puerta y tiene que bajar la mirada para ver que, al otro lado del umbral, una pedigüeña sucia y encorvada le ofrece la mano. No se preocupa en disimular un leve gesto de asco que dura solo un segundo, como un cuervo que atravesara volando un cielo celeste. «Qué calor.» La Señora cree que este sol tan fuerte podría achicharrarle el velo negro:

—¿Qué quiere? —pregunta, como si no fuera evidente.

De la boca de la pordiosera, sin labios y sin dientes, como un agujero amorfo en medio de la cara, sale:

—Deme algo, lo que sea, por el amor de Dios. Tengo hambre y...

—¿Qué sabe hacer?

La andrajosa pestañea para salir de su aturdimiento y retoma su cantinela, que tiene una dulce melodía, como si estuviera a punto de ser cantada:

—Deme algo, por favor, se lo supli...

—¿No me oye? ¿Sabe hacer algo o solo pide?

La Señora se ha propuesto educar ella sola al mundo entero. Jamás da nada sin recibir algo a cambio. La recompensa exige un esfuerzo previo, un sacrificio consciente. Si no, que se lo digan a ella. Sobre las dos desciende un silencio abrasador:

—Le puedo leer la mano.

—¿La mano?

—Sí, leerle la buenaventura. Veo el futuro.

La contempla, parece que dice la verdad:

—Pues venga, hágalo.

Ella se quita el guante con mucha menos gracia que Gilda y coloca su mano boca arriba, con la palma hacia Dios. La anciana, que ya sabe que no puede tocar a los que tienen casa y dinero, arrima su cara, arruga los ojos, saca una especie de gruñido seco. La Señora sonríe con displicencia.

—Ha tenido usted mucha suerte. Vive muy bien...

La antigua Consuelo mira hacia atrás, hacia su salón lujoso, como confirmando las palabras de la desdentada.

—... pero no siempre ha sido así. Ha llorado mucho. En esta línea de aquí, mire, está todo su sufrimiento.

Madre sale de su cuarto y se coloca detrás de su hija. No quiere perderse el vaticinio de esa Casandra mendicante:

—... Ha estado usted muy triste.

A la Señora se le acaba la paciencia:

—Querida, conozco mi pasado.

La anciana, tan lista como sucia, cambia de tercio:

—Tiene usted una salud de hierro. Es dura como una roca. Nada la destruye. —Carcajada inmediata de la Señora—. Llegará usted a vieja. Más vieja que yo y que ella —aclara mirando a Madre, que la maldice con la mirada.

—¿Qué más?

—La línea del amor... A ver, acerque más la mano, casi no se la veo. —La pedigüeña se encorva un poco más, como si buscara algo a ras del suelo.

—No me interesa el amor. ¿Ve algo más o ya ha terminado? Dese prisa. No puedo perder toda la mañana, que tengo cosas que hacer.

La otra suspira:

—Volverá a llorar, señora. Mire este corte de aquí, significa que la vida le dará un revés, que...

La Señora recoge la mano bruscamente y se la pega al pecho. La aprieta en un puño para que esa adivina de pacotilla no pueda verle ni una línea más.

—Hemos terminado. Madre, vaya a la cocina y tráigale algo.

—¿Pan?

—Sí, pero del duro.

—¿Y un vaso de agua, por favor? —pide la anciana, que ha vuelto a acurrucarse en sus ropajes.

Madre desaparece en la cocina. La Señora se aparta un poco de la puerta y se cobija en el frescor de la entrada, pero le molesta la visión de esa mujer, que es la representación misma de la miseria. No dice nada. Ya no hay nada más que hablar. La quiere fuera de su vista, fuera de su umbral. Madre aparece con un mendrugo de pan y un vaso de agua.

Ve a las ancianas (unidas por esa ofrenda espontánea) y las dos le producen la misma repulsión.

—Quédese con el vaso —dice ella, que no quiere tener en casa nada que hayan tocado esas uñas negras y esa boca-agujero—. Y no vuelva —le grita cuando la otra echa a andar.

17

Se le han quitado las ganas de salir. Está exhausta de repente. Otra vez asqueada del mundo y sin fuerzas para poner un pie en la calle. Ruido de cerrojos, todos echados. El hogar transformado en fortaleza. La Señora se descarga del rosario y del misal, que quedan sobre uno de los sillones adornados con esos paños de croché que parecen multiplicarse como por arte de magia dentro de esa casa. Es Madre, que no encuentra otra cosa que dejar a la posteridad más que su ganchillo: colchas *fresquitas*, puntillas en las sábanas, posavasos y manteles, tapas para las jarras del agua, todo de un blanco impoluto que con el paso de los años se irá amarilleando, igual que la dentadura de un fumador. Los dedos de la anciana, torcidos como la punta de las agujas, nunca se cansan y tejen casi por inercia, incluso para el párroco y para las vecinas de su calle. Ella se va tranquila a la cama todas las noches porque cree que así paga (o agradece) esa vida serena y pomposa con la que se ha topado a la vejez. Madre, mujer de un solo talento, hace un ganchillo impecable. La Señora, después de desorientarse en su propio salón, vuelve a la madriguera. Inicia la ascensión por las escaleras dejando tras de sí esa estela negra de su velo.

Madre, ignorada en silencio, sigue aún junto a la puerta.

18

Y como no le da tiempo a dejar a los niños en casa, «pues, venga, todos al mercado». Si total, van a ser cinco minutos, que solo quiere comprar unas habichuelas, que al Señor le encantan guisadas, y un manojo de acelgas. «A ver, que cada uno lleve una bolsa.» Amalia le da una a Vicentito y la otra, la que más pesa, a Antoñito, y que nadie se despiste, que no está ella para muchas fiestas. Y van los tres calle arriba, con el paso firme y enérgico, a punto de trotar: ella desmadejada con el estrés —qué palabra tan moderna— y los niños casi mareados con el olor que sale de las bolsas. A chocolate, a bacalao salado y a tocino. Y encima, se encuentra con Leocadia, «¡con lo que habla esa mujer, por Dios!». Amalia no cambia el rumbo ni se baja de la acera, tan solo un leve movimiento de cabeza y una sonrisa mañanera:

—¿Qué pasa, hija? Buenos días.

Ante todo educación y llevarse bien con los del pueblo, que nunca se sabe cuándo te pueden hacer falta. Y la otra, a la que se le notan las ganas de charla desde lejos, aminora el paso con la intención de pararse:

—Buenos días, pues aquí, no me puedo quejar... —Y corta la retahíla que traía preparada al ver que su amiga, esa que se cree alguien porque sirve a una de las familias más adineradas del pueblo, no hace ni el intento de escucharla.

—¡Con Dios, Leocadia! A ver si un día de estos nos vemos con más tranquilidad, que me coge el toro. Fíjate las horas que son y todavía no he puesto la comida. Y, además, tengo que ir al mercado.

Amalia bufa y ya va relatando para sus adentros: «No me puedo quejar, dice la otra.» ¡Qué manía, por favor, con no poderse quejar! Es que hay que estar tonta para no hacerlo. Solo tiene que echar un vistazo a su alrededor, a los vagabundos dejando pasar el tiempo en la puerta de la iglesia y durmiendo en cualquier sitio, a los hombres que se reúnen en la plaza del Generalísimo porque no tienen trabajo, a los campesinos que vienen del campo con las manos vacías por culpa de la sequía, a esos niños hambrientos que deambulan por las calles intentando *birlarte* algo y tragándose los mocos, a las mujeres que cogen el autobús una vez por semana para ir a la cárcel a ver a sus novios o a sus hijos o a sus hermanos (todos rojos). Y dice la otra que no se puede quejar. «Leocadia, hija mía, ¿en qué mundo vives?» ¿Tiene ella que recordarle que su marido sigue desaparecido, que un niño suyo murió el año pasado de unas fiebres muy altas y que va a la iglesia todas las semanas, siempre a primera hora, a pedir harina y leche condensada? Como decía su madre, que en paz descanse, hay gente que no tiene sangre en las venas. Mira, ella duerme bajo un techo, no le falta un plato de comida y tiene su *mijita* de cariño, pero también se queja. ¡Hombre, que no hace más que trabajar y no le queda tiempo para nada! Y, además, quiere casarse y pasear los domingos del brazo de su marido. Se queda parada ante el puesto de verduras. Don Severiano, con un delantal que fue blanco, pone los brazos en jarras. Sus dedos son enormes.

—Buenos días, Amalia.

¿A por qué venía ella? Se le acaba de ir al santo al cielo.

—Ay, sí, ponme unas habichuelas y un manojo de acelgas, pero a ver a cuánto me las cobras, que no está la cosa para subir mucho los precios y elígemelas buenas, que no quiero ver ni un gusano...

19

*Madrecita del alma querida,
en mi pecho yo llevo una flor,
no te importa el color que ella tenga,
porque al fin tú eres madre, una flor.*

De repente, Madre se acuerda de que tienen radio en casa. Deja el ganchillo y se coloca frente a ese trasto grande y precioso que compró su yerno hace unos meses —«el mejor que había en el mercado», dijo— y que está colocado en un lugar privilegiado del salón, sobre una mesita de madera con aire francés en la que también conviven un helecho verdecido y una paloma de porcelana que durará tres generaciones más, todo sobre un pañito de croché. La anciana, con la misma alegría que cuando se encuentra una perra chica olvidada en un cajón, enciende la radio y se queda junto a ella, observándola embobada. Con esa copla que suena —Madre llama copla a cualquier letrilla musicada— es como si la paloma de porcelana echara a volar a ras del techo del salón y llenara su cabeza de plumas y aleteos. Se la sabe de memoria y siempre se acuerda de su madre, doña Lola, «¿de quién se va a acordar si no?». La anciana se vuelve niña, como si la pobre siguiera siendo hija de alguien. Ella sabe que hay un momento en la vida en el que las mujeres, todas, mutan: de parida a parturienta. De semilla a árbol. De creada a creadora. Y ambos estados son incompatibles de forma simultánea. Cuando alguien se convierte en madre nunca más vuelve a ser hija porque hasta con la mujer que la ha concebido se comporta como una madre. «Las hembras parimos a las que serán nuestras propias madres.» Extraña rueda de la Naturaleza, mágica contradicción perpetuada por los siglos de los siglos. Porque una es madre antes que hija y antes que todo. «Y eso va a misa. ¿Por qué? Porque lo digo yo y punto, que sabe más el diablo por viejo que por diablo.» La anciana pasa su mano torpe por encima de la radio, como acariciándola, quitándole el polvo que ya le ha quitado Amalia. Las arrugas de la cara se le redistribuyen para darle paso a un boceto impreciso de sonrisa. Casi sin darse cuenta, superpone su voz a la de Antonio Machín.

> *Tu cariño es mi bien, madrecita,*
> *en mi vida tú has sido y serás*
> *el refugio de todas mis penas*
> *y la cuna de amor y verdad.*

Madre no se atreve a tararearla muy alto y silencia su voz a la altura de la garganta, como si aquella muestra de alegría, tan espontánea y tan de otros tiempos, fuese censurable. Así que la pobre anciana, metida en su luto perpetuo, va cantando sin pronunciar las palabras, con el mismo apocamiento con el que se susurra una nana. Estira la frente, levanta las cejas en las notas altas y menea la cabeza en las últimas sílabas. Se anima y hasta chasquea los dedos con gracia, que para eso su madre era andaluza. ¡De Sevilla más concretamente, al *ladito* de la Alameda vivía! Se calla cuando oye en alguna parte de la planta de arriba los tacones de su hija. Entonces, se achanta, baja el volumen de la música y de la voz y se queda con la actitud de una niña que acaba de cometer una travesura, casi acurrucada frente a la mesita de madera. Saca la joroba, como si volviera a cargar ella sola con todos sus muertos, con los malos recuerdos, con los larguísimos años del miedo. Disimula y hace como que aquella copla no la hace feliz ni le remueve algo por dentro. Su alegría es frágil y aguda, fugaz como el sonido de las campanillas que usan los monaguillos.

Y aunque amores yo tenga en la vida
que me llenen de felicidad,
como el tuyo jamás, madre mía,
como el tuyo no habré de encontrar.

La Señora aparece en el salón y la paloma de porcelana vuelve a quedarse quieta, petrificada sobre el pañito de croché. Igual de quieta que la vieja.

—Salgo a ver al párroco.

20

—¡Consuelo, Consuelo!

Angelita deja la brocha encalada sobre los plásticos que cubren su parcela de acera y camina hacia la Señora, que acaba de salir de su caserón. La pintora se va recolocando el pañuelo absurdo que le tapa su melena morena y, después, se limpia el sudor de la frente con el dorso de la mano. Viene colorada, será del sol o del esfuerzo.

La Señora, con el velo sobre los hombros y los labios de nuevo rosáceos, se queda unos segundos parada antes de girarse:

—Angelita, buenos días. —Ella no sonríe, solo la saluda con un leve movimiento de cabeza.

—Qué calor, ¿verdad? —La vecina tampoco quiere acercarse demasiado. Lleva una falda vieja moteada por la cal, y la otra va de negro y elegantísima, impoluta. Se hablan desde la distancia.

—Sí, la primavera o el verano, ya no sé ni en lo que estamos. Espero estar de vuelta pronto, que yo no aguanto este bochorno. —La Señora la mira ahora a los ojos—. Voy a ver a don Ramón, que debe de estar ya en la iglesia —le dice, aunque no tendría por qué. Guarda unos segundos de silencio con la esperanza de que la otra tome las riendas de la conversación.

—Pues yo, ya me ves, liada con la fachada. —Las dos se vuelven hacia la casa de Angelita—. Supongo que le tendré que dar dos manos.

Un trozo de pared, el que rodea la puerta y las ventanas de la planta de abajo, luce de un blanco azulado y brillante que daña a la vista. La parte de arriba sigue sucia y descascarillada, habitada por las golondrinas. Consuelo se imagina que esa fachada es una metáfora de ellas dos: una limpia y la otra, guarra.

—Y encima los pájaros —añade—. No sé cómo quitar los nidos.

—A palos.

—¿«A palos»?

—A esos bichos no hay otra forma de echarlos.

—No sé, me da pena, algunos han *hecho* crías... Bueno, a ver qué me dice mi Manolo, que él es el que sabe de estas cosas. Está ahora en el campo.

La Señora da la callada por respuesta, ¿y a ella qué le importa todo esto? Angelita cambia de tercio. Se le asoma una sonrisa a los labios:

—La semana pasada estuvo en casa una prima mía que vive en la ciudad y que está enterada de todo. Ella siempre está organizando mesas petitorias y cosas de esas de las que yo no entiendo mucho. No sé si te he contado que es la que se quedó viuda después de la guerra, esa que vino hará cosa de un mes a visitarnos y que nos trajo unos dulces riquísimos, a ver si la próxima vez te llevo algunos y los pruebas, que te vas a chupar los dedos... —Angelita no tiene habilidad para el resumen. A ella, en las explicaciones y en la vida, todo le parece importante—. La pobre lo está pasando fatal, porque le duelen mucho las rodillas y claro, ¡cómo no le van a doler, si no para quieta! Yo le digo que se relaje un poco, que descanse, pero ella nada, todo el día por la calle, de un sitio para otro, siempre liada con cosas de curas e iglesias, pero vamos, que de nada le sirve porque tiene un hijo que le está dando muy mala vida y ella... —Se detiene para respirar, aturdida de su propia verborrea—. Bueno, a lo que iba, que me ha dicho que están preparando para el fin de semana que viene un concurso de niños robustos...

La Señora levanta las cejas y las deja en mitad de la frente. La otra no se calla:

—Vamos, no me ha contado de qué va, pero supongo que pesarán a los niños y al que más pese, le dan un jamón.

—Ah, bien. —Sella los labios. Quiere que la otra termine su explicación. «¿Adónde quiere llegar?»

—Por si querías presentar a tu Antoñito. —Angelita intenta darle seriedad a sus palabras, pero con ese pañuelo en la cabeza parece un esperpento—. O al otro. ¿Cuánto pesan? Cuarenta kilos por lo menos, ¿no? O cincuenta.

Ella, condescendiente y casi desganada, contesta:

—No sé, nunca los he pesado. Solo me preocupo de que estén sanos.

Angelita sonríe:

—Sanos están, eso se ve a la legua. Pues nada, solo quería comentarte eso, díselo a tu marido, que él va mucho a la ciudad... Y a ver si os traéis un jamoncito para casa.

—Sí, gracias, se lo diré.

—Pues nada, solo era eso.

—Ah. Adiós.

—Con Dios, Consuelo.

La Señora se da media vuelta y echa a andar calle arriba. No ha encadenado más de tres pasos cuando vuelve a girarse, la barbilla casi apunta al cielo:

—Angelita, Angelita... —la otra se para—, que sepas que

si ganamos el jamón, te lo regalaré a ti... Por darme la información. Ya sabes, a nosotros no nos hace falta.

Sigue su camino hacia la iglesia. Cuánto daría por verle la cara que se le ha quedado a Angelita. «Jajajajajajaja.»

21

Como alguien que, en medio de cualquier sitio, duda de si se ha dejado el aceite sobre la lumbre, la Señora se detiene en una sombra, bajo el campanario de la parroquia: «¿Dónde están los niños?» Piensa y arruga el entrecejo. No recuerda haberlos visto por la casa. «¿O estaban en el patio?» Enarca los labios hacia abajo. «Se los habrá llevado Amalia a alguna parte. Ah, mejor.» Y así, ella sola se tranquiliza.

22

—¿Quién era ese hombre, Amalia? —Vicentito jadea. Entre el paso rápido, la bolsa llena y hablar está casi asfixiado.

—Uno. —La sirvienta se para de pronto, apoya una mano en la pared y acomoda el pie izquierdo dentro del zapato. Encoge el entrecejo—. Creo que se me ha metido una piedrecita o algo, me molesta. —Se quita el taconcito (clareado por la arena de las calles) y lo sacude boca abajo. Mira dentro y mete los dedos, vuelve a sacudirlo. Los niños se embobat—. A ver si ahora ando mejor... Y debería comprarme otras medias, que estas están remendadas una y mil veces, a ver si se las encargo a *la* Juani. Ah, sí, mucho mejor. ¡Qué gustazo! Vamos, que tengo que hacer la comida.

—¿Y qué quería?

—¿Quién?

—El hombre ese del bigote.

—Nada, ¿qué va a querer?

Amalia, ya aliviada, retoma el camino de vuelta a casa. Acelera para escapar del interrogatorio.

—¿Y qué te ha dicho al oído?

—¡Será posible estos dos cotillas! Parecéis dos policías con tantas preguntas. *Dejarme* en paz.

—¿Te estaba contando un secreto, Amalia? —insiste el mayor.

—Sí, eso era. Un secreto que solo yo podía saber. ¡Cuidado con ese agujero de ahí, a ver si os vais a caer!

Los niños lo rodean. Ni se plantean saltarlo.

—¿Y qué secreto era?

—¡A vosotros os lo voy a contar! ¡Ja! Preferiría publicarlo en la hoja parroquial, y así se enteraría menos gente. No quería nada, era un amigo y ya está. Y se acabaron las preguntas. No quiero oír hablar de él. ¡Chitón ahora mismo, que me ponéis la cabeza loca y bastante tengo yo con pensar en lo que vamos a comer como para también contestar a vuestras tonterías! —Se toca instintivamente el moño.

Antoñito hace un esfuerzo sobrehumano por ponerse a la altura de la sirvienta. Las habichuelas repiquetean dentro de la bolsa:

—Consuelo dice que las mujeres no tienen amigos.

—Ay, Dios mío, ¿qué os he dicho? No la llaméis Consuelo, que es vuestra madre y a las madres se les llama mamá. Cualquier día os va a escuchar y vamos a tener lío.

—Pues mamá dice que las mujeres no tienen amigos, solo amigas, y que los hombres solo tienen amigos.

—Eso es vuestra madre —dice como echándole en cara algo.

—¿Y por qué tú sí puedes? —Vicentito no entiende nada.

Amalia resopla, se vuelve y se agacha a la altura de los niños:

—Porque estoy soltera. Si no hablo con los hombres, ¿cómo voy a encontrar marido?

—Ah —responde Vicentito, y ya se queda con la boca medio abierta.

—¿Y tú quieres un marido, Amalia? —le pregunta el otro.

—Pues claro, como todas. —Ella sonríe, aunque por el tono de voz, bien podría llorar.

—Y cuando lo encuentres... ¿te irás de casa? —Antoñito descansa la bolsa en el suelo. Mueve sus deditos orondos, ahora blancos.

—¡Qué cosas dices! No vamos a estar todos ahí, ¿no? Ya tendré mi casa con mi corral y mis niños. Y me llamarán mamá, que si me llaman Amalia, como hacéis vosotros, los pongo finos... —Les mira con ternura, y es como si les acariciara los mofletes.

—Pues yo no quiero que te eches un marido.

—Anda, el granuja, ¿y eso por qué? —Se cruza de brazos—. ¿No quieres que Amalia sea feliz?

—Sí, pero puedes ser feliz en nuestra casa, con nosotros.

—Otro día os lo explico, que sois todavía muy pequeños para entenderlo. —Ella se atusa su falda y echa de nuevo a andar.

—Además, ese hombre es feo y tú eres muy guapa.

—¿Ah, sí?

—Sí, muy guapa.

—¿Cuánto de guapa?

—Mucho.

—Mil millones y uno.

—Huy, eso es mucho.

—Y mil millones y dos —dice el otro.

—¿Ves?, un hombre que me diga esas cosas quiero yo. Cosas bonitas. Ah, os lo advierto, no le vayáis a contar nada de esto a vuestra madre ni a vuestra abuela. Y mucho menos a vuestro padre. ¿Me estáis escuchando?

—¿Por qué?

—Porque no. ¿Me estáis escuchando?

—¿Ellos tampoco quieren que te eches novio?

—Tampoco. —Arrastra mucho la segunda «o».

—¿Y no quieren que seas feliz?

—¡Pero qué *pesaos* sois, Dios mío! Venga, vamos *pa* casa, que nos vamos a derretir aquí.

—Amalia...

—¿Qué queréis ahora?

—Que no queremos que te vayas —insiste el mayor.

—Que para eso falta mucho, hombre. —«Ojalá que no», piensa.

23

Madre pasea por la casa como si fuera suya. Más bien la explora, la rastrea, la revisita desde la soledad, desde la terca esperanza de encontrar algo, cualquier cosa que estén intentando esconderle los miembros de su familia. Y todos son sospechosos. Es por eso que se mueve arrastrando los pies, que se sobresalta ante cualquier ruidillo —Amalia y los niños podrían llegar en cualquier momento— y que intenta no tocar nada o dejarlo en la misma posición en la que lo encontró. A pesar de sus rodillas viejas y sus juanetes, sube como puede al primer piso y tiene claro su destino: la habitación de matrimonio.

Toma aire antes de su allanamiento.

Empuja la puerta y asoma la cabeza por entre la penumbra. Huele a su yerno, a su colonia fuerte, a su sudor y a sus pies. A macho. Hay algo agrio en el ambiente, algo que obliga a respirar por la boca y que no se va ni aunque se abran las ventanas o se cambien las sábanas cada dos días o se saquen los zapatos al pasillo. Está quizás en las paredes, piensa ella. Es en esta casa donde se ha convencido de que las paredes agarran los olores, y las presencias. «Cuando me muera, mi cuartito seguirá oliendo a mí.» Entra en el dormitorio marital sabiendo que nadie descubrirá nunca su intromisión. Toca la cama, no sabe por qué, se acerca a la ventana y se coloca ante la cómoda. Abre el primer cajón. Ella, espía de mano temblorosa, palpa los camisones de su hija, sus medias y sus sostenes, identificando al instante cuáles son nuevos o cuáles deberían estar ya en la basura o en el armario de alguna pobre que haya ido a la iglesia a pedir comida y ropa. Mete la mano más hondo —curiosidad insaciable— y saca un joyero donde su hija almacena esas alhajas que quiere reservar para no sabe qué ocasión. Están los pendientes de perlas y un cordón de oro macizo, un camafeo antiguo y varias pulseras, muchas. Las observa y las devuelve a su sitio. Nada nuevo. Sigue con el cajón de su yerno: aunque ya los ha tocado mil veces, saca los calcetines oscuros que ella misma ha remendado, las camisetas que ella ha frotado y que tiende a la sombra para que no amarilleen, sus enormes calzoncillos... Encuentra oculto bajo las prendas un sobre donde guarda algunos papeles. ¡Qué pena no saber leer! Mejor, así vive más tranquila. ¡Nadie sabe cuánto teme los papeles, los notarios y todos esos líos! Se santigua a toda prisa. Registra la habitación con los ojos y decide que ya está todo hecho ahí. Inevitablemente decepcionada, rehace su camino hacia la puerta. Quizá debería mirar debajo del colchón, pero no tiene fuerzas para tales artimañas. Se va no sin antes comprobar que todo está en su sitio.

Pasa de largo por la habitación de sus nietos y baja las escaleras, parándose y respirando en cada escalón. Vía crucis de quince peldaños. Ahora le toca a Amalia. Su cuarto, acorde con su trabajo, tiene pocos muebles y una colcha que tuvo que ser bonita en otro tiempo y a la que ella quiere añadirle una puntilla de ganchillo. Se amilana ante el cuadro del Corazón de Jesús que la sirvienta tiene en la cabecera de su cama, pero evita mirarlo a los ojos... En el armario hay cuatro trajes, casi arrinconados, esperando pasar de moda. A la anciana lo que le interesan son los cajones. Traga saliva e inspecciona el primero: sus ropas íntimas, algunos calcetines de lana —con los que duerme en los días de mucho frío— y un sostén bueno. Y mete la mano entre las prendas y descubre otra cajita. «¿Qué será?» Se la pega al regazo y la abre: unos pendientes, también de perlas, y una cadenita de oro. «¿En esto se gasta Amalia su paguita? Pues vaya, pero si nunca sale de casa...» Se encoge de hombros. En el segundo cajón, una torre de perras chicas se desparrama al abrirlo. «Madre del Amor Hermoso.» La huella del delito. La pobre, con sus dedos artríticos y casi insensibles, intenta cazar las monedillas y amontonarlas una encima de otra, tal como estaban. Trabajo imposible para esas manos de campo, de piel de cuero, casi de gigante. La anciana se desespera: saca la lengua para concentrarse, pero las perrillas se le escapan como si fueran granos de arena. Al final suspira y se consuela: «No lo notará.» Cierra el cajón y huye sin mirar al Corazón de Jesús.

Ya en el salón, lo único que se le ocurre es dejarse caer en el sillón del señor, ese que nadie se atreve a usar en su presencia. ¡A ella le da igual! Apoya las manos en los antebrazos y se apoltrona. Descansa la cabeza y se coge las manos por encima de la barriga. Hace círculos con los dedos pulgares, uno alrededor del otro, y cierra un poco los ojos. «Pues sí que es cómodo, sí», aquí se echaría ella sus siestas la mar de a gusto. Después de unos minutos, se aburre, se amodorra. ¿Qué hace ahora? Pues va a empezar a rezar el rosario, eso que tiene adelantado para esta noche. Se santigua, masculla, desganada, unas oraciones y... escucha en la calle los pasos de Amalia con los niños. Se ha quedado en el tercer avemaría del primer misterio. Se pone en pie y va a abrirles la puerta.

—¿Ya estáis aquí?

—Cargaditos venimos. Y me meto ya en la cocina, que se me ha echado el tiempo encima. ¿Y la Señora?

—Ha ido a la iglesia.
—No ha vuelto, ¿no?
—No, no.
—Menos mal. A ver, niños, *darme* las bolsas. —La sirvienta se muerde el labio inferior del esfuerzo—. Hay que ver lo bien que está dejando Angelita la fachada. ¡Qué blanca! Seguro que le ha dado envidia de la nuestra.
—Abuela, Amalia quiere tener novio.
—Y se va a ir de casa.
—Ay, estos niños... Como para tener un secreto con ellos. —Menea la cabeza, resopla y ya camina hacia la cocina—. Chivatos, eso es lo que sois, unos chivatos.

24

—Ave María Purísima.

A la Señora —las manos entrelazadas y apoyadas en la boca, la colonia barata del cura a través de la celosía, el corazón alborotado— le duelen las rodillas sobre esa tabla dura.

—Sin pecado concebida.

Don Ramón reconoce la voz cadenciosa de Consuelo; es como si, al final de cada frase, se arrepintiera de haber tomado la palabra, como si se fuera desinflando. Lo que el párroco no sabe es que ese tono es solo para la iglesia, para las vírgenes y los curas. Fuera de aquellos muros, ella habla dando órdenes y exigiendo, porque esa es su actitud ante el mundo: esperar a que todos la obedezcan.

—Dígame, hija —añade.

A la Señora le impresiona que una voz de hombre la llame «hija». Ella, que no escuchó demasiado esa palabra de su padre (y no porque ella sea una bastarda, ¡Dios la libre!, sino porque murió pronto), siente algo estremecerse dentro, una ardentía en el estómago. Se encorva un poco más.

—He pecado, estoy manchada.

Hay algo de placer en el momento de verbalizar sus vicios, de reconocerse imperfecta y de detallar sus faltas, porque a ella le gusta profundizar en todo, incluso en sus pecados. Nada de pasar de puntillas ni de maquillar sus debilidades. «Eso es de cobardes.» Al pan, pan; y al vino, vino.

—A ver, la escucho.

La Señora llora antes de comenzar: puede parecer arrepentimiento, pero no es más que tristeza. Dos lágrimas calientes y redondas, que el cura contempla a través de la celosía, se le rebosan por la comisura de los ojos y le rasgan las mejillas. La voz se le humedece. Es esa la única concesión a la flaqueza que se permite. La candidez de las velas, su tono susurrado, la impermeabilidad del velo negro y esas imágenes sufrientes que se asoman a las capillas la vuelven temblorosa. Endeble.

—Hija mía, tranquilícese, seguro que no es tan grave.

Ella levanta la mirada incendiada. Lo es.

—No merezco llamarme cristiana, ni siquiera hija de Dios. Peco a diario y a conciencia, como si lo necesitara para sentirme viva, como si no pudiera evitarlo... por mucho que lo intente. El pecado me busca y no puedo escapar. Estoy manchada.

La Señora habla y se va tragando su propio aliento, que le viene de vuelta después de toparse con el velo. El cura se endereza sobre su sillón acolchado. La barbilla estirada y los pies cruzados. Hace frío ahí dentro.

—Eso es obra del Diablo, que nos tienta a todos. La escucho.

Pega la oreja a la celosía.

—Padre, usted dijo en la misa de ayer que «Gracias» era la palabra más poderosa que había inventado el hombre, que la repitiéramos a menudo y en voz alta, acordándonos de Jesucristo.

El cura arruga su cara arrugada. Ella suspira.

—Con lo que Dios parece haberme bendecido, mi Marido, mis hijos, mi enorme fortuna, una casa y una salud de hierro

—se acuerda de la pedigüeña— no es más que una cruz. ¡La cruz más grande de todas! Una cruz de hierro, como la campana de la torre.

Todo eso, todo lo que debería darle la felicidad, la hastía, se le hace insoportable y, lo que es peor, la pone de mala leche. Es como a un niño hambriento al que se le da un pastel de plástico y el pobre roe que te roe, pero nada, no se sacia. ¡Maldita broma, malditos todos! La Señora echa la vista atrás, como buscando su casa y a sus habitantes y no puede reprimir una mueca de desprecio. Es culpa suya, culpa de todos *esos*, que no saben hacerla feliz. Es más: a ellos les atribuye su desgracia.

—Miro mi vida y me pregunto qué estoy haciendo aquí. Con lo que todas las jovencitas sueñan, un marido, unos niños y un plato caliente en la mesa, me parece... Me parece... Padre, ¿qué me pasa?

La Señora se detiene. Vuelve a llorar, pero ahora de rabia. Se quita las lágrimas con una de sus manos enguantadas. Siente una extraña calidez en la yema de los dedos. Don Ramón acerca su cara a la celosía, por donde deja que se cuele su aliento de vino.

—Abnegación, hija mía, abnegación. Nuestro Padre es sabio, Él tiene una historia de salvación para cada uno de nosotros. Acéptela. Esta es la vida que la hará a usted merecedora del Reino de los Cielos. Vea a Jesucristo en los miembros de su familia, en todo lo que haga cada día, en lo que la saque de quicio... Él también sufrió. ¿Cree que es fácil ser cristiana? ¡Por supuesto que no! Rece esta semana dos rosarios diarios y pídale a la Virgen Santísima que le dé el don de ver la mano de Dios detrás de su historia. Dios está haciendo algo grande con usted. ¡Algo grande! —Cambia de repente el tono—. Recuerde, Consuelo, todos en el pueblo la envidian. Es usted la mujer de don Paco, un hombre honrado, bueno y cristiano.

Tiene unos hijos hermosos y su señora madre está sana como un roble. Vive usted como una reina. ¿Qué más quiere?

Ella podría tomar la palabra y rebatírselo todo, pero se calla. Está segura de que si le explicara cómo se siente, él también lloraría compadeciéndose y la subiría a los altares como una gran mártir. El velo negro y el corazón desgarrado serían sus símbolos.

—Tiene razón, padre.

El párroco tose.

—Quizá necesite otro hijo, entretenerse, cuidar de un bebé, ser madre. Eso lo cura todo.

¿Necesitar otro hijo? «¿Necesitar*lo*?» Pero ¿qué está diciendo este, a qué viene esta propuesta? Antes muerta o arrancarse las uñas de cuajo que seguir pariendo niños que la hacen infeliz. La idea de su casa importunada con nuevos Antoñitos y Vicentitos le parece propia del Infierno, la mayor crueldad de todas. ¡Qué poco la quiere el cura!

—Sí, lo pensaré.

No tiene ganas de que le dé más sermones. Don Ramón parece que bisbisea:

—Y así, yo le doy la absolución en el nombre del Padre...

Ella alza la voz. Una mujer enlutada que está rezando en un banco de la primera fila vuelve la cara hacia el confesionario. La madera cruje y la Señora sigue descargándose de sus pecados.

—Espere, espere, aún no he terminado. Verá, esta mañana me he quedado desnuda en la cama, estaba sudando y sudada...

Después de quince minutos:

—Yo la absuelvo en el nombre del Padre, del Hijo y del Espíritu Santo. Amén.

Se levanta y cojea. Casi no siente las rodillas.

25

—Amalia, Amalia —se desgañita Vicentito desde el patio. Su hermano lo secunda—. Amalia, Amaliaaaaa —gritan a dos voces.

—¿Qué queréis? —contesta ella, abriendo un poco la ventana de la cocina. Ladea la cabeza, pero no los ve. Estira un poco más el cuello—. ¿Qué hacéis? ¿Dónde estáis?

—Ven, corre —le pide uno de ellos.

La sirvienta empieza a limpiarse las manos en el delantal. Sobre la encimera, está el taco de tocino; al lado, el cuchillo grande, afilado por ella misma. Chasquea la lengua: «Vaya, por Dios.»

—¿No sabéis que estoy cocinando? *Esperarse* que ponga el puchero y ahora voy. —Mira a Madre y, dejando los ojos en blanco un segundo, susurra—. A ver qué querrán estos dos ahora.

—Ven —insisten—. Corre.

—Dios santo, ¿por qué no venís vosotros, o es que no tenéis piernas? —protesta ella.

Madre y la sirvienta se sonríen al verlos correr. Antoñito, tambaleándose, como a punto de trastabillarse siempre, viene con un trozo de cartón en las manos. Hace malabarismos para que no se le caiga lo que tiene encima. El hermano lo vigila con los ojos espantados. Entran en la cocina.

—El gato ya no se come la comida —jadea el mayor. En su voz hay una preocupación desconocida, un desasosiego que no sabe gestionar.

—¿Qué gato?

—Amalia, el que venía algunos días y se comía lo que le poníamos, *Luis*, ¿o no te acuerdas?

—El rubio, ¿no? El de los ojos verdosos.

—Sí, no se ha comido las espinas del pescado que le pusimos el otro día. Mira. —Antoñito levanta el trozo de cartón a la altura de sus ojos. Un ligero viento levanta un olor putrefacto.

—Trae eso *pa* acá, que se nos va a llenar la cocina de moscas verdes. ¡Qué asquerosidad! Si esto huele a podrido. —La sirvienta se lo quita de las manos y sale al patio aguantándose la respiración.

Los niños la siguen.

—¿Por qué no viene?

—Hijo, yo qué sé. Se habrá perdido o... ¿Qué hago con esto? ¿Dónde lo tiro? ¡Qué asco, por Dios!

Amalia vuelve a la cocina buscando el cubo de la basura con la cabeza vuelta hacia un lado. Echa una mirada a Madre para que la ayude.

—Doña Trinidad, dígales algo.

—Habrá encontrado una gata y se habrán ido por ahí —interviene la anciana.

—¿Se ha echado novia?

—Sí, más o menos.

—¿Y dónde han ido?

—Ya empezamos con el interrogatorio —suelta Amalia, que mete las raspas de ese pescado viejo en una bolsa y la anuda. Concluye su trabajo con una gran bocanada de aire, como si hubiera estado todo este tiempo debajo del agua—. Estos niños no se cansan de preguntar.

La abuela los mira:

—No os preocupéis, *Luis* volverá. Esta tarde le dejaremos comida en el mismo sitio, y ya veréis como viene cualquier día de estos.

—¿Y vendrá con su gatita? —pregunta Vicentito.

—Es su novia —dice el hermano.

—Sí, a lo mejor.

—Pues entonces tendremos que ponerle más comida, porque son dos.

—Sí, eso haremos. Venga, *meteros* ya para dentro, que con este calor no se puede estar en el patio...

Los niños, todavía alicaídos, como recuperándose de ese abandono inesperado, van al salón, lentos y mudos. Echan de menos a *Luis*. Amalia le dice en un susurro a Madre:

—Ni un gato se ve ya por el pueblo. Ni uno.

26

El puchero ya está puesto. Dentro de poco empezará a hervir, y la casa, con las ventanas y las puertas siempre cerradas, quedará enseguida contagiada de ese olor pegajoso y salado que se inhala por la nariz pero que, en vez de llegar a los pulmones, parece bajar directamente al estómago. «¡Qué hambre!» Todos salivan. Amalia espuma el caldo y deja la paleta de madera apoyada, boca abajo, en un plato Duralex. Madre, en la cocina, trocea con la precisión de un sastre un par de pollos que irán fritos —*churruscaítos*, dicen los niños—, y de los que ella se aparta las *alitas* y los cuellos. Pocas cosas le gustan más a la anciana que chuperretear los huesos y mancharse de grasa los labios, la barbilla, los dedos y a veces hasta la pechera del traje: saca las pequeñas hebras de carne con sus dientes gastados (armada de una paciencia monumental) y, cuando acaba con su ración, aborda el plato de los demás. «¡Ese muslo no está bien rebañado!», le riñe a cualquiera de los comensales y, sin darle tiempo a responder, agarra el hueso de un extremo, como una troglodita, y lo deja limpio. Así lo hace con todos. Madre no sacrifica ese placer ni ante la mirada hostigadora de su hija. El puchero rompe a hervir y la anciana pone el pollo a macerar con unos ajos picados, un poco de perejil y un chorrito de limón. Sabe que todo eso es tarea de la sirvienta, pero ella no es capaz de quedarse en el sofá, de brazos cruzados, mientras Amalia no da abasto. A ella la cocina le gusta y, además, la entretiene. «Madrecita del alma querida...», sigue cantando la pobre. Ella, a lo suyo.

Cuando parece haberle dado el visto bueno al puchero, la criada sale al patio arrimándose a las sombras, llena una olla de agua y la pone a calentar. Va a hacer jabón. Compró ayer sosa de estraperlo en la tienda de don Teófilo, que después la mezclará con sebo hasta que quede una pasta espesa y uniforme. Lo importante es darle siempre vueltas en la misma dirección, que si no, se corta y se fastidió el invento. Mañana se levantará con dolor de brazos, eso ya lo sabe ella, pero no le queda otra. La Señora lleva unas semanas insoportable con el tema de la higiene. Solo piensa en lavarse a diario, hasta el pelo, en frotarse las uñas, en quitarse los callos y en oler bien. Cada dos por tres está restregándose colonia en las manos y en la nuca. ¡Ay, si los demás supieran que a la Señora le ha bastado casi toda su vida con un chorrito de agua en la cara, otro en las axilas y un último en la entrepierna! Pero nada, ella quiere ahora oler a perfume y del caro, que se lo trae de la ciudad doña Consolación: cuanto más fuerte, mejor. La pobre nunca lo reconocerá, pero a veces hasta se le sube a la cabeza y le provoca una jaqueca de mil demonios.

Madre deja unos segundos de tararear y a Amalia la alarma el extraño silencio en el que ha caído la casa. Secándose las manos en un trapo blanco camina hasta el salón. «¿Dónde están los niños?» Registra el patio, aprovecha para cortar unas ramitas de hierbabuena que le pondrá después a la sopa y sube a la primera planta. Camina de puntillas, rastreándolo todo con la mirada y medio encorvada. No los llama para no ponerlos sobreaviso. Ella prefiere cogerlos desprevenidos, avergonzarlos en mitad de sus actos. Vuelve a bajar. «¡Míralos, aquí están!» Hay que ver la obsesión que tienen estos niños con colarse en el despacho del Señor.

—Ya sabéis que a vuestro padre no le gusta que enreden en sus cosas. Con razón quiere él cerrarlo con llave. ¡Venga, fuera, granujas!

Los niños salen de debajo de la mesa donde el Señor fuma puros, escribe cartas y lee el periódico y sus libros. Están colorados solo del esfuerzo de ponerse en pie.

—No estábamos haciendo nada, Amalia —se excusa Antoñito.

—Pues para no hacer nada os vais al salón o a vuestro cuarto. La próxima vez que os vea aquí os dejo sin comer, os lo prometo por lo que yo más quiero... Y ya veréis cómo así aprendéis. Mira que os lo tengo dicho, que en este sitio no se entra, que vuestro padre nos lo tiene prohibido porque aquí él guarda sus cosas y sus papeles; pues nada, aquí todo el santo día. Y no será porque la casa no es grande, que hasta tenéis un corral para jugar... Mañana vais al colegio os pongáis como os pongáis, que yo tengo que tener tranquilidad para hacer mis cosas. Mirad vuestra madre qué tranquila está, que hasta se ha ido a la iglesia a rezar. ¡Ay, ojalá tuviera yo tiempo *pa* rezar o, por lo menos *pa* aburrirme! —La sirvienta sigue relatando hasta que pierde de vista a los dos niños. Echa una mirada rápida al despacho, como si ella también se estuviera entrometiendo en las cosas del Señor, y lo cierra—. ¿Por qué no cogéis los huevos del corral?

27

La Señora se aleja del confesionario alardeando de su santidad provisional. Antes de dejar el umbral de la iglesia y de salir al aire abrasador, abre la mano y deja caer unas monedas —pocas— sobre el cuenco de cobre de un ciego que, arrebujado en un rincón, implora al cielo con los ojos blancos. El dinero tintinea, y le gusta; por eso ella nunca echa billetes: que se enteren todos de que es generosa. Después de este acto de caridad, se recoge las manos al pecho y baja la cabeza, porque así cree que caminan las cristianas ejemplares. Ahora se siente limpia, casi transparente, en absoluta comunión con Dios, dispuesta a entrar en el Reino de los Cielos por la puerta grande. ¡Que repiquen las campanas! Nada de volver a santiguarse con el agua de la palangana ni de desnudarse con la excusa del calor ni de entretenerse en odiar a Madre.

—Una monedita, por favor —le suplica una tísica que, al ruido del dinero contra el cuenco, ha acudido a su encuentro como una sedienta que hubiera visto un oasis.

La Señora aligera el paso, pero la moribunda la sigue y le tira del vestido con dos dedos sucios.

—Dios mío... —resopla ella dejando los ojos como los del ciego. A punto de perder la santidad por un insulto que se traga antes de pronunciarlo, la que se cree cristiana ejemplar mete una mano en el bolso y le tira una moneda al suelo, lejos. La vagabunda se lanza como un perro a por un hueso.

—¿No tiene algo más? —le pregunta después de mirarla con desdén—. Es que tengo seis niños.

La Señora menea la cabeza: la gente ya no sabe ni ser pobre.

—¿No te han enseñado a dar las gracias? —Y se olvida de la barbilla baja y de las manos al pecho y camina por la calle, por *su* calle, meneando la cabeza y maldiciendo para sus adentros a los pordioseros y también la sequía pertinaz y aquel sol hirviente que la vuelve a tener empapada.

—Gracias, pero ¿no tiene algo más? —la escucha gritar.

28

Estos niños intentan contentarlos a todos. Para eso están siendo educados. Van tres días por semana a clases particulares de mecanografía y de francés con la señorita Gregoria, una joven apocada con poco talento para la enseñanza, pero con más paciencia que el santo Job. Su padre, que nunca deja al azar nada (y menos el futuro), cree que así podrá buscarles un buen *puestecillo* en la Administración dentro de unos años. Por su madre, cuidan sus modales y sus hábitos de limpieza. Ella, que en ausencia de su Marido se coloca el disfraz de macho, les exige un comportamiento exquisito: «digno de vuestro apellido», les dice. No quiere verlos con una mancha en su camisita bordada ni con las manos sucias ni sentados de cualquier manera. Los observa incluso de noche y los obliga a dormir boca arriba y con las manos fuera del embozo de las sábanas. Da igual que sea pleno invierno. La educación no entiende de estaciones ni de fríos. Y los niños, como pequeños soldaditos, aprenden a base de gritos, de palmas levantadas y de castigos severos.

Su abuela, que siempre les pregunta cómo han dormido, los sienta algunas tardes en el salón, al calor de la chimenea, y les canta canciones que aprende no sé dónde:

«Cuando un chino pide a una china el sí, siempre le pregunta chan chin chun chan chin. El lenguaje chino tan difícil es, que los mismos chinos no lo saben bien...» Y ellos, aunque las letras les parecen absurdas, las repiten y terminan riéndose a carcajadas, familiarizándose con el reconfortante hábito de tararear. Para complacer a Amalia, aunque no tendrían por qué, recogen cada día los huevos que las gallinas dejan en cualquier rincón del corral. Más que como una obligación lo viven como el sucedáneo de un viaje, una aventura casera que los hace creerse piratas que buscan tesoros escondidos en la parte trasera de la casa. Y los dos, Vicentito y Antoñito, compiten por ver quién encuentra más huevos. Lo hacen con mecánica devoción. Los niños, en los que la Naturaleza ha querido reproducir la viva imagen de su padre —orondos, torpes y peludos—, colocan la cesta a la entrada de la cocina, porque esas son las normas, y rebuscan junto a los árboles, en el gallinero, entre los hierbajos, alrededor del cuartucho del fondo que ya no se usa.

Hoy la diversión es otra. Arrejuntándose frente a una ventana, contemplan desde lejos a una gallina que recorre el corral seguida de cuatro polluelos, ruidosos y saltarines. La madre, mientras está segura de que nada es una amenaza para ellos, los deja correr, explorar el corral, caerse y picotearlo todo. «Qué amarillitos, qué suaves.» La abuela ya les ha advertido de que no se les ocurra acercarse ni que intenten tocarlos: un animal recién parido podría matarlos con tal de defender a sus hijos. Así de dura ha sido. «Podría matarlos», lo ha dicho con los ojos muy abiertos. A ellos les da igual. El espectáculo les parece maravilloso, aunque sea desde la distancia. Cuando la gallina los pierde de vista, pía y los cuatro polluelos salen de cualquier sitio y acuden a su llamada. Ella los recibe ahuecando las alas.

—¿Por qué hace eso con las alas? —le pregunta Antoñito, el pequeño, aunque sea solo en edad.

—Son como los abrazos de las personas.

Ninguno de los dos se mira. La gallina oculta a sus polluelos bajo su propio cuerpo. Ahí están seguros.

—Como abrazos. Ah.

29

¿Valores? Amalia no necesita «de eso». Era todavía una niña cuando supo que no le darían de comer y que solo la harían escrupulosa y mísera. La integridad, la moralidad, la responsabilidad con la sociedad... Esas son palabras ante las que ella se encoge de hombros y piensa: «para otros». Igual que son para otros el dinero, la tranquilidad, las manos finas, el papel higiénico y los viajes a la ciudad. Ella, camaleónica bajo el uniforme que le obliga a ponerse la Señora de turno, se adapta a los valores de cada casa como el agua que toma la forma del recipiente en el que se vierte. Qué fácil es para ella y para los que la contratan. «Aquí se va a misa los domingos y se reza el rosario en familia; aquí no se habla de política y mucho menos de los rojos; aquí no se saluda ni se abre la puerta a Fonsi, la del carpintero; aquí, aquí, aquí.» Y ella dice que sí a todo, con la cabeza y con los labios, con el corazón en la mano. Jamás defrauda.

Amalia es lo que los demás esperan de ella y nunca ha aspirado a ser otra cosa. Lleva sirviendo a don Paco muchos años, antes incluso de que su santa madre —aquello sí que era una mujer valiente y con carácter— muriera. Sí, entró a trabajar en su casa hace casi veinte años, «Dios santo, cómo pasa el tiempo», y nunca se han separado. Ella, mejor que nadie, sabe que al Señor le gusta la leche con media cucharadita de azúcar, los calzoncillos almidonados y la sopa de ajo. A ver si esta semana se la hace y le da una sorpresa. Crecieron a la par: ella, como una sirvienta eficaz y voluptuosa, huérfana desde siempre; él, como un joven atento y educado, cada vez más gordo. Su madre, la de él, se hacía la tonta. Parecía no ver que a Amalia le temblaba el pulso cuando le servía la sopa de ajo al Señorito, ni que él se ruborizaba cuando le tocaba la mano en un roce nada casual. La anciana, con los ojos casi en blanco, tuvo el impulso de preocuparse, de vigilarlos a escondidas y de buscarse otra criada, pero después recapacitó. ¿Y qué más daba si se encontraban de madrugada en el corral oscuro? ¿Y qué si se guiñaban el ojo cuando ella se daba media vuelta? ¿Y qué si aprovechaban cualquier ratito para comerse a besos? Mejor para su hijo, que se desfogaba en su propia cama y no con cualquier fulana. Y, mientras tanto, dentro de los muros de su casa no entraban las murmuraciones ni las habladurías: el prestigio del Señorito, y el de su apellido, limpios como una patena.

 Amalia vuelve al despacho del Señor con la excusa de limpiar el polvo. Cierra la puerta y pasa el trapo deshilachado por el escritorio. Levanta las cartas y los papeles, vacía el cenicero de puros a medio fumar y coloca la pluma paralela al borde de la mesa. De repente, se detiene ante la foto de familia que hay colgada en la pared de al lado. Es como si no se la esperara, como si la hubiera cogido de improviso. Se acerca, la contempla. La hicieron el verano pasado, en el corral, frente a la higuera. La Señora y el Señor juntos y serios. Ella, adornada con sus mejores joyas y con la barbilla ligeramente levantada, exhibe un despreocupado aire de seducción. Él, cejijunto y miope, separa los brazos para dejarle sitio a la barriga. Los niños ya estaban gordos y tenían la mirada cansada, como hastiados de posar, o de vivir. Y la madre de la Señora, doña Trinidad, sale con los ojos demasiado abiertos, como asustada por algo y espantada para la posteridad. Ella, por supuesto, no está. ¿Qué pinta la sirvienta en una foto de familia? La pobre desgraciada estaba detrás del fotógrafo, secándose las manos en el delantal sucio, con la tonta esperanza de que la invitasen a unirse a la estampa. Amalia-invisible.

Doña Trinidad aparece en el despacho del Señor.

—¡Qué susto me ha dado! —Amalia busca el trapo deshilachado y se toca el corazón, como comprobando que sigue en su sitio.

—Hija, lo siento, te estaba buscando porque quería saber dónde habías puesto... ¿A ti qué te pasa?

—Nada.

—A mí no me engañas. No estarás llorando, ¿no?

—¿Llorando yo? No, no, solo se me ha metido algo en el ojo. —La sirvienta agacha la cabeza, se retira un mechón imaginario de la frente, sorbe los mocos—. Quizás una mota de polvo...

—A ver que te lo vea.

La anciana continúa con el teatrillo; le agarra la cara a la sirvienta, se la baja a su altura y coloca los labios frente al ojo lloroso. Sopla.

—Aquí no tienes nada.

—Gracias, doña Trinidad. —La sirvienta se seca las mejillas con el piquito del trapo—. Creo que ya no tengo nada.

—Ven, que nos vamos a dar tú y yo un homenaje.

—¿Un homenaje? —«¡Qué palabra más rara!»

—Tú ven y deja de preguntar.

—Pero...

—Ven, anda.

Las dos, una delante y la otra detrás, se pierden en la cocina. Doña Trinidad saca la botellita de vino blanco con la que aromatizan el conejo en salsa. Coge un vaso de cristal de la alacena, lo llena hasta arriba y lo comparte con la criada. Un trago largo para cada una. Con la garganta aún quemándole, la sirvienta tose y después habla:

—¡Qué fuerte!

—Pero está bueno, entra bien, ¿eh? Y un traguito no nos vendrá mal a ninguna de las dos.

—Doña Trinidad, que yo no estoy *acostumbrá* a beber y esto me sube a la cabeza enseguida.

—Anda ya, mujer.

—A ver si me voy a poner a cantar ahora...

Amalia, haciendo uso (y abuso) de la confianza que le ofrece Madre, se olvida de sus tareas y se sienta en una silla apoyando el codo en la mesa, como una tabernera.

—¿Ha estado usted enamorada?

La anciana suelta una carcajada que le hace doblar el cuello hacia atrás. Toma la palabra como si fuera a explicar algo obvio:

—¿El amor? Hija mía, ¿crees que estos son buenos tiempos para el amor?

La pobre sirvienta, que de repente se siente niña, inocente y más analfabeta si cabe, se encoge de hombros. Se acuerda ahora de su madre, a la que solo conoció por fotos y por lo que le contaban por ahí los demás. Está pidiendo con los ojos que le diga la verdad. Solo la verdad.

—No sé.

—Que no se te olvide una cosa: el amor no es más importante que vivir y que mantenerse viva, y te lo digo yo, que quise mucho a mi Joaquín, que en paz descanse, pero que he visto muchos muertos. Demasiados, diría yo. Cuando cae una bomba, no hay amores ni novios que valgan, «a la mierda el amor», una echa a correr y se mete en el primer hueco que encuentra. Y se encoge, reza, se protege con sus propias manos porque solo quiere seguir viviendo, salir entera de todo aquello. —Madre se acerca a la sirvienta. La busca con la mano—. Mírate, tú eres joven y resultona, y entiendo que quieras un marido, pero no puedes...

La puerta de la calle suena con un portazo. La Señora está de vuelta. Las dos mujeres dejan la conversación a medias y disimulan. Amalia se pone en pie. Madre esconde el vaso vacío. Se acabó la cháchara.

30

La Señora entra en la cocina, donde hierve el puchero. Sigue con los guantes puestos. Ajena a las miradas de las otras dos, mete una cuchara en la olla y saca unas gotas de sopa, que enfría soplando, con los labios formando un redondel. Después, lo prueba. Paladea, piensa. Le echa un poquito de hierbabuena y una *mijita* más de sal, cualquier cosa con tal de atribuirse ante su Marido el éxito de la comida.

—Amalia, al puchero le faltaba sal y hierbabuena, pero ya lo he arreglado yo.

—Gracias.

La Señora se separa de la olla y de la cocina. No quiere sudar más.

31

Qué ilusos. Jajajajajajaja. Pero ilusos de verdad. La Guerra no acabó hace doce años. Una batalla más cruel, más agotadora y más silenciosa sigue librándose dentro de las casas, detrás de los visillos. Hombres —los que sobrevivieron a las armas o a la persecución—, mujeres solas y niños en edad de jugar lloran de hambre y gastan los días buscando qué llevarse a la boca. Cualquier cosa vale. Tortilla de patatas sin huevos ni patatas, gatos, ranas y ardillas, fruta podrida que hasta los pájaros rechazan... Y por si fuera poco, encima esta sequía, que dura ya cuatro años. No cae ni una gota. ¡Ni una sola! La tierra se resquebraja y se vacía de alimento. Como una broma del destino, los estómagos de los niños se hinchan, igualándolos a los de los hijos de la Señora, y las esquinas se llenan de pedigüeños a los que no les quedan fuerzas ni para extender la mano. Los pocos que tienen el sustento asegurado se pasean por el pueblo con el paso rápido, la vista al frente y el corazón endurecido. Las mujeres emperifolladas que van a misa menean la cabeza. «Pobres desgraciados. Dan pena. ¡Claro que dan pena! Pero una no puede solucionar toda la pobreza del mundo.»

Tan descorazonadas están las gentes que no encuentran

ánimos para ser cristianos. Van a misa —¡ahí no hay tu tía!—, aunque sea solo para alimentarse del Cuerpo de Cristo. Los pordioseros sacan la lengua temblorosa, y ensalivada, para que el cura pose en ella la redonda gracia de Dios. La Eucaristía tiene, por primera vez, más nutrientes físicos que espirituales, reconforta más el cuerpo que el alma. Don Ramón lo sabe. La iglesia se le llena los domingos, pero los feligreses que se apretujan en los bancos de atrás no tienen la mirada limpia ni los oídos receptivos. Escuchan sus sermones como el que oye el *cri cri* de un grillo. Se quedan medio dormidos y solo el momento de la comunión los despierta. La fe, que debería ser una confianza férrea en el Altísimo, no es más que un reproche que se masca desde el alba hasta la noche. Nadie entiende cómo Dios no da tregua, cómo se empeña en hacerles la vida difícil y fatigosa. ¿No dice el Caudillo que esta es la Nación elegida por Dios? «¿Elegida para qué?» Al cura se le cae la cara de vergüenza si tiene que hablar de un Padre misericordioso, del Pastor que cuida de su rebaño, del Pescador de almas. ¿Cómo convencerlos de eso con la que está cayendo? ¿Con un «El Señor aprieta, pero no ahoga»?

Don Ramón, después de la confesión de Consuelo, acelera el paso. El teléfono suena en la sacristía. «Ya voy, ya voy», dice como si el otro pudiera oírle. Atraviesa la nave central, pasa el sagrario y se topa con la mirada de la escultura de san Judas Tadeo. «Dígame.» Es un amigo suyo que trabaja en no sé qué de Meteorología. Él asiente —la papada le cuelga por encima del alzacuellos— y habla mientras mira el calor a través de la ventana. El sol parece caer en vertical sobre el pueblo, pero él no lo nota. Ni siquiera ha sudado hoy. La sacristía, y toda la iglesia, es como un soplo de aire fresco en la cara, y debiera serlo también en el alma.

32

Las comidas son sagradas en casa de los Villalobos. Así debe ser para los ricos. Comer en familia, lentamente, y sobre manteles bordados a mano es un signo de distinción. Qué pena que los vecinos no puedan verlo. «¿Dónde están los niños?» Amalia, por instinto, cuela la mirada por los cristales de la ventana. «En el corral, haciendo alguna de las suyas.» La Señora, presidiendo, clava los codos en la mesa y se tapa la cara con las manos. «Diles que vengan. Es hora de comer.» Y ellos, enrojecidos por el sol, entran corriendo en el salón con las carnes temblándoles y se sientan en sus sitios, enfrente de la abuela. Traen la boca medio abierta. La Señora niega con la cabeza, sin mirarlos: «Primero, a *lavaros* las manos.» Arrastran las sillas, corren hasta el patio, se arrodillan frente a un barreño de agua calentada por el sol y ahí meten sus dedos regordetes. Ahora sí. «En el nombre del Padre, del Hijo y del Espíritu Santo. Señor, bendice estos alimentos que vamos a comer y danos participación en la mesa celestial. Amén.»

Amalia, de pie y callada, espera a que le den la señal para servir la sopa. Primero, la Señora, después Madre, y los niños, los últimos. El asiento del Marido solo se ocupa los sábados y los domingos. El pobre tiene que trabajar hasta tarde y a ninguno se le ocurre quejarse: hay que echar muchas horas para darle de comer (tanto) a tantas bocas. Aquella mesa es como un cruce de caminos en el que cada mediodía se encuentran por casualidad todos los miembros de la familia. Durante el día, cada uno hace su vida y parecen no estorbarse, pero en las comidas, se reúnen como extraños, sin nada que decirse, repartiéndose en el mejor de los casos alguna sonrisa indefinida. La Señora, sosteniendo la cuchara con sus dedos delicados, no le quita los ojos de encima a su hijo pequeño, que se derrama por la silla y que agacha la cabeza para que el trayecto sopa-boca sea lo más corto posible. Está hipnotizada y asqueada, las dos cosas a la vez. Lo observa mientras respira a conciencia: cada bocanada de aire le va ensanchando más y más los pulmones. Echa los párpados durante unos segundos.

—Antoñito, por favor...

El niño, rojo y babeando sopa, levanta la mirada: los ojos por encima del plato.

—¿Qué?

—Come con tranquilidad, por favor. Como las personas.

—Tengo hambre.

—No deberías comer con tanta ansia —dice ella, como si le reprochara algo a un adulto.

El niño asiente, pero no presta atención. Agarra con la mano que le queda libre una rebanada de pan blanco y la echa entera en la sopa. Los ojos se le salen de las cuencas. La cuchara no para ni un segundo. Arriba-abajo, arriba-abajo, arriba-abajo.

—Antoñito, por favor. No te lo digo más.

—Es que tengo hambre.

—Me da igual, como si te estás muriendo de hambre. Nadie te va a quitar la sopa. Come más despacio, por favor.

La Señora pierde el apetito con facilidad. Aún no ha probado el caldo que, todo hay que decirlo, huele estupendamente. Respira hondo, como empezando desde cero. Hunde la cuchara en el plato y parece que no tiene fuerzas para levantarla. Al final, lo hace. «Buenísima.» Menos mal que le echó las hojitas de hierbabuena. El estómago se le calienta y casi empieza a sudar. Ya está harta, empachada. No puede más. La vida se le antoja como ese plato, que no es capaz de terminarse.

—¿Quieres comer más despacio? ¿Y puedes no sorber la sopa, por favor? Es que a veces me da la sensación de que te has criado con animales o con cualquier familia de este pueblo. ¡Qué vergüenza!

Madre no se atreve a intervenir.

Antoñito ralentiza la primera cucharada, pero después se embala. Es algo superior a él. Ella aprieta su cuchara con la misma firmeza con la que se empuña un arma.

—Quiero más —dice el niño con la voz aguda, como si las cuerdas vocales estuvieran asfixiadas entre tanta grasa. Coge el plato con las dos manos y lo levanta. Por la barbilla le gotea la sopa.

Amalia, que no se mueve del salón mientras los demás comen, consulta a la Señora con los ojos. Ella da su consentimiento, pero suspira y se rinde. No aguanta más ese espectáculo, y menos en su casa. Abandona la cuchara en el plato y se levanta de la mesa. «¿Adónde va?»

33

La Señora no perdona la siesta y menos con este calor. Con el estómago medio vacío, se va relajando a medida que sube los peldaños que la conducen a su retiro diario. Antes de encerrarse en su dormitorio, se para y grita la frase de siempre: «No quiero ni un ruido.» Desde la planta de abajo no le contestan. La habitación de matrimonio, en penumbra, no está tan fresca como ella quisiera. Con una cierta teatralidad, se deja caer en la cama, como una desmayada elegante, y se queda allí, sobre la colcha que con tanto esmero ha estirado la sirvienta. Con los mismos pies se despoja de los tacones, que chocan contra el suelo de cualquier manera. Como si los demás (los desconocidos, los pobres, los niños sin educación) también la obedecieran, no la perturba ni un mal ruido de la calle. Los que han comido, reposan; y los que ayunan intentan no gastar demasiada energía. El verano trae también este silencio perezoso, esta oscuridad ágil. Le gusta esta sensación: los ojos se le cierran casi sin darse cuenta. Ella, en un estado de absoluta relajación, como a punto de ser etérea, no piensa en nada, solo tiene conciencia de su cuerpo, de la pesadez de sus extremidades. Diría que es feliz o que se ha reconciliado con la vida. Nada le importa, nada hay a las afueras de este sueño que la va dejando atontada, desfallecida. Nada hay a las afueras de esta penumbra luminosa que lo deja todo taimado, apetecible, dulce. Nada hay a las afueras de ella misma. Ella y solo ella. Abre la boca para respirar con más comodidad. Se da la vuelta y se acurruca en la frialdad de la cama inhabitada. La mesita de noche con el libro de los ejercicios espirituales de... La Señora duerme.

34

Un beso fugaz la devuelve a la vigilia. A la vida. A su casa. ¡Ni que fuera la Bella Durmiente! Entreabre los ojos y se seca la mejilla con un gesto automático, cruel. La primera imagen que se le aparece es la de su Marido, encorvado sobre ella, con un sudado gesto de ternura. La Señora vuelve a bajar los párpados, a refugiarse en la negrura-anaranjada de sus adentros. Se acurruca más. ¿Es esto una pesadilla? ¿Por qué nadie respeta su letargo? Él, insistente hasta el hastío, vuelve a posar sus labios calientes sobre la mejilla de su esposa. Después, inspira el perfume de su cuello, se detiene unos segundos, saca un poco la lengua. Ella, desprotegida a pesar de su posición fetal, nada odia más que eso, que la despierten. Y nada odia más de su Marido que la asuste con besos y arrumacos, que la coja desprevenida, que se entrometa en su descanso. La Señora suspira, se incorpora en la cama sin abrir los ojos: la sonrisa somnolienta, la cara hinchada, el estómago encogido. Se recoloca el collar de perlas.

—¿Ya has venido? —Es evidente, pero necesita preguntarlo.

—Sí, he llegado antes.

—¿Has comido? —«¿Qué hora es?» Mira a su alrededor para ubicarse. Debería poner un reloj en el dormitorio.

—No, todavía no. Amalia me está calentando el puchero. Abre los ojos, tengo una sorpresa.

La Señora se espabila ante esa palabra, como si le hubieran echado un cubo de agua helada sobre la cara. ¿Una sorpresa? ¿Buena? Sí, seguro, las sorpresas deberían ser siempre buenas. Ella no se da cuenta, pero parece a punto de coquetear.

—¿Una sorpresa?

—Para ti. Para todos.

—¿Buena?

—Claro, mujer. ¡Si no, no sería una sorpresa, sino una mala noticia! —Y sonríe sobre ella.

Ella se tapa el rostro con las manos y se restriega los ojos.

—Ah.

—Nos vamos a la playa —anuncia él, y se queda con los ojos abiertos.

—¿A la playa? ¿Por qué?

—Me han mandado a un congreso, a uno importantísimo al que van a ir todos los peces gordos. Y nos vamos todos unos días: tu madre, los niños, Amalia... —Su entusiasmo espera una respuesta.

Ella traga saliva. No sabe si enfurecerse porque la sacan a empujones de su rutina, y de su santuario, o alegrarse al imaginarse sobre el fondo azul del mar. Bosteza mientras se decide.

—Me alegro —susurra. No sabe qué hacer.

—Consuelo, ¿no querías conocer la playa?

—Sí, sí. —Parpadea, incrédula. Se mira la mano derecha, que acaba de posar sobre la colcha—. Nunca he estado. Dicen que el mar impresiona. Y que da miedo.

—Pues ve pensando en hacer las maletas, que nos vamos en un par de días.

—¿Tan pronto? No sé, me parece demasiado rápido y, además, los niños están resfriados... Quizá deberías ir solo.

—¿Solo? No, eso ni *mijita*. Todos van con sus mujeres y yo quiero ir con *todos* vosotros.

La Señora no tiene ganas de oponerse.

—¿Nos quedaremos en un hotel? Tampoco he estado nunca en ninguno.

—Sí, y en un hotel de los buenos, que ya me he encargado yo de que nos reserven dos habitaciones; una para nosotros y la otra...

Ella hace el ademán de levantarse y, como una ola, se le vienen encima todos los preparativos: la maleta, los bañadores, los albornoces. «¿Necesitaré algún vestido?» Él la frena doblándose hacia delante.

—¿Te ha gustado la sorpresa?

—Sí.

La Señora se deja abrazar mientras piensa en el mar.

35

El Señor come en la mesa de la cocina, junto al hornillo y a la alacena, con Amalia sentada enfrente, sonriéndole como una boba. Él tiene la cara rojeada, brillante por su propio sudor y por el vaho de la sopa.

—¡Que nos vamos a la playa, Amalita!

Ella se muerde el labio inferior y sacude la cabeza mientras deja caer la mejilla a la izquierda, sobre la mano.

—¿Y qué voy a hacer yo en la playa?

Él, con su servilleta atada al cuello, por debajo de la papada, sube los dos hombros a la vez:

—Pues lo que hace todo el mundo, bañarse, pasear por la arena, tomarse un helado... Yo qué sé. —Toma aire—. ¿Es que no quieres ir o qué?

Ella baja la mirada, desbordada.

—Sí, sí, solo que no me lo esperaba. Yo nunca he ido de vacaciones.

Él le guiña un ojo. Una gota de sopa se le balancea en la barbilla, como a su hijo:

—Pues ya es hora, ¿no?

La sirvienta, agradecidísima, se pone en pie.

—¿Quiere más sopa?

Él dice que sí con la cabeza y le acerca el plato vacío. Ella se lo llena hasta los bordes: siente que así lo compensa por tanta bondad. Verlo hermoso es su triunfo particular (sobre la Señora), la prueba sebosa de que se desvive por él y de que hace bien su trabajo. Ella casi se atrevería a medir su amor en kilos, en los kilos de ese hombre que tiene enfrente y que suda y sorbe, todo a la vez. Un primor.

—Está muy buena, tienes una mano para la cocina...

Amalia, que se emboba ante el Señor con una facilidad pasmosa, suspira y vuelve a su silla, a verlo disfrutar con la comida.

—¿Cómo le ha ido el día?

36

A Madre, que a estas alturas de su vida ya no le quedan ganas de aprender a leer y escribir, le toca hacer de maestra improvisada durante la sobremesa, cuando todos son susurros, modorras y silencios. El tiempo parece ralentizarse. Se sienta con los nietos en el salón y les dice muy bajito:

—Venga, ahí os quiero ver, leyendo ya.

Los niños, sentados en el suelo, obedecen, comparten un libro y recitan al unísono. Juntan las dos cabezas:

—«Los dulces, los pasteles, la carne salada, las bebidas espirituosas, la cama blanda, el vestido delicado, las habitaciones templadas en invierno y la frescura en verano son placeres más bien de lujo que verdaderas necesidades.» Abuela, ¿qué significa eso?

Madre, que ya ha apoyado el moño en el cabecero del sofá, sale levemente de su atontamiento.

—A ver, ¿me lo repetís otra vez, que no me he enterado muy bien? Pero ahora lo leéis más despacio.

Los niños vuelven a declamar con torpeza, descansando en cada sílaba:

—«Los dulces, los pasteles, la carne salada, las bebidas espirituosas, la cama blanda, el vestido delicado, las habitaciones templadas en invierno y la frescura en verano son placeres más bien de lujo que verdaderas necesidades.»

—Pues ¿qué va a significar? Que hay niños que no tienen tantas cosas como vosotros, como nosotros. Vamos, que se puede vivir con menos.

Lo dice de boquilla, titubeante como una peonza sobre un suelo pedregoso.

—¿Como los niños que son pobres?

—Mira, mejor se lo preguntáis a vuestro padre y que él os lo explique, que yo estoy muy vieja ya para estas cosas.

37

Y la Señora no puede volver a la siesta a pesar de que su Marido le ha dejado para ella sola la cama, la habitación y la penumbra. Se le ha olvidado entornar la puerta. Un cosquilleo cerca del pecho parece traspasarla, le impide cerrar los ojos y abandonarse al sopor. Ya está alterada. Aprieta los puños, inspira por la nariz. El colchón se vuelve de repente una pila de brasas o un lecho de espinas, o algo mucho peor: un estercolero. Ya no quiere estar ahí, salta. La vida, como siempre desde que ella recuerda, no necesita más de un segundo (o un par, a lo sumo) para transformarse, para cambiar de tono y de camino, para dirigirse a un nuevo destino. No sabe qué hacer. La habitación se le queda pequeña, pero no bajaría al salón por nada del mundo. Necesita tranquilidad para pensar, para ponerse nerviosa... Le llegan las voces de los niños. «¡Bien, bien!» Debería salir a reñirles —aún es hora de hablar bajito, de respetar el descanso vespertino—, pero supone que el padre les acaba de dar la noticia de las vacaciones. Se los imagina a todos, incluidas Madre y Amalia, llenando el salón, celebrando la noticia, quizá dándose abrazos y convenciéndose de que no recuerdan alegría mayor o más inesperada. Seguro que están todos sonriendo, mirando (y admirando) al

Señor con regocijo. «¡A la playa, a la playa!» Hasta el dormitorio parece contagiarse de ese jolgorio natural que emana de la planta principal. La Señora tose. Cierra la puerta, abre un poco la persiana, lo justo para diluir la oscuridad, y se dirige al armario. Se pone firme y seria, como un capitán revisando a sus tropas. Tiene trajes de todos los estilos, de todas las telas. ¿Le sirve alguno para *esas* vacaciones? Y tiene una pregunta aún pendiente: ¿debería alegrarse por la sorpresa?

38

Ella tiene el don de la inoportunidad. A la Señora le llegan las tribulaciones del alma cuando debe ser un ejemplo de fe ante sus hijos. La avasallan las jaquecas cuando necesita estar lúcida y serena para llevar las cuentas de su casa. Y se le multiplican las responsabilidades cuando se encuentra atareadísima. Pasa los días aburriéndose más que una santa y hoy, que debería gestionar la pequeña revuelta que se ha formado en el salón con el anuncio de las vacaciones, ha sido llamada por el cura con urgencia. Sí, eso ha dicho: «Con urgencia.» ¿Qué puede ser tan importante como para que ella tenga que dejarlo todo y acudir, rauda y veloz, a la iglesia? «¿Qué habrá pasado, Dios mío?» ¿Qué es eso que requiere su presencia de forma inmediata? Menos mal que ella está siempre en tacones y de punta en blanco (aunque en realidad, vista de negro), preparada para echarse a la calle. Se palmea las mejillas, se alisa el vestido con la palma de la mano, se rocía un poco más de perfume de jazmines detrás del lóbulo de las orejas y en las muñecas, y lista.

La Señora, que alza la mirada nada más salir de su casa —cuánto le gusta la luz primera de la tarde y no esa claridad violenta del mediodía—, trota calle arriba y no se para. Falsamente alarmada. Sinceramente agradecida. Se siente importante porque don Ramón quiere verla «con urgencia». Le gusta sentirse imprescindible. ¿Qué querrá? La curiosidad la reconcome. Cruza la calle Ancha en un segundo: Señora-relámpago. Frena el paso nada más entrar en la frescura de la iglesia. Recupera el aliento con la boca abierta mientras entorna los ojos para distinguir en la penumbra. Moja la punta de los dedos en la pila de agua bendita, se santigua, hace una pequeña reverencia al pasar por la nave central, frente al Cristo siempre sufriente, y se dirige hacia la sacristía, donde parlotean algunas mujeres ricas.

—Entre, Consuelo, entre, no se quede en la puerta —habla don Ramón.

Allí están todas: doña Angustias y su verruga peluda, doña Dolorcita, que solo la saluda cuando está el cura delante, doña Isabel, la que se acuesta con el guardia civil, también casado, y Pilarita, ¡qué tonta es la pobre!

—Buenas tardes.

Esas arpías, a pesar de tener menos dinero que ella —vamos, podría contratarlas a todas como sirvientas—, la tratan con desdén, como una intrusa o una disfrazada a la que un día se le caerán las perlas y las sedas, y se le verán sus verdaderos ropajes: los de pordiosera. La Señora toma asiento al lado del cura para subrayar la complicidad que los une y se coloca recta y abnegada. Termina su entrada triunfal con un suspiro.

—Pues creo que ya no falta ninguna —anuncia él.

Las demás se miran unas a otras, pensando en qué pueden tener en común ellas con la Señora.

—Aquí estamos, para servirle a Dios y a usted —dice la adúltera. Por más que se empeñe en disimularlo, el pecado le asalta la cara como un carmín imponente.

—A ver, he estado pensando... —La lengua se le vuelve

torpe—. Saben ustedes que la fe, hijas mías, no da de comer. La gente viene a misa, pero no cree. Se lo digo yo, que los veo a todos desde el púlpito, y eso se nota en la mirada. Dura, fría, hambrienta. Los españoles son cada vez más ateos o más despreocupados; no quieren cuentas con el Padre y mucho menos con la Iglesia. Los cuidados del alma no interesan a los que tienen el estómago vacío, y la verdad, no sé qué hacer ni adónde vamos a llegar...

Todas asienten y bajan la vista al suelo, compungidas por las palabras del párroco. Ellas, gracias a Dios, están servidas en lo material.

—Lo que estaba pensando es que vamos a organizar una procesión en el pueblo para pedirle a la Virgen que llueva.

—¿Una procesión? ¿Con este calor? —La Señora no tiene nada en contra de los milagros, pero esto le parece demasiado.

—De eso se trata: que se vaya el calor y llueva un poco —aclara el cura.

—Pero...

—¿No cree usted en la intercesión de la Virgen? —la interroga don Ramón. Las otras se atreven a mirarla.

—Por supuesto que sí, solo que... Que no sabía que eso se hiciera. Me refiero a una procesión para pedir lluvia. —Ella no tenía constancia de que Dios Padre pudiera cambiar el tiempo y traer lluvia como por arte de magia. Alza las cejas.

—Yo creo en el poder de María Santísima, madre de todos nosotros —sentencia el cura.

—Y yo, por supuesto —añade una de las presentes.

—La oración mueve montañas. Y eso es lo que vamos a demostrarle a este pueblo, que la Virgen atiende a los cristianos de corazón —explica el párroco—. Lloverá, se lo aseguro.

—¿Y si no llueve?

—Lloverá. Hágame caso, doña Consuelo.

—Ay, sí, que falta nos hace... Los campos están secos,

muertos diría yo. Mi marido no ha contratado esta temporada más que a diez jornaleros. Con eso ha tenido suficiente para recoger toda la cosecha. ¡Figúrese usted, don Ramón, cómo está la cosa! Si yo me acuerdo de que en los años buenos, hemos tenido trabajando a cien hombres. ¡Como lo están oyendo, a cien hombres! Y podía haber sido peor... En fin, la vida... —Pilarita sacude la cabeza y se revuelve en su asiento—. Eso sí, tenemos que aguantar que día y noche venga gente a nuestra casa a pedirnos trabajo. Pero si no hay nada que recoger, ¿para qué los vamos a contratar? Y nada, que no se enteran.

—Sacaremos a la Patrona el miércoles por la tarde, a ver si llueve de una vez. Y antes, rezaremos un rosario aquí, en la iglesia.

—Don Ramón, ojalá Ella nos oiga, porque no se imagina lo que yo sufro —añade Pilarita, que no se calla. ¡Qué tonta es la pobre!

—Todas sufrimos mucho. No hay más que darse una vuelta por el pueblo y ver a la gente, tan delgada, tan demacrada. Una pena.

—¡A mí me parece *fabulosa* su idea, que el pueblo se acuerde de su Patrona! —dice doña Isabel, que habrá escuchado la palabra en alguna radionovela.

—Necesito su ayuda, ya saben, para las flores, para colocarle el manto a la Virgen...

—Padre, no se preocupe. Cuente con nosotras.

—Y si le hace falta dinero, don Ramón, pídalo... Pida lo que necesite, no se corte, que por eso no hay problema —lo anima Consuelo, y se queda sonriente. Ea, ella ya ha mostrado su poderío.

39

Amalia se desquicia y agarra a toda prisa a los niños, cada uno por un brazo, y los arrastra hasta el corral.

—Venga, *daros* prisa, que os quiero enseñar una cosa.

La sirvienta, temblando y con la mente en blanco, intenta entretener a los pobres críos, apresurados y aturdidos, sacados de sus juegos a empujones. Ella les habla atropelladamente, les cuenta cualquier pamplina con los ojos redondos:

—¿Sabéis que una vez se coló en el corral un águila que se quería comer a las gallinas? Era así de grande y no sabéis el miedo que pasamos, yo estaba *acojoná*. Salí con la escoba mientras vuestro padre buscaba la escopeta, pero cuando la vi... ¡Madre mía, qué miedo! Menudo bicharraco, eso me come hasta a mí. —Alza la voz para ocultar los gritos que vienen de la calle y que se cuelan por debajo de la puerta y por el hueco de la chimenea.

Amalia no escuchaba esos chillidos desde que iba a las matanzas, y el cerdo, panza arriba y con las patas delanteras y traseras atadas, se desgañitaba cuando su tío Juan, de un golpe limpio, le hundía el cuchillo en la carne y lo rajaba a todo lo largo. Se hubiera negado a comer los chorizos y las morcillas que salieron del pobre *guarrino* si no hubiera tenido tanta hambre. Los estómagos vacíos nublan la mente, y también los sentimientos. Vicentito y Antoñito, que no son tontos, miran hacia atrás, asustados y muertos de miedo, aunque ella se empeñe en distraerlos.

—Vamos a buscar huevos —propone la sirvienta, con los ojos espantados—. Venga, ¿dónde pueden estar?

—¡Pero si ya los hemos recogido esta mañana! —protesta Antoñito. Y con razón.

Cuando Amalia ya no sabe qué hacer, se arrima los niños al regazo y los abraza a los dos, tapándoles los oídos con los brazos. Doña Trinidad, igual de cotilla que golosa, se oculta tras los visillos del cuarto de costura y no se pierde detalle. Dos guardias civiles detienen a Margarita, que berrea, patalea y se retuerce en posturas imposibles. «Yo no sé nada, yo no sé nada. Dejadme, por Dios. Lo juro, yo no sé nada.» Su marido desapareció —que no murió— tras la Guerra y sospechan que ella, con la excusa de buscar espárragos por el monte, lo abastece de alimentos, a él y a otros guerrilleros rojos. A la desgraciada se le deforma la cara suplicando perdón. Madre menea la cabeza y hace un extraño mohín con los labios; sospecha, además, que todas las vecinas asisten a la escena desde la penumbra de sus ventanas. La anciana se santigua. Si hubiera sabido que Margarita, a la que ella conoce de encontrársela por la calle, no volvería a su casa, hubiera llorado a lágrima viva, pero cómo podría imaginarse ella tan triste final en esta tarde anaranjada.

40

Quieren que ella se encargue de las flores. ¡Ejército de arpías, mujerzuelas baratas, hijas del mismísimo Satanás! «Sí, ¿por qué no se ocupa usted de la decoración floral de la Patrona, doña Consuelo? Claveles y nardos estarían bien, ¿no le parece? Todo blanco, hermoso y puro, como Dios manda y como le gusta a la Virgen», insiste Pilarita con su cara de lela y la baba royéndole la comisura de los labios. ¡Qué tonta es la pobre! Don Ramón, ingenuo como un seminarista de pueblo, les sigue la corriente. Este no se *cosca* de nada. La Señora, que inventando excusas tiene una rapidez que no se la salta un galgo, les dice que no, que ella no puede, que tiene que volver a casa rápido, que la esperan sus niños y su Marido. La pobre habla mientras intenta recomponer su cara, desfigurada por el pánico. Las otras hacen como si se tragaran sus mentiras, intercambiándose miradas fugaces, y el cura, siempre en la inopia, se encoge de hombros. Ella se ofrece a lavar y a planchar la sotana de los días especiales. «Hágalo con mucho cuidado, que es una tela carísima, bordada con hilos de oro. Y es del siglo pasado.» La Señora asiente —piensa en que lo hará Amalia—, baja un poco la cabeza y, con un «Hasta la vista», abandona aquella asamblea de pecadoras en la Casa del Señor. Se sabe ya acribillada. Ha roto una de las principales reglas de supervivencia: nunca debe irse la primera de una reunión de mujeres. ¡Nunca! Las demás, las que se quedan, las que la observan mientras se aleja, aprovecharán algún ir y venir del párroco para despellejarla, para reírse a mandíbula batiente, para levantar rumores, falsedades y suposiciones sobre ella que llegarán a los oídos de todos los vecinos y que se quedarán flotando sobre el pueblo, como una boina negra y pestilente.

A la Señora se le olvida hasta persignarse al pasar por la nave central, frente al Cristo Sufriente que gobierna el altar. Ella solo quiere huir, salir a la caída de la tarde y correr hacia su casa. Paladea un insulto que nunca llega a salir de su boca. «Hijas de...» ¡Querían que ella se encargara de las flores! Antes muerta que ir a casa de *la* Manola, que vive más allá del matadero, casi en las casitas bajas —antes blancas, ahora sucias— que dan al río y a un descampado lleno de ratas y matojos. Ella no pisa esa zona desde que se casó con su Marido. Nació en aquel escenario miserable, sí, allí creció en un tiempo tan lejano que se lo imagina en blanco y negro; allí se escondía de los bombardeos y de los gritos de la Guerra, allí se besuqueaba con Juanito y de allí la sacó Madre para convertirse en la Señora.

—Hija, te casas con un funcionario. Se acabó la mugre y esta gente, que son como animales. Nos he salvado.

La Señora abrió la boca, pero no pronunció palabra. Ella, que ya se había resignado a la pobreza, no estaba preparada para tal cambio de vida.

Madre continuó:

—No hagas la maleta. Todo esto se queda aquí. Él nos comprará lo que nos haga falta.

No dejó tiempo para lloros ni para despedidas absurdas.

Les esperaba lo mejor. En un par de días, saldrían del fango. Adiós a las bestias.

—Pero...

—Ni «pero» ni nada. ¡No me voy a quedar aquí toda la vida pasando hambre! —concluyó Madre.

41

Madre solía decir que la impaciencia era una culebrilla que le subía y le bajaba por las venas y que no la dejaba respirar. También decía que se parecía a un picor de esos malos, de los que uno no sabe dónde rascarse. Por eso a nadie le extrañó que fuera a aquella casa por segunda vez. No habían pasado ni tres días, pero ella quería comprobar que Paquito —¡qué rápido se familiariza ella con los desconocidos!— seguía encaprichado con su hija, que ese mismo brillo le subía a los ojos y que su carne rosa se ponía roja y sudada, como cocida, en cuanto escuchaba su nombre. Recorrió el pueblo entero con sus babuchas llenas de tierra, sin separar apenas la vista del suelo, se subió al umbral y se colocó junto al pecho la foto de su hija, igual que un escudo. Era tarde, las campanas de la iglesia estaban a punto de dar las once. Las mujeres como Madre no le tienen miedo a la noche, solo a la condena que es comer poco y mal un día sí, y otro también. Cerró la mano en un puño y aporreó la puerta con demasiadas ganas:

—Buenas noches.

Amalia, todavía una muchachita, abrió extrañada y la miró con indiferencia; después se cruzó de brazos bloqueándole la entrada:

—¿Qué quiere usted?

—He venido a hablar con tu señor.

—Está ocupado. Además, no recibe visitas a estas horas. Son casi las once —le dejó claro la sirvienta.

Cuánta insolencia en su pose.

—Querrá verme —se encaró la mujer. Le acercó la foto de Consuelito.

Endureció el tono:

—Ya le he dicho que está ocupado. Y, además, ¿no sabe que es de mala educación ir a una casa decente más tarde de las diez?

—¡No me hagas llamarlo a voces, que pego dos gritos y despierto a *to* la calle!

Don Paco, esa mole de carne rosada, se acercó a la puerta y se quedó ahí, recuperando fuelle. Madre se lo imaginó sacando la lengua como un perro:

—¿Qué pasa?

—Esta mujer, que insiste en verlo, y fíjese las horas que son. —La fulminó con una mirada de desprecio.

La otra no dijo nada, solo alargó el brazo para ofrecerle la foto de Consuelito. El Señor casi babeó:

—Ah, usted.

—Venía a verlo.

—¿Ha venido... ella? —Y estiró el cuello buscándola en la oscuridad de la calle.

—No, todavía no. Tenemos que hablar antes, que hay que dejarlo todo muy *clarito*. —Se dispuso a entrar.

—Pase, pase.

La criada se echó a un lado y, poco a poco, se pegó a la pared y fue retrocediendo hasta que acabó en la cocina.

—¿Qué quiere?

—Tengo a la niña preparada.

—¿«Preparada»?

—Sí, para casarse.

—Pero ella...

—Ella lo está deseando. Ya le digo yo que sabe coser y cocinar, que aprendió a leer y que es gloria bendita, que nuestro único defecto es ser pobres... y eso no lo elige una, ¿verdad?

—No, supongo que no.

—Y no le digo lo guapa que es porque eso ya lo sabe, solo hay que verla en la foto, ¿no le parece? Mire qué carita, y los ojos. Parece una modelo de un pintor, no me diga usted que no.

—Guapa es, guapísima.

—Y eso que gana más al natural. Y el porte que tiene es de una reina. Se pasea siempre, desde chiquitita, con el cuello muy estirado y los hombros para atrás, con andares de gente pudiente. Y es escrupulosa como una monja. Eso sí, trajes mi niña no tiene, ni tampoco joyas, pero ¿para qué quiere alguien con dinero, si dinero es lo que le sobra a usted? Solo hay que ver dónde vive. —A la vez que hablaba lo cotilleaba todo con los ojos: mirada pendular.

—Pues sí.

—¿Nos recoge usted el domingo, por ejemplo?

—Quizás es... —El corazón se le desbocaba dentro del pecho.

—Que a la niña pretendientes no le faltan, tiene usted que darse prisa, que ya ha cumplido los veintiuno. Usted parece mayor que ella, ¿me equivoco?

—Veintiséis.

—Perfecto, que siempre es bueno que el hombre sea un poco mayor. No se arrepentirá, créame. Ya verá en cuanto la tenga delante, lo que va a presumir con ella del brazo. Prepárese para que todos lo envidien porque mi hija es mucha mujer. —Y volvió al umbral—. ¿No tendrá un vasito de agua o de leche? Que no vea la caminata que me espera de vuelta a casa.

—Sí, por supuesto. —Volteó la cabeza, parecía aturdido—. Amalia, tráigale un vaso de leche a esta mujer. Y algún pastel. ¿Quiere unos roscos de azúcar que hace mi muchacha?

—Si se empeña...

La anciana engulló la leche y tres roscos de azúcar, uno detrás de otro. Y, después, se limpió la boca con la palma de la mano, pidió otro rosco para su hija y salió:

—Lo espero el domingo, a las ocho, para no levantar mucho revuelo, ¿le parece bien?

—Sí... —titubeó.

—Lo espero —insistió ella—. Tome, le dejo la foto, para que no se le olvide su cara, aunque dentro de nada la va a tener usted todo el día en casa.

Amalia salió de la cocina excusándose:

—Discúlpeme, señor, me voy a la cama. No me encuentro bien.

Aquella noche ella durmió en su cuarto, el que está en la cocina, el que no tiene ventanas. Él colocó la foto de su futura esposa bajo la almohada y se despertó casi sonriendo.

42

Juanito sigue soltero. O al menos así se lo imagina la Señora: entristecido (y casto) de por vida, aún enamorado de ella y suspirando al anochecer, cuando se mete en la cama fría y frota contra las sábanas sus pies hinchados. Sus labios, esos que a veces pinta de carmín, no han vuelto a pronunciar su nombre desde que un chófer las recogió a las dos de aquel tugurio. Madre, aunque llevaba preparada desde el amanecer —el moño recogido, las uñas limpias, los codos y las rodillas frotadas con piedra pómez—, se retrasó para que sus vecinos tuvieran tiempo de salir de sus chabolas y arremolinarse en torno a aquel coche oscuro que se las tragaría para siempre, como un agujero negro. Atrás quedaron las callejuelas de barro, los perros pulgosos (peleándose con los niños por algún trozo de pan duro o por alguna hierba verdecida), las cartillas de racionamiento y las mujeres arrodilladas frente a un barreño de metal, tiñendo de negro sus pocas prendas. Vestidos floreados, faldas hasta el tobillo y ropitas pequeñas que entraban en el agua y, como si fuera fuego, salían de luto, chamuscadas. «Hija, así es la guerra: a unos los mata y a otros los viste de negro.»

De todas formas, ella intenta no pensar demasiado en

aquel pasado que se le antoja amarronado, como abrir los ojos bajo un agua fangosa, porque eso sería reconocer que hubo una época en la que no existía la Señora, solo una joven guapa y pizpireta, con las manos callosas y la risa fácil. Confirma justo ahora, cuando trota calle abajo, su odio por los perros. No soporta ni al de Aurora, por muy limpio que diga que está. Ella siempre se recoge las manos al pecho y se pone de puntillas cuando se cruza con uno. ¡Si los demás supieran que cualquier chucho le lamía los pies cuando la pobre, todavía niña, se quedaba adormilada en una silla, junto a la fachada de su vieja casa! Clava la mirada —como un marinero echa el ancla— en la puerta de su casa, pero ni eso la salva de navegar hasta sus orígenes. Ve a su Juanito con los pantalones arremangados y fumando tabaco de liar. Lo ve llegar desde el río con un cesto de ranas, con los dedos asomándosele por las alpargatas. No ha vuelto a comer ancas de rana desde entonces. Lo ve agarrándola por la cintura y arrimándola hacia él, sonriéndole en el cuello. El vello se le eriza. La Señora menea la cabeza, se seca las lágrimas antes de que se le derramen y echa grandes bocanadas de aire. Se agarra al llamador de la puerta de su casa antes de caer de rodillas en el suelo.

—¿Te encuentras bien? —Angelita, que casi da por concluida su jornada de pintura, deja la brocha en la acera y tiene intención de socorrerla, pero no se mueve—. ¿Te encuentras bien?

43

Es sobria, señorial, contundente. Cualquier constructor diría que parece reprimirse un lujo que apenas queda esbozado en el enorme aldabón, en las historiadas rejas de las ventanas y los balcones —esas que Amalia odia limpiar— y en un azulejo hermosísimo que lucía sobre el dintel de la puerta y que desapareció, nadie sabe cómo, en la Guerra. Esa fue la única pérdida de la contienda para la familia, un azulejo. La casa de los Villalobos, en el número 18 de la calle Ancha, la que da directamente a la plaza de la iglesia, ha sobrevivido a los bombardeos de los dos bandos, a las inundaciones del 43, a la muerte de doña Ascensión del Campo y al pequeño terremoto que zarandeó el pueblo aquella mañana de primavera en la que, curiosamente, a la Señora le bajó la regla por primera vez. A simple vista, uno podría decir que es una casa fuerte y tenaz, pero si la mira bien, tiene un no sé qué contradictorio, como una fragilidad callada, amenazante. Esos muros parecen destinados a perdurar eternamente o, por el contrario, a derrumbarse algún día, de pronto y sin previo aviso, sobre la familia, engulléndolos a todos y aniquilando en un momento este linaje centenario. El casoplón de los Villalobos, así lo conocen en el pueblo, es casi tan imponente como la iglesia y lo cierto es que no hay razones objetivas para explicarlo: no es más alto ni más grande ni diferente a las otras construcciones de alrededor. Quizá sea por los que la habitan. Quizá. Los vecinos que pasan por la calle Ancha, al llegar al número 18, aceleran el paso y hacen un esfuerzo por no mirar, por fingir indiferencia. Algunos, los que no se pueden reprimir, sueltan un resoplido que es pura envidia. En esta casa, como alardean los interesados, han nacido y han muerto todos los miembros de la familia Villalobos. Ni uno solo se escapa. Sus camas, las mismas que todavía están, han soportado los chillidos del parto y el silencio de la mortaja. Por esa puerta que ya no tiene azulejo salen al mundo y por ahí también vuelven a la tierra y a la nada. En esta casa parece perpetuarse el matriarcado. Bajo este techo, a las mujeres se las bendice con la voz y con el voto, y se condena a los hombres al yugo de la obediencia. Siempre ha sido así. En esta casa no anidan las golondrinas ni sobreviven las moscas; Amalia las mata con un trapo blanco. En esta casa hay ratones, aunque aún no lo saben. La Señora se cruzará con uno un día de verano y le entrará tal ataque de pánico que tendrá que venir don Andrés, el practicante, a darle un calmante: con lo que ella ha sido... ¡Teatrera! Dentro de un siglo, esta casa será vendida a una familia forastera que la convertirá en un hostal de esos que llaman «con encanto». Esta casa, que parece un vigilante o un espía, está a punto de llenarse de gritos.

44

«¡Amalia, Amalia!» Ni un «Hola» ni nada. La Señora se olvida de la buena educación cuando le viene en gana. Entra en casa gritando y se queda parada en el salón, ante los asombrados ojos de sus hijos y de Madre: ninguno habla. La miran desde la quietud más absoluta, sin pestañear, como si ella fuera un animal salvaje que pudiera atacarlos al menor movimiento. La criada, que regaba los geranios rojos y la dama de noche, acude a su encuentro sin imaginarse que tiene ante sus ojos a una Señora vapuleada, humillada y abochornada por esas mujeronas estiradas que caminan ahora cogidas del brazo hasta la casa de *la* Manola, vaciándose de carcajadas (todas a costa de ella). «¡¡¡Amalia, Amalia!!!»

—Estoy aquí, estoy aquí. Usted dirá. ¿Ha pasado algo?
—Calienta agua ahora mismo.

La criada vuelve la vista hacia el reloj. No son ni las siete.

—¿Agua caliente?
—Sí, ya me has escuchado. La quiero hirviendo y llévamela al cuarto de aseo.

Estas no son horas de lavarse.

—Pero ¿ahora?
—Sí. Ahora mismo. ¿O es que no me has escuchado?

—Como usted mande.

La Señora echa a andar, se dirige a la planta de arriba. Nada más poner un tacón en el primer peldaño, la vida vuelve al salón. Madre sigue haciendo ganchillo; los niños, olvidándose del susto, tosen y se inventan algún juego que no requiera esfuerzo físico; y la criada le echa una última mirada al reloj, sube los hombros y cumple las órdenes. No entiende nada, pero ella no está allí para entender sino para obedecer, así que coloca dos grandes cacerolas llenas de agua sobre los fogones.

La Señora sube las escaleras como si estuviera herida. Herida de muerte, desangrándose. Se arrastra hasta el cuarto de aseo y allí se quita la ropa con movimientos bruscos, igual que si fueran padrastros en los dedos. Traje, medias, tacones y perlas, todo en el suelo, arrebujado como un montón de basura al que estuviera planeando prenderle fuego. Desnuda por completo, se toca las mejillas, se contempla en el espejo: tiene la piel brillante, otra vez macilenta. Suda, los recuerdos se le han pegado a la cara como una máscara. Ella, atenazada, se queda en un rincón, descansando sobre la pared, escondiéndose de algo, casi llorando ya.

Poco después, Amalia llega mordiéndose el labio inferior, envuelta en humo. La primera cacerola de agua hirviendo la difumina, la mete en niebla. La sirvienta vierte el líquido caliente en el lebrillo de cinc —después, queda al descubierto su cara colorada— y baja a toda prisa, de regreso a la cocina. No ha terminado aún de llegar a la planta principal cuando la detienen los terribles gritos de la Señora. ¡Menudos chillidos, que parecen de un animal! «Dios mío, ¿qué ha pasado?» Amalia, alarmada, vuelve a subir, cargando con la cacerola vacía, y se queda parada en la puerta. «¡Virgen santa!» La Señora, encendida de dolor, está ya dentro del lebrillo. Deja escapar unos alaridos y se reprime otros. Con los pies en carne viva, tiembla, encogida sobre sí misma. Señora-bulto de carne, a punto de desvanecerse.

—¡Virgen santa! ¿Está usted loca? ¿Por qué no espera a que llegue el agua fría? Ay, que se va a quedar escaldada.

La criada tira la cacerola y agarra a la Señora de sus carnes blancas, la levanta en volandas y la saca del lebrillo. Sus pies, caídos e hinchados, palpitan. Amalia la deja un segundo sobre un charquito de agua recién formado y la envuelve en una toalla.

—Pero ¡qué cosas tiene usted! ¿Cómo se le ocurre? ¿Es que se ha vuelto loca? Ay, madre mía de mi alma, si es que no tiene la cabeza buena.

La Señora tirita y llora, pero no dice nada. Encoge el cuerpo como la mendiga que se subió hoy al umbral de su casa. El dolor, mucho más grande que si caminara sobre brasas, no la deja pensar en otra cosa: ni en la procesión de la Patrona, ni en las flores de la Virgen, ni en su antigua casa —primero blanca, después sucia—, ni en los perros pulgosos. Ni siquiera en Juanito. Solo se preocupa de gritar.

Aparecen en el cuarto de baño los niños, seguidos de Madre y el Marido. Todos han corrido lo más rápido que han podido. «¡Como para una urgencia!» Llegan asfixiados y se quedan en la puerta, sin atreverse a entrar, conscientes de que ese momento no merece ser interrumpido.

—Ya está, ya está —le dice a la Señora la Amalia-maternal, que ahora la cubre con un abrazo. El primero y el único que se darán estas dos mujeres en toda su vida.

45

—Consuelo, ¿estás tonta?

El Marido ha mandado a Madre y a los niños al salón con un movimiento de cabeza. Amalia, que conoce tan bien su trabajo que no necesita órdenes, se ha quedado en el cuarto de aseo suspirando y recogiendo el estropicio con unos paños. El Señor, al que no le gustan los numeritos, no entra en su dormitorio. Amaga con cruzar la puerta, pero se queda quieto, contemplando de lejos a su mujer, que está sentada en la cama y apoyada sobre el cabecero. Tiene las piernas estiradas, recuerda a una minusválida. La pobre solloza, casi no abre los ojos, respira como a sorbos, subiendo y bajando los hombros. No contesta. Mueve los dedos de los pies (rojos y gordos) para acordarse del dolor

—Es que no sé qué te ha entrado. ¿Cómo se te ocurre meterte en el agua hirviendo? ¿No sabes que puedes quemarte?

—Me duele.

—¿No te va a doler si te has achicharrado los pies? —Menea la cabeza. En su mirada no hay piedad—. No veas el susto que se han llevado los niños. El pequeño estaba hasta llorando. ¿Tú te crees que es normal lo que has hecho? ¿Eh, tú crees que es normal? Pero ¿te has vuelto loca o qué?

—Lo siento. —Esas palabras también le duelen.

—Como hagas otra tontería así, voy a tener que hablar con don Ramón y contárselo todo, ¿te has enterado?

—Sí.

—Consuelo, por Dios, ¿es este el ejemplo que les quieres dar a tus hijos? —Se da golpes en las sienes y en la frente, sube el tono de voz. Su cabreo va en aumento—. ¡Ver a su madre casi desnuda y tiritando, qué espectáculo! Vergüenza debería darte. Es que no me entra en la cabeza por qué has hecho eso. Te lo juro que no me entra.

—Lo siento. Yo... Yo solo...

—¿Qué?

—Nada, solo quería lavarme.

—¿Lavarte? ¿En agua hirviendo?

—Yo qué sé...

Se deshincha en un suspiro.

—Le voy a decir a Amalia que te prepare algo para los pies. Los tienes rojos.

—Me duelen. Mucho.

Él entra en el cuarto y le deja un beso en la frente. Ella sonríe entre las lágrimas.

—No lo vuelvas a hacer. No quiero más tonterías.

46

Los cuerpos, y también los ánimos, helados por culpa del susto. El salón, de repente, se parece más a una iglesia en pleno invierno o a una noche larga, sin mantas ni fuegos. Madre cierra, una a una, todas las ventanas y se queda unos segundos parada, asimilando *lo* de antes: un pájaro negro pasa como un papel quemado junto a los cristales. Después del desconcierto primero —«Pero ¿qué ha pasado?»—, la familia se obliga a recuperar la rutina y a fingir normalidad, que no es cuestión de alarmarse ante cualquier tontería. Para eso, se sientan todos en el sofá, lo más juntos posible, y guardan silencio. A los niños se les nota la respiración alborotada, siguen con los ojos brillantes y todavía acongojados: tampoco hablan, solo buscan las manos de la anciana y se la agarran, una para cada uno. Parece que se turnan para suspirar. La criada baja las escaleras con dos paños y un cubo de latón y se va directamente a la cocina; al poco reaparece en el salón —las manos ya vacías— y también se acomoda en una silla. No deja de balancear la cabeza, como si no terminara de creérselo. Se suma sin esfuerzo al mutismo de los demás: es un silencio expectante y nervioso, como el de los actores cuando alguno se pierde en una frase. Nada cotillean sobre lo que han visto. Nada comentarán, al menos esta tarde, de los gritos, los temblores y la Señora. En esta casa y desde siempre, prefiere no ahondarse en *lo* importante porque las cosas no dichas, creen ellos, son más fáciles de sostener. Como la ropa interior: está ahí, pero no se ve. Ante cualquier turbulencia familiar, los Villalobos cumplen a rajatabla eso de mirar para otro lado, de pasar de puntillas o de huir hacia delante. ¡Que cada uno se las apañe como pueda! Jamás, por ejemplo, se han permitido ser sinceros ni han encontrado la confianza necesaria para hablar de sentimientos mirándose a los ojos. Y es más por vergüenza que por cualquier otra razón. Vicentito vuelve a llorar, el pobre tiene que sacarse el susto del cuerpo, y lo hace a base de escalofríos y de besos en la mano de su abuela. El Marido, cuando baja del dormitorio conyugal, zanja el asunto con una única frase:

—No ha sido nada. Vuestra madre pensaba que el agua estaba tibia. Tiene tantas cosas en la cabeza... —Así la justifica—. No ha sido nada, no hay por qué llorar —insiste. Y desaparece no vaya a ser que alguno le pregunte y quiera conversar largamente.

La familia asiente, como si se lo creyera.

—A ver, ¿dónde habéis dejado los cromos? —Madre se suelta de las manos de los nietos y se va a por su ganchillo.

47

En la alacena de la Señora no faltan miel de romero, leche recién ordeñada, que la trae la hija de doña María cuatro veces por semana, pan blanco (blanquísimo) y aceite de oliva. Lo consigue todo el Marido, casi siempre de estraperlo, al precio que sea. «¡Bendita despensa en la que no cabe nada más!» Madre se acerca a menudo a la cocina, se para frente a las baldas combadas —los salados trozos de tocino, las onzas de chocolate, las galletas rizadas, los kilos de arroz, la mermelada de fresas— y come con los ojos, que al fin y al cabo es otra forma de comer. Después, vuelve al salón tambaleándose, satisfecha, henchida de esa gula imaginaria, y se deja caer sobre el sofá con la pesadez de una mala digestión. Hoy no se aguanta el antojo de torrijas. No estamos en Cuaresma, ¡claro que no!, pero lleva cuatro noches soñando con ellas. No sabe lo que le pasa, pero se levanta al amanecer babeada y buscándose en los labios los restos de miel. Doña Lola, la abuela de la Señora —la anciana se santigua como recuerdo a su memoria—, las hacía de muerte y le dejó a ella una receta única, que todavía no ha compartido. Madre no tiene que pedirle permiso a nadie, pero se lo dice a Amalia mientras guarda el ganchillo en una bolsa:

—Voy a hacer torrijas, que se me han antojado.

Y la sirvienta, que a veces se transforma en la Señora, asiente y hasta la anima con una palmadita en el antebrazo:

—¡Claro que sí! Usted haga lo que quiera, doña Trinidad, que el Señor dice que esta casa es tan suya como de él.

La abuela ya tiene la felicidad conquistada para lo que queda de tarde. Las tendrá hechas antes de la cena. Con ceremoniosa parsimonia, entra en la cocina y va colocando en orden lo necesario: huevos, leche, miel y pan blanco. ¡La cáscara de limón, que no se le olvide!

—¿Necesita ayuda? —le pregunta Amalia desde el salón. La pobre sirvienta (mujer-para-todo) se ha sentado unos minutos en el sillón, después de restregar mondas de piel de patata en los pies de la Señora. Los dos niños glotones acuden a la cocina antes que las moscas y se pegan a la abuela, salivando.

—¿Vas a hacer torrijas? —pregunta uno de ellos.

—Sí, sí, pero dejadme espacio, que necesito moverme.

Y ya no se escucha otro ruido que no sea el de la leche hirviendo, el de un tenedor batiendo tres huevos o un cuchillo rebanando el pan. O el de los dos hijos de la Señora suspirando. Antes de rebajar la miel con agua, la abuela sale de la cocina:

—Vigilad el aceite —les ordena a sus nietos.

Madre sube las escaleras hacia la primera planta como quien sube una montaña escarpada, y va a la habitación principal, donde la Señora reposa en la cama, con los pies brillantes y la mirada febril: en sus labios, una débil queja transformada en nana.

—Voy a hacer torrijas. Para los invitados, para que tengamos algo que ofrecerles. Y porque se me han antojado...

La hija, con la voz de una niña de ocho años, la mira:

—Hágame algunas con azúcar para mí.

La anciana solo sonríe —¡cómo no!— y baja a la cocina más tranquila, con el beneplácito de la hija rebulléndole el ánimo. Amalia ha retirado la sartén del fogón, «a ver si vamos a salir ardiendo todos», pero Madre recupera el control de la cocina en un santiamén. Echa a la criada, arrincona a los nietos y empieza a embadurnar las rebanadas de pan con leche y después huevo. Y al aceite caliente. La casa huele dulce. Madre ya va calculando las que se va a comer. Las más gorditas, las más jugosas las deja a un lado del plato, estratégicamente colocadas, para identificarlas después.

—A vuestra bisabuela la conocían por lo bien que hacía las torrijas. Ay, Dios mío, eso sí que eran torrijas. Y hasta cuando se quedó medio cegata, la pobre, le salían en su punto. Cuando yo era chica, en Semana Santa se nos llenaba la casa de gente, venían con cualquier excusa pero lo que en realidad querían era probar las torrijas de mi madre...

Y la anciana sabe que es este momento por lo que ha luchado tanto. Sus metas están todas conseguidas. Mujer-realizada en una tarde. Así de fácil es la vida. Felicidad sencilla y comestible, tan básica que da miedo compartirla.

48

La única foto que hay en el salón de la Señora es la de su boda. Está a la vista de todos, en un mueble oscuro y pomposo —«de madera de la buena», le gusta decir a Madre— donde apenas cabría una figurita más. Cada vez que se cruza con esa imagen atrapada en sepia, la Señora vuelve la cara o desvía la mirada, como lo haría con un tullido o para evitar el saludo de una amiga indeseada. Le gustaría quemarla en el patio o colocarla boca abajo, pero sabe que no puede hacerlo. Su poder dentro de aquella casa tiene un límite: ese. Ella es mujer de riesgos controlados, de iniciar batallas ganadas de antemano, de elegir con cautela a sus adversarios. A la Señora le gusta la victoria, y no solo el sentimiento, sino también la palabra. Se ha convencido de que el tiempo terminará por difuminar la imagen de su boda: la convertirá en una mancha difusa y monstruosa, algo repugnante, porque eso es lo que les pasa a las fotos antiguas. Hace años (siete exactamente) que no la mira con detenimiento, escrutando cada detalle, guiando sus ojos con el dedo índice, arrugando la frente. Eso ya forma parte del pasado, de ese tiempo en el que ella estaba recién llegada a esa casa y se levantaba de madrugada, con una palmatoria encendida en una mano, para sentarse en el sillón, con la foto de su vida en el regazo, estudiándola con la minuciosidad de un forense, repitiéndose sin parar, en una cantinela interminable, que ese que aparecía a su lado, voluminoso y afortunado, era su Marido y que estaban unidos para siempre ante los ojos de Dios (y de todo el pueblo).

«Hasta que la Muerte os separe», dijo don Ramón, y en sus palabras había un veredicto, una condena, un vaticinio. Lo único que recuerda de ese día —«el más feliz de la vida de una mujer», dicen siempre las revistas— es el chocolate con churros que tomaron en Casa Curro por la mañana temprano, un día de invierno, junto a no más de siete invitados, todos silenciosos y tragones. Madre se olvidaba del desayuno y se comía a besos a su yerno. «¡Qué buen partido te llevas!» Su suegra, doña Ascensión del Campo y Márquez, ya había muerto. Con ella en vida, la Señora no sería la Señora ni estaría en aquella casa, que ya ha hecho suya. No sabe por qué, pero muchos días se siente triunfante, vengándose de esa anciana que no llegó a conocer. A la Señora le gusta la victoria, y ahora cree que mucho más el sentimiento que la palabra. Aun así, la pronuncia. Le gusta cómo suena en sus labios. «Victoria.»

49

Hay que ser ratero y también cutre para cobrarle a alguien por ver una foto. Julián, aunque no lo parezca, lo es: le ha pedido cinco duros por enseñarle una imagen. Menos mal que él sabe negociar y ha conseguido que, a regañadientes, se la deje todo el día, hasta mañana por la mañana. Después se la *alquilará* a Manolo, el de la Coja, y a Jesús, el hijo del enterrador. ¡Menudo negocio se ha montado el tío! El Señor se mete en su despacho —a la pregunta de qué hace ahí, él siempre responderá con un resoplido: «mis cosas, que tengo trabajo»— y se asegura varias veces de que la puerta está bien cerrada. Se sienta en su sillón, pero no deja de alarmarse con cualquier ruidillo, con cualquier pisada que parece acercarse o con el crujido de algún mueble. Ya se ha puesto colorado. Traga saliva y saca la foto de la cartera por debajo de la mesa. «¡Por el amor de Dios!» Deja de respirar, sube las cejas. Dobla el cuello hasta lo que le permite la papada para verla más de cerca. Tenía razón. Merecía la pena. Es Gilda, o lo que es lo mismo, Rita Hayworth, identidad hollywoodiense de la sevillana Margarita Cansino. Sí, la actriz pelirroja, la que demostró que nada puede ser más sensual que quitarse un guante negro y girarlo al aire mientras se canta con voz ronca; la que, según las malas lenguas, tuvo que afeitarse la frente porque el pelo le nacía a la altura de las cejas; la receptora de la bofetada más sonora y más creíble de la historia del cine. Y todo esto lo sabe de oídas, que él no ha ido al cine a ver esa película, calificada con un cuatro (gravemente peligrosa) por la Oficina Permanente de Vigilancia de Espectáculos. «El que la vea está cometiendo un pecado mortal, si por lo que fuera muriese, iría directamente al infierno», les advirtió don Ramón en una homilía, y fue entonces cuando todos los hombres del pueblo decidieron que tenían que verla. Todos, menos el Señor.

Él toca ahora la foto con los dedos. ¡Gilda está desnuda, pero desnuda entera...! ¡Y él, sudando y asmático! Le ha dicho Julián que la ha conseguido de contrabando, de unos amigos suyos que viajan mucho a Francia porque, por lo visto, allí la película se estrenó sin censura: la pelirroja, después de quitarse el guante, se quitaba todo lo demás y bebía champán en un zapato. El Señor sube la foto casi a la altura de los ojos. «Uf.» Unos toquecillos en la puerta. Un respingo. El corazón en la garganta. La foto devuelta a la cartera en un santiamén. Un mal disimulo.

—Señor, soy yo —dice Amalia, asomando los ojos por entre la puerta—. ¿Se puede?

—¿Qué quieres? —pregunta, casi sin aliento

—¿Está usted bien? Lo veo muy colorado.

—Eh... Ah... Sí, es que hace un poco de calor aquí. —Se seca las manos sudadas en los pantalones.

—Si quiere le abro las ventanas, que ya se ha pasado la hora del bochorno y tiene que entrar un fresquito muy bueno. Pero está usted colorado... A ver si va a ser un infarto o una subida de tensión, no me asuste, ¿eh? —se espanta la sirvienta. Amalia-experta en males—. El padre de *la* Jacinta se puso así y se murió esa misma noche, que me lo contó ella. Por lo visto, los cogió a todos de imprevisto, vamos, que no se lo esperaban. ¿Está usted bien? ¿Llamo a la Señora o al practicante?

—No, no. Estoy bien, no te preocupes. —Es brusco, quiere quedarse solo.

—¿En serio? ¿Le duele el pecho? ¿O el corazón? Tiene usted muy *malita* cara.

—Que no, Amalia, que no me pasa nada. ¿Querías algo?

La criada le enseña unas babuchas, como si eso fuera explicación suficiente. Después, habla:

—He pensado que querría descansar los pies, que lleva usted todo el día con los zapatos puestos.

—Son los que usan todos los ministros, pero no veas lo duros que son. Tengo los dedos destrozados. A veces, por la noche, casi ni me los siento.

Ella ya ha entrado en el despacho.

—¿Le ayudo a quitárselos?

El Señor, al que le cuesta sangre y sudores calzarse y descalzarse, estira los pies. Amalia se acerca, se arrodilla frente a él y le pone las babuchas. La foto, como si fuera un corazón vivo, sigue palpitando dentro de la cartera.

50

Doña Ascensión del Campo y Márquez debe de estar revolviéndose en la oscuridad de su tumba. Su esqueleto artrítico podría estar intentando levantar la lápida grisácea —«Aquí reposa doña Ascensión del Campo y Márquez, viuda del coronel don Rafael Villalobos Méndez y Gómez (1873-1941). Descanse en paz. Tu hijo querido no te olvida»— para salir de su Santo Reposo y poner un poco de orden en la casa de la calle Ancha. Muerta e intranquila. Ella, exquisita hasta en las estupideces —«Cuando yo falte, llevadme al cementerio solo flores blancas. Y nada de margaritas, que son muy vulgares»—, repetiría sus gestos de viva: escupiría por encima del hombro izquierdo como la más humillante muestra de desprecio y apretaría los puños, ahora sin carne, para digerir la grosería, los gritos, la falta de decoro, las maneras asalvajadas. A la pobre anciana, el descanso eterno se le ha hecho pesadilla al enterarse de que su sangre, refinada y elegante, está ahora adulterada con la bajeza de los Salazar. Lo único que la consuela es tener los párpados cerrados y las cuencas de los ojos secas. Ella ya intuía que con su ausencia llegaría el caos, la torpeza... E incluso la deshonra.

De nada sirvieron los consejos mascullados en el lecho de

muerte: «Cásate, hijo mío, pero cásate bien. Dame nietos, aunque no los pueda ver.» E insistía, a pesar de sus dolores y de la lengua adormilada por las medicinas: «Hazme caso, Paquito de mi alma, cásate bien.» Le pedía a Dios —aunque nunca lo hubiera reconocido: ella se jactaba de no haber pedido nunca nada a nadie— que no la dejara morir, que le diera un poco más de tiempo y no por ella, a la que la Guerra había dejado exhausta, sino por dejar a su único hijo *colocado*. Doña Ascensión, maquiavélica hasta en el último hilillo de vida, le permitió a Amalia, entonces una jovencilla ingenua, quedarse en su casa con la condición de que velara por el buen matrimonio de su hijo. «Si no, me presentaré como un fantasma a pedirte cuentas», amenazaba la agonizante, y avivaba así los miedos de la sirvienta. Amalia lloraba y asentía. Pero no solo le dejó el encargo a la criada: también al cura y a sus amigas íntimas, que corrieron la voz por el pueblo con la rapidez de quien alerta de un incendio.

Y así, los días posteriores al entierro —por eso de «Aquí el que no corre, vuela»— se presentaron en la casa de la calle Ancha madres desesperadas e hijas aún más desesperadas. Iban a verlo con la excusa de consolarlo, de preguntarle si necesitaba algo, de traerle unos pasteles o una docena de huevos de dos yemas, pero en realidad querían dejarse ver. «Para servirle a Dios y a usted.» Las madres iban con alguna foto de la niña, en caso de que fuera muy tímida, o con la susodicha en persona, a la que le permitían pintarse los labios de rojo. Madre llegó a última hora de una tarde lluviosa: se quedó en la entrada porque no quería mojar ese suelo brillante con sus alpargatas embarradas. Se sacó del fondo del sostén un retrato de la niña y se lo enseñó, pero no se lo dejó tocar. ¡Qué lista fue! Él entreabrió la boca y alargó el cuello hacia delante. Solo le preguntó cómo se llamaba. «Consuelo Salazar.» «Consuelo Salazar», repitió él. Todavía no se imaginaba que tendría que llamarla la Señora. Madre desanduvo medio pueblo para volver a las casitas bajas, antes blancas, ahora sucias. Sabía que él se había encaprichado. A los tres días, volvió a presentarse para cerrar los detalles del acuerdo y, al final de esa semana, un coche negro las recogió a las dos. Consuelito conoció a su Marido el mismo día en el que conoció la casa, por la que se paseaba a paso lento, mirándolo todo, como si quisiera comprarla. A la mañana siguiente se levantó con la barbilla altiva y se hizo con el mando. Ordenaba, disponía, se quejaba y se preocupaba de que nada escapara a su conocimiento. Le pidió a su Marido unos tacones, un vestido negro y un collar de perlas. Vestida así, desplegaba su despotismo sin remordimientos, con una inquietante inocencia, con la voz dura como la lápida que cubre a doña Ascensión del Campo y Márquez. Ni en sueños se puede imaginar la suegra muerta que su nuera se le parece más de lo que ella cree.

51

Sacarse al fin una espina hundida en la yema de los dedos. Echar los ojos a media mañana después de una noche en vela. Entrar al fresco de una iglesia un día de canícula. Quitarse una camisa sudada. Extender las manos frente a una chimenea, escuchando una tormenta. Poner los pies en alto tras una caminata. Incluso vomitar una comida que ha sentado mal. Hay momentos —minúsculas visiones del Paraíso en la Tierra, relámpagos de la gracia divina— en los que uno no se cree con derecho a pedir nada más, en los que parece que la vida alcanza, como si nada, su plenitud. Es lo que siente ahora mismo la Señora, que acaba de posar sus pies doloridos sobre las frías losas de pizarra. Deja los ojos en blanco y entreabre la boca, entregada por completo a este gozo pasajero.

52

Poco antes de la cena, la casa cae en una especie de narcolepsia. Las prisas se calman, las conversaciones se apagan y los odios (y los amores) se apaciguan. Amalia bufa a la vez que las ollas, Madre echa una cabezadita en el sofá con los brazos cruzados, y los niños se contagian de un extraño silencio, hondo como un pozo. La Señora, a la que le parece estar sola en casa, rodeada solo de muebles y fantasmas, se ha sentado frente a un pequeño escritorio traído de París por un capricho suyo: convenció a su Marido de que lo necesitaba para escribir cartas y abrir sobres. No había admitido, entonces, y tampoco lo hará ahora, que tiene una letra terrible, de campesina vieja. Cada palabra, por más esmero que le ponga, acaba convertida en un gurruño sucio e incomprensible. Frente a una cuartilla amarillenta, ella estira la espalda y cruza los pies doloridos, envueltos en paños blancos con no sé qué mejunje que ha hecho Amalia: se dispone a hacer la lista de lo que necesita para su viaje. Ella, que nunca ha tenido vacaciones, se muerde los labios y se los deja de un rojo chillón. ¿Qué necesita? Se lo preguntaría a la sirvienta, pero está segura de que la pobre analfabeta tiene menos idea que ella. Se moja el carboncillo con la punta de la lengua.

Bañador.
Toalla.
Albornoz. (Lo escribe mal, pero su caligrafía es tan deficiente que nadie se daría cuenta.)
Gorro.

Y todas estas cosas no solo para ella, sino para su familia entera. Nada más que de pensarlo, se agota, suda, se le agarrotan los músculos. Deja caer el lápiz sobre el escritorio, como si así pudiera descargarse del peso de la responsabilidad. Nada. Sigue igual de agobiada, sudando. Coloca la cara sobre las palmas de las manos y decide encomendarle esta titánica tarea a Amalia. «Que se las apañe como pueda.»

El rosario y el breviario.
¿El velo?
¿Joyas?

Como una leona sacada de repente de su hábitat y colocada en cualquier otro lugar sin dientes y sin garras, la Señora se empequeñece mientras se imagina haciendo el ridículo en la playa: bañistas gordas señalándola con el dedo, dándose codazos y murmurándose cosas terribles sobre ella. ¿Es que ni en un sitio lejano va a escapar de la calumnia? ¿Cómo debe comportarse una mujer de su categoría en esos pueblos de costa? Con las manos sudorosas, se levanta de la silla y, siguiendo el olor a puro, se presenta casi cojeando en el despacho de su Marido, ese cuarto que, cuando él no está, parece una estancia abandonada y macabra, y al que todos tienen prohibida la entrada. Toc, toc.
—Soy yo.
—Adelante.
La cara redonda se le difumina detrás de la bocanada de

humo blanco (y apestoso) que suelta. Sus ojillos brillan. La foto de Gilda, inestable sobre sus pantalones.

—¿Cómo estás?

—Bien, mejor. Estoy liada con los preparativos y no sé... —Menea la cabeza—. ¿Qué necesitamos? No sé casi nada del viaje.

—Llévate tus mejores trajes.

—¿A la playa? —Ella se horroriza. Le pican los pies.

—Algún día me acompañarás a una cena con gente importante, ya sabes, obispos, militares y quizás hasta el mismísimo Franco.

—Ay, Virgen santa. ¿Hasta Franco? —Lo único que se le ocurre es santiguarse. ¡Gente importante! ¡Más importantes que las *mamarrachas* que le niegan el saludo en la iglesia! «Ya verás cuando se enteren.» Un traje, necesita un traje—. Gracias. —Corre como puede hasta la cocina—. Amalia, Amalia, deja eso y ve a casa de la modista. Dile que la quiero aquí esta misma noche, da igual la hora que sea.

—Señora, estoy a punto de servir la cena.

—Eso puede esperar.

—Pero son casi las nueve...

—¿Y qué?

—Nada, nada. Ahora voy.

53

La Señora hace que Madre les sirva la cena para que quede clara cuál es la jerarquía, inamovible, de aquella casa. La anciana, de luto y renqueante, obedece sin rechistar. Temblorosa de manos y rodillas, sale de la cocina con la olla humeante y la coloca en el centro de la mesa. Primero, llena el plato del patriarca —«¿Así está bien o quiere más?»—, después, el de su hija y su enemiga, que se echa sobre el respaldo por temor a que le salpique su traje negro; y por último, el de los niños, que quieren la misma cantidad de sopa que el padre. No la dejan cenar con ellos porque uno pide una jarra de agua, el otro un poquito de sal o que abra la ventana del salón, «que no veas el bochorno que hace aquí», y a la Señora se le antoja, a última hora, una tortilla francesa de dos huevos. Sonríe mientras paladea el caldo. En la mesa, ella, la esposa de un funcionario importante, despliega todos esos hábitos que cree que definen a la mujer de bien. Coge con delicadeza los cubiertos, se limpia la boca palpándose las comisuras con la punta de la servilleta y reparte sonrisas a diestro y siniestro, inspirada por esos anuncios que ha visto alguna vez en los periódicos. Solo quiere que su Marido se convenza de que tomó la decisión correcta al casarse con ella, y no porque la amase locamente, eso le da igual, sino porque su presencia, su sola presencia, podría impulsar la carrera laboral del joven Villalobos. La Señora se esfuerza por mostrarse como la perfecta mujer, recatada, elegante y algo pueril, con la que cualquier hombre querría casarse. El mayor, Vicentito, arrastra la silla hacia atrás para ponerse de pie y alcanzar la jarra de agua. Se llena el vaso hasta arriba. Después, lo agarra con las dos manos y se lo bebe enterito. Acaba con un refrescante:

—¡Ah!

La Señora suelta la cuchara.

—Vicentito, has acabado de comer.

El niño no se preocupa en entender qué está pasando: se sienta y vuelve a su sopa. Se hace el sordo.

—He dicho que has terminado de comer.

El Marido abre la boca en un redondel, como si fuera a intervenir, pero no pronuncia palabra.

—Déjame a mí —lo corta ella—. ¿Qué os he enseñado yo sobre servirse el agua? ¿Cuáles son las normas? A ver, decidle a vuestro padre cómo se sirven las personas educadas el agua.

Don Paco traga saliva. Los niños se miran. Vicentito responde:

—Que primero se pregunta: «¿Alguien quiere agua?» Y cuando se ha servido a los demás, se puede servir uno. Nunca antes.

—En efecto —asiente la Señora.

—Es que se me ha olvidado —se justifica el niño, que no se atreve a soltar la cuchara.

—Ya no se te volverá a olvidar más.

—Es que tenía sed.

—Retírate de la mesa. ¡¡Retírate de la mesa!!

La orden, que sale de su boca a grito pelado, no deja lugar a réplica. Vicentito, con la barbilla goteando de sopa o de saliva, se levanta y se queda en mitad del salón, sin saber qué hacer. El hermano, en un inconsciente acto de solidaridad, nota cómo le tiembla la garganta. Después, irremediablemente, empieza a llorar. Le cuelgan las lágrimas de los ojos y de la nariz:

—Está visto que no podemos tener la cena en paz —se desespera la Señora—. Otro que ha terminado de cenar.

El niño se da por aludido y rompe en un sofocón. Mira a su padre, esperando un indulto de la pena, o al menos un abrazo, o que le retire los flequillos de la cara. Pero el hombre solo agacha la mirada y llena de sopa su cuchara.

—Venga, ¿o es que no me habéis escuchado? —Y con los ojos, la Señora le hace un gesto para que se aparten de su vista.

Antoñito, rojo como si hubiera sido abofeteado, se levanta y se coloca junto a su hermano, que también llora. La abuela se asoma a la puerta de la cocina y se muerde el labio inferior, pero tampoco se atreve a intervenir. No está el horno para bollos.

—A vuestro cuarto, que los lloros me dan dolor de cabeza.

Los señores se quedan solos en la mesa. Consuelo suelta un suspiro para tranquilizarse: otra vez se le ha quitado el hambre.

—Siento que hayas tenido que presenciar esta escena, pero tus hijos son imposibles, y te lo digo yo, que paso el día con ellos. Comen como animales, hablan como jornaleros y se comportan como los niños de cualquiera... Soy estricta, sí, pero lo hago por ellos y por ti, porque te mereces que todos estemos a tu altura.

Él se ha quedado con la cuchara a mitad de camino. No encuentra el momento para aterrizarla en sus labios.

—No querrás que te avergoncemos y que todos se burlen de la familia que tienes, ¿verdad? —Ella estira un brazo y le acaricia sus mofletes sudados—. Tú no querrías eso, lo sé.

Él menea la cabeza.

—Te aseguro que dejarlos sin cenar me duele más a mí que a ellos —continúa.

Madre se santigua antes de abandonar la cocina. Trae la tortilla francesa en un plato transparente que deja sobre el mantel, justo enfrente de su hija. La Señora la mira —amarilla e hinchada— y después, la corta. La tortilla se desangra en una lava mucosa y blanca. Se traga una arcada. Cierra los ojos. ¡Todos en esa casa deberían saber que no hay nada que le dé más asco que un huevo crudo, a medio hacer! Separa los párpados para fulminar a Madre con la mirada, pero la anciana, ¡qué lista es!, ya se ha ido a la cocina.

—Madre, ¡Madre! Venga aquí ahora mismo. ¿No me escucha? ¡Venga aquí ahora mismo!

54

La modista, que no les hace ascos a unas perras gordas, se presenta en casa de la Señora de noche, después de la cena. Sabe que los ricos son así: caprichosos e impacientes. Acobardada, se sube al umbral de la puerta y llama con los nudillos débiles, como si la maleducada fuera ella por presentarse en casa ajena más tarde de la once de la noche. Menos mal que es casi verano y que algunos vecinos han sacado sus sillas de enea a la acera para tomar el fresco. Charlan y se cuentan otra vez las mismas historias. La Señora odia ese compadreo de puertas abiertas y *charlitas* en plena calle. ¡Qué vulgar todo! Su casa, fortaleza inexpugnable, está siempre cerrada a cal y canto: el que quiera entrar, que llame y que se someta su escrutinio.

—Ya voy —grita ella desde el salón. Le abre y la lleva directamente al cuarto de la plancha. En aquella casona hay habitaciones para todo.

Madre echa una cabezada en el sofá. Se muere de sueño, con las agujas apoyadas bajo las axilas, en mitad de un punto del revés, pero no se irá a la cama sin una de las torrijas que siguen enfriándose en la cocina, tapadas con un paño blanco, por eso de las moscas.

La Señora cierra la puerta del cuarto de la plancha y se pone recta frente a una de las paredes, dándole a su cuerpo sus verdaderas proporciones. Echa los hombros para atrás, saca culo y pecho, estira el cuello hacia arriba y se agarra las manos con delicadeza. Se aguanta el escozor de pies, insistente como un remordimiento. La modista la ve crecerse.

—Quiero un vestido de fiesta para un sitio de playa.

—¿De playa?

—Sí, nos vamos en unos días a la costa y necesito un traje para salir por allí. Mi Marido cenará con gente importantísima, pero te estoy hablando de militares, empresarios y ministros, no cualquier cosa, y yo tengo que acompañarlo —relata ella sin variar en un ápice la compostura de su cuerpo.

—¿Cómo lo quiere?

—Hija, yo qué sé, tú eres la modista. Tú sabrás lo que se lleva en esos sitios. Algo elegante y sofisticado. ¡Nada de vestidos de pueblo, de los que les haces a las catetas de aquí! —Con qué rabia pronuncia esa palabra: «catetas», y qué tranquila se queda después—. Quiero algo a la altura...

—¿A la altura de qué?

—Pues de la gente con la que voy a estar. Imagínate que voy a salir en las revistas, en uno de esos *Ecos de Sociedad* donde se fotografían las hijas de los poderosos y las mujeres de postín.

—Ajá —asiente la modista.

—Ves las fotos de los *Ecos de Sociedad*, ¿no?

—Sí, sí, a veces.

—Pues algo así quiero yo.

—Se llevan los vestidos tubo, muy ajustados al cuerpo. A usted le quedaría bien. Las mujeres que se los ponen no pueden casi ni andar de lo estrechos que son, pero se acostumbrará.

—No sé.

—Si va a estar con gente importante... Debería lucirse.

—Tienes razón. ¿Has traído telas de la ciudad?

—Sí, fui ayer. He comprado unos tules y unos satenes muy bonitos. —Ella usa «bonito» para cualquier cosa que le guste—. Y una seda que... Uf, quita el sentido, estampada con lunares o con flores. He traído una con dibujos de plumas bonita, bonita.

—¿Plumas? Quizá sea demasiado. No sé. —Piensa—. Quiero estar guapa —se confiesa la Señora.

—Usted es muy guapa.

—¿Perdona? —pregunta, aunque lo ha escuchado perfectamente.

—Que es usted muy guapa

—No me halagues, te voy a pagar igual.

—En serio, señora. Usted lo es, y mucho.

—Gracias. —Y se crece un poco más. Ahora mismo se cree capaz de brillar en la playa y hasta en el mismísimo hotel Ritz.

—Le voy a tomar medidas, por si acaso, aunque creo que las tengo de la última vez que le hice un traje... —Sonríe y se pone a los pies de la Señora—. Creo que el azul le quedaría muy bien.

55

Angelita deja el bidón de cal, los plásticos y la brocha en la entrada de su casa. Mañana seguirá blanqueando la fachada, ya solo le queda darle una segunda mano. La pinta porque estaba ennegrecida, porque las golondrinas habían anidado bajo las cornisas y alrededor de las ventanas más altas, porque ya no soportaba la retahíla de los vecinos: «¡Hija, a ver cuándo pintas la pared, que parece que tienes la casa abandonada!» Ahora, lavándose las manos y las axilas en un barreño en mitad del patio, saluda con un movimiento de cabeza a su marido, que acaba de llegar del campo. Hoy no ha traído más que unas patatas grandes, unos espárragos trigueros y unos higos chumbos. Da igual, lo que sea. Ella es capaz de preparar una comida con cualquier cosa. Y esta noche, lo mismo ni cenan. El hombre, al que precede un olor fuerte y avinagrado, se sienta en el sofá y se queda ahí, como un mueble recién incorporado al salón.

—Hay agua en el barreño —le propone ella.

El otro ni se inmuta. Con las manos limpias, Angelita se va al dormitorio de su hija:

—¿Todavía andamos así?

La maleta, vacía, y la niña, tirada en la cama, de cara a la pared, casi adormilada de tanto llorar.

—Mete un par de trajes, no creo que te haga falta nada más. Dentro de tres meses ni te cabrán —le ordena, y después vuelve a la cocina, a pelar las patatas.

Mandará a su única hija a la ciudad, sí, a casa de una tía —la viuda, la del dolor de rodillas y las mesas petitorias—, en el autobús que sale de la plaza de la iglesia a las siete y cuarto de la mañana. ¡Y no se hable más!, por mucho que la niña llore y que el padre enmudezca. «A grandes males, grandes remedios.» Se convence a ella misma de que está haciendo lo correcto. Mueve los labios y la cabeza a toda prisa. Aprieta la mandíbula y respira sin abrir la boca. Su hija no puede quedarse: ¿qué dirían los vecinos? ¿Qué dirían don Ramón y doña Consuelo? Que no, que no. Que ella no está dispuesta a pasar por esa vergüenza, a que sus vecinos la juzguen y también la condenen, a que la señalen a sus espaldas. ¿Dónde quedó eso de «pobre, pero honrada»? Ella es capaz de soportar el hambre, pero no el escarnio. «¡¡Mierda!!» Se acaba de cortar con el cuchillo.

56

¿Cómo va a dejar ella a los niños sin cenar? Que no, que eso no puede ser bueno y que, además, están en edad de crecer. Madre, que de hambre sabe lo que no está escrito, no concibe el ayuno como castigo. «Que les quite los cromos o les dé un cachete en el culo o qué sé yo, pero ¿quitarles la comida? ¿Eso dónde se ha visto?» Así que la anciana desafía la autoridad de la casa y les prepara a sus nietos a escondidas una rebanada de pan blanco con un gran trozo de chorizo. Todo bien grande. ¡Qué buena pinta! Ella se va a hacer otro, que huele estupendamente y se le está haciendo la boca agua. Comprueba que su hija sigue en el cuarto de la plancha, supone que mareando a la modista, y sube las escaleras hasta la habitación de los niños, todo en silencio. Se va tragando como puede las oleadas de saliva. El Marido la ve y se hace el sueco, así que ella, a lo suyo. Madre empuja con su babucha negra la puerta y se los encuentra masticando algo.

—Pero ¿qué estáis comiendo?

Vicentito y Antoñito detienen la mandíbula y esconden las manos tras la espalda. La anciana les sonríe: viene en son de paz.

—¿Qué estáis comiendo, chiquillos?

El mayor le alarga un palo mordisqueado:

—¿Paloduz? ¡Pues anda que vaya cena de pobres! *Dejar* eso, que os traigo algo mejor.

—¿Para nosotros? —Vicentito está a punto de saltar de la alegría.

—Pues claro, ¿para quién va a ser? Pan con chorizo.

—¡Qué rico!

—Riquísimo.

—Pero que no se entere nadie. —Madre les ofrece el plato. Los niños se lanzan a por la cena. Se paran un segundo para elegir la rebanada más grande o la más cargada de chorizo. Antoñito se adelanta—. Y a ver si la próxima vez tenéis más cuidado y no cabreáis a vuestra madre, que ya sabéis cómo es con los modales en la mesa.

Ellos asienten con los mofletes llenos y la boca casi abierta, pero nada les distrae ya de esta cena inesperada.

La abuela se sienta en una de las camas con el plato vacío en las manos. Espera hasta que sus nietos se lo hayan terminado todo. No tardan mucho, la verdad. Aun así, ella no tiene prisa. Disfruta del espectáculo: le gusta ver a la gente comer, hartarse, eructar de puro gusto. Eso es señal inequívoca de que todo va bien.

57

Él siempre dice que no le gusta —que lo que él quisiera es quedarse en casa, con los pies sobre el sofá y la corbata quitada, disfrutando de su mujer y de sus hijos—, pero que no tiene más remedio que ir. Los tratos más importantes se cierran en los bares, y no en los despachos. Eso es así de siempre.

—¡Al final, todo el día trabajando! —se compadece de él Amalia, meneando la cabeza, recogiendo la mesa del salón y pensando en picar cualquier cosa en la cocina. «Como yo», le ha faltado decir.

Él se seca el sudor de la frente con la palma de una mano, se abre la chaqueta —los redondeles de sudor le salen de los sobacos y le oscurecen la mitad de la camisa—, se la vuelve a cerrar —así nadie se dará cuenta— y se embadurna de perfume. Las carnes le deforman las ropas, se le mueven bajo la tela.

—Vengo pronto.

Los dos niños han bajado a despedirlo y saltan (o lo intentan) con la intención de colgarse del cuello de su padre, pero él, de puro susto, se agacha con un esfuerzo sobrehumano y los abraza a su altura.

—A la cama ya, que no os quiero ver despiertos cuando vuelva.

Vicentito y Antoñito obedecen. El Marido sale y cierra rápido la puerta para que no se vaya el olor a torrijas.

El bar de Ildefonso está a las traseras de la plaza de la iglesia. No es el más elegante ni el más limpio del pueblo, cosa que disimulan las luces tenues, pero ahí se reúnen, después de la cena y casi todas las noches, los maridos de las señoras para corroborar en manada su poder —«que en casa mando yo y me voy con los amigos cuando quiera»—, para beberse unos tragos y hablar de cosas importantes, o cosas de hombres, que para el caso es lo mismo. Coches, política y mujeres. El Marido llega de los primeros, él es puntual hasta para la juerga, cuando solo están Anastasio y Pepe. Apretones de manos, palmadas en la espalda, preguntas de cortesía. En este momento, el dueño, con el paño blanco apoyado en el hombro, baja la voz, recuesta su cuerpo sobre la barra y hace un chiste sobre Franco y su mujer, doña Carmen Polo, algo sobre un pantano y una rana. Los demás ríen, solo fugazmente y en silencio, mirando para atrás.

—Cuidadito con lo que dices, Ildefonso, que el país no está para tonterías.

—Pero ¿es gracioso o no?

—Gracia la que te va a hacer a ti como te escuche alguien...

Él, triunfante como un niño al que no le han pillado en su travesura, sirve unos vasitos de vino y lo apunta con tiza en una tabla.

—Mira lo que he conseguido. —Anastasio se saca del bolsillo una foto no más grande que una estampa, pero no la enseña. Se la pega al pecho.

—¿Qué es? —pregunta el Señor—. ¿Por qué la escondes?

—Porque no podéis verla todavía.

—No nos vengas con secretitos, anda —protesta Pepe.

—Es una foto de Gilda.

—Ah, la pelirroja.

—Pero como Dios la trajo al mundo. —Anastasio guiña un ojo—. Y no sabéis cómo está la gachí. —Se relame.

—¡No jodas! —babea el tabernero.

—En España no nos enteramos de nada. ¿Sabéis que ella en Francia se lo quitaba todo y bebía champán en un zapato? —Se queda un par de segundos en silencio—. Por dos duros, os dejo que la veáis.

—¿Dos duros cada uno?

El Señor se concentra en su vino, arruga el entrecejo: él ha pagado cinco. Susurra:

—No, no. Yo paso.

—No seas mojigato, hombre. Por diez pesetas te la enseño. Te va a gustar, te lo digo yo.

—Que no quiero, Anastasio. Que tú ya sabes que a mí esas cosas no me van.

—¡Nos ha salido devoto el Paquito! —Se ríe el otro—. Dejadlo en paz, que después don Ramón le echa la bronca y lo pone a rezar.

—Pues yo sí quiero. Mira, lo que te bebas hoy, corre a cuenta de la casa, ¿te parece?

—Te va a salir más caro que darme los dos duros.

—Pero ya te digo yo que soy más de Sarita Montiel.

—Pues a ver si te consigo una foto de ella.

La llegada de los otros —Luis, Celestino y Manuel— los saca de su ensimismamiento. Vuelven a hablar de Gilda, de sus redondeces y de sus contoneos. Y también de Sarita Montiel y de su boca entreabierta. Por alguna extraña asociación de ideas, alguien se refiere a la Señora. Luis le pregunta al Marido si no quiere más hijos. Los demás callan, escuchan y beben. Seguro que es un tema recurrente en las reuniones en las que no está él.

—¿No quieres más hijos?

—Ya tengo dos —contesta él.

Ahí empieza el bombardeo, todos a una:

—Coño, en tu casa caben al menos diez churumbeles. ¡No será por espacio ni por perras! Otra ronda, Ildefonso.

El tabernero no se mueve. No quiere perderse la conversación.

—Ya.

—Y todavía eres joven. Y tu mujer... —Jamás hubo en la comarca silencio más elocuente.

—Mi mujer ¿qué? —El vino le da valentía, le insufla una gallardía engolada y pueblerina.

—Nada, nada, que también es joven.

Los demás se toman unos segundos para recordarse los atributos de la mujer de su amigo: guapa y de buen ver, la única hembra que camina como las actrices de cine en aquel pueblo, de labios casi comestibles y cuello pálido, definido. Distante y seca, es completamente inaccesible. ¿Por qué se casaría con este?

—Pero ¿por qué no os animáis? Los chiquillos son el futuro.

—Seguro que es la mujer, que no quiere... —lanza Anastasio, y le da un codazo al de su izquierda, a Manuel.

—O no te deja... —apostilla Luis.

—¿Por qué no me va a dejar?

—No lo sé, tú sabrás. Se ve que tiene carácter.

—Vamos a ver, ¿tu mujer cumple o no cumple?

—¿Dejamos ya este tema?

—Paquito, ¡no te pongas colorado, hombre! ¿Cumple o no cumple?

El Marido, mudo de repente, apura su trago de vino y se va. Es tarde. Que paguen ellos, por humillarlo sin necesidad. Puede oír sus risas, descoordinadas y a destiempo, desde la calle. ¿Por qué no va a querer la Señora tener más hijos si él se lo ha dado todo? ¿No debería estar agradecida, ¡eternamente agradecida!, por haberla recogido? Vuelve a casa pegado a las fachadas, asustado por el repiqueteo de las campanas de la torre, que anuncian la medianoche. No deja de herirse con las frases de sus amigos, como una astilla encallada en el dedo. Le duelen sus caras, sus palabras, sus guiños. ¿No debería la Señora querer una Consuelito, para vestirla de tules y ponerle lacitos? ¿Por qué no se lo pide? Y el Marido empieza a sudar, como si la luna le achicharrara.

58

—Jesusito de mi vida, eres niño como yo, por eso te quiero tanto...

Vicentito y Antoñito —arrodillados sobre el suelo duro, mirada al Cristo Crucificado que los vigila desde la pared, manos juntas y codos sobre la cama— rezan a dos voces. Parecen una de esas estampas de los libros de catequesis. No se olvidan de hacerlo ni una sola noche. Saben, eso se lo ha inculcado la Señora, que Dios solo atiende a los cristianos perseverantes y tenaces. «¡Vamos, a los pesados!», como dice ella en uno de los poquísimos momentos de humor que se permite. Los niños, embutidos en sus pijamitas caros y con los pies descalzos, tienen un pequeño encuentro con el Altísimo justo antes de meterse en la cama. Ya se han tomado su leche caliente con miel, ya han repartido besos a los presentes, incluida la Señora, aunque ella solo ponga las mejillas, y ya se han despedido en francés. *«Bonne nuit!»* Los dos hermanos, que no conciben la vida separados, se han puesto también de acuerdo en esto. Piden lo mismo para no despistar a Dios. «Que Consuelo —como la llaman cuando no está— no nos mande a un internado.» Los dos susurran de todo corazón, con los ojitos gachos y casi siempre, tiritando de frío. Antoñito, miedica de nacimiento, levanta la cabeza, mira al Cristo Crucificado y se lo suplica por favor. Desde que su hermano le contó que un internado es un colegio oscuro con muchas camas, con monjas y curas que te pegan y donde no pueden entrar los padres, el pobre niño sueña con esa separación forzosa y a veces se mea.

Al día siguiente, la Señora, cuando se *cosque* del tufillo a orines, caminará hacia el cuarto, mandará a Amalia a que quite la sábana del colchón, y negará con la cabeza: «Como sigas así, te voy a mandar a un internado. A ver si así aprendes a levantarte a hacer pipí, que ya eres mayorcito.» Siempre la misma historia.

Antoñito se acuerda ahora de ese infierno del que habla don Ramón en misa —monstruos horrorosos, fuegos que nunca se apagan y bichos correteándole por los pies— y lo del internado le parece mucho peor. Terminada la oración, los dos se santiguan y se levantan. Vicentito se sube a su cama y se frota la planta de los pies con las manos. Antoñito vuelve a arrodillarse:

—Vicente, yo voy a pedirle otra cosa al Niño Jesús. —Apoya la frente en sus manos unidas—. Que no me mee esta noche en la cama.

59

Qué poderosa se siente la Señora cuando, con las luces apagadas, abre de par en par el balcón de su dormitorio y se queda ahí, atrincherada en la oscuridad, con la respiración silenciada y los oídos atentos, cazando las conversaciones que suben desde la calle. Por cosas como estas ama ella el verano. Hoy le duelen los pies: el contacto con las losas de pizarra la alivia. Se va cambiando de sitio cada dos minutos, buscando la piedra fría. Ella no necesita radio. «¡Pamplinas!» A ella la informan sus propios vecinos, desde sus sillas bajas y sus expresiones burdas. Hablan ahora de Manuela, a la que «se la ha llevado» un resfriado que arrastraba desde el pasado invierno. A la Señora le da risa que un simple constipado sea capaz de matar a alguien. La gente de su tiempo está acostumbrada a las muertes por guerra, hambre o tuberculosis. «Pero ¿por un resfriado? ¡Qué vergüenza, por Dios!» Solo escucha sus voces, pero puede imaginarse a sus vecinas —todas cotillas— con las caras apenadas y falsamente compungidas. Después hablan del carnicero del mercado, del que muchos dicen que vende carne de caballo. «¿De caballo? ¡Qué horror!» Mañana le dirá a Amalia que no le compre nada más. Don Agustín dice que da igual, que es carne al fin y al cabo y que sabe bien. Y encima confiesa que comió ratas, pero que eso fue en los tiempos de la Guerra, cuando lo único importante era no morir. ¿Ella comió ratas? «¡Qué asco más grande!» Se encoge de hombros. Quizá. Nunca se lo preguntó a Madre y nunca lo hará. Hay cosas que prefiere no confirmar.

Ahora llega su parte favorita, la de los amoríos. Pepita cuenta que la hija de la estanquera, casada con un repartidor de La Casera, está liada con otro. «¿Con quién?» La Señora sonríe en silencio y enarca las cejas. Ya se la imagina, escapándose de casa y del marido, y probando el lecho de otro hombre. La odia y la admira. La critica para sus adentros por su poca discreción. Si ella lo hiciera, que no lo hace, nadie se daría cuenta. «¡Es que para mentir hay que ser lista no, listísima, como yo!» Tan abstraída está con las conversaciones de la calle que la sorprende el ruido de la puerta principal. Es su Marido, que ya ha llegado del bar. «¡Qué pronto!» Lo esperaba más tarde, que a ella le diera tiempo a dormirse o a hacerse la dormida.

60

Amalia está reventada pero no puede dormirse. Sobre la cama, con los pies, las manos y la espalda doloridos, solo es consciente de su cansancio, de la insoportable pesadez de su cuerpo, de que no sería capaz de mover un músculo ni aunque alguien gritase «¡Fuego!» a pleno pulmón. Así de exhausta la deja esta familia. Como una piedra caída al fondo del mar. «Otro día que pasa.» Ella no se queda tranquila hasta que no oye la puerta de entrada —«El Señor ya está aquí»—, como una madre eternamente preocupada por los hijos que han salido. Ella sabe, por la fuerza y la precisión de las pisadas, cuántas copas de vino se ha tomado don Paco. A veces se sonríe sola, imaginándoselo *empuntado*. ¡Qué gracioso se pone y qué cariñoso! Hoy sube al piso de arriba de inmediato, con la zancada veloz y dura, casi militar. La sirvienta, desde su inmovilidad, se extraña. Pensaba que se pasaría a verla. Se queda con ese runrún en la cabeza, zumbido casi inaudible que le quitará el sueño una hora más. Se vuelve hacia un lado de la cama, se arropa con la sábana, que ella no es de dormir destapada ni en verano, y suspira. Se ha puesto triste. Piedra caída al fondo de un mar triste. «¡Qué tonta es!» Si es que esa cabecita suya no sabe más que soñar, imaginar cosas que no existen, fantasear con vidas que no son la suya... Ojalá se quede dormida pronto. «¿Qué pongo mañana de comer?»

61

Él encuentra no sé qué inconfesable placer en besar a su mujer con los ojos abiertos. Ella no lo sabe porque tiene los suyos apretados, sellados por el asco. El Marido, mientras se olvida de mover la lengua, intenta enfocar ese rostro que se presenta deforme y torcido, como si estuviera a punto de compartir lecho con una tullida monstruosa. Se pone bizco y ladea la cabeza, ahora hacia la izquierda. No la reconoce en ese ojo cerrado gigante, en esa ceja que parece un ciempiés peludo. Se besan en un rincón de la habitación conyugal, alumbrada solo por la débil llama de una vela, casi pegados a la pared, como si tuvieran que dejarle sitio al inmenso silencio que han construido. Ella no respira, se pellizca el camisón.

62

Madre sale de su dormitorio a oscuras y con una excusa preparada en la punta de la lengua, por si la descubren. Lleva en la mano izquierda un vaso vacío, el mismo que tiene en el borde de la mesita de noche tapado por un pañito de croché. «Tengo sed», dirá. Y todos tan contentos. La anciana ralentiza aún más sus movimientos, ya de por sí ralentizados, y arrastra las babuchas dejando a ras del suelo un siseo de serpiente. Si su hija la viera, pondría el grito en el cielo: «¡Levante esos pies, camine erguida, que parece que tiene cien años!» Se va apoyando en la pared, va encadenando suspiros y «Dios míos», va paladeando su propio silencio. La boca se le mueve sola y los pocos dientes que le quedan sueltan algún reflejo plateado. Cruza el salón, lleno de sombras en la sombra, y sigue hacia la cocina. Se sabe de memoria el lugar en el que dejó la bandeja de torrijas y cuáles eran las que se reservó para ella misma. No le hace falta luz, ella se guía por el olfato, como un perro callejero. Entreabre ya la boca. Se siente cómoda en la oscuridad: animal que ha encontrado su hábitat.

Madre coloca la bandeja en la encimera, frente a una de las ventanas que da al patio. Se encorva levemente, separa una punta del trapo que la cubre y agarra una de sus torrijas, ya fría y mullida, goteando de miel. Abre los labios como si bostezara y casi se la come de un bocado. Mastica con la boca abierta —la educación es prescindible a oscuras— mientras observa el paisaje quieto y negro, como muerto. La torrija se le acaba antes que el ensimismamiento. Tiene la boca pastosa; entre los dientes restos de pan y miel. Coge otra; «la última», se promete a ella misma. «¡Qué ricas, por Dios!» Cierra los ojos: todo su Yo está en la lengua. Y lo que más placer le da es comérsela a escondidas, sin la insolente mirada de su hija, que nunca se calla: «No coma más, que va a estallar este traje. ¡Vieja gorda, hambrienta desesperada!» Rumia en silencio, sin escuchar los reproches de la Señora, serena y en paz. El último bocado. Se toca la tela del camisón sobre el estómago. ¡Se ha quedado la mar de a gusto! Respira de alivio, se traga una marea de saliva dulce. Con el mismo sigilo de antes, devuelve la bandeja a su sitio y abandona la cocina con la cabeza alta, como si nada hubiera pasado. Ahora solo piensa en la cama, en dormirse con el aroma de jazmines. Somnolencia que se le cae encima de repente, como un chal de lana. Suma pasos con la misma alegría con la que el preso cuenta los días para salir de la celda. Cuando llega a su cuarto, se lleva la mano a la frente:

—¡Qué sed tengo! —Y encima se ha dejado el vaso en la cocina.

63

Madre se lía con esta fecha, sí, siempre ha sido incapaz de componerla con seguridad, posiblemente porque no le interesa, pero bien podría ser 1926, año arriba, año abajo. En realidad, tampoco se esfuerza mucho en ser precisa. ¿Para qué? Cuando ha transcurrido tantísimo tiempo, todo se convierte en lo mismo: en pasado. Un pasado distante e inmóvil, moldeado a nuestro antojo y con nuestras propias manos. Los recuerdos pocas veces son fieles a los hechos. Cuando uno relata una historia antigua, añade, exagera, inventa, adorna, embellece, omite, acorta, rellena lagunas e incorpora datos —todo esto, sin pudor— y, tras contarlo varias veces, lo fija en su memoria y se convence de que ocurrió así, de que eso fue la realidad, de que no hay otra. «¡Juro que fue así, lo juro por lo que más quiero!» Una mujer aún de pelo negro y su hija pequeña viajaban en un autobús lento en dirección a la sierra. Las curvas eran tan pronunciadas que tenían que agarrarse al asiento de delante para no balancearse: parecían tentetiesos. Aunque una borrasca tapaba el cielo, los muchos verdes del paisaje, vivos y brillantes, parecían presagiar una especie de paraíso donde no cabía la mugre, ni las ratas, ni los perros muertos. Madre aprovechó que la niña Consuelito dormía para comerse, a bocaditos pequeños, la única perrunilla que llevaba. A ella no le gustaba dormirse en los viajes; creía que su vigilia era necesaria para que ese autobús no se despeñara por cualquiera de los acantilados. Se santiguaba a menudo y tenía ganas de llegar. Por recomendación de una amiga, había conseguido trabajo en casa de los marqueses Parra. No sabía mucho de ellos, solo que era una familia triste y adinerada que buscaba a alguien que limpiara, cocinara y no hiciera ruido. Por lo visto, y esto se lo contó su amiga bajando la voz, la marquesa tenía bronquitis crónica y su médico le había recomendado el aire de la sierra, así que se habían visto obligados a mudarse a un pueblo medio vacío y de mala muerte. «Ella se pasa los días enteros sin hablar, encerrada en una salita, sin hacer nada. Reza para que no os volváis locas tu hija y tú.» Madre meneaba la cabeza: les vendría bien un poco de tranquilidad.

Las recibió el marqués en un salón grande, iluminado por el naranja de la candela. Vestía traje y corbata y llevaba el bigote engominado, rizado en las puntas. Le dio la mano para saludarla —una mano grande, pero delicada— y fue al grano: le dijo que su uniforme estaba en el cuartillo del fondo, el de la izquierda, que prestara especial atención a su señora esposa, y le recordó que no tendría horarios en esa casa.

—Estará disponible todo el día.

—Por supuesto, señor. ¿Cuándo se ha visto a una criada con horarios?

—Y muy importante: la marquesa manda. A ver si entre todos podemos animarla un poco —dijo, y su bigote se quedó quieto. Ni él mismo se lo creía.

—Traigo a la niña —apuntó, como si no fuera evidente.

Consuelito se agarraba a la mano de su madre. Levantó los ojos.

—Sí, ya veo. —Tomó aire—. Que juegue en la habitación,

en silencio siempre, por favor, que la marquesa no tolera los ruidos. Ya sabe, tiene jaquecas casi a diario y la ponen muy irascible. La niña también puede correr al aire libre, pasear entre los árboles; ya ha visto que hay campo para aburrirse.

Los tres miraron hacia una de las ventanas. La negrura se cernía sobre la sierra como una carpa de circo.

—Como usted mande.

—Pero que no se acerque a mis hijas.

El marqués la había mirado directamente a ella, a una niña de siete años. Era la primera vez que alguien tan rico, tan alto, tan perfumado le hablaba. Había levantado las cejas. Ella asintió varias veces, rápida, y apretó más la mano de Madre.

—¿Lo has oído, Consuelito? No puedes hablar con las hijas del señor. Ni coger sus juguetes.

—¿Ni mirarlas tampoco? —Necesitaba saber todas las reglas.

—Bueno... —Madre no sabía qué decir.

—De lejos —apostilló el marqués—. Espero que lo entiendan, es...

—Sí, sí, no se preocupe. —Estaba dispuesta a aceptarlo todo. Sus labios, preparados para el sí. ¡Sí a todo! Le habló luego a Consuelito—. ¿Vas a ser buena?

—Sí.

—No querrás que este hombre tan amable que nos deja vivir en esta casa tan bonita se enfade y nos grite, ¿verdad?

—No, no, no.

—Ya la ha oído, no se preocupe, que la niña no dará problemas. Bueno, y dentro de nada tendrá edad para ayudarme en las tareas de la casa. Debería ver usted lo limpia que es, ya apunta maneras. Esta va a ser una sirvienta, y de las buenas, se lo digo yo. Las madres para eso tenemos un sexto sentido.

Consuelito gastaba las largas horas de todos los días sentada en la única camita del cuarto de las sirvientas. Sus pies le colgaban. La pobre, muerta de aburrimiento, se tumbaba mirando al techo y con las manos sobre el estómago, metía la cabeza bajo la almohada o se acurrucaba en el suelo. Solo una vez intentó saltar, pero hacía demasiado ruido. A la semana ya andaba a hurtadillas por la casa, como un fantasma centenario. Esperaba a que su madre se ocupara en la cocina o en cualquiera de los muchos dormitorios y se iba por su cuenta: niña-exploradora. Consuelito-espía. Andaba de puntillas por los cuartos de las marquesitas y, frente a sus armarios, se embelesaba con sus trajes y se ponía una gota de sus perfumes detrás de las orejas. También se colaba en la alacena, donde olía muy fuerte, y con los ojos cerrados identificaba los chorizos y las morcillas; o entraba sin ser vista en la sala de costura donde la marquesa no cosía ni hacía nada, solo se regodeaba en sus males. «Ay. Ay. Ay.» Allí, hecha una bolita de huesos tras un butacón, la estudiaba con detenimiento y la veía desesperarse, hartarse de la vida y de sus hijas, y buscarle defectos al trabajo de su madre. Le encantaba poner los ojos en blanco. «Por Dios santísimo. ¿Cuántas veces tengo que decirle que no puedo estar en una habitación fría? ¡Hay corriente, cierre alguna puerta! ¡Este cocido está muy salado, no hay quien se lo coma! ¿Es que no hace nada bien? No entre, no entre aquí, hábleme desde la puerta.» Y Consuelito abría los ojos para ver cómo su madre, avergonzada, pedía disculpas y agachaba el corvejón. «Muerta de hambre», decía la marquesa cuando la perdía de vista. «Apestosa.» Y de tanto observarla, la niña hizo suyos sus ademanes, y algunas tardes la imitaba en su cuarto. Se paseaba muy erguida por las losas, suspiraba con desgana, se tiraba en la cama y le decía a un sirviente imaginario:

—No me encuentro bien. Tráeme algo caliente. ¡Esto no está caliente, apestoso!

Madre pensó una noche que su hija la miraba con asco,

pero no le dio importancia. Daba igual que ya no le diera un abrazo o que se apartara cuando quería cogerla de la mano. Estaba demasiado cansada.

Aquel mismo verano, Consuelito aprendió a leer. «La m con la a, ma. La l con la e, le.» Los marqueses habían contratado a un profesor particular para que enseñara a las marquesitas todas las mañanas, de once y media a dos. La niña, que casi se movía por la casa como si fuera suya, se quedaba en la puerta de la biblioteca, sentada en el suelo, escuchando la voz musicada de don Rafael. Y así, de esta forma tan tonta y sin que nadie lo supiera, aprendió a leer. Esto no se lo contaría a Madre hasta mucho después; mientras tanto, se mofaba de ella, la engañaba, disfrutaba tomándole el pelo.

Una tarde, habían pasado tres inviernos, la marquesa llamó a gritos a Madre y le dijo que se fuera de inmediato, que no encontraría trabajo ni sustento en toda la comarca y que, por supuesto, no le pagaría lo que le debía. «Por ladrona», añadió. A Consuelito le extrañó que su madre no protestara ni se defendiera, ni siquiera suplicó perdón. La pobre mujer, a la que el pelo empezaba a cubrírsele de canas, solo cogió su maleta, a la niña y volvieron a esa casucha de pueblo que se parecía a una chabola. Por lo visto, habían desaparecido unos pendientes de perlas, de mediados del siglo anterior, que había pertenecido a los Parra desde siempre. Consuelito solo sabe que, al llegar a su casa sucia, comieron caliente durante unos meses. Ella, a pesar de estar rodeada de mugre, seguía imitando a la marquesa. A los demás les hacía gracia que una niña tan sucia se secara las comisuras de los labios con los bajos de la falda.

64

«Ay, esta jaqueca, que no se me va», le susurra la Señora a su Marido cuando cree que ya ha cumplido. Se echa la mano derecha a la frente y compone una evidente cara de hastío. «A la cama.» Él, extrañamente, no se queja. No reacciona. Solo la mira meterse entre las sábanas. «¿No te acuestas?», le pregunta ella.

65

El miedo es una reverencia, y por eso la joroba que le está saliendo a Madre. Tantos años de sustos y escalofríos tenían que salir por algún sitio. En su habitación, la que está al lado del cuarto de costura y también la más fría de la casa —no le da un rayo de sol en todo el año—, la anciana lleva casi media hora sentada en un borde de la cama, arrugada, como enseñando su chepa, y mirándose los juanetes de sus pies descalzos. No puede dormir. La luz de la vela tiembla. Desde que se ha enterado de lo del viaje, tiene un pellizco en el estómago. ¿Por qué? Ni ella misma lo sabe. Es como una flojera en el cuerpo, una preocupación latente, una intranquilidad que no la deja pensar en otra cosa. Que sí, que está muy bien conocer otros sitios y estar en la playa, pero a ella, que ya es vieja, no termina de convencerle la idea. Ve cientos de peligros por todas partes: las carreteras con baches, las curvas y el autobús, el mar y las olas —que a ella le han dicho que las hay tan fuertes que son capaces de tragarse a un hombretón, si no, que se lo digan a Celedonia, que perdió a su único hijo ahogado en una playa y el cuerpo nunca apareció—, el sol y los carteristas, que en las playas ya se sabe. Y, además, ¿y si se pierde en ese sitio desconocido? ¿Y si la dejan sola por allí? Madre se toca el corazón y frunce el entrecejo. En este pueblo pequeño, ella se maneja, sabe quiénes son sus poquísimas amigas, y se siente segura, como en una especie de útero del que nunca la van a echar. Pero ¿qué va a hacer ella tan lejos? «Ay, Virgencita del Carmen, que yo no quiero ir. Con lo tranquila que estoy aquí, que yo no valgo para viajar, eso es para la gente joven, pero... ¡Si no voy ni a la ciudad con tal de no montarme en el autobús y llevarme dos horas por esas carreteras! ¡Qué peligro!» Pero a ver cómo le dice al yerno que no quiere ir, con lo ilusionado que está el pobre. Abre la boca para respirar. Una tila le vendría estupendamente, piensa Madre. Ay, estos miedos, que se hacen grandes de noche. Unos golpes tímidos suenan en la puerta. Aparece la cabeza despeinada de Amalia:

—¿Estaba dormida?

—No, no.

—¿Puedo entrar?

—¿Pasa algo?

Ella entra, cierra la puerta y se coge las manos:

—Es que estoy un poco *acojoná* con el viaje y no puedo dormir.

Doña Trinidad le sonríe, permisiva:

—¿*«Acojoná»*? Anda que como la Señora te escuche decir esas cosas...

—Pues cagada de miedo.

—Eso no lo mejora. —Las dos se ríen en silencio y la criada se tapa la boca con la mano derecha, como evitando futuras palabras inapropiadas—. No te preocupes, no va a pasar nada. Piensa que vamos con el Señor, que nos va a tratar como reinas, ¿o no sabes cómo es él?

—¿Usted cree? —El miedo le ilumina los ojos.

—¡Pues claro! Donde hay parné —y lo ilustra con el gesto de frotarse los dedos índice y pulgar—, todo es seguro. Lo vamos a pasar divinamente. Hazme caso, que yo conozco este tipo de viajes: los mejores hoteles, los mejores restaurantes, las mejores playas.

—¿Cómo sabe usted eso?

—Porque una pone la oreja en todos los sitios y porque ya tengo unos años, hija mía. Y, además, el Señor será lo que sea, pero a generoso no le gana nadie.

—Eso es verdad.

—¿Tú no eres demasiado joven para tenerle miedo a viajar?

—Ay, yo qué sé, es que casi nunca he salido del pueblo.

—Ni yo.

La sirvienta, que lleva un camisón que de tan viejo se transparenta, se acerca aún más a la cama individual de la anciana:

—Y entre usted y yo, ¿cree que debo llevarme alguna joyita?

—¿Joyas? —Abre mucho los ojos, aunque ella ya lo sabe.

—Bueno, es que tengo algunas, pocas, pero no son muy buenas, no se vaya usted a creer. —Se ruboriza.

—Pues llévatelas, que tendrás que lucirlas...

—¿Sí? Está bien, me las llevaré. Muchas gracias, doña Trinidad, ya me siento mucho más tranquila. Es que fíjese usted, que yo no sé ni nadar.

—¿Y para qué quieres meterte en lo hondo? Una se queda en la orilla y tan campante.

—Eso digo yo. —Y las dos sonríen—. No la molesto más, que mire la hora que es.

—Hasta mañana, si Dios quiere.

Amalia le dice adiós con la mano. A la luz de la vela, parece frágil, casi a punto de romperse. La anciana carraspea:

—Una cosa, ¿podrías hacerme una tila, que no puedo dormir?

—Ahora mismito.

Madre vuelve a quedarse a solas con su miedo. Porque ella ha aprendido que lo peor es contagiarlo.

66

El Marido, cómo no, ocupa entera su mitad de la cama. Parece como si hoy se le hubiera quedado estrecha, como si necesitara todo el espacio para él. No se halla. Se da la vuelta, de espaldas a la Señora, y se queda de perfil: la oreja izquierda aplastada sobre la almohada; su barriga tirando del pijama y derramándose casi fuera del colchón. Se acurruca, tiene los ojos abiertos. Echa por la nariz el aire corrompido y se va quedando hipnotizado con su propia respiración, mecánica y a conciencia. Mira de soslayo a su mujer. ¿Con quién está durmiendo? ¿Quién es esa que yace junto a él? ¿Debería odiarla? Esto parece una versión cruel de dormir solo. Se arropa ahora con la sábana, aunque no hace frío. «¿Quiere una hija?», vuelve a preguntarse. Pues sí, la quiere. Quiere tener más hijos, algunos más. Con esa decisión alojada en su enorme estómago y haciéndole el cuerpo todavía más pesado, se da otra vez la vuelta.

67

Doña Ascensión del Campo y Márquez solo paría niños muertos. Para ella no era ninguna sorpresa; ya lo sabía, antes incluso de verlos morados, casi negros, y tiesos, con los ojitos —«¿serían verdes como los suyos?»— cerrados para siempre, antes también de que en aquella habitación de matrimonio, con las piernas aún abiertas, nadie llorase. Ese silencio era lo mismo que la muerte: silencio sepulcral, duro como el mármol. La broma se repetía sin cesar, un dios macabro no dejaba de reírse a su costa: la mujer se paseaba por la casa embarazada, con los tobillos hinchados y las manos sobre la barriga, hasta que, poco antes de dar a luz, el feto dejaba de movérsele dentro, y entonces ella notaba cómo la vida se pudría y se le volvía de piedra, y en las entrañas solo le quedaba un cadáver, uno diminuto, pero un cadáver al fin y al cabo. Sus hijos, doce en total, iban directamente de su cuerpo a la tierra, envueltos en una mortaja ridícula. Siete varones y cinco hembras, dos de ellas gemelas. La comadrona, Azucena, que vivía en las afueras, le decía «Lo siento» en un susurro y se encargaba de limpiar la sangre, de llevarse al niño frío y de abrir las ventanas de par en par. Las criadas de la casa, que la ayudaban, no decían ni mu. Doña Ascensión cerraba los ojos durante todo el proceso y, cuando los abría, era como si nada hubiera pasado. Nardos en el jarrón. Luz inundando el dormitorio. Sábanas blancas, limpias y secas. Ella, mujer cada vez más enjuta, más acartonada, no soltaba ni una lágrima, era igual que una guerrera desalmada o un virus, encargada solo de traer muerte a la vida, de sembrar de difuntos la casa. Su marido, el coronel don Rafael Villalobos Méndez y Gómez, experto en torturas, obviaba el tema; jamás decía nada cuando la veía engordar, ni tampoco decía nada cuando adelgazaba de repente.

Doña Ascensión, en cambio, sí abrió los ojos como una loca el día en que, con casi cuarenta y tres años, tuvo un hijo que berreó en la habitación. Bendito sonido, bendito llanto. «¿Qué es eso, Azucena? ¿Qué estoy oyendo? ¿Es un niño, es *mi* niño?» Ella también lloraba mientras la comadrona asentía como podía. «Es un milagro.» Le pondría de nombre Francisco, como los siete varones muertos. Todos Franciscos.

—Tu hijo —le dijo a su marido cuando llegó del cuartel—. Y está vivo.

—Ah. —No se lo esperaba.

—Ha venido el médico. Dice que está sano. Sano como un roble.

—No te encapriches demasiado. Por si acaso.

«Bah.»

Hubo que comprar la cuna y las ropitas a toda prisa. ¿Quién iba a esperar un hijo a estas alturas? ¡Otra broma del dios macabro! Mandó a Azucena a la capital con varios billetes enrollados y guardados en su enorme pechera. «Tráete lo mejor, que hay dinero de sobra.» Y le pidió ayuda a sus criadas, a sus vecinas, a cualquiera que fuera a visitarla. «Ayúdame a cambiarlo, dale tú de comer, haz que deje de llorar», mientras ella se quedaba mirándolo, asombrada todavía de que el bebé estuviera allí, parpadeando sin descanso, abriendo la boca, moviendo las manos. Suspiraba bajito, como si esperara que muriera en cualquier momento. ¡Un hijo vivo!

De madrugada o a cualquier hora del día, doña Ascensión corría enloquecida hacia la cuna y lo zarandeaba hasta que el niño, molesto, lloraba. Dijeron las malas lenguas que estaba obsesionada, que no era bueno tanta pasión por su retoño. Hasta contaban que en el entierro de su marido se fue a casa sin recibir el pésame de los más allegados porque quería ver a su Francisquito. Quiso asegurarse de que seguía teniendo pulso, de que la muerte no se había colado en casa durante su ausencia. Ella, recia y cortante desde siempre, empezó a decir cosas cursis, como que su Francisquito era la viva imagen de un ángel en la Tierra o un rayo de luz que Dios le había mandado, y sus amistades se reían a sus espaldas. «Es un ángel en la Tierra», la imitaban en cualquier merienda con la voz impostada.

Se convirtió a voluntad propia en una madre pesada. No se separaba de su hijo. Calculaba lo que comía, lo abrigaba demasiado y lo observaba por la ventana mientras jugaba en las calles de tierra. Y cuando uno de sus amiguitos se ponía violento o lo empujaba sin querer, ya salía ella al umbral, gritando como una bruja, para cogerlo en brazos y meterlo en casa. Madre-guardiana. Madre-centinela. A los ojos de los demás, seguía siendo la misma mujer seca y agria de siempre, pero en casa ponía ese tono ridículo para hablarle a su hijo. Le dio el pecho hasta los cuatro años, en su habitación de matrimonio, a solas los dos. Cuánto disfrutaban. Lo mejor, siempre para su Francisquito. No supo en qué momento empezó a pensar en él como en un elegido. Sí, había sobrevivido a lo peor: a la gestación en su cuerpo, ese cuerpo que lo mataba todo. Su niño había ganado la batalla. Decidió un día cualquiera que sería un hombre educado y brillante, que haría de él un gran señor y que le buscaría una esposa a su altura, que lo quisiera tanto como ella.

—Nada podrá matarte. Nada será tan terrible como mi vientre.

Una tarde se paró en el salón de pronto, como si hubiera pillado in fraganti a un ladrón. Se quedó junto a las jambas de la puerta, con la cabeza un poco ladeada. Su hijo había engordado, era más que nunca un ángel, uno de esos rollizos que aguantan las nubes sobre las que se aparece la Inmaculada Concepción. Su Francisquito parecía pintado por el mismísimo Murillo. Le vio sus carnes, su cuello enorme y sus mofletes rojos, y se preguntó cuándo y cómo. Abrió la boca para decir algo, pero solo se agachó y le abrió los brazos:

—Ven aquí. —Esa madre lo abrazaba y a la vez cerraba los ojos—. ¿Quieres a mamá?

—Mucho.

—¿Cuánto es mucho?

—Muchísimo.

—Pues yo más que muchísimo. ¿Mi angelito quiere chocolate?

El angelito siempre decía que sí. A todo que sí.

—Mamá te cuidará siempre, te protegerá siempre, estará contigo siempre.

Esa noche, ya en la cama, se alegró. Conocía a muchos niños enclenques que se morían después de unas toses o unas fiebres. Sus ataúdes eran blancos y pequeños, y apenas pesaban. Pero su hijo, no; él estaba fuerte y robusto. Todo aquel volumen era salud, una garantía de supervivencia. Le daba igual que le dijeran gordo o que la gente lo mirara por la calle asintiendo, escandalizada. Ese era su hijo, su hijo vivo. Descalza, salió de la cama, cruzó la habitación y comprobó que Francisquito aún respiraba. Hacía un sonido de persona mayor, como un amago de ronquido.

68

Qué típica es la Señora, que solo se acuerda de la muerte de noche. No se lo dice a nadie, pero cuando no puede dormir —en esa habitación precintada al exterior, sin una rayita de luz, ni una *mijita* de aire, ni un ruido que denote vida a las afueras de esos muros—, fantasea con su propio entierro. Se pone tiesa, con las manos entrelazadas sobre el estómago, y se imagina dentro de un ataúd estrecho, cargada por manos masculinas y robustas. Llevará los ojos cerrados y un traje blanco, aunque aún no ha decidido cuál. Aprieta la mandíbula como acostumbrándose a la mortaja. Ahora la llevan calle arriba, bajo el repicar fúnebre de las campanas. La balancean, como a una Virgen en Semana Santa. Cuenta con los dedos de las manos quién la llorará. Su Marido, ya viudo, desconsolado y solo; Madre, que aunque sea su cruz es también su madre; y Amalia, porque el roce hace el cariño. Quizá también alguna vecina y el cura —¡claro, el cura!—, que echará en falta su ayuda, y sobre todo sus billetes. Los niños, orondos huerfanitos, dejarán una flor blanca sobre el ataúd de su madre y volverán al primer banco de la iglesia. La odiarán por haberlos abandonado, por convertirlos en pobres desgraciados, señalados por otros niños, y al cabo de unos años, casi no se acordarán de ella. Su imagen será como un sueño o como una vivencia de otra vida.

La Señora, mientras maldice la respiración fuerte de su Marido, ha tenido una idea: ojalá muriera con la cara desencajada, sí, con un gesto de espanto o de terror —ojos muy abiertos, mueca retorcida—, para que los que la miraran se quedasen aterrorizados y soñaran con ella cada noche. Se aguanta una risa. Qué cinismo sería morir con una expresión de desprecio hacia el mundo, como diciendo: «Hala, ahí os dejo.» Jajaja. Ella, triunfante y altiva hasta el final, sabe que aún no es tiempo de morirse. Este pueblo, y también este país, están demasiado acostumbrados a la muerte. ¿De qué serviría una más? Ella quiere esperar a cogerlos a todos desprevenidos, a que realmente su ausencia sea un drama, una tragedia difícilmente superable. No quiere que se olviden de ella a los dos días. Como lo hagan, se aparecerá como un fantasma atormentado y, además, así podría ver cómo es la vida sin ella: todos desorientados y aturdidos, porque aunque le pongan mala cara, ella sabe que es el vértice que mantiene unida esta familia. «La piedra que desecharon los arquitectos es ahora la piedra angular (Mateo 21, 42).» Esa es ella, la roca despreciada, pero también la imprescindible y la que sostiene esta casa, sin la cual las demás se desmoronarían. El Marido acerca la planta fría de los pies a sus pantorrillas y ella abre los ojos dentro del ataúd. Ahora sí le encantaría estar muerta. ¡Qué asco!

Segunda parte

LA PLAYA

1

A la Señora le entran unos incomprensibles arrebatos de amor. De repente, como por obra del Espíritu Santo, ama a su Marido, su vida y su presente. Ella lo definiría como «la certeza íntima» de estar en el lugar que le corresponde. Se le nota porque toma una gran bocanada de aire y se la queda en lo alto de los pulmones mientras se lleva la mano al pecho, domesticando un latido errático, como un hipo en el corazón. Le está pasando ahora mismo, justo al entrar en la habitación de un hotel que no sabe ni pronunciar. Anda a pasitos cortos, igual que una niña en un palacio de cuento, con la boca abierta desde el principio y unas ganas irreprimibles de abrazar a su Marido, que se ha quedado en la puerta, echado sobre las jambas y con los brazos cruzados sobre su barriga, como si aquello fuera obra suya. Le echa un vistazo al cuarto de aseo —que queda a la izquierda, pulcro, celeste, alicatado— y enseguida camina hacia la cama de matrimonio que preside la habitación. Ella, como cualquier mujer, lo primero que hace es sentarse: «Qué dura está, mejor para la espalda.» Al segundo se levanta y toca el papel que cubre las paredes, la lamparita de una de las mesitas de noche —clic clic, clic clic: la enciende y la apaga dos veces— y el teléfono. «Es por si queremos pedir algo en recepción. Nos traen lo que queramos: agua, vino, toallas, lo que sea», le explica él.

Se queda de pie unos segundos, mirando el balcón que se abre al azul del cielo y del que la separa un amplio ventanal. Sale al exterior y la recibe una ráfaga de aire salado que está a punto de destrozarle el peinado, ya de por sí destrozado por las innumerables horas de autobús. Abre la boca y saca la punta de la lengua, como si fuera a recibir la comunión, y siente el sabor del mar. Voltea la cabeza y mira a su Marido, que parece feliz solo con verla tan entusiasmada. Ella asiente y corre a abrazarlo. «La habitación es preciosa, ¿verdad? Gracias, gracias.» Rodea su cuerpo blando con sus brazos de Señora y posa la cabeza en su hombro. Después —con cinco segundos de contacto físico tiene suficiente—, regresa al balcón corriendo, como si alguien la llamara. No sabe si es la luz, casi incandescente, los colores brillantes o el paisaje nuevo. El aire huele diferente, llega limpio desde algún sitio. Respira hondo. Cierra los ojos y se ve los adentros incendiados de sol.

2

Madre, que camina agarrada al brazo de Amalia, casi no le presta atención al cuarto que compartirá con la sirvienta y sus dos nietos. Vicentito y Antoñito, nada más entrar y tras un breve vistazo, eligen sus camas y se tiran sobre ellas. El más pequeño salta en el colchón con los zapatos puestos, pero se cansa pronto: no debe de ser fácil impulsar con las piernas sus casi cincuenta kilos de peso.

—Estate quieto, que te va a entrar la tos. —La abuela lo reprende con desgana, y vuelve enseguida a la conversación en la que está enfrascada desde que salió del pueblo y que gira, una y otra vez, en torno al «milagro». Así lo ha bautizado ella—. ¿Tú te lo puedes creer? Es que si no lo veo, diría que es mentira, que es cosa de algún loco —explica de nuevo, y acompaña su asombro con un levantamiento de cejas.

La sirvienta niega con la cabeza y se cambia de lado, que ya tiene el brazo derecho casi entumecido —*entumío*, dice ella—. De lo que hablan las dos es de lo que ocurrió ayer delante de sus ojos. El pueblo entero —estaban los ricos, los jornaleros y hasta algún que otro comunista arrepentido— salió a la calle con el único objetivo de jalear a la Patrona para que cayera algo de lluvia. Rezaban todos a media voz en un murmullo que a la Señora le recordaba a una culebrilla de agua. De vez en cuando, algún devoto exaltado gritaba: «Madre de los cielos, que llueva, por el amor de Dios, que nos estamos muriendo de hambre. Viva la Patrona. Viva la más bonita. ¡Viva, viva, viva!»

La Virgen, con su manto para las ocasiones especiales, recorrió no solo las calles principales sino también los barrios periféricos, esos donde las casas parecen chabolas y los niños andan descalzos y llevan calzones remendados. Al paso por la mansión de la Señora, sus hijos orondos le tiraron desde las ventanas del piso de arriba una *petalada* (de rosas rojas, rosas y blancas) que les pareció a muchos una alucinación, una lluvia de colorido y de lujo que solo habían visto en las revistas. La Señora hasta se secó sus ojos húmedos con un pañuelo bordado, a la vista de todos. No sabía qué la emocionaba más, si la belleza o la religión, o la explosiva mezcla de ambas. Sus vecinos estaban por primera vez unidos en una súplica. «Fuenteovejuna, todos a una», hubiera pensado si hubiera sido una mujer leída. Pero no lo era y solo se dijo: «La necesidad junta a las personas.» Subía la calle la Patrona sobre una alfombra de rosas pisadas cuando el cielo se cerró y la noche pareció caerles encima. Cientos de ojos se alzaron a Dios. Justo en ese momento, descargó una tormenta que mojó las caras y el manto de la Virgen. El pueblo, en un estado de catarsis que el cura jamás había visto, aplaudía, vitoreaba y hasta se abrazaba. «¡Viva la Patrona! ¡Viva la Reina de los Cielos! ¡Viva la Virgen, vivaaaaaa!» Muchos abrían la boca y bebían hasta hartarse de este agua fruto del milagro. «Agua que cura», dijeron algunos. La iglesia se abarrotó de cientos de san Pablos, todos fieles reconvertidos que, viendo la eficiencia y la determinación de la Patrona, le pedían más y más favores. «Que si dame un jornal para llevarle comida a mi familia; que si haz que mi Isabelita encuentre novio que ya tiene edad para casarse; que si quítame estos dolores, que no puedo ni andar; que si Franco no dure mucho más...» A la Patrona en el altar, agobiada de flores y de peticiones, aún le caían las gotas de lluvia por la cara, confundiéndose con las lágrimas. Diluvió durante trece horas y fue como la resurrección del pueblo y de sus campos. Madre, como casi todas las mujeres, le ha prometido al cura que le hará una novena de agradecimiento a la Virgen y que empezará cuanto antes. Don Ramón sonreía: menos mal que sus amigos los meteorólogos nunca fallan.

—Amalia, hija, si ya sabía yo que la Virgen era milagrosa, porque yo le he rezado mucho y me da todo lo que le pido. Que tú sabes que yo soy devota, pero mucho, mucho. Y, ahora, más todavía. Ay, pienso en ayer y se me ponen los pelos de punta. Mira, compruébalo, que es verdad lo que digo. —Estira el brazo y se sube la manga.

La sirvienta escucha, pero con los ojos escruta la habitación.

—Doña Trinidad, si no le importa, me voy a tender un rato, que el autobús me ha dejado hecha polvo. Qué fatiga, qué dolor de cabeza, creo que voy a vomitar... Si es que no estoy acostumbrada a viajar. Seguro que estoy más blanca que la leche...

3

La Señora, recostada sobre la barandilla de su balcón, se siente otra. Fuera de su dormitorio en penumbra, de su casa de dos plantas y de su pueblo, ha perdido parte de su identidad. ¿Qué digo parte? ¡Entera! Le sobran los collares de perlas, las medias negras, con la rayas traseras perfectamente derechas, y hasta los tacones, como si se hubiera descubierto de pronto disfrazada. Tampoco le preocupa demasiado. Ni eso, ni nada. ¿De dónde viene esa sensación de liviandad? Se agarra a la barandilla como si una ráfaga de viento pudiera elevarla, llevársela volando y alejarla todavía más de su cuarto, de su casa y de su pueblo. Anclada con los dedos al balcón, cierra los ojos y deja que la sal del viento se le pegue a la cara. ¿Qué hora es? ¿Cuánto tiempo ha pasado mientras piensa en todo esto? De espaldas recuerda al lienzo *Muchacha en la ventana*, de Dalí, aunque ella parece que va enlutada. La Señora saca el trasero coquetamente y juguetea con su pie derecho hasta que lo deja parado, apoyado sobre la punta. Desde la cama, su Marido, de lado y con el maletín de cuero —que vale una millonada— a sus pies, la llama:

—Consuelo, Consuelo.

El viento le llena los oídos a la Señora.

—¡Consuelo, Chelito, hija!

Su mujer parece, en efecto, un cuadro, una fotografía, una estampa inmóvil, si no fuera por esos mechones que se le balancean sobre el cielo azul. Él chasquea la lengua y levanta su barriga de la cama dura. Asoma su cabeza casi calva al balcón:

—Consuelo, coño, que te estoy llamando.

Ella se vuelve, sin sobresalto alguno. Trae los ojos entornados:

—Lo siento. Dime, no te oía.

—Que si hay algo de comer, que tengo un hambre que me muero. ¿Ha sobrado algo?

—Pregúntaselo a Amalia, ella traía la cesta... ¿Has visto el mar? —Está tan calmado que parece la superficie de una moneda, liso y duro.

4

Amalia está como para que le pregunten algo. El mareo no se le quita, y eso que ya se ha mojado las muñecas y la nuca con agua fría y se ha tumbado en su cama, acurrucada y apretando los ojos. De vez en cuando, suspira: «Ay, qué malita estoy. Si por esto no me gusta a mí viajar...» Tiene el estómago del revés y las piernas flojas. Lo único que quiere es oscuridad y silencio, y no tiene ninguna de las dos cosas. El Marido, en la puerta de su habitación, dice que tiene mucha hambre y pregunta por la cesta de comida, esa de la que han estado picoteando durante todo el trayecto en autobús. «Por ahí tiene que estar, junto a las maletas», susurra ella desde la cama, sin moverse siquiera. Quedan algunos filetitos empanados, un buen pedazo de pan, queso y chorizo blanco de la última matanza. Ah, y también unas perrunillas casi deshechas. Suficiente para quitar el hambre y aguantar hasta la cena. El Marido saca la navajita que siempre lleva en el bolsillo —de Toledo, recién afilada—, se sienta en una cama, no importa cuál, y, con el codo apoyado en la rodilla, rebana el queso, el chorizo y después el pan. Se lo come todo junto. Madre y los niños no saben hacer otra cosa que no sea mirarlo y, de paso, salivar. Se les ha abierto el apetito. Al final es Antoñito el que rompe el hielo:

—Yo también quiero.

Don Paco le dice con la mano que se espere.

—No seas glotón, hijo, que tu padre tiene hambre. —La anciana lo riñe además con los ojos

—Es que yo también tengo hambre. —Está a punto de extender la mano.

—Cuando seas padre, comerás huevo.

Y el niño se calla, pero no entiende a qué viene hablar de huevos ahora, si él solo quiere un trozo de pan con chorizo.

5

Después de mirarse los dientes en la hoja de la navaja y de dejar a Madre preparándoles algún tentempié a los niños —se tendrán que aviar sin el queso, que se lo ha zampado él enterito—, el Marido vuelve a su habitación. Satisfecho. Relajado. Escuchando sus propios pasos sobre la moqueta roja. Abre la puerta y lo recibe una corriente de aire. La Señora sigue en el balcón, ausente y lejana, integrada en el azul del paisaje; él la observa con nostalgia, como si no le perteneciera o fuera inalcanzable, y camina hacia ella con pasos cortos, sin querer hacer ruido. Casi está a punto de pedirle permiso para colocarse a su lado, en la barandilla. Lo refresca una brisa callada, como él. Sonríe, carraspea. Ella ni se inmuta. Sabe de su presencia por el rabillo del ojo. Nada la perturba. Definitivamente, no saben relacionarse bajo la luz blanca y violenta del Mediterráneo. Ellos parecen estar hechos para la penumbra.

—¿Qué haces?

—Nada, mirar el mar. —Su voz también parece viento.

El Marido estudia la vista: casitas bajas, playa y cielo, casi todo celeste. Así lo resume él en su fuero interno.

—Llevas más de una hora.

—Se está bien. Hace fresco.

—¿Pasa algo? —Se recuesta más en la barandilla.

—¿Por qué?

—No sé, porque no has salido del balcón.

Ella devuelve los ojos a ese punto difuso en el que se tocan el mar y el cielo. Afina la vista y solo dice:

—Es bonito.

A él le nacen unas repentinas ganas de hablar, de compartir algo, lo que sea. Quiere competir con el paisaje.

—¿Sabes qué? Hoy he leído en el *ABC* que los chinos comunistas entrenaban a los monos para que les tiraran granadas a los soldados de la ONU, ¿tú te crees? Pero monos de esos chiquititos, de los que corren de un lado a otro y están en los zoológicos.

—Ah.

—Pero los soldados los han rescatado... Y decía la noticia que ahora los monos están muy a gusto con los americanos.

—Así son los animales. Hacen lo que se les enseña o lo que les obligan, cualquier cosa por un poco de comida. —Se encoge de hombros. «¡Qué tranquilidad, Dios mío, incluso hablando de guerras y de bombas!»

—¿Te imaginas a un mono luchando en el frente? Es gracioso.

La Señora se detiene a mirarlo. ¿A qué viene esta conversación ahora, precisamente ahora? Medita la respuesta.

—No pienso mucho en la guerra. De hecho, casi nada, pero claro que me los imagino. He visto luchar a los hombres... Y es casi lo mismo, ¿no? Matar y sobrevivir.

—Hombre, Consuelito, no es lo mismo... Un mono es un mono y un hombre es un hombre. ¿Cómo va a ser igual? —Él se ríe y sacude la cabeza con superioridad—. ¡Qué cosas dices!

—Pues a mí me lo parece. La única diferencia es que nadie llora a los monos que mueren en el frente. Por lo demás, todo igual. —Habla despacio y a susurros para no desentonar con el paisaje—. Pobrecillos.

—Entonces, ¿yo soy igual que un mono?

—No he dicho eso.

—Has dicho que los monos son iguales que los hombres.

—En la guerra... pero ahora estamos en paz. —Gira la cabeza. A ver si cambian de tema—. Qué bien se está aquí.

—Te gusta esto, ¿eh? —Se quiere acercar. Y solo tiene que verle la cara, su atontamiento general y su sonrisa fácil para confirmarlo, como cualquier mujer un día feliz, el de su boda, por ejemplo—. Bueno, será mejor que trabaje. Tengo que preparar la conferencia del último día. —Está a punto de abandonar el balcón. Le toca el brazo para llamar su atención—. Consuelito, tú no has enseñado nunca las rodillas, ¿no?

6

La hija de Angelita, que al final retrasó tres días su viaje a la capital por el tema de los vómitos y las náuseas —igualita que Amalia ahora—, coincidió en el autobús con la familia Villalobos. Se sentó detrás, sola, con la frente reposada en el cristal. Antes de subir, les contó que se iba a vivir a casa de una tía «por una temporada». Angelita, que había ido a despedirla a la plaza de la iglesia arrebujada en una rebeca de lana, asintió y dijo que la niña tenía que labrarse un futuro: «¿Y qué mejor sitio que la ciudad? Allí tiene posibilidades y oportunidades a cientos, pero en este pueblo... ¿Qué queda en este pueblo? Nada, morirse de hambre.» Hablaba con conocimiento de causa. La madre se despidió de su hija con la mano —un aleteo fugaz— y volvió a su casa al trote, ya con la fachada blanquísima y vacía de golondrinas. No quería que le amaneciera en la calle.

La joven, de la que no recuerda el nombre, se echó las manos a la cara y soltó un hipido cuando el autobús arrancó. A la Señora le extrañó que no dejara de llorar. Ni un segundo paró, ni un respiro se dio en todo el viaje. Alertada por una tristeza que le resultó familiar, se acercó a la hija de Angelita para ofrecerle una perrunilla o una rebanada de pan con algo.

La otra le dijo que no, que lo único que tenía era sed. ¡Cómo se le acumulaban las lágrimas en la barbilla! Una pena oceánica, desesperada, casi contagiosa. «Seguro que no se vive mal en la ciudad, yo he ido un par de veces y a mí no me gusta, pero hay gente que dice que es una maravilla: cines, teatros, bailes... y mucho trabajo, que supongo que es lo que te interesa. Además, tienes allí una tía, ¿no? Ya verás cómo te cuida divinamente, pero a ti, que no te tomen por tonta, que se creen que las de pueblo somos todas medio lelas y decimos a todo que sí. Y si te cansas, te vuelves y santas pascuas, que aquí están tus padres y sigue tu casa.» Pero ni esas palabras parecieron reconfortarla. La Señora la miró y supo al instante (revelación divina) que esa joven lloraba porque huía, porque se despedía de algo más importante, y más doloroso, que su pueblo o que sus padres, porque tenía la sospecha de que la vida no volvería a serle fácil. La tía, esa del dolor de rodillas, de las mesas petitorias y del marido muerto en la Guerra, la esperaba en la estación de autobuses de la capital. Tenía el rostro serio y los brazos cruzados al pecho. Recibió a su sobrina con algunas palabras; la Señora, por más que estiró el cuello, no pudo leerle los labios desde su asiento. Después la cogió por el codo y echaron las dos a andar. La niña, que seguía llorando, arrastraba la maleta con la pesadez de una condena. Ella las miró hasta que el autobús volvió a arrancar y retomó su viaje hacia la playa. «Ya solo quedan cinco horas», dijo el Marido.

¿Por qué se acuerda de ella ahora, si todo a su alrededor le parece perfecto y luminoso? ¿Por qué la martillea la imagen de esa niña? ¿Habrá dejado de llorar? Hay gente que se gasta la vida llorando y esa pobre ha aprendido pronto. «Qué lástima.» La Señora menea el moño, prefiere pensar en otras cosas. Se concentra en el paisaje.

7

Solo en el cuarto —no ha salido de la cama, como un pez globo varado en la orilla—, el Marido ojea «unos documentos». Da igual que sean listados de números larguísimos, algunas anotaciones o cualquier carta de la Administración escrita a máquina, él llama a todos los papeles de trabajo «documentos». Cree que eso lo convierte en alguien importante, en un funcionario con información inflamable entre las manos. No está muy seguro de si su mujer sigue aireándose en el balcón o si ha ido a la habitación contigua, donde uno de los niños (Antoñito, seguro) estaba gritando por algo. «Bueno, manos a la obra.» Se santigua antes de empezar a trabajar: necesita llevar preparada su propuesta al Primer Congreso Nacional de Moralidad en Playas, Piscinas y Márgenes de los Ríos. Quiere impresionarlos a todos. Ha tomado algunas anotaciones de la conversación con su señora esposa. Ella dice que no hay nada de malo en que las mujeres enseñen las rodillas junto al mar, pero él no está muy convencido. Ya sabe que el sexo femenino tiene a veces ideas turbias y sesgadas. Se imagina a una hembra con la rodilla desnuda, paseándose por la orilla. ¿Lo escandalizaría? Se toma su tiempo: depende del muslo que tenga. Menea la cabeza y se vuelve a santiguar.

Después de una intensa divagación, la rodilla se suma a los tobillos, los codos y las muñecas como partes medio honestas; es decir, que no están limpias del todo, como sí lo están el rostro o las manos, pero tampoco son impúdicas —de esas que solo se enseñan en el dormitorio conyugal—, como el vientre, los hombros o el escote.

«Que alguien abra la ventana, qué calor hace aquí», pero él no se mueve. Cambia de tercio, para refrescarse el ánimo, y decide centrarse en los castigos, que cree que es la forma más efectiva de educar. Se considera justo, ecuánime y frío: el verdugo perfecto. Se desenvuelve bien en el terreno de la represalia, de la venganza honrada. Propondrá delante de todos, incluso del Generalísimo, que los nombres de los corregidos, los rebeldes o los indecentes se hagan públicos, pero no solo en los periódicos, sino en las calles y en las iglesias, en todos lados. Sí, que se pongan colorados, y no del sol sino de la humillación. ¡Otra idea! Y, además, para que también les duela el bolsillo, planteará una sanción económica. Él, rico de nacimiento, sabe que el dinero es lo único que domestica al ser humano. A muchas mujeres, que se han echado a la poca vergüenza, les da igual que sus nombres aparezcan escritos en cualquier sitio, a los ojos de los demás, porque se creen por encima del Bien y del Mal: hijas de la pecadora primigenia, Eva. ¡Dinero, sí, una multa las hará recatadas y decentes! Se repantinga aún más en su cama. Tiene una duda: «¿Qué pasa con las clavículas?» ¿Deberían taparse o enseñarse sin recato? Cierra los ojos, con los documentos subiendo y bajando sobre su oronda barriga, y se imagina a una mujer con las clavículas marcadas: esos dos huesos firmes, que parecen señalar al escote, que piden a gritos que se laman y que se sigan con el dedo hasta sus dos extremos peligrosos, por un lado: el cuello, piel fina y olorosa; por otro: los hombros, redondeados, esa carne creada para el mordisco y la carantoña. Se queda medio dormido, o al menos con los ojos en blanco, perdido en ensoñaciones sensuales: la boca medio abierta, las manos flojas, babeando de placer. Hoy más que nunca, esos documentos contienen información inflamable.

8

Madre, que cuando se pone tozuda no hay quien la gane, se ha empeñado en conocer al cura que custodiará su alma durante estas vacaciones, así que el paseo vespertino por la ciudad —el cielo violáceo y el mar casi negro— termina convertido en la búsqueda urgente de una iglesia. Gracias a Dios, ocho campanadas acuden al encuentro de la familia perdida y le dan una idea de su posición, así que tuercen a la izquierda por una calle de casitas modestas, antes de llegar al paseo marítimo. La anciana, perfumada y mirándolo todo con la altivez de una gallina, va diciendo que tiene que contarle al párroco lo del milagro y vuelve otra vez a relatarlo:

—Ya verás cómo se va a quedar cuando lo sepa, es que fue... de llorar de emoción, es que una cosa así no se ve todos los días y...

Nadie la escucha ya. La Señora tiene frío.

—Hace relente —susurra, pero se quita la rebeca.

Los vellos se le erizan y un escalofrío parecido a un temblor le recorre la espalda, como si alguien le echara el aliento helado sobre la nuca. Sonríe de gusto.

Ahí está: es un templo normalito, con su campanario normalito y su portón normalito. La primera decepción del viaje es soportable, como una mancha en una parte poco visible del traje. Dios está en todos sitios, incluso en las iglesias feas. La de su pueblo, y eso que nadie se lo discuta, es mucho más bonita que esta, dónde va a parar. Pero como la devoción no entiende de estética, todos entran. Se acoplan a misa de ocho, que ya casi va por el Evangelio. Se sientan los cinco —Amalia sigue en cama— en uno de los muchos bancos libres justo cuando el cura dice «Todos en pie» y les recita la parábola de los talentos, que viene a decir algo así como que Dios le da a cada uno un don (o varios) del que hay que sacar partido. Madre no le quita ojo al párroco, ni a su sotana negra sobre ese cuerpo enjuto: ella jamás se imaginó que pudiera haber un sacerdote tan delgado. No deja de pensar que a ese jovenzuelo le hacen falta un par de pucheros. «Palabra del Señor.» La Señora se coloca la rebeca. Y el cura, que tose para aclararse la voz, hace un hueco en su homilía para hablar de los pecados de verano y de las tentaciones fáciles, y de que las playas, a pesar de la brisa, son los sitios más cercanos al infierno. Lo repite:

—Sí, hijos míos, las playas son lo más parecido al averno que tenemos en la Tierra, una puerta segura y directa hacia las tinieblas.

La Señora se fascina y abre más los ojos; esa imagen le parece maravillosa: el infierno junto al mar. «Ahí será el llanto y el crujir de dientes», como anuncia el Apocalipsis. La tortura eterna a pie de playa. Esa idea la reconforta, como si, en efecto, acabara de recibir una bocanada de aire salado en el rostro.

—El espectáculo más inverecundo e inmoral de la sociedad moderna es el que ofrece la playa... —Tiene la voz suntuosa y cálida, como la de un actor—. No hay en la mujer una acción más grave, más excitante al pecado feo, que la que realiza tranquilamente en sus baños públicos en el mar. Son ocasión próxima de pecado mortal...

La familia Villalobos comulga al completo —el pequeño casi aprisiona entre sus labios hambrientos el dedo del párroco— y después del «Podéis ir en paz», Madre avasalla al cura. Se aposta junto a la sacristía y lo llama al nombre de «joven, joven». El cándido acólito de Dios, con más paciencia que un santo, escucha a la anciana, que le cuenta con palabras aprendidas de memoria el asunto del milagro, la tormenta y la Patrona. También hace mención a la *petalada* de rosas rojas, rosas y blancas que tiraron desde su casa:

—Seguro que eso también ha tenido algo que ver, porque mi yerno se dejó ahí unos buenos billetes.

Don Julián, que así se llama, asiente en silencio y finge un asombro místico.

—Bueno, a lo que iba, que tengo que hacerle la novena a la Virgen. Da igual que se la haga aquí, ¿verdad? ¿O tiene que ser en el pueblo? Que a ver si no me va a valer, que yo quiero cumplir con la Patrona, que es la que ha hecho el milagro...

El cura, después de hinchar los pulmones, le da sus indicaciones, y la anciana se queda más o menos tranquila.

—Virgen solo hay una. Así que, aunque le rece a la que está en el altar de esta iglesia, sirve para su Patrona. Todas son la Madre de Dios.

Sí, eso ha creído entender, pero ella insiste:

—Entonces si la rezo aquí, vale para mi Virgen, ¿verdad?

El otro le dice que sí, con la voz, con la cabeza, con los ojos.

—Sí, sí, sí.

La familia se despide con breves reverencias, mira hacia el portón de entrada:

—Gracias, padre, por atendernos. —Y la Señora, lista como ella sola, le dice que su Marido ha venido a la ciudad porque está invitado, «junto a la gente más importante del país», al Primer Congreso Nacional de Moralidad en Playas y Piscinas.

—Y en las Márgenes de los Ríos —añade él.

Ea, ahí lo lleva. Para que sepa con quiénes está tratando, que no son unos *mindundis* cualesquiera. Don Julián los mira y no dice nada. Solo se santigua y menea la cabeza. No sabe por dónde empezar:

—Ojalá Dios os ilumine porque esto, señores, no es una cuestión baladí.

9

«¡Qué tranquilidad más rica, Dios mío!» Amalia casi no se acuerda del mareo ni del mal cuerpo. Sola: sin niños a los que cuidar, sin Señora a la que obedecer, sin plata que limpiar y sin anciana a la que dar charla. «Pobrecita, con lo buena que es doña Trinidad y lo mucho que me quiere.» Frunce la cara con un gesto de lástima, pero es verdad, le apetece un ratito de soledad. Tumbada en la cama —Madre le ha echado antes de irse una rebequita suya por el costado para que no coja frío—, se da cuenta de que la habitación es toda para ella, igual que lo son el silencio y la tranquilidad. Amalia-sola. Amalia-sin nadie más. ¿Cuándo fue la última vez que estuvo así? «Vete tú a saber.» Nunca. Y hoy, sin esperárselo, le permiten un día libre y quiere saborearlo, que a ver cuándo será el próximo (o si lo tendrá). Se queda parada: ¿Qué le apetece hacer? Ni idea. ¿Cómo es ella cuando no tiene que servir a los demás? Tampoco lo sabe. Y se riñe a sí misma: «¿A qué vienen estas preguntas si ella siempre ha tenido menos fondo que un charco?» Se quita de encima la rebeca y se queda sentada en el colchón, mirando las camas, la puerta de salida, el balcón cerrado. Está todo azulado, como si viviera bajo el mar. Se pone de pie y decide que quiere hacer algo que no haya hecho nunca, algo que escenifique esta sensación de libertad y que pueda catalogar como un logro personal, como una victoria suya. Y nada más que suya. Se levanta y, casi por inercia, curiosea la cesta de la comida. «A ver si estos han dejado algo, que con lo que comen...» Un cuscurro de pan, unos filetitos y un trozo de chorizo. Pues estupendo. Sin encender la luz, que así una maneja mejor sus libertades, se sienta en el borde de una cama y se come el cuscurro de pan, dos filetitos y el trozo de chorizo, con ansia. Como no tiene navaja se lo zampa entero. ¡Qué disfrute! Después, media perrunilla. Está aún masticando el último bocado cuando se incorpora para guardar en la cesta los restos del banquete y vuelve a contemplar las camas, la puerta de salida, el balcón cerrado. Se limpia la boca con la mano derecha. Decide que la mejor forma de celebrar su soledad es vagueando. *Perreando*. Ganduleando. Tirándose a la bartola. Así que se echa en la cama y mira al techo: los ojos vacíos, como los de una oveja que pace. Así debe de sentirse alguien que no tenga que dar cuentas a nadie. Deja pasar un minuto, o cien. Amalia-en Babia. De pronto, escucha las voces de la familia. Su familia. La sirvienta se hace la dormida, sus músculos se le agarrotan. Entran en la habitación los niños y la anciana, encienden todas las luces. Pasos que se le acercan.

—Venga, niños, *ponerse* los pijamas, que es hora de acostarse. Y después, a lavarse los dientes. Amalia, ¿tú cómo estás?

Ella no contesta. Se ha hecho la dormida profunda. Madre la zarandea:

—Te he traído unos buñuelos para que cenes algo, porque tendrás hambre, ¿no? Y, además, no es bueno acostarse con el estómago vacío. Amalia, Amalia. ¡Como un tronco ha caído, la *joía*!

La sirvienta gruñe y sigue sin abrir los ojos. La anciana vuelve a sacudirla.

—Por lo menos tendrás que quitarte el traje, ¿o es que vas a dormir vestida?

10

La Señora ya sabía que no le iba a costar demasiado convencer al Marido para que durmieran con el balcón abierto de par en par. Sentada en la cama y restregándose una crema verdosa en las manos, le ha dicho algo así como que desde pequeña siempre había querido ver la luna desde la almohada, pero que su madre, fuerte pero también cobarde, se había negado en redondo, con la excusa de que podían colarse esos hombres malos que raptaban a las niñas y las metían en sacos. Había puesto una voz infantil y desvalida que casaba muy bien con la mentira. El Marido salió del cuarto de baño con la barriga estirándole hasta el límite la camiseta de tirantes. Apagó la luz: «Si es lo que quieres...» Y la Señora no tardó en hacerlo. Ahora, con los ojos abiertos en la cama, se prende del vaivén de las cortinas blancas que, de pronto, se hinchan y parecen tomar la habitación —dos medusas con la luna dentro— y justo después, muertas de miedo, se desinflan y huyen por el balcón —dos banderas de paz—. Ella se da media vuelta y posa la cara sobre la palma izquierda, que está a su vez sobre la almohada. Nada, ni siquiera su Marido varado y ruidoso, la molesta. Sigue hipnotizada por ese baile de telas. Por primera vez en mucho tiempo, se resiste al sueño. No le importa vivir con los ojos abiertos. El siseo lejano de las olas la conmueve tanto que, cuando se da cuenta, una lágrima le sale de la comisura del ojo derecho, le cruza la nariz y se le cuela en el otro ojo. La Señora llora dos veces una misma lágrima. Incluso aquella habitación borrosa le parece una maravilla. «Ojalá la noche sea larga», susurra para sus adentros. Se lleva la mano que le queda libre al pecho, como queriendo retener ese sentimiento que ella, si estuviera en el médico, definiría como un ensanchamiento del alma, un mar sereno dentro del pecho. No necesita salir al balcón ni esperar un soplido de brisa, ni contemplar con melancolía las estrellas para volver a sentirse en *el* sitio, en el único sitio en el que ella, la Señora, debe estar.

De pronto, se sorprende y se reprende. ¿Qué pasa con su Marido, ese hombre cuyo calor le está quemando la espalda y al que le gustaría admirar por lo que es y no por lo bien que la trata? ¿Y con sus niños, esos mocosos tragones a los que solo quiere cuando los pierde de vista? ¿Y con Madre, la eterna viudita que la metió en este embrollo del matrimonio y que nunca le permitió creer en el amor? Por Amalia lo único que siente es pena, por servir, por amar en silencio, por no poder aspirar a otra cosa en la vida. ¿Qué pasa con la gente que diariamente la atormenta, eso que don Ramón llama «su Cruz»? Nada. No pasa nada. Ninguna de esas imágenes es capaz de sobresaltarla ni de sacarla de ese estado de éxtasis. La Señora, como una santa Teresa cualquiera, mimetizada con la noche, sigue con los ojos el balanceo de las cortinas blancas.

11

Ahora sabe Madre que ha elegido la mejor cama, desde la que se ve una luna grande y redonda, igualita que un plato vacío. «Ay», suspira sin dejar de mirarla, y con la sábana hasta el cuello. Tose. Este silencio tan repentino le quita el sueño, le da mala espina. «Es que no se oye ni una mosca.» Carraspea solo para oírse. Uno de los niños, Vicentito, protesta: su voz aguda sale desde la almohada en vertical y dice que no puede dormir con tanta luz, que va a bajar la persiana. Ella se niega. ¡Hasta ahí podíamos llegar!:

—La persiana se queda así, que yo quiero ver dónde estoy. Cierra los ojos y punto.

—Abuela, pero es que nosotros dormimos siempre a oscuras. Todo negro.

—Pues aquí no y a callar, que Amalia y tu hermano están ya durmiendo. Hasta mañana si Dios quiere.

—Pero...

—No hay «peros» que valgan. La persiana no se cierra, Vicentito; y duérmete ya.

—*Ofú*.

La anciana hace el propósito de dormirse. «Venga.» Echa los párpados a conciencia, pero los vuelve a abrir acto seguido para comprobar que, con la luz de la luna, es capaz de ubicarse al instante, de saber dónde está aunque se despierte atolondrada en mitad de la noche. «Está en la habitación de un hotel de un sitio de costa. Mírala, qué fina ella. ¿Quién le iba a decir que viajaría hasta tan lejos?» Vuelve a cerrar los ojos, pero no aguanta. Los abre de nuevo. Nada, que no es capaz de tranquilizarse, así que bufa para incorporarse. Sale de la cama y camina dejando una ristra de ruidos: sus rodillas, que le crujen, los suspiros que encadena, los muebles con los que se choca... Amalia, ya desesperada, deja de hacerse la dormida:

—Doña Trinidad, ¿dónde va usted? ¿Le pasa algo?

—A mear, hija, que ya no me aguanto más. —La anciana sigue hasta el cuarto de baño, y se queda de pie, mirándose al espejo, bajo la luz encendida. La pobre tiene la sensación de que es una niña a la que han dejado sola en casa. Abre el grifo y se moja las manos. Y sale. Se acerca a la puerta. La toquetea.

—¿Dónde va? Que se ha despistado usted. Que por ahí va al pasillo.

—Solo voy a comprobar que la puerta está bien cerrada. ¿Aquí no hay cerrojos ni nada?

—No se preocupe por eso. Vuélvase a la cama.

Y la pobre obedece, no sin antes asegurarse de que los ventanales del balcón también están cerrados. Todo le parece frágil, endeble.

—No se saltará nadie, ¿verdad?

—¿Por el balcón?

»Anda ya, doña Trinidad, que estamos en un hotel, que aquí no pasa nada.

—¿Seguro? —Se queda pensativa: ¿el Señor la oiría gritar si lo necesitara?

—Segurísimo.

—Bueno, hasta mañana si Dios quiere.

Aun así, la anciana se pone a rezar hasta que se queda dormida. Y la vieja, como si la hubieran mandado cuidar de un fuego que no debiera apagarse, da pequeñas cabezadas, pero se despierta cada cinco minutos sobresaltada y perdida, recordándose que está en un sitio de playa, deseando que amanezca, echando de menos su cama y su tranquilidad. Creyéndose que podría darle un infarto de tantos sustos. «Ay, los viajes...»

12

El cielo amanece de blanco. El Marido está ya en la ducha. La Señora ve un trozo de mar tan grande desde la cama que estira los brazos y cree que está flotando sobre el agua. A la deriva.

13

Si alguien, por algún casual, le preguntara cuál ha sido el momento más vergonzoso de su vida —entendiendo por vergonzoso humillante, bochornoso y con la fuerza suficiente para provocarle arcadas—, la Señora se ruborizaría y después relataría esta historia con todo lujo de detalles, como un asesino que se derrumba y confiesa su crimen bajo el foco cegador de una comisaría. Ese día es hoy y lo recordará toda su vida, por más que se empeñe, continuamente, en olvidarlo. Su Marido le contó que en estos hoteles de costa, tan abiertos siempre a las costumbres extranjeras, han importado algo que se llama bufet libre y que no es otra cosa que la posibilidad de comer hasta reventar. «Que no, Consuelo, que no se paga más. Comes, comes y comes todo lo que quieras, hasta que te hartes, y no pagas más.» Ella no quiere hacer más preguntas, pero no le ha quedado claro qué gana el empresario con ese invento del que ya se le ha olvidado el nombre. «Bufet libre. Bu-fet libre, a ver, repítelo conmigo. Bufet. No, *bufel* no, bufet.» Ella se encoge de hombros: cosas más raras se han visto.

La Señora lo sabe nada más entrar en el salón de desayunos: «Aquí se va a liar.» Los niños, que van a todos sitios acelerados, se paran y, con la mirada pendular, contemplan las bandejas llenas.

—¿Podemos comer todo lo que queramos?

A ella le encantaría decirles que no, que no sería de buen gusto, que nada hay como la mesura en la mesa, pero Amalia, con los ojos como platos y un hilo de saliva cerrándole las dos mitades de la boca, les responde que sí y los anima a cebarse. Menos mal que la pobrecita no es madre, y ojalá no lo sea nunca.

—¿Todo lo que queramos? Pero ¿todo?

—Claro —contesta la otra.

—¡¡Todoooooo!!

Los niños no dan crédito, parpadean. El mayor hasta aprieta los puños de los nervios. La Señora se separa del resto y se conforma con su leche hirviendo —le gusta esa lava caliente achicharrándole la garganta— y su tostada, solo con aceite. Nada de ajo, que estamos en un sitio fino. Come con recato, con la servilleta colocada sobre el regazo y disfrutando del bocado que mastica y no de lo que aún no se ha comido. Nada en comparación con lo que tiene alrededor. Suspira y menea su moño perfecto. Amalia —«¡cómo se nota que es sirvienta! No puede ocultarlo, la pobre»— trae un plato grande lleno de panecillos, dulces y no sé qué más, que ya se va comiendo antes de sentarse. Ella no la quiere ni mirar. Lo peor de todo es que lo deja en la mesa y se va a por más. «Virgen del Carmen, pero si aún no se ha acabado lo que trae, ¿por qué quiere más?» Amalia-insaciable. Sus hijos —pocas veces los ha visto tan exaltados, tan contentos— cogen las cosas con las manos como garras y lo amontonan todo en dos platos. Su Marido, que se cree más educado, le pide a una camarera que le traiga más mantequilla, más mermelada, «más de todo». Y le pregunta que si no tiene unos chorizos para acompañar la tostada. «¡Madre del Amor Hermoso! ¿Chorizos?» Parece que no han comido nunca. La Señora intenta no mirar a su familia para que los demás huéspedes, todos elegantísimos y silenciosos, todos masticando con la boca cerrada, no la relacionen con esos animales hambrientos. Ella se echa sobre el respaldo de la silla para que los otros vean su plato: sobrio y medio vacío, nunca lleno. Su hijo Antoñito, con la boca manchada de chocolate, le grita desde lo lejos:

—Mamá, mira, ¡hay churros!, me los voy a comer todos. Y después voy a pedir más.

Ella se hace la sorda, pero el niño insiste.

—¡Mamá, mamá! Hay churros, pero grandes, no como los del pueblo.

Ella intenta no perder la compostura y le responde:

—Menos mal que ahora vamos a la playa y vas a nadar mucho. Come, come, que necesitas energía.

El pequeño gordo la mira extrañado, ¡pero si él no sabe nadar! Como mucho mete la cabeza debajo del agua tapándose la nariz con los dedos.

—Mamá, yo no sé nadar.

—¿No? Sí que sabes. —Sonríe tontamente.

La Señora desvía la mirada, se aguanta las ganas de llorar. Deja la tostada a la mitad. Sabe ahora que eso del bufet libre es una especie de control de calidad para identificar a los verdaderos ricos. Y su familia, por supuesto, no lo ha pasado.

14

«Dios santo, ¿dónde *recórcholis* está el albornoz? ¿Dónde? ¿Dónde?» La Señora coloca los brazos en jarras frente al armario. Pasa las perchas, una por una, por tercera vez. Nada. Después, revisa la maleta dura y grande, ahora vacía. Tampoco está ahí. Da una vuelta sobre sí misma y se encoge de hombros. Lleva el grito preparado en la boca: sale de su habitación y se va encendiendo a medida que anda. Aporrea la puerta del cuarto de al lado con el puño cerrado. Parece que su única intención es echarla abajo.

—¿Sí? —Abre Amalia.

—No encuentro mi albornoz.

La sirvienta —cejas arqueadas y ojos iluminados— se echa las manos a la boca. Da un saltito para atrás.

—¿No me diga que me lo he olvidado en casa? Ay, por Dios, qué apuro.

Entra en la habitación y abre su ropero:

—A ver, aquí está el de su madre, y este es el mío. Yo juraría que metí el suyo en la maleta, pero ahora me pone en duda.

La Señora se queda en la puerta, con su hermosa máscara de desprecio. ¿Qué pasa ahora? Durante unos segundos, no se mueven, no se hablan, solo se retan con la mirada. A la sirvienta lo único que se le ocurre es ofrecerle el suyo:

—Puedo ofrecerle el mío, creo que le quedará bien.

Pero ella, con toda la tensión agarrotándole el cuello, niega con la cabeza. Jamás se pondría nada de una criada. ¿No sería eso perder la autoridad y hacer que su sobrenombre, la Señora, sea solo un chiste en boca de una sirvienta?

15

Como está mandado para las gentes de bien, hombres y mujeres se separan para ir a la playa. No hay excepciones: el esposo y la esposa, el hermano y la hermana, el abuelo y la abuela son, ante todo, macho y hembra. Ellos —el Marido y los dos hijos rollizos y apretados— se despiden de ellas —la Señora, Madre y la criada— bajo la única sombra que hay en la calle y que da una exótica palmera. El sol cae desde lo alto. Se les ha hecho tarde y es casi la una. Consuelo, que vive la maternidad como un estado de ánimo, se deshace hoy en recomendaciones para sus pequeños: «No os bañéis muy hondo... Cuidado con el sol... Portaos bien... No gritéis... Hacedle caso a papá... Si tenéis sed, pedid agua...» Luego, les da una sonrisa —hubiera quedado bien un beso, pero no termina de hacerlo— y echa a andar. «Nos vemos a la hora de comer.»

La Señora ha escuchado por ahí que hay playas mixtas donde a las mujeres no les importa bañarse con los hombres. Comparten olas y paseos, charlan en paños menores. Tiene que hacer verdaderos esfuerzos para imaginárselos, pero se empeña: quiere saber qué escena es capaz de construir en su mente. Don Ramón ya le advirtió de que frecuentar esas playas era pecado mortal y de que, en caso de hacerlo, corriera a confesarse, que no era plan de morirse y acabar en el infierno por una tontería. El párroco de su pueblo le repitió —de una forma muy elegante, todo sea dicho— que no se olvidara de que su director espiritual era él: «Yo conozco las debilidades de su alma, Consuelo, sé las argucias que utiliza el Diablo con usted», y que solo se descargara de sus pecados con otro cura si era absolutamente necesario. Si no, que esperara y que ya lo haría cuando volviera al pueblo. La Señora recuerda a menudo que no trae albornoz y, para mantenerse a tono el cabreo, mira a la sirvienta inútil que, sonriente y expresiva, habla con Madre y le cuenta que jamás ha visto el mar. Ella tampoco, pero no va por ahí como una cateta, pregonándolo a los cuatro vientos. Acelera el paso.

La playa, a lo lejos, ruge. Bajo el fondo melódico del agua contra la orilla, sobresalen acordes femeninos de risas, charlas y gritos. Las mujeres son muy dadas a los chillidos, breves y agudos: si el agua está fría, si una ola la empuja con más fuerza de la esperada, si la arena quema, si alguien cuenta algún chiste verde, cualquier excusa es buena. La Señora respira hondo: la playa está a punto de engullirlas. A un lado, las casetas puntiagudas donde ellas se despojan de sus vestidos y salen a la arena como sirenas recatadas: maillot negro agarrándoles las carnes blancas, la faldita que le tapa la mitad de los muslos y el gorro que las hace parecer a todas de pueblo. Al otro lado y al fondo, la presencia de más mujeres —solo mujeres— hace de la playa algo parecido a un mercado ruidoso. «Qué calor, por Dios.» Consuelo ya está sudando bajo su traje: se siente las axilas empapadas. Se limpia la frente. No deja de mirar el mar: inmenso, perfecto para zambullirse, para enfriarse el ánimo, para estar sola.

Madre no dirá nada, ni ahora ni nunca, pero la primera reacción de su cuerpo en la playa es la de un hipido en el pecho y el estómago apretado, igualito que un globo desinflado.

Contempla a su alrededor: mujeres que parecen clavadas en la arena, que se cogen del brazo para pasear o que hablan de los hombres y de sus niños. Hembras viejas y jóvenes, secas y remojadas, todas con ese bañador negro. Enlutadas de playa. «Es como en la Guerra», piensa. Aquello parece su pueblo después de eso —a veces lo llama *eso* para no manchar su boca con la palabra maldita— que dejó las calles y las casas sin machos. La playa se le antoja como una reunión de viudas que intentan olvidarse de sus penas. «Ay...» Tiene que pararse a tomar aire. Los pies se le hunden en la arena. Agarrada al brazo de la sirvienta, abre la boca y traga una bocanada de aire que le achicharra las entrañas.

16

La playa cansa. Si no, que se lo digan al Marido, que está harto, y no lleva ni una hora, de la orilla algo pedregosa, de ese sol que siente como un yugo en la nuca, de tantos hombres con el torso al aire, y de sus niños.

—Papá, papá, mira cómo nado.

El mayor, con el agua a mitad de sus muslos pegados, da un salto y ameriza ruidosamente con su barrigota. Antes de hundirse, mueve como un histérico las piernas, los brazos y también la cabeza, a izquierda y a derecha, a derecha y a izquierda. No avanza ni un palmo, pero al menos flota. Arma un revuelo tremendo de agua, espuma y carne. Los que se bañan cerca se separan por precaución. El padre aprovecha para mirar hacia atrás y buscar algún chiringuito. «La mejor paella aquí», lee en letras rojas, mayúsculas. A él lo que le apetece es un plato, y de los grandes, de calamares fritos, con su rodajita de limón. Saliva: otro mar dentro de su boca. Tras su demostración, el pobre niño vuelve a ponerse de pie, se retira el agua salada de la cara y, aturdido, mira a su padre con los ojos casi cerrados.

—¿Lo he hecho bien? —Casi no puede hablar, le falta el aire.

El padre, por enésima vez, lo anima, aunque sea en un susurro.

—Muy bien.

El otro hijo, el pequeño, el que es clavadito a él, también quiere su ratito de gloria y anuncia a gritos:

—Ahora yo.

Sale a la orilla. Goteando, se llena los mofletes de aire, se tapa la nariz con los deditos de la mano derecha y echa a correr. Salta encima de las olas enanas y cuando a él le parece —demasiado pronto—, se tira sobre el agua, pero antes de que el mar se lo trague, busca la superficie. Se levanta con la barriga roja y la nariz aún tapada. No confesará que se ha hecho daño con el fondo de piedrecitas y conchas. El padre, que no quiere hacer distinciones entre un hijo y el otro, repite:

—Muy bien.

Vuelve la vista a los chiringuitos bajo la sombra. Parece que el calor se le ha metido en el estómago. Quiere beber algo: un tinto de verano, también con una rodajita de limón. El mayor levanta un brazo.

—Ahora voy a nadar hasta donde estás tú.

El padre respira con tantas ganas que parece crecerse sobre el bañador. Tiene que echar la espalda un poco hacia atrás para contrarrestar el peso de su barriga peluda. Parece que suplica:

—¿Por qué no nos vamos ya? Es casi la hora de comer.

El niño, arrugaditos los dedos de los pies y de las manos, vuelve a tirarse ruidosamente en la orilla. Patalea sobre el agua, pero no se le acerca. El padre, porque eso es lo que hacen los padres, se adentra un poco más en el mar, y así Vicentito se creerá un gran nadador.

—Ea, pues ya está bien por hoy.

Vicentito se enfurruña:

—¿Y yo? Yo también quiero.

El padre se encoge de hombros y se agarra las manos por la espalda. Es lo que le queda: aguantar. El niño se toma unos segundos para pensar con qué sorprenderá al padre, y el padre mira a un lado y a otro con los ojos de un censor. Mañana a esta hora estará debatiendo con los hombres más poderosos del país, y también los más cristianos, las normas para las playas y las piscinas de esta, Nuestra Nación, la patria que envidian los extranjeros. Cree ver a un hombre con el bañador demasiado corto. Afina la vista, se pone alerta, estira el cuello, pero el presunto pecador ya se ha tirado al agua y nada, con elegantes brazadas, hasta el fondo. Ese, como todos los demás —los atléticos y los bronceados, los que pasean sus músculos por la orilla—, tendrá que acatar sus órdenes bajo pena de multa. Vuelve a hinchar el pecho, como si fuera el dueño anónimo de aquella playa. Debería bañarse. Está sudando. No lo hace porque no sabe qué hacer dentro del mar. Se siente ridículo. Él no nada ni bucea, ni se le da bien jugar con sus hijos. Esto de la playa es un tostón. Y dice «tostón» por no utilizar una palabra malsonante, reprobable a los oídos de Dios.

17

La playa cansa. Si no, que se lo digan a la Señora, que ya está harta, y lleva poco más de una hora de no disfrutar ni de un momentito de serenidad, de tener que correr al agua cada vez que no sé quién grita, de confundirse con esas *paletas* que tienen la boca más sucia que una cabaretera. Consuelo se seca el bañador —mil veces mojado— de pie y al sol. Cierra los ojos y levanta levemente la barbilla mientras tiene esa sensación parecida a la de llegar de la calle en pleno invierno y acercarse a la chimenea. Con las manos se agarra su cintura estrecha. La cara se le tersa con la sal y se imagina jovencísima. «¡Qué guapa era!» De repente, cuando más tranquila está, cuando parece un lagarto aletargado, alguien chilla «¡Que viene la moral, que viene la moral!», y entonces, todas las mujeres que no tienen albornoz, como una manada de gacelas, trotan hacia la orilla y se meten en el agua. Otra vez. La Señora, que ya tenía la piel caliente, se encoge al contacto con el mar helado. La carne se le eriza y los dientes le castañetean mientras suelta improperios en voz baja. Tirita en el agua. Espera a que pase la guardia playera, siempre dispuesta a multar a la mujer que esté en la arena sin albornoz. Bien lo sabe Dios que la Señora odia la playa y odia tener que huir hasta la orilla, como cualquier pobretona, cuando ella lo que querría es mirarlas con desdén. Las únicas que están tranquilas son Madre y la sirvienta, quienes, sentadas en la toalla y con sus albornoces, se aguantan la sonrisa. ¡Malnacidas!

18

El Marido se bebe el tinto de verano de un solo trago, como quien sale de aguantar la respiración bajo el agua y se llena los pulmones con una única bocanada. Sentado en una mesa (coja) del chiringuito Arena y sol, no deja de volver la cabeza hacia la cocina para ver si sale de una vez su ración de calamares fritos. Además, ha pedido chorizos a la parrilla y una paella, que son típicas de aquí. La Señora dice que es demasiado, pero él intenta convencerla:

—Todo esto lo paga la organización, no te preocupes. Vamos a darnos un homenaje, mujer, que esto no lo hacemos todos los días, ¿no?

Ella se encoge de hombros —no piensa sulfurarse— y él pide ahora una cerveza grande y se toca la barriga. Las sardinas asadas, que ha visto pasar a la mesa de al lado, también tienen buena pinta. Huelen que alimentan. Ahora entiende lo que dicen de que la playa da hambre. Un hambre descomunal, y eso que solo ha estado un ratito. No quiere imaginarse lo que debe ser pasar el día entero allí.

—Yo creo que vamos a pedir también las sardinas asadas, que somos muchos. ¡Venir a un sitio de costa y no probar el pescado es un delito! —dice el Marido—. Un delito.

—Yo no tengo mucha hambre, ¿eh?

La Señora, que parece a punto de perder la autoridad porque el pelo se le ha quedado como un nido deshecho sobre la cabeza, bebe otro sorbo de su mosto sin alcohol. Los niños están tan exhaustos de chapotear y de exhibirse ante el padre que los ojillos se les cierran. Desparramados en las incómodas sillas de madera, doblan la cabeza a un lado y se entretienen con nada. Madre se queja —un «Ay» de vieja y desdentado— y después se encorva para quitarse con sus manos torcidas la arena de los juanetes:

—A ver, doña Trinidad, no se preocupe, que yo la ayudo. ¡Qué bruta es! Mira que se lo tengo dicho, ¿no sabe usted que no puede agacharse tanto, que después le dan tirones en la espalda? —Amalia deja su tinto de verano («muy clarito», le ha dicho al camarero) sobre la mesa y, sin un ápice de repulsión, se acuclilla y le agarra el pie.

La Señora aparta la mirada de golpe y la deja en el azul lejano.

—¡Por favor, estamos en la mesa! ¿Es mucho pedir que os comportéis como personas? Y encima en mitad de la calle... Un poquito de decoro, por favor. ¿O es que salimos de casa y nos olvidamos de las buenas maneras? —Ella protesta con los labios fríos del mosto.

—Me molesta —se excusa la anciana.

—Pues se aguanta o se va a otra parte a quitarse la arena, que los demás no tenemos por qué ver este espectáculo. Estamos a la mesa, no es hora de toquetearse los pies.

—Yo...

Un camarero jonvencísimo, y guapo, los interrumpe:

—Los calamares fritos. Los dejo por aquí.

—Venga, haya paz. A comer —dice el Marido, ya armado con el tenedor. Arrima su silla más a la mesa—. Y tráiganos también una ración de sardinas asadas, que sean grandes.

Bendice, Señor, los alimentos que vamos a comer y danos participación en la mesa celestial. Amén.

—Jovencito —llama Consuelo al camarero—, dígale a esta señorita dónde está el servicio, que querrá lavarse las manos antes de comer.

—Al fondo a la derecha.

19

La Señora es de siesta diaria, y más en verano. Después de almorzar —aunque ella casi no ha probado bocado: ha terminado saciada solo con ver engullir a sus hijos y a su Marido las dos raciones de calamares, la paella, los chorizos fritos y las sardinas asadas—, siempre le entra una modorra, que es casi una tristeza o una apatía por la vida que solo se le va con un ratito de sueño. «Voy a cerrar los ojos», se dice. Se tumba en la cama de perfil, con la vista fija en el balcón. Se chupa los labios salados y la punta del dedo índice, también salada. Bautizada ya en esto del veraneo y de los saltos en la orilla, ahora sí, echa los párpados y solo puede imaginar que tiene un sol dentro quemándola, achicharrándola, derritiéndola. Se levanta de un salto y abre un poco más el balcón. La brisa la calma, pero solo un segundo. Bebe de la jarra de agua que le han dejado sobre la mesita de noche, pero ese incendio no se apaga con un sorbo ni dos. Ni con tres. Se vierte unas gotas sobre la palma de la mano y se las restriega por la nuca, después por el cuello y el escote. *Enguachinada* (palabra que heredó de su abuela Lola), suspira y vuelve al colchón, a las sábanas ardiendo por culpa de su propio cuerpo. Dentro de su camisón blanco, se arrima a la orilla de la cama, empujada por la presencia de su Marido. Su gordura se le hace insoportable ahora. Solo quiere espacio, aire helado, una ráfaga de viento que entre por el balcón abierto y se la lleve de allí.

—¿Te lo has pasado bien?

La voz del Marido le llega a los oídos como una mosca que no la dejara dormir.

—Sí —contesta desganada, con los ojos cerrados.

—¿Qué habéis hecho?

—Yo, bañarme, bañarme mucho. —¡Maldita Amalia!

—Igual que los niños. No han parado y yo, todo el día vigilándolos, que no me ha dado tiempo ni a leer el periódico. —Él se acomoda en la cama. Le pasa un brazo por la cintura.

—Por Dios, con este calor, no —responde con un manotazo. Ella es una esposa solícita y obediente, pero está a punto de licuarse. No soporta los dedos de ese hombre sobre su cuerpo. No y mil veces no, aunque después tenga que confesarse por haberle llevado la contraria al Marido, por haberse rebelado, por haber olvidado (como una cualquiera) sus responsabilidades de esposa.

Él encoge el brazo con la misma rapidez con la que un caracol encoge los cuernos.

—¿Cómo era la playa a la que habéis ido? —Pide perdón con el tono de voz.

—Estaba llena, casi no se cabía.

—¿Y pasaba por allí la *moral*?

—Cada diez minutos, ¡qué pesados!

—Eso está bien.

—Demasiado, que tampoco tienen que vigilarnos tanto. —Suspira de puro cabreo.

—¿Has visto algo raro, algo que quieras que proponga en el Congreso? Ya sabes que a mí me hacen caso —le recuerda él.

—Que no chillen tanto. Son tan ruidosas que casi salgo de allí con dolor de cabeza.

—Espera, que lo apunto. —Se levanta de la cama.

¿Dónde ha dejado su maletín? Cada movimiento sobre el colchón es como un pequeño terremoto para ella, que tiene que agarrarse a cualquier sitio.

—Deberíais acordar algunas normas de comportamiento. Un poquito de educación no vendría mal. Es vergonzoso ver a las mujeres hablando a gritos... Pensé que la playa sería otra cosa, un sitio para gente educada, y no un corral.

—Entonces, ¿no te ha gustado? —Parece decepcionado.

—Me hubiera gustado más si hubiera estado sola. Quizá... si se cobrara por entrar sería más agradable. Y que vendieran albornoces para las que no lo llevan, eso sería una buena idea.

20

La Señora busca soledad. La necesita. En su casa la encuentra en la planta de arriba, durante las largas (y siempre pocas) horas de trabajo de su Marido, en su dormitorio inviolable y en una visita al sagrario de la parroquia, donde empieza rezando, pero termina enfrascada en cualquiera de sus enmarañados pensamientos. La Señora se aísla a diario para sobrevivir. En aquella habitación de hotel lo único que se le ocurre es encerrarse en el cuarto de baño. Es pequeño y no tiene ventanas, pero le servirá para saberse sola. Se sienta sobre el bidet —qué lujoso todo—, con las manos entre las piernas entreabiertas y se queda ahí, mirando el suelo beige, saliendo de la siesta poco a poco, sin prisas. Momento delicado. Suele sentirse triste y absurda, suele no verle sentido a nada de lo que le rodea, suele desear únicamente seguir durmiendo. Cualquier persona que le hable en estos críticos momentos le despertará un odio atroz y despiadado, la hará cruel para el resto de la tarde. Mira tan fijamente las baldosas, que los colores y las formas se le distorsionan dentro de la retina, pero ella no pestañea, sino que abre más los ojos. La vista le trae una realidad disparatada y deforme. Ella, heroína y víctima, tiene que darle coherencia a este mundo terrible. Echa los párpados y descansa los ojos unos segundos. Se acaricia ahora un brazo. Lo tiene áspero y colorado: se le ha debido de quemar con tanto ir y salir del agua. Ella, que siempre ha despreciado las pieles tostadas —propiedad de campesinas y las pobres—, siente una extraña altivez al verse en la antesala del moreno. Las mejillas sonrosadas, las piernas doradas, los ojos brillantes, como símbolo de riqueza, como la prueba visible de que ha ido a la playa. Debería lavarse. Se huele la muñeca: huele a sal, a mar, a verano. Le gusta. Es como oler a una recién nacida.

Al cabo de un rato, el Marido, desde la cama, oye el grifo de la bañera.

21

No sabe por qué es ese recuerdo y no otro el que sigue activo, el que se impone justo ahora, como una montaña alta y robusta, en el horizonte de su niñez. La escena la asalta sin previo aviso y en cualquier lugar, igualito que un tic en el ojo, y ella no puede hacer otra cosa que esperar a que pase. En realidad, disfruta de esas imágenes porque la confortan, le masajean las sienes. La Señora debía de tener cuatro años, quizá cinco. Eso no es importante. Su infancia es un mazacote, todo mugre y hambre, a excepción de esa estancia en la casa de los marqueses. Aquella mañana le había robado a la vecina de enfrente un par de tirabuzones de naranja que había puesto a secar en el alféizar de una ventanita. La mondadura estaba ya marrón y dura, como una corteza. Después del sofocón, Consuelito jugaba a colgárselas de las orejas y a hacer como si tuviera una de esas melenas largas y ondulantes que las señoritas se hacían con las tenacillas. Se montó en una silla para mirarse en un trozo de espejo y después subió los hombros para tocarse los rizos. A veces, ladeaba la cabeza y olía a naranja. «Mmm.» Tenía todavía los ojos hinchados y la respiración se le iba calmando: su Madre la había rapado para quitarle los piojos. No le había dado opción a rebelarse ni tampoco había dudado, le había dicho que no había otra forma de terminar con ellos. A veces, la mujer aprisionaba uno con los dedos índice y pulgar, y lo echaba a la candela. El bichito soltaba un chisporroteo fugaz, convertido por un segundo en una luciérnaga. Consuelito no dejaba de llorar y se tapaba la cabeza con las dos manos. «No, no, no. Déjame.» Madre, con una navaja de afeitar medio oxidada, iba arrancándole mechones, dejándola calva y fea. La niña se vio la melena en el regazo, y esparcida a sus pies.

Su padre llegó poco antes de la cena. Su única hija ya estaba tumbada en su jergón, casi quedándose dormida. Al oír sus pasos fuertes —quizá también lo olió—, escondió las dos cáscaras de naranja bajo la almohada y salió a su encuentro. Iba cabizbaja y desvalida, más enclenque que nunca, al borde del llanto otra vez. El hombre, al ver a la pequeña calvita, enrojeció de rabia y corrió a abrazarla:

—Mi niña, mi niña. ¿Qué te han hecho?

—Ha sido mamá. —Señaló con su dedo rígido a Madre, que estaba junto a un fueguito, salteando unas judías.

—Tenía piojos. —Ni se volvió.

—Parece una leprosa...

—Quiero tener pelo —lloraba la niña—. Papi, quiero tener pelo.

—¿Qué coño has hecho?

—Ya te lo he dicho, estaba minada de piojos. No se podía hacer otra cosa.

—Mira lo que me ha hecho mi madre —insistía la única hija.

El padre, como si de repente fuera otro, apartó a la niña de un dulce manotazo, se levantó y se abalanzó sobre Madre. Sus movimientos eran repentinos, destemplados. Consuelito no sabe qué pasó después porque ella corrió hacia la habitación, sacó de su escondite los tirabuzones de naranja y se los pegó a la nariz. «Mmm.» Por la ventana, miraba la inmensidad de la noche con los ojos muy abiertos, de espalda a la puerta. La niña no se tapó los oídos. Oyó a su madre llorar, sus aullidos desesperados, como de perra apaleada.

Qué protegida estaba entonces... Jamás se ha sentido más vengada, más a salvo junto a un hombre.

22

La playa tiene también su hora tonta. Sí, ese último tramo de la tarde cuando aún es de día, pero la luz se vuelve sucia e indecisa: qué larga agonía, como un enfermo que no termina de morirse. No hay sol que caliente, y el mar parece una amenaza. ¡Cómo ruge! Es todavía demasiado temprano para cenar, y demasiado tarde para refrescarse con un helado o con un tinto rebajado con Casera. Es esa hora en la que los turistas intentan recuperar sus costumbres cotidianas. Sí, leen un poco, llaman a los familiares para decirles que están bien y que han pasado un día estupendo, o lavan la ropa interior en el lavabo del cuarto de baño, que es lo que está haciendo Amalia ahora mismo. Restriega con un jabón sus braguitas: frota que te frota. Después las colgará en el balcón, que con esta brisa se secarán en un momento. Menos mal que Madre se ha traído su ganchillo y, sentada, no se acuerda de aburrirse. Los niños, agotados de la playa y con dolores en los brazos y en las piernas, se entretienen con los cromos encima de la cama, pero no se pelean, dicen a todo que sí. Amalia sale del cuarto de baño con una bola de tela mojada en una mano. Mira la escena. Es casi un hogar. Un hogar en la playa.

23

—Consuelo... —El Marido, desde la cama, mira por encima de las gafas hacia la puerta del cuarto de baño. Se ha parado en la página veintitrés del *ABC*.

—Dime. —Se está terminando de arreglar.

—Escucha. —Sube la voz, la entona como si le leyera un cuento a alguno de sus hijos—. «Aprenda a disecar aves, mamíferos, peces y toda clase de animales. Le enseñamos por correspondencia en sus horas libres. Conserve sus trofeos, adorne su casa.»

Ella, de pura extrañeza, no le contesta. Él hace un silencio minúsculo, después sigue:

—Y mira esto: «Diviértase y gane dinero disecando para otros.»

—Ah, muy bien. —Es lo único que se le ocurre decir a ella. Sale del cuarto de baño vestida, pero descalza, ya con las medias puestas. Se sienta a su lado de la cama. Le da la espalda.

—¿Qué te parece? —Él se deja el periódico doblado a la mitad sobre sus piernas estiradas.

—No sé, bien.

—¿Crees que debería hacerlo?

—¿Tú? —Y a punto está de soltar una carcajada.

El Señor, poco familiarizado con el humor, arruga la frente. Su mirada es ahora inquisitiva, como un empujón:

—Pues claro que yo, ¿quién va a ser? No va a ser para ti.

Ella se coloca el zapato izquierdo y dobla la pierna para verse el talón. Tiene la raya de las medias perfecta:

—Pero si ni siquiera cazas.

—¡Pues aprendo! Consuelo, te lo tengo que explicar todo porque no te enteras, hija mía. ¿Tú no sabes que la gente con mucho dinero, los ministros, los constructores y los artistas machos, cazan todos? ¡Hasta Franco caza!

Ella le da por respuesta una subida fugaz de cejas. El desconcierto le tira de las comisuras de los labios hacia abajo. Él vuelve al tono que se usa para hablarle a un niño tonto:

—Digo yo que tendré que aprender a cazar, y más ahora, que me voy a relacionar con «la flor y nata» de este país. —El Marido abusa de esa expresión, le gusta cómo suena y lo que simboliza, aunque sea un pelín femenina—. Y los animales que cace, los pondremos en casa.

La Señora no puede aguantarse y se detiene en mitad de un movimiento:

—¿En casa? ¡Qué horror y qué mal gusto! No estoy yo para encontrarme cabezas de jabalí, de oso o de ciervo colgadas en el salón. Si quieres, las cuelgas en tu despacho, que para eso es tuyo. —Calzada, se pone en pie. Se atusa la falsa, se recoloca la camisa, se toca el collar de perlas, todo con una evidente expresión de asco. Cadáveres por todo la casa: «Ni que fuera un cementerio.»

—Pues lo pongo en mi despacho. Además, es un curso muy barato. Mira, en cuanto vuelva a casa, les escribo y lo empiezo a hacer. No creo que sea muy difícil, será coger al animal, vaciarlo y ponerle algún pegamento o algo para que no se pudra.

—Calla, calla.

—Que no te preocupes, mujer, que eso lo hago yo en el cuartillo del corral. Le voy a decir a Anastasio, que va algunos domingos de cacería, que me lleve. Bueno, me tendré que comprar también una escopeta, ¿no?

—¿Una escopeta? Pero si a ti no te gusta matar. —Ahora es ella la que le habla con el tono impostado—. Si después te da pena todo. —«Blandengue», le gustaría añadir. Si en casa, a las gallinas les retuerce el pescuezo Amalia o Madre, nunca él.

—Que sí me gusta.

—Si tú lo dices...

—Además, que esto es para hacer relaciones, y ya verás cuando le regale yo al Gobernador una buena cabeza de ciervo, se va a quedar sorprendido. ¿Es buena idea o no? Si es que hay que saber caerle bien a la gente... Eso es un arte, Consuelito, un arte; el más importante de todos, te lo digo yo, que sé de lo que hablo.

La Señora no escucha. Ya está arreglada:

—¿No te vas a bañar? Tienes al cuarto de baño libre.

24

Qué pena que la Señora no pueda verlo; ella que tanto ha luchado por la conversación de los impíos. Don Ramón no cabe en sí de gozo. De gozo y de gordo. Justo antes de la misa, mientras termina de abrocharse los dos botones de su sotana negra —ya ha sacado la de verano, de una tela más fina—, echa un vistazo a la nave central de la iglesia. Abarrotada. No se cabe. Lleno absoluto. «El cartel de no hay billetes, jajaja.» Cientos de bultos negros llenan los últimos bancos, eso como siempre, pero también los primeros. Hay gente de pie, apoyada en las columnas y junto a las capillas de los mártires. Todos apretujados para estar lo más cerca posible del altar. Las mujeres han sacado sus pocas joyas; los hombres lucen sus chaquetas, mil veces remendadas; y los niños están repeinados, con sus calcetines altos y sus camisas limpias. No falta nadie. El pueblo entero congregado en la Casa del Señor. Don Ramón sonríe, por fin lo ha conseguido: es el pastor de un pueblo devoto, entregado, cristiano.

Repican las campanas, pero él no tiene prisa. Se mira en el espejo, aunque es el monaguillo, el hijo de doña Pilarita, el que le dice, con un movimiento de cabeza, que está todo perfecto. Inspira con ganas. ¡Cuánta expectación para verlo!

Cuántos oídos abiertos para recibir la Palabra de Dios, o más bien la de la Virgen, porque eso está claro, sus feligreses siguen asombrados y perplejos, expectantes después del milagro y, sobre todo, confiados en que la Patrona esté en racha y los sorprenda con otra de sus intervenciones. Cuántos rezos mascullados, cuánto arrepentimiento de corazón, cuántos hijos pródigos. «Aleluya, hermanos.» Don Ramón los mira: ahí están, sugestionados y atentos, realmente convertidos. ¡Son creyentes! Se aclara la garganta, tiene previsto sacar toda la artillería pesada. Entra en el altar con un salmo que él canta a pleno pulmón. Su voz retumba y se repite entre las cúpulas de la iglesia. Es atronadora, como si fuera el mismo Dios el que canta. Los demás, muchos con los ojos cerrados, lo acompañan, y algunos se arrodillan. Otros tiemblan y no pueden reprimir las lágrimas.

—Ya habéis visto, hermanos, cómo la Virgen os quiere. Ella, Madre Misericordiosa, ha obrado un milagro ante nuestros ojos incrédulos. ¡Todos lo vimos, nadie puede decirnos que era mentira o que no ocurrió! Nuestra Patrona bajó a nuestro pueblo y lo bendijo. No le han importado vuestros pecados ni la tibieza de vuestra fe o vuestra desgana; ella, con su amor incondicional, os ha premiado, os ha demostrado que os cuida, que se preocupa por vosotros y que atiende vuestras súplicas. Ha regado vuestros campos para saciar el hambre. Estáis en deuda con ella. ¡En deuda!...

25

A las nueve y media se sirve la cena en el restaurante del hotel. Abren las ventanas para que entre el aliento del mar, colocan flores frescas en los jarrones y alumbran las mesas con velas pequeñas: parece el sitio propicio para declararse y pasar la noche mirándose a los ojos, sin hablar. La Señora y su Marido bajaron ya hace cinco minutos. Han sido los primeros. Ella se toca los mofletes, aún ardientes, y mira hacia la puerta, maldiciendo la impuntualidad de los demás. Se alivia de que la luz aquí dentro sea de un tono anaranjado; así disimula que tiene el rostro achicharrado por culpa de los baños de sal y sol. A veces, baja la vista hasta la llamita quieta de la vela y se reprime las ganas de pasar los dedos por encima, como hacía cuando era pequeña. Él no deja de girar la cabeza a un lado y a otro, por si ve a alguien que tenga pinta de ir al Congreso, y después levanta el brazo para llamar al camarero al que ayer le pidió, dejándole caer varias moneditas en la palma de la mano, que le reservara la mejor mesa del salón.

—Una cerveza para mí y una Casera para ella.

No se lo ha preguntado, pero su esposa no bebe otra cosa. Ella tiene las manos cogidas bajo la mesa.

—Qué sed tengo.

Llega Madre con los dos niños, excitados y revoltosos en cuanto intuyen que se avecina una comilona.

—¿Y Amalia? —pregunta la Señora en cuanto están cerca de la mesa.

—Terminando de arreglarse.

Ella, instintivamente, comprueba que se ha acicalado lo suficiente y que podría competir con otra mujer: se palpa el moño y se atusa la falda que lleva, y que le remarca la cintura. Se moja los labios con la lengua. Ahora sí que no despega la mirada de la puerta. Vicentito se sienta a su lado, desdobla la servilleta en el regazo y pregunta que qué hay de comer. El Señor le dice que cosas ricas, pero que se espere, que son los mayores los que piden. Están hablando de cualquier banalidad cuando la mesa enmudece. Un silencio rotundo, como una bofetada con la mano abierta. Amalia *aparece* en el restaurante, se para en la entrada buscando a la familia con los ojos arrugados y echa a andar; trae una sonrisa larga y seductora. A la Señora se le descuelga la mandíbula. Su sirvienta, la que obedece todas sus órdenes, la que se pasea por su casa con el mandil y las ojeras, la que no aspira a otra cosa que no sea servir, viene cargada de joyas y con un traje que debe de haber copiado a alguna actriz. Resplandece. Los hombres de otras mesas se hacen señas con el codo y brindan por ella. La criada se crece bajo su precioso vestido. La Señora duda: ¿lo habrá robado de su armario? Se decepciona cuando comprueba que no, que ella no tiene ninguno tan moderno como ese. Se ha pintado los labios de carmín y sus ojos parecen haberse comido parte de la cara.

—Caray, qué guapa estás —la adula el Marido.

—Sí, estás muy guapa —añade Antoñito—. Guapísima.

—Perdón por el retraso.

—Nada, nada. —El Señor le señala su asiento con el brazo.

—¿Y esos pendientes? —le pregunta la Señora, exageradamente asombrada—. ¿Son de oro?

—No lo sé —contesta ella mientras se los toca y se sienta. ¿Por qué sonríe?—. Supongo que no. —¡Mentirosa!

—Brillan mucho.

—Bah, cualquier baratija.

El camarero, que trae la cerveza y la Casera, se fascina desde lejos con Amalia y ya no le quita ojo de encima, como si solo estuviera ella en la mesa. Se hace cariñoso y elegante en sus gestos:

—¿Qué desea la señora?

Consuelo aprieta un puño que tenía como destino estamparse contra la mesa, pero se lo sujeta con la otra mano. ¿Cómo se atreve a llamarla señora? ¡La Señora es ella y nadie más! Si no estuviera quemada por el sol, habría enrojecido de rabia. Amalia, que ya se cree una mujer distinguida, se echa para atrás con desdén:

—No sé qué quiero beber.

—Déjeme recomendarle algo. Nos acaba de llegar una bebida nueva que quizá le guste.

Ella se encoge de hombros. Solo quiere beber y dejar el rojo de su carmín en el borde de algún vaso. El camarero, que se ha olvidado de preguntarles a Madre y a los niños, se va y vuelve en un pis pas con una bebida oscura, ¿burbujeante?

—¿Qué es?

—Pruébela —la invita el camarero.

—No lo conozco, pero me fiaré de usted. —Le aguanta la mirada. ¿Lo está seduciendo?

—Hace bien.

Amalia entorna los ojos —eleva las pupilas hacia lo alto— y posa sus labios en el vaso, alargando lo máximo posible este espectáculo que todos contemplan. La sirvienta compone su cara de misterio. Traga, paladea, saca la lengua, mira al infinito.

—¿Qué? ¿Le gusta?

—No sé. Voy a probarla otra vez.

La Señora se desespera y aprovecha para beberse de un buche su Casera. Aun así, no deja de mirarla. Al final, la otra dice:

—Es rara.

—¿A qué sabe? —le pregunta Antoñito.

—A jarabe, sí, a jarabe con burbujas. Pica un poco en la garganta. —Y se toca el collar.

La Señora suelta una risilla. ¿Qué sabrá ella de licores? Ni que tuviera el paladar educado.

—Yo quiero —insiste el pequeño.

—¿Pueden tomarla los niños? —pregunta Amalia, que no solo parece haber conquistado el bar, sino también a la familia. Por un segundo se olvida de que es la sirvienta.

—¿Pueden tomarla los niños? —pregunta la verdadera madre.

—Sí, sin problema.

El camarero vuela. Se desvive por la que él cree que es la señora. Trae más vasos, más bebida oscura, más sonrisas. Los pequeños tragones la beben con curiosidad, el padre dice que no con la mano —ese líquido no parece cosa de hombres—, Madre arruga la cara y la Señora se moja los labios, pero tampoco le hace mucha fiesta.

—Mmm —es lo único que dice.

—Se llama Coca-Cola. Es la bebida del futuro —aclara el camarero bajando la voz, como si les hubiera desvelado un secreto milenario—. En América están locos con ella, pero locos de verdad.

—Pues será muy famosa allí, pero aquí en España esto no triunfa, ya te digo yo que no —vaticina Amalia, y menea la cabeza. Ella cree que el atuendo que lleva la capacita para decir cosas importantes—. Aquí no nos gusta esto.

Consuelo, hundida en un silencio pantanoso, se vuelve hacia una de las ventanas. Deja que un soplo de brisa le acaricie la cara. Se le ha quedado en la boca un regusto dulzón.

—Está buena —dice Vicentito—. Quiero más.

26

—Buenos días. Silencio, por favor.

El obispo Milzáin, encargado de abrir el Primer Congreso Nacional de Moralidad en Playas y Piscinas (y también en las Márgenes de los Ríos), ya aguarda en una pequeña tarima de madera, erguido ante su audiencia: voz profunda y militar, manos entrelazadas a mitad del tronco y grandes gafas negras que le dibujan unos ojos fuera de los ojos. Faltan dos minutos para las nueve y media. Se afina la garganta.

—Señores, buenos días. Guarden silencio, por favor. Vamos a comenzar. Siéntense todos.

Toman asiento —los más importantes, delante, en los primeros bancos; y los prescindibles, entre los que está el Marido de la Señora, detrás, junto a los segundones de cada provincia—, y el murmullo se va apagando como si fuera el de una multitud que se aleja. Todos lo esperaban, pero el Generalísimo no ha venido. Lo excusan diciendo que está en no sé qué campo inaugurando un pantano. Otro.

—Hubiera querido estar aquí porque él es un excelente guardián de las costumbres que agradan a Dios, pero...

El auditorio escenifica su decepción con un leve runrún, nada que no acallen un par de «Silencio, por favor». Son como niños. La mañana se inaugura con el rezo de los laudes: «Te pedimos, Padre Misericordioso, que nos inspires en estas jornadas tan importantes para nuestro pueblo...», y con el sentido canto del *Cara al sol*. El Marido de la Señora estira su cuello corto para buscar con los ojos algún asiento libre en las primeras filas. Lo tiene decidido: se cambiará en cuanto haya un descanso.

> *Volverá a reír la primavera,*
> *que por cielo, tierra y mar se espera.*
> *¡Arriba, escuadras, a vencer,*
> *que en España empieza a amanecer!*

Con los ánimos ya templados, el obispo Milzáin inaugura un discurso retorcido y engolado con el que hipnotizará a los asistentes —algunos hasta dejarlos dormidos— durante más de tres horas. Él nunca ha tenido tendencia ni gusto por lo breve, aunque eso provoque que sus feligreses prefieran desplazarse a otra parroquia donde los sermones duran quince minutos y no cincuenta. Tres filas más allá, don Paco reconoce al cura don Julián, al que saludará después.

—Dejémonos inspirar por el Espíritu Santo porque tenemos en nuestras manos, ¡y en nuestras decisiones!, la catadura moral de esta, Nuestra Nación, faro del cristianismo en todo el mundo...

El Marido de la Señora se abstrae con facilidad, se entretiene con lo primero que se le pasa por la cabeza. Hasta los verdes de una maceta que decora aquel salón lo dejan sordo y lejano. Cuando regresa a las palabras del obispo, reconoce su obsesión por el Gran Mal —él se imagina que lo dice así, en mayúsculas—, que no es otro que el turismo. O más bien, las turistas.

—Sí, señores, sirenas rubias y voluptuosas —una sonrisa colectiva alegra a los asistentes— que se pasean por nuestras calles sin decoro ni vergüenza. El Diablo se coloca este sugerente disfraz para llevarnos de la mano hasta el pecado. ¡Porque, señores, se puede pecar con la mente, y eso también hiere a Dios y a su Madre, María Santísima!

Los de las primeras filas asienten siempre (y no se cansan). Don Paco recuerda haberse cruzado con algunas extranjeras desde su llegada a esta ciudad. Las miró de reojo, que su Consuelo siempre está alerta —¡Ja!—, y las estudió disimuladamente, tan pálidas, tan despreocupadas. Una de ellas tenía un lunar sobre los labios. Las rubias, con sus grandes pamelas y sus grandes gafas de sol, se saben observadas y, sobre todo, deseadas. Eso las hace todopoderosas, consentidas y hasta peligrosas, como un ejército invasor al que se le entregan las armas (en este caso, los corazones) sin oponer resistencia. Al obispo le gusta referirse a la playa como «gusaneras multicolores», en referencia a ese atuendo que deja el ombligo y la barriga al sol y que llega directamente de otros países europeos, menos cristianos y menos vergonzosos. Si hubiera sido perro, el Marido de la Señora hubiera empinado las orejas.

—... Esas mujeres que reducen el bañador a lo mínimo, que se mezclan con los machos en la arena y en el agua, que se pasean por la ciudad con vaporosos vestidos. ¡Esas mujeres! Esta actitud no solo alienta las bajas pasiones de los hombres, sino que escandaliza a las señoras virtuosas que podrían ser nuestras esposas, nuestras hermanas o nuestras hijas, y que se ven, de repente, conviviendo con pecadoras consentidas. Os hablo, señores, desde el desconsuelo, desde el dolor del corazón y la quemazón del alma. España, esa nación predilecta de Nuestro Señor Jesucristo, empieza a corromperse, a exponerse a las más nocivas costumbres extranjeras. ¡Es nuestro deber hacer algo, hacerlo todo! ¿Queremos que esas sirenas, mensajeras mismísimas del Diablo, sigan dando tan mal ejemplo en...?

Don Paco ha empezado a sudar: demuestra así su frustración. Arruga la cara, comprueba, a izquierda y a derecha, que los demás siguen asintiendo con el rostro nublado de preocupación. La playa en la que él se quemó ayer no era así, ¡ni mucho menos! El obispo, con los ojos al cielo y la boca tensa, habla de la tentación, del pecado y de cuerpos medio desnudos, pero él solo recuerda el calor, el cansancio y el aburrimiento. Dios mío, ¿en qué playa ha estado que todo lo que escucha le parece fantasioso, como sacado de un mundo inventado? Como una de esas novelas de Julio Verne. Una mano invisible lo agarra desde dentro y casi le corta la respiración. Debe de ser el más paleto de los que están en esta sala. Se merece esa silla en la penúltima fila.

27

La Señora, desde el borde del colchón, alarga el brazo para cerciorarse de que tiene toda la cama (y toda la mañana) para ella sola. Solo para ella. Se estira como el hombre —en este caso, la mujer— de Vitruvio. Ha dormido mucho, quizá demasiado. Ayer se subió a la habitación antes que ninguno. Dijo que esa bebida nueva le había provocado un terrible dolor de cabeza y «se retiró a sus aposentos» —le maravilla esa expresión—. Dejó a su sirvienta, disfrazada, contando no sé qué historias de sus amigas, también sirvientas y burdas, y a su Marido bebiendo y riéndose a carcajadas, mientras alzaba la barbilla para no ahogarse con su propia papada. Ella se quitó los tacones y el vestido, se deshizo el moño, y se quedó largo rato asomada al balcón, deseando que aquel paisaje negro y misterioso que la cegaba le hiciera olvidar el patético espectáculo de su criada transmutada en señora: Amalia convertida en una versión cutre y cabaretera de ella, legítima dueña de la casa y del Marido. «¡Qué poca vergüenza!» Se concentró en odiarla y, cuando oyó pasos y risas de borrachos por las escaleras, se echó en la cama y se hizo la dormida. Intentó descifrar los cuchicheos que se intercambiaban en el pasillo, junto a su puerta, pero no lo consiguió. La sirvienta se despidió del Marido (de ambas) con una sonrisilla ebria. Él entró en la habitación esparciendo el perfume de ella, olía a Amalia. Sí, era *su* olor. La Señora tuvo que separar un poco las pestañas para cerciorarse de que no era la criada la que se paseaba junto a su cama. Después, fingió una respiración sonora y mecánica, como si estuviera a punto de roncar, mientras el esposo se desvestía ruidosamente. Los zapatos contra el suelo, después el cinturón, la chaqueta y la camisa. Se acostó a su lado y tuvo que volver a levantarse porque se le había olvidado apagar la luz. Regresó definitivamente a la cama y se acercó a ella. Acopló su cuerpo al de la Señora y la abrazó por la barriga. Ella gimió, se quejó, intentó zafarse y hasta gruñó, pero él no parecía dispuesto a dejar escapar su presa. Se acordó entonces del curso para disecar animales. Maridocazador.

—¿Qué haces? —balbuceó ella, como si estuviera metida en una pesadilla.

¡Como si no fuera evidente! El Marido no dio tregua. Le pasó una pierna, gorda y peluda, sobre las suyas y la aprisionó contra el colchón. A ella solo le quedaba pedir piedad, pero no lo hizo. Él se incorporó con dificultad para besarle el cuello cálido. Ella apretó los puños y se lo quitó de encima de un manotazo.

—¡Qué susto me has dado! Estaba profundamente dormida. —Saltó de la cama, se sentó en el borde del colchón. Él estiró el brazo para volver a atraparla, pero ella fue más rápida y se puso en pie.

—Ven aquí.

—Estás borracho.

—Solo he bebido un par de cócteles. Ven aquí.

—Vamos a dormir. Estoy cansada y tú, borracho. Mírate, casi no puedes ni hablar.

—¡Que vengas aquí, joder!

—Y, además, tienes que madrugar, que tienes mañana el Congreso. ¡A primera hora!
—Consuelito, ¿tú no querías una niña?
—Ya te he dicho antes que me duele la cabeza. Ha sido esa bebida, que me ha sentado mal...

Él la agarró del brazo con fuerza, como si le estuviera tomando la tensión.

28

—¿Por qué grita papá? —le preguntó Vicentito, ya acostado, a la abuela, que no hacía más que suspirar.

—Por nada, anda, duérmete. Y no te olvides de rezar.

—Voy a ir a ver qué pasa —insistió el pobre niño, retirándose las sábanas y a punto de salir de la cama.

—Yo también voy a ir a ver qué pasa —se contagió el pequeño. Los dos se quedaron de pie, parados en mitad de esa oscuridad rota por la luz blanca de la luna.

—Os he dicho que os durmáis, que aquí no se mueve nadie. ¡A dormir! —gritó también la anciana.

Los niños obedecieron, pero la abuela los oyó sollozar durante un rato. Amalia se había encerrado en el cuarto de baño nada más llegar. Y allí seguía.

29

Su Marido ha tenido la delicadeza de echar las cortinas antes de irse esta mañana. Ha dejado la habitación en una sombra azulada y espesa, como si la pobre durmiera en algún lugar seguro, secreto o confortable. Se restriega los ojos, recoge sus extremidades y se pone en pie, sobresaltada. Con prisas, pero también silenciosa. Tiene ganas de lavarse: la cara, los sobacos y los dientes. Lo primero que hace es retirar las cortinas para dejarse asediar por un sol blanco, casi hiriente. Se taparía la nariz para zambullirse entera en esa ola de luz. Treinta y siete minutos después de salir de la cama se despide del recepcionista del hotel con un «Buenos días» de fugitiva. Se pega a la fachada y se aleja de ese edificio en el que siguen Madre, la sirvienta y sus hijos, todos dormidos. «Por Dios, que no la vean.» No conoce apenas la ciudad, pero confía en su olfato: sigue el olor a sal. Baja por una callecita estrecha, decidida y a paso rápido, mirando a los transeúntes a los ojos. ¿Se darán cuenta de que está viviendo una aventura, de que se acaba de escapar de un hotel? No, cada uno va a lo suyo. La Señora se estira, disfruta de su anonimato, va sonriendo. Una moto se para en un paso de cebra para que ella cruce. La Señora, igual de agradecida que si le hubiera salvado la vida, sonríe un «gracias».

—Gracias a ti, guapa. Tu madre tiene que ser pastelera porque un bombón como tú no lo hace cualquiera.

Ella se petrifica ante el piropo, se convierte durante un segundo en estatua de carne. Después, vuelve a sonreír —esta vez mirando al suelo— y voltea la cabeza. Otro «gracias», ahora susurrado. «Muchas gracias.» Trota un poco mientras se tapa el rubor de sus mofletes con las dos manos. Se detiene en seco y sigue con la vista al motorista, hasta que tuerce en una de las calles y desaparece para siempre. Siente una especie de agujero justo arriba del ombligo, como si acabara de perder algo muy preciado, como si despidiera a un hijo que se va a la guerra a morir. Se agarra la barriga con la fuerza de una mujer parturienta. No, por su hijo no sentiría eso. Lo que siente lo acaba de sentir por un extraño, por un mozo apuesto que la ha piropeado. Suspira de corazón.

Aturdida y aún ruborizada, echa a andar más rápido que antes. No sabe adónde va. Lo único que tiene claro es que no volverá a la playa de ayer. Quiere explorar esta ciudad. Camina, camina y camina hasta que se topa con una mujer rubia y grácil, con andares de pájaro —así sería ella si fuera extranjera—, y decide seguirla. ¿Por qué? No lo sabe, pero esa turista parece tener claro adónde se dirige. La Señora disimula, mira los escaparates y contempla de un vistazo el cielo, pero no le pierde ojo a su improvisada guía. A veces, echa la vista atrás como temiendo alejarse demasiado de su hotel y de Madre, pero no se para. «Volverse no es una opción, hoy no.» Ni siquiera se acuerda de que no ha desayunado. Tiene cosas más importantes de las que ocuparse. Andan las dos al mismo ritmo. La turista arranca a su paso miradas sobonas que la Señora va recogiendo; y en un momento dado, se para en un cruce y baja hacia la playa con las chanclas en una mano.

La Señora duda unos segundos, pero no se para. Menos mal que ha sido tan previsora de ponerse el bañador debajo del traje. De repente, se agobia porque va demasiado arreglada. ¡Cualquiera diría que se ha preparado para ir a misa! Suspira y se mete en la arena. Los tacones se le hunden y el paso se le hace incierto, pero ella intenta conservar la dignidad. Se acuerda de que aquí nadie la conoce. Las críticas de los desconocidos son como cuchillos de madera: no pueden hacer daño ni destrozarle su prestigio. Aquí no tiene nada que perder. Le gusta esta sensación. Señora-indestructible.

La turista extiende su toalla frente a la orilla y, antes de tumbarse, se quita la pamela, las gafas negras y el traje holgado. Se queda en bikini. La Señora agarrota los dedos para no santiguarse. ¡¡Dios mío!! Es ella la que se ruboriza, la que baja la mirada, la que se avergüenza. La observa, eso sí, por la comisura de los ojos. La turista se coloca frente al mar como ella se coloca ante el espejo, firme y decidida; se ajusta las diminutas piezas de tela, de color amarillo, que la cubren y se sacude el ombligo. Perfectamente provocativa, la joven regresa a su toalla y se tumba, boca arriba, con los labios semiabiertos. La Señora siente una devota fascinación por esa desconocida. La mira y la admira. La pobre pueblerina, igual que una actriz que no se supiera bien su escena, se quita su vestido con torpeza, y se queda en bañador, largo, negro y cateto, como envejecido de pronto. Así se siente ella, vieja. Coloca la toalla y se echa, pero boca abajo, tapándose la cara. Vuelven a pegársele los remordimientos, el desasosiego, el miedo a las críticas por no estar en el lugar que le corresponde. Siente el latido del corazón retumbar en la arena. Y de vez en cuando, contempla a la extraña, que plácidamente toma el sol. Se queda mirándola largo rato, pierde el sentido del tiempo.

30

Amalia se despierta babeando, asqueada con su propio aliento: espeso, pestilente, gris. Expulsa lentamente una bocanada de vaho, lo huele y tiene que tragarse las arcadas. Un estercolero en su propia boca. «Qué asco.» Aprieta los párpados y se achica dentro de su posición fetal. «Qué malita estoy, ay, ay.» En efecto, está destemplada y le duele tanto la cabeza que parece que alguien la estuviera zarandeando sin descanso. Tiene frío y le sudan los pies y las palmas de las manos. ¡Vaya viajecito que lleva la pobre, ella que siempre alardea de que jamás se pone enferma! Pues hoy no puede ni con su alma. Agua, solo quiere agua, cubos de agua. Tan floja está que hasta se atreve a pedírselo a Madre. «Si no le importa a usted, tráigame un vasito de agua, que creo que me estoy muriendo. ¿Hay aspirinas?» La anciana la obedece sin pronunciar palabra. Ya desde el cuarto de baño, a grito pelado, le dice a la sirvienta. «Es resaca.» ¿Resaca? «Ay, por Dios, baje la voz...» Amalia hace memoria con el sentimiento de vergüenza ya preparado. La cena, los cócteles, las charlas... Hasta ahí, todo bien. Sigue construyendo la noche a base de flashes. Las risas, los bailes. Ay, sí, es verdad, bailó para los hombres del restaurante y ellos le gritaban: «Guapa, guapa.» Amalia se muerde los labios y aprieta los ojos. Ojalá sea una pesadilla, un recuerdo inventado.

—Doña Trinidad, ¿ayer bailé?
—Como una peonza.

Y está a punto de gimotear:

—Ay, no me diga eso, por el amor de Dios.
—Pero si es la *purita* verdad, ¿qué quieres que te diga?

Amalia se empequeñece dentro de la cama, y se cubre con la sábana. Le gustaría dormir y olvidar, aunque sabe que no podrá dormir mientras la atormenten, como los fantasmas de sus muertos, las escenas de anoche. Madre le trae un vaso con agua. Ella se incorpora como puede —el maquillaje corrido la hace parecer un payaso desquiciado— y se lo bebe como si acabara de llegar del desierto. «Más, por favor.» La anciana repite el caminito hasta el grifo y le devuelve el vaso lleno. «Gracias, muchas gracias.»

—He mandado a los niños a desayunar abajo. Voy a vigilarlos.
—Pero ¿solos?
—Sí, no encuentro a mi hija. El señor tenía hoy el Congreso y ella... ¿dónde se habrá metido? Ni idea. Estoy *jartita* de llamar a su habitación, pero no me contesta nadie. No sé si estará durmiendo, o qué sé yo. Bueno, me voy antes de que los niños se lo coman todo. Y tú será mejor que sigas en la cama un poco más. Duerme, que es lo que te hace falta.
—Ay, doña Trinidad... —Se muerde el labio inferior—. Que yo no sirvo para beber.
—Ni tú ni ninguna mujer. ¿Por qué te crees que nosotras bebemos refrescos o Casera?
—Es que no sé qué me pasó.
—Pues que te bebiste dos o tres, o no sé cuántas bebidas de esas raras, que no sé ni cómo se llaman. *Cóteles* o algo así.

—Pero si estaban muy suaves. Yo pensé que no tenían alcohol... Me tenía que haber subido a la habitación con usted.

—Pues mira que te lo dije, pero no quisiste.

—Haberme traído a rastras. Dígame la verdad, ¿avergoncé al señor?

Madre se sienta en la cama —el solo balanceo de la anciana sobre el colchón le revuelve el estómago a la enferma— y se queda pensativa. Se mira las manos:

—No sé, yo lo vi sonreír. Igual que el camarero.

—¿El camarero?

—¿No te acuerdas? Le dejaste la dirección de casa en una servilleta. Con una marca de tus labios.

—Ay, Dios mío...

—«Dios mío», nada, él estaba encantado contigo.

—¿Sí?

—*Entregaíto*. ¿No te diste cuenta? Si no dejaba de mirarte...

—¿Era guapo?

—¿Tú te crees que yo tengo edad para valorar a los hombres? Todos me parecen buenos. Y este es trabajador...

—Ay, yo me quiero morir.

—¿Morirte? Hija, ya tendrás tiempo de eso. —La agarra de la mano—. Y aprovecha, que te ha salido un pretendiente. ¿Y si te casas?

La sirvienta hace esfuerzos por sonreír. Apenas lo consigue.

—¿Usted cree? Nadie se casa con una mujer que bebe.

—¿Por qué no?

—Porque eso es así, doña Trinidad. De siempre.

—Las artistas beben.

—Ellas pueden, son las únicas que pueden hacer lo que les dé la gana. Cuando yo era chica, me gustaba cantar y bailar, me imaginaba siendo famosa y teniendo un novio torero que me llevara por ahí, pero... —Baja la mirada, sonríe de pena—. Que soy una sirvienta.

—Anda, descansa y duerme un poco, que tienes muy mala cara.

—¿Sí? Ay, por Dios... Si no le importa, pregúntele a alguien del hotel si tiene una aspirina, por favor, que me va a estallar la cabeza. ¿Quién me mandaría a mí beber tanto, quién?

La sirvienta se echa las manos a las sienes y se tumba en la cama. Se da media vuelta, con la cara mirando a la pared. Ya no quiere seguir hablando. Llora en silencio porque es la única forma que conoce de quitarse esa tristeza que la inunda por dentro. Está triste. ¿Por qué? Por nada, por ayer, por su vida. «Tierra, trágame.»

31

El camarero de turno no les quita ojo a esos dos niños gordos, gordísimos, que vuelven a levantarse a por más bollos rellenos de crema. Al principio, se extrañó, porque creía que los tiraban o los escondían, o que jugaban con ellos, pero no: se los comen. Se los comen todos, que él mismo lo ha visto. No da crédito y empieza a preocuparse: «A ver si se van a poner malos. ¿Dónde estarán sus padres? Que esto es un hotel, no una guardería.» Alguien los ha dejado solos, sueltos en el salón de desayunos, y ellos, por eso de que «ancha es Castilla», les dan rienda suelta a sus instintos más básicos, que no son otros que los de atiborrarse de cosas ricas. Lo prueban todo y todo les gusta.

—Mis favoritos son los de chocolate.

—Pues los míos los que saben a limón —dice uno de ellos señalando una especie de ensaimadas—. ¿Ya no hay más de estos? —Parece que no. Buscan al camarero, y se ponen muy finos para hablarle, aunque tienen los labios manchados de marrón—. ¿No hay más de estos?

—No, lo siento.

—Pues estaban buenísimos. ¿Y no van a hacer más?

—Hoy no, ya mañana.

—Bueno, pues entonces nos llevamos estos.

Les da igual. ¡Ojalá todos los problemas fueran como ese! Ellos eligen otro dulce, esta vez unas magdalenas enormes, y se van a su mesa a comérselas: dos cada uno. También están buenas. A Vicentito le sale un bostezo y se le humedecen los ojos. Esta noche no ha dormido bien. Estaba nervioso, con un insistente cosquilleo en el estómago que no eran más que ganas de saltar, de gritar y de reírse. Ni Madre ni Amalia se dieron cuenta de que esa bebida oscura de la que se tomaron anoche tres vasos es la única fórmula con poder suficiente para revivir a sus hijos, para que los retoños se comporten como niños y tengan ganas de moverse. ¡Los niños de la Señora corriendo de un lado a otro: milagro, milagro! «Oh.» Antoñito se ha manchado su camisa nueva. Él intenta quitarse el *lamparón* con la mano, pero sigue ahí.

—¿Les puedo retirar los platos? —El camarero ya tiene el brazo estirado.

—Mmm. No.

La anciana baja de la habitación y se sienta con ellos cuando ya no pueden más. Les dice que no coman mucho y ellos contestan que no, que no han comido mucho. Después, les dolerá la barriga y protestarán porque no quieren ir a pasear, porque prefieren quedarse jugando en el cuarto, sentados en un rincón y esperando a que se les vuelva a abrir el apetito. Esos dos niños gordos, gordísimos, son culpables de gula, piensa el camarero, y están esperando ser educados.

—Señora, ¿ellos vienen con usted? —le pregunta a Madre—. Los niños no pueden entrar solos en el salón de desayunos.

—Si estos niños no dan ruido... —empieza a protestar la anciana.

32

No sabe quién es el que habla porque se ha sentado encima del programa de mano y no puede levantarse sin armar jaleo. Y tampoco le apetece, la verdad. «Me cago en la mar...» Además, no es fácil mover esta mole de carne, casi ciento cincuenta kilos de peso muerto. Él, con los labios encogidos y la mirada al techo, se mete los dedos regordetes bajo el trasero, tuerce a un lado el tronco, como un tentetieso, y tira de una de las esquinas del folleto. El hombre que está justo a su izquierda lo mira con reticencia —un relámpago de desprecio le cruza los ojos, por eso de que no debe de ser fácil encontrarse con su cara rosa y sudada a un palmo de distancia— y se aparta con disimulo. Al final, el Señor solo consigue traerse un trozo de papel, rasgado, separado del resto. «Joder.» Hace con él una bolita, que tira al suelo, y se recompone en su asiento: las piernas abiertas, las manos bajo la barriga, la puntera de los zapatos hacia arriba. Respira hondo y seguido, recuperándose del esfuerzo, agotado ya.

El que pronuncia el discurso debe de ser de Madrid o de algún sitio de por ahí arriba, Salamanca o Segovia, ¡no veas lo fino que habla el tío! Todas las eses en su sitio y las jotas rasgándole la garganta. «Un buen orador, vaya.» Firme y con los antebrazos apoyados en el atril, como un comensal educado, va echando un rápido vistazo a sus papeles, pero después levanta la barbilla y habla al frente y de corrido, como si no estuviera nervioso, como si realmente creyera en lo que dice. «Este está acostumbrado a tratar con multitudes, se le nota.» Dice el conferenciante, buscando los ojos ajenos con los suyos, que le gustaría trasladarle al público su gran preocupación sobre el Turismo y la Religión, dos ámbitos en principio enfrentados, «irreconciliables como el agua y el aceite, pero a los que hay que obligar a convivir».

El Señor se mete ahora la mano por la entrepierna para intentar rescatar el folleto, porque la curiosidad le puede y quiere saber quién es el que habla, pero después de un par de miradas condenatorias por parte de algunos asistentes, sonríe por compromiso, desiste de su propósito y se cruza de brazos. El que parece de Madrid dice que hay que sacar a los extranjeros de las playas. «¿Qué está diciendo este tío?» Cuenta que en España tenemos lugares de gran interés turístico, además del mar y de la costa, donde no se enseñaría carne ni se escandalizaría a los demás, donde la pureza de sus habitantes quedaría intacta. A ver, él insiste en que, aunque el Congreso verse sobre Moralidad en Playas y Piscinas, el Gobierno podría ayudar a desviar a los turistas hacia las zonas de interior, y que así se resolvería el problema, aunque fuera parcialmente. Habla de las montañas y los valles, de «un verde que daña las pupilas», de abrir museos apostólicos y de restaurar monumentos que recuerden y que celebren la grandeza de España, y de potenciar el Camino de Santiago, «cuna de peregrinos y auténtico sendero de fe».

—¿No lo han pensado ustedes, señores? ¿Y si la playa es la causante de este turismo inmoral y pecaminoso? El mar, siempre el mar, y el calor. Los europeos deben saber que somos algo más que arena y sol, que están visitando un país cristiano que se enorgullece de su pasado, de sus raíces y de sus costumbres. ¡Un país inviolable de gente honrada que ama, sobre todo, a Dios y a la Patria!

Los aplausos no lo dejan terminar; es un estruendo que podría derribar las paredes de aquella sala y que hace tintinear las lágrimas de las lámparas de araña. El Señor apunta: nada más efectivo que nombrar a Dios y a la Patria para levantar a la audiencia, debe incluirlos en su discurso. El de Madrid los agradece con mecánicos movimientos de cabeza y hace un gesto desvaído con las manos para que su público guarde silencio y lo deje continuar, que aún le queda mucho por decir. Cuenta ahora, adelantándose al futuro —¡qué tío más listo!—, que no podemos jugarnos todo el turismo a una carta, la de las playas y el sol (un as de oros) porque terminará por corrompernos y por echarnos de nuestras propias tierras invadidas por los comunistas, los de fuera, «los que nada aman a Dios ni a nuestra Patria». Y no falla: más aplausos, más vítores y más tintineos de las lámparas. Don Paco no termina de enterarse de qué va todo esto. Después de su segunda interrupción, es cuando propone que se podría elevar un escrito a las autoridades pertinentes para que arreglen las carreteras del interior e inviertan en hotelitos pequeños, tampoco de muchos lujos, pero limpios y aseados; allí podrían celebrarse misas en varios idiomas «para cobijar a esos viajeros que nos merecemos, pobres europeos que llegan a nuestro país buscando una experiencia cristiana, un acercamiento al Altísimo...». Termina hablando del Camino de Santiago y de la recuperación de la fe, lo que deja paso a unos aplausos débiles, como si estuvieran a kilómetros de distancia. Abandona el atril con la cara torcida, como pidiéndole explicaciones al público por esa despedida tan tibia.

Descanso de cinco minutos.

El de Madrid, que parece curtido en esto de los congresos,

se pone en pie y, medio disimulando, se aleja unos pasos hasta colocarse junto a una ventana que parece encendida con toda la luz que entra, y espera a que los demás se acerquen a él para felicitarlo. El Marido de la Señora es el primero que se levanta, eso sí, no sin antes coger el folleto, curvado y sudado; busca el nombre del ponente, don Enrique de las Casas González-Ramos, y después lo mueve, como abanicándose:

—Enhorabuena, ha sido una gran exposición.

—Gracias. —Y le da unas palmaditas en el hombro—. El Turismo y la Religión, esas dos grandes disciplinas.

El Señor se saca un cigarrillo del bolsillo de la chaqueta y se lo ofrece. El otro, por supuesto, dice que sí.

—Gracias.

—Yo no conozco el Camino de Santiago.

—Pues debería. ¡Es, como he dicho en mi intervención, el camino de fe más antiguo de la Península, imagínese!

—Tengo hijos y mujer...

—¿Y qué más da? ¡Llévelos allí, es mucho mejor que las playas, dónde va a parar!

—¿Las playas son peligrosas? —pregunta él.

—No le quiero ni contar. Eso y el cine, lo peor.

Se incorporan al corrillo dos hombres, ambos con bigote y traje oscuro, anchos de espalda. Las presentaciones y las sonrisas de rigor, los halagos vacíos:

—¿Quieren ustedes un cigarrillo? —El Señor es el más generoso.

—Hombre, don Enrique, ¿cómo dice usted esas cosas? —Le habla el más alto. Lleva un pisacorbatas de oro del grosor de un dedo meñique.

El de Madrid mira al Marido de la Señora, como si no entendiera nada. Aprovecha para darle una calada al cigarro:

—Lo de llevarse el turismo fuera, a otras zonas —aclara el otro.

—Ah, eso. Lo digo por no masificar las playas, por repartir.

—Que eso está bien, repartir con los demás —añade don Paco. Y se siente satisfecho por su aportación a la charla.

—Y por evitar una invasión. No vamos a meter a todos los turistas en las playas, ¿no? Va a parecer que esto es suyo. —El de Madrid, que debe haber cumplido los sesenta años, habla con una parsimonia que se parece a la desgana.

—Acabo de comprar un terreno para un hotel, ahí, justo en la playa, y me va a decir que quiere que se lleven el turismo al interior. No joda, don Enrique.

—España, Una y Grande. Y toda, desde el norte hasta el sur —tira de tópicos el conferenciante.

—Mire lo que tenemos aquí —señala al cielo que se ve desde la ventana—, la playa, el sol... Ahora lo que nos hace falta es que venga más gente, que se llenen los hoteles y los restaurantes, que nos dejen las libras, eso es lo que nos hace falta. Libras, muchas libras.

El otro, el que venía con el del hotel, asiente:

—Trabajo es lo que necesita la gente de aquí, que ya ni el campo les da de comer.

—Don Enrique, piénselo: hoteles grandes, gente en verano... Vamos a traernos aquí a todos los europeos, que no han visto una playa así en su vida.

—Todo el mundo tiene derecho a su poquito de turismo. También Cuenca, por ejemplo, ¿no cree?

—Pero vayamos por partes, que ahora hablamos de las playas. Y de la moralidad en las playas. ¿Y por qué? Porque es donde van a venir antes los turistas.

—Mi idea es...

—Don Enrique, sinceramente, no creo que este Congreso apruebe esa idea suya.

—¿Ah, no?

—Hombre, no. ¿Cómo vamos a pedir que arreglen carreteras del interior si las de aquí están hechas un desastre? Que se tarda más en ir en coche que en burro, que se van a pensar los de fuera que vivimos en la Edad Media.

—¿Usted qué piensa? —El conferenciante busca ayuda. Mira al Marido de la Señora, que balbucea.

—A mí la playa me gusta, pero para un ratito. ¿Alguien quiere otro cigarro? —Y les va paseando el paquete delante de las narices—. Son de los buenos, ¿eh?

33

La Señora aguanta la respiración en cuanto sus pies se cubren —los dos a la vez— del agua espumosa y móvil de la orilla. Al segundo siguiente, la ola retrocede, le tira de los tobillos, y ella echa el aire que tenía encerrado en los pulmones; también se frota los brazos para quitarse esa estela de escalofrío que la ha hecho sacudirse. Avanza un par de pasos sin bajar la vista. Tiene los ojos prendidos en ese punto del horizonte donde uno no sabe si está mirando el cielo o el mar. Lo mismo da. El frescor le cubre ahora hasta las pantorrillas. Cierra los ojos de puro placer. A su derecha, una bañista joven y saltarina corre hacia al fondo con los brazos al alto y, cuando el mar le toca el ombligo, se lanza de cabeza. «Qué libertad, qué alegría.» Sigue a la desconocida con los ojos hasta que sale del agua y se echa la melena mojada para atrás, con las dos manos. Se acuerda, de pronto, de su hijo el pequeño y de ese concurso de niños robustos. ¿A qué vienen estos pensamientos? Camina un poco más para que el agua helada la espabile y la traiga de nuevo a este momento. Al presente más absoluto. Se mira los pies, bellísimos bajo el agua. Junto a su dedo gordo, ve una piedra lisa, casi azulada. Se agacha y mete el brazo en la ola hasta que la coge con la punta de los dedos. Es suave y dura, pequeña como una yema de huevo de codorniz. Se la pasa de una mano a otra. Después, se la guarda en el puño y la aprieta fuerte. Será su amuleto, su piedra de la suerte.

34

¿Qué es tan importante como para que el Marido de la Señora haya decidido perderse el almuerzo opíparo que les tenían preparado en el salón principal? Había, según comentaban en el descanso, paella, solomillo con patatas duquesa y marisco; también boquerones fritos, que a él le encantan, y por supuesto jamón, queso y aceitunas. Los hombres castos se relamían mientras se perdían en divagaciones sobre Dios, la moral y las costumbres de verano; y de vez en cuando miraban el reloj. Cuidar del rebaño de almas como si fueran subcontratados de Dios abre el apetito... «Y de qué forma.» Al pobre Paco le rugen las tripas bajo el traje y la corbata, pero hace oídos sordos. Acaba de salir del edificio en el que se celebra el Congreso con su maletín, y ya va sudando. Tiene los pliegues de la papada empapados y, en la camisa, dos grandes cercos le circundan los sobacos. No quiere mirar atrás. Coge el primer taxi que encuentra y abre una de las ventanillas del asiento de atrás.

—Buenas tardes, a la playa más famosa de aquí.

El conductor lo interpela con la mirada a través del retrovisor: dos ojos negros y juntos.

—Es la de Pinoverde. —El tío tamborilea el volante. No arranca—. ¿Esa quiere usted?

Don Paco, que parece no querer perderse el paisaje que navega por los cristales —si el coche aún sigue parado, hombre—, responde como quien no quiere la cosa. Es incapaz de mirar al frente:

—¿Hay mujeres?

Carcajada del otro:

—Claro. Mujeres y hombres, sobre todo, turistas. Están allí todo el día, en cuanto ven un rayo de sol, se quedan casi en pelotas y se lo pasan la mar de bien.

El Señor traga saliva:

—Pues sí, ahí vamos. —Respira con ganas. «Venga, arranque ya de una vez.»

Viaja expresamente hasta la tentación, aunque trate de convencerse de que no lo hace por gusto sino por pura «recolección de datos» o «trabajo de campo». ¿Cómo va a saber lo que hay que censurar si nunca ha estado en una de esas «gusaneras multicolores»? Es de cajón. Debería ir, aunque no quisiera (pero quiere). ¿Y si una de esas turistas se le echa encima? ¿Y si le guiña un ojo? ¿Y si le provoca? Ya está desvariando. Su imaginación se impacienta, al igual que su ritmo cardíaco. ¿Qué se encontrará ahí? «Ay, Madre mía.» Recuerda las palabras del obispo: sirenas, diosas, mujeres pálidas y voluptuosas que enseñan el ombligo.

—¿Es usted de por aquí? —Esos ojos no lo dejan en paz.

Los taxistas son todos unos curiosos; solo quieren saber de tu vida para después reírse con sus amigos en la taberna. Él no piensa darle muchas pistas.

—De un pueblo del interior.

El otro asiente:

—Ya me lo imaginaba yo. Son muchos los que vienen a ver a las suecas, y hacen bien, que no vea cómo están las mozas, pero déjeme que le diga que está usted muy enchaquetado para la playa, que no son esas ropas para la arena y mucho menos para bañarse.

Él no separa la vista de los cristales:

—Solo voy a dar una vuelta. Además, no me gusta el mar.

El otro se ríe:

—Ah, entonces viene usted a mirar, ¿no? Como todos... Van hasta allí y se llevan las horas muertas. ¡Si es que eso es mucho mejor que leer el periódico o escuchar la radio! Yo, porque tengo que sacarme el jornal, si no, me quedaba con usted ahí y echaba un ratito.

—No me voy a quedar mucho, solo quiero...

—Ya sé lo que quiere, hombre. —Y se ríe. Da un par de palmadas al volante—. ¿Qué va a querer? *Camelarse* a una rubia.

—No, yo... —Decide callarse—. ¿Falta mucho?

—Ya no queda nada. Le va a gustar, ya verá.

—¿Y las rubias qué hacen?

—¿Ellas? Están encantadas con todo esto. Son las reinas de la playa... Y le voy a decir una cosa, no es para menos.

El taxi para en un paseo marítimo de suelo duro y cielo azulado, limpio de nubes. Él le deja una generosa propina —para que no se cachondee de él con sus amigos o para espantarle la imagen de cateto— y se baja.

—Suerte —le dice el taxista.

El corazón le golpea las costillas y le hace temblar la tela de la camisa. Ahora no sabe qué hacer ni cómo comportarse. Disimula y echa a andar hacia cualquier parte.

Al fondo hay una barandilla, que de tan blanca se diría de mármol, que separa el paseo de la playa. Allí ve a algunos hombres. Camina con toda la decisión de la que es capaz. Nervioso, mira a un lado y a otro, a veces para atrás. ¿De qué está huyendo? Se apoya en un trozo de balaustrada, deja el maletín en el suelo, entre las piernas, y saluda. «Buenas tardes.» Los demás lo reciben como si fuera un amigo antiguo o el miembro de alguna hermandad. El doble sol —el que está en lo alto y el que se refleja en el mar— lo tiene casi ciego. Se pone la mano en la frente a modo de visera e identifica el espectáculo que se despliega ante sus ojos. Tenía que haberse traído los prismáticos. En efecto, las playas parecen gusaneras de colores, habitadas por dulces pieles bronceadas, tapadas únicamente por pequeños trozos de telas. La boca se le abre (más). Las desinhibidas corren, juegan, saltan, sonríen, se secan al sol, se ponen cremas en los brazos, chapotean entre las olas, se recolocan el bikini. Hablan con hombres peludos y musculosos, los únicos que se atreven a acercarse a ellas. Don Paco saliva, aguanta heroico la manta de calor que le cae sobre la cabeza, le duele el estómago, de hambre o de nervios.

—¿Has visto aquella, la del bikini blanco?

El Marido de la Señora vuelve la cara hacia su inesperado interlocutor.

—¿La que está leyendo?

El otro, sin separar la vista del frente, asiente y, sin pudor alguno, la señala:

—Esa, esa, la de la melena rubia y larga. Parece un ángel.

Los demás se unen a la conversación. No quieren perderse la posibilidad de alabar al ángel, de decir —aunque sea mentira— que el otro día se la cruzaron por la calle y que los miró, o que la vieron otra mañana con un bikini mucho más pequeño. Y sobre la balaustrada, que de tan blanca se diría de mármol, contemplan extasiados la playa. No se sabe si las turistas son ángeles, pero cualquiera que viera a esa hilera de hombres embobados diría, por sus caras, que se les acaba de aparecer la Virgen.

35

El Marido sabe ahora que no hay triunfo comparable al de sentirse deseado. No es que a él, a sus treinta y tantos años, le haya pasado demasiado; de hecho, casi nunca, a excepción de Amalia. Que él se acuerde, ninguna mujer le ha dedicado más de un vistazo fugaz y casual —a veces con desagrado—, ninguna tampoco le ha aguantado la mirada ni ha coqueteado con él pasándole el dedo índice por la barbilla o por el cuello de la camisa. Ninguna se ha mordido el labio inferior mientras lo observaba. No ha experimentado tanto como él quisiera lo que es despertar en ellas la lujuria, las pasiones carnales, el callado desenfreno. Solo a Amalia, y por eso le estará eternamente agradecido. Él y la sirvienta se han criado juntos, se recuerdan desde siempre. Su madre, doña Ascensión del Campo, se la trajo a casa con doce años después de que la amiga de una amiga le dijera que otra amiga tenía acogida a una sobrina a la que no podía alimentar y a la que, por lo visto, quería mandar a un orfanato. La había llamado «pobre desgraciada», porque su padre la había abandonado nada más nacer y su madre había muerto poco después, sin dejarle ni una casa, ni una joya, aunque fuera mala, nada. «Me la quedo —dijo, como si fuera un abrigo de piel o una ganga cualquiera—, que venga cuanto antes. Necesito ayuda y Augusta ya no puede ni fregar, está muy mayor.» Dos días después le asignó un cuarto, le recitó las normas y se sorprendió de que supiera coser, limpiar y cocinar con tanta maña. La niña era, sobre todo, silenciosa y no muy dada a la cháchara ni al cotilleo, así que la dejaron a su aire, aunque al hijo le sorprendía que alguien de su misma edad lo llamara «don Paco». O «señorito»:

—¿Cuánto tiempo voy a quedarme? —No se atrevía a deshacer la maleta, solo traía tres prendas remendadas.

—Ojalá sea mucho. —Doña Ascensión casi se enterneció—. Dependerá de cómo te portes.

—Me portaré bien, se lo prometo.

Nadie supo decir si era guapa o no. Dependía del día, de cómo la luz le diera en el rostro, del peinado que llevara o del ánimo del observador. La nueva criada se había habituado a no llamar la atención, a esquivar, sin pretenderlo, las miradas de los demás. Y, además, era agradable y atenta, de sonrisa fácil.

Fue un par de años después cuando se declaró la Guerra. Qué tiempos... Las mujeres hacían los recados corriendo, con la vista pegada al cielo por si caía alguna bomba; los hombres dejaron a sus esposas y a sus hijos para luchar en el frente, y la radio de doña Ascensión empezó a estar encendida todo el día y hasta de madrugada, recitando partes de última hora que hablaban de batallas, de heridos y de ciudades tomadas. Por las noches, después de la sopa caliente, señora y criada rezaban juntas el rosario, se encomendaban a los santos y se daban la mano porque ninguna quería morir. La comida escaseaba y a muchas vecinas les dio por despedir a sus criadas, que se veían solas y desamparadas de repente, en un país patas arriba. Amalia, una mañana, se quedó recta delante de la dueña de la casa, estaba preparándole el desayuno. Acababa de cumplir los quince años y don Paco la había oído llorar algunas noches:

—Comeré menos, no daré la lata y haré lo que quieran, pero déjenme seguir con ustedes, se lo pido por favor. —A punto estuvo de ponerse de rodillas—. No tengo adónde ir. Sé que doña Elena ha echado a su muchacha, y que también lo han hecho doña Leonor y doña Laura. No me deje en la calle, se lo suplico por lo que más quiera. —Se le había subido a la cara el terror. Sirvienta-temblona.

Doña Ascensión miró a su único hijo:

—No pensábamos echarte —dijo don Paco, que se estaba comiendo la leche condensada a cucharadas.

—Al menos no por ahora —puntualizó ella.

El hijo no añadió nada más, solo le guiñó un ojo. Lo hizo para que no se preocupara, para que supiera que velaría por ella.

—Gracias, gracias, gracias.

—Deja de decir gracias, que vas a gastar la palabra. Una buena sirvienta no apabulla a sus señores con tantas gracias.

—Gracias, otra vez. La última.

Era un día de 1937, con la Guerra cercando el pueblo. Decían que había tiros al otro lado del río, y que no sé qué bando pensaba bombardear la zona. «Virgen santa.» Madre apagó la radio, cerró las puertas con llave y bajó las persianas; no dejaba de santiguarse. Estaban los tres en el salón oscuro, en silencio o rezando en sordina. Así pasaron las horas hasta que un estruendo hizo temblar las lámparas y el cristal de las ventanas; después de un silencio inédito, se oyeron las voces de los vecinos. Eran chillidos de susto o de dolor. Cuando abrieron los ojos, don Paco tenía abrazada a Amalia. Se separaron a toda prisa, como si se quemaran:

—Gracias —dijo.

—No quería que te pasara nada —se excusó él.

La criada siguió sirviendo con ellos, pero algo cambió en su mirada y no tenía que ver con los muertos, con la sangre o con el miedo, sino con el deseo. La criada deseaba al señorito. Y él, ante esa sensación desconocida, se creció, se sintió poderoso y hambriento, notó que se le quemaban las entrañas y que un delicioso cosquilleo le subía hasta el cuello y le erizaba los pocos pelos del bigote. A escondidas siempre, don Paco disfrutó de los mejores besos que recuerda. Ella incluso le mordía los labios.

36

Madre no se suelta de las manos de sus nietos ni a la de tres. Les dice que van mejor así, «agarraditos y juntitos», que en estos sitios hay mucha gente y uno se pierde sin darse cuenta. Llevan toda la mañana de un lado para otro, dando paseos cortos, sin salir del hotel y sin separarse ni un segundo, igual que si estuvieran esposados. Han estado en el comedor —«¡Qué desayuno más largo, estos niños no se hartan nunca!»—, se han pasado por la piscina, aunque no se han bañado (a la abuela le daba miedo), y han subido dos veces a la habitación de la Señora para cerciorarse de que no está. Toc-toc. Nadie al otro lado. Toc-toc. Desaparecida sin dejar rastro, esfumada. Toc-toc. La abuela, escoltada siempre por sus nietos, vuelve a bajar al piso principal, aunque no piensa pisar la calle, y aborda a un uniformado en recepción:

—¡Joven! Joven, disculpe... ¿Ha visto usted por aquí a una mujer morena, así, un poco más alta que yo, de muy buen ver? —Va subrayando con gestos sus palabras—. Muy guapa.

—Es mi madre —dice Antoñito—. Y no sabemos dónde está.

—Se ha perdido —añade el otro.

La anciana continúa:

—Seguro que la ha visto, con los ojos grandes y negros. Venimos con el señor Villalobos, el de un congreso muy importante que hay aquí sobre las playas. Es que mire usted, estoy llamando a la puerta de su cuarto, pero no me abre y ya estoy preocupada.

—¿Con un traje negro?

—Puede ser. —La vieja parece hacer memoria, como si pudiera adivinar su vestimenta solo con pensarla.

—¿Muy guapa?

—Sí, sí.

—Creo que salió esta mañana muy temprano.

—¿Y dónde fue?

—No lo sé. Iba sola...

—¿Sola? Anda ya... —Madre vuelve a cogerse de las manos de sus nietos—. ¿Sola?

¿Adónde iba a ir sola?

—No lo sé, no solemos preguntarle eso a nuestros clientes.

—Y no la ha visto usted volver, ¿verdad?

37

Helado al corte por tres pesetas. La Señora, acalorada hasta el tuétano, le pide a la tendera uno de nata y fresa. Se cambia la piedra-amuleto de mano, paga con el dinero justo y, antes de despedirse, lo prueba. Su gesto deja claro que necesitaba ese pequeño placer, aunque ella sea más dada a los sacrificios que a las recompensas. Camina, piensa y lame. Lame, piensa y camina. Con el paso lento de quienes no tienen adónde ir, la Señora se va acercando al hotel. No tiene prisa por nada que no sea terminarse ese helado antes de que se le derrita. Una gota de nata ya le cae en la palma de la mano y corre por la muñeca en dirección al codo. Se lame ahora el antebrazo. No sabe qué hora es ni si sus hijos han comido. «¡Qué más da!» La garganta le sabe a azúcar. Bajo una pequeña sombra, le da un mordisco al barquillo y arruga la cara, que se le queda como una huella dactilar: un extraño dolor se le ha metido en los dientes. Es el frío. El corte de helado, cada vez más amorfo, cada vez más delgado, le ha puesto pegajosos los labios y también las manos. Tiene sed.

Camina absorta en el homenaje que se está dando. Antes de cruzar la calle donde le soltaron el piropo —acelera el lengüeteo, como un gato ante un cuenco de leche—, la sorprende un cortejo fúnebre. Los hombres cargan a hombros con el féretro oscuro; las mujeres y los niños lloriquean en la cola de la comitiva, agarrados unos a otros. Una mancha negra y dolosa que avanza por la calzada como una bandada de cuervos ante los que ella se protegería. Hoy no, sigue lamiendo, pintándose la lengua de blanco. Disfruta y no se perturba, a pesar de esa cabalgata de muerte que deja gemidos y lamentaciones en el aire. Le extraña esa tristeza tan cerca del mar, pero se queda allí parada, paciente hasta que pasan esas mujeres que llevarán luto el resto de sus vidas y esos hombres que estarán borrachos en menos de dos horas. Así son los entierros. Ella, acostumbrada a las campanadas de su iglesia y a perder a miembros de su entorno o de su pueblo, se sorprende de que algún tipo de muerte la deje intacta. Inmune. La alivia que por una vez la palme alguien que no conoce. La alivia que la guadaña los trate a todos por igual. Se mete en la boca todo el helado que le queda y se despista sin esfuerzo de esos pensamientos mortuorios. Se comería otro.

38

Se topan en la entrada del hotel sin esperárselo. La Señora y el Señor se paran un instante y fingen sorpresa abriendo mucho los ojos; después, y como si se acabaran de conocer, se dan dos besos fugaces en las mejillas. A los dos les viene un intenso olor a mar. Se separan, creyéndose descubiertos, y disimulan mientras se cobijan en el frescor de recepción. Él empieza a abrirse la corbata:

—Chelito, ¿estabas en la calle con este calor?

—He ido a dar una vuelta. Quería ver el barrio y estirar las piernas.

—¿Sola? —Se abre el primer botón de la camisa.

—Sí, Madre y los niños están... Ya sabes, con sus cosas, y a ellos no les gusta andar. —Sonríe tontamente, sobreactúa. Recurre al coqueteo—. Estás muy colorado.

—¿Sí? —El pobre enrojece aún más, se palpa los mofletes con el dorso de una mano—. No sé, en el edificio en el que se celebra el Congreso hay un patio, y hemos estado ahí fuera hablando y tomando algo. Se me habrá pegado el sol... Ha tenido que ser eso.

—Te has quemado.

—¡Bah! No es nada. ¿Y tú? ¿Has ido a la playa?

—La he visto de lejos. Había mucha gente.

—Al final te va a gustar esto del veraneo.

—Quizá. —Sube los hombros, pero mira al suelo. ¡Sí, le encanta!—. ¿Y el Congreso? ¿Qué tal?

—Bien, bien. Agotador. Hay mucho que hacer, Consuelo, pero mucho, no te imaginas cuánto. Esto del turismo... no sé yo.

—¿No?

—¡Más peligroso que el cine! —Y sube las cejas.

—¿Sí?

—Pues claro. Tú no lo entiendes, pero...

—Pero ¿qué?

—Que no sé adónde vamos a llegar.

—Se te nota contento.

—Lo que estoy es cansado y con un hambre...

—¿No has comido? Son casi las cuatro.

—Tanto hablar, casi no me ha dado tiempo. —Ahora es él quien fuerza una sonrisa—. Y tienes razón, me está picando la cara y también la nuca, creo que me he quemado.

—A ver si has cogido una insolación. ¡La tienes roja! Vamos a la habitación, que te dé un poco de crema, verás cómo te alivia. —Y ella lo agarra del antebrazo y parece invitarlo a que la acompañe. Quiere compensarlo por haber salido sola, por haberse tumbado al lado de una turista *peligrosa*. Igual que nadar entre pirañas—. Y si no, pido un poco de vinagre y te hago unas friegas, que es buenísimo para las quemaduras.

—Solo es la cara.

Un joven uniformado los interrumpe:

—Disculpen, señores. Había una mujer mayor con dos niños buscándola... Estaban preocupados. Creo que era usted... Les he dicho que había salido del hotel muy temprano.

—Ah, sí, gracias. —Maldito bocazas.

Ella echa a andar, resuelta, casi molesta. Fulmina al chivato con la mirada:

—Chelito, ¿a qué hora te has ido? —se extraña el Marido.

—No sé, tampoco era tan temprano. Hace un ratito.

—No me gusta que salgas sola, ya lo sabes. Entonces, ¿pedimos vinagre?

39

—Dame dinero. —Intenta sonar natural, como si dijera: «Ayúdame a desabrocharme este botón» o «Le he dicho a Amalia que cocine sopa de ajo».

—¿Dinero? ¿Para qué?

—He pensado que podría llevarle algún detallito a don Ramón. No sé, me da apuro estar aquí y no llevarle nada. Además, está siempre tan pendiente de nosotros...

—Sí, me parece bien.

—Cincuenta pesetas.

—¿Diez duros?

—No voy a comprarle una chorrada, ¿no? —Ella está tensa, como la cuerda de un arco. No se atreve a moverse.

—No tiene que ser algo muy caro, con un detallito está bien, que tampoco hay que pasarse.

—Es mi director espiritual. El mío y el de toda la familia. Está siempre tan pendiente de nosotros... —repite.

—Ya le damos dinero todo el año. Y mucho.

Se hace la decepcionada. Se sienta en la cama con los hombros gachos.

—No sé, me hacía ilusión llevarle algo bonito.

Él resopla —qué tacaño es a veces—, pero mete la mano

en el bolsillo y se saca con resignación la cartera. Gorda, como él.

—Toma. —Lleva los billetes cogidos por una pinza—. No te lo gastes todo.

La Señora, como una urraca, agarra las cincuenta pesetas, aprieta el puño y sonríe. Si el Marido la hubiera mirado a los ojos, le hubiera visto un brillo extraño, duro, recién estrenado.

—Gracias.

40

Una sirvienta es siempre una sirvienta, aunque se disfrace de señora o vaya de vacaciones. Madre no le ha dado opción a negarse: le ha pedido a Amalia que la acompañe a la iglesia para empezar la novena que le debe a la Patrona del pueblo por «tan magno milagro» (estas palabras las ha copiado de no sé dónde). Y solo son las seis de la tarde, Madre mía... «Que estas no son horas de nada, tampoco de rezar.» La pobre resacosa —la fatiga en la boca del estómago, las ojeras cayéndoles de los ojos, la espalda encorvada— titubea un sí y se arregla como puede. Ni subida a sus taconcitos, ni metida en su traje, modesto, pero elegante, es capaz de quitarse ese aire de güisquera que la envuelve, como el aura, desde ayer por la noche. Ni ella misma sabría definirlo. Es algo en la piel o en las pupilas, o en ese maldito aliento, que no se refresca ni con el cepillo de dientes. Lo único que ve cuando se mira al espejo es la imagen de una criada envejecida y acabada, más propia de acodarse en la barra de un bar que de arrodillarse en una iglesia. Y, encima, tiene que andar con Madre agarrada del brazo, que es igual que tirar de uno de los niños gordos de la Señora.

Recupera algo de vida, también de dignidad, con el aire

templado de la tarde, pero solo piensa en acostarse, en echar los párpados y en que pasen las horas que sean necesarias para volver a estar bien. Prefiere fregar cien retretes a esta debilidad en las rodillas. «¿Qué digo cien? ¡Mil!» Cada paso se le antoja una subida. Se llena de aire con la boca muy abierta y se vacía en suspiros. ¿Por qué bebería tanto? Y para colmo, la vieja no se calla. «Esta tiene cuerda para rato.»

—Como la comida que hacía mi madre, ninguna. El hotel será de postín, pero ahí no saben cocinar. Lo de hoy no era un guiso ni era *ná* y a ver qué tontería es un *changüi*, o como se diga, eso es un bocadillo de toda la vida. Madre del Amor Hermoso, si es que hay que saber hasta manejarse entre fogones. ¿Y la salsa de tomate que nos pusieron ayer? Yo, te lo digo de corazón, estoy deseando volver a casa y hacer unas migas o un puchero de los de verdad, porque así nos van a matar de hambre. ¡Por eso están todos los turistas tan delgados...!

La entrada en el templo —más feo que el de su pueblo, sí, ya lo sabemos— alivia a la criada y no solo por el ambiente gélido sino porque obliga a la anciana a callarse. Menos mal. Las dos se paran ante la pila bautismal. Se santiguan con agua bendita, aunque lo que a la resacosa le apetece es bebérsela de un tirón. Amalia hace uso de sus últimas fuerzas para arrastrar a Madre hasta un banco.

—Este no. Un poco más para adelante.

Y la pobre sirvienta, siempre con el sí dispuesto en la punta de la lengua, obedece y sigue andando hasta colocarla en primerísima fila, junto a otras viudas beatas que consumen sus penas frente al altar. Ahora se encuentra peor. Tiene las manos heladas.

—Qué mal estoy, doña Trinidad. Esta flojera no se me quita...

La anciana, con los ojos en la Virgen, le aconseja:

—Reza, y verás cómo te pones mejor.

La novena está a punto de empezar. Eso es lo que ha debido anunciar el monaguillo con la campanilla metálica. Hasta ese sonido, tan dulce y tan angelical, le perfora los tímpanos. Y para colmo, el niño del Diablo —«Dios me perdone, pero es que no tiene otro nombre»— enciende el incensario. «Hala.» Carbón, una llamita, y de ahí sale una humareda oscura y densa que enseguida oculta al monaguillo. Parece un truco de magia. Se oye una tos infantil. Amalia, que no tiene la cabeza ni para rezos ni tampoco para pensar, se ve de pronto sacudida por una bofetada de incienso.

—Ay...

Ese olor, semanasantero y profundo, se le mete por las aletas de la nariz y le revuelve el estómago. La pobre se pone de pie a toda prisa y, con las manos sellándose la boca, corre como una descosida por uno de los laterales. El ruido de sus tacones altera la paz de las beatas. Madre menea la cabeza mientras oye a su sirvienta vomitar, a lo lejos. Solo espera que le haya dado tiempo a salir de la iglesia.

42

Si la Señora hubiera sabido inglés —Jajajajajajaja, ¿inglés?, ¿ella?, ¿para qué?—, entendería lo que dicen las enormes letras negras del periódico que alguien ha dejado, perfectamente doblado, sobre una de las sillas del salón. Ella no sabe inglés ni tampoco se lo plantea, eso entra dentro de sus futuros improbables, como vivir en la Luna o enamorarse de nuevo. Los periódicos son para no pisar el suelo recién fregado, para envolver el pescado o las castañas, para avivar el fuego de la chimenea. No deja de ser curioso, casi cómico, que ese papel grisáceo, casi sucio y cuajado de letras, le recuerde a la paleta de Amalia, a esa que tiene que firmar con una cruz porque no sabe ni escribir su nombre. «Paleta», con todas sus letras. Para la pobre criada el mundo es un lugar incomprensible, lleno de carteles ajenos, de mensajes que nunca son para ella. La Señora, aunque nunca nadie la ha visto leyendo un periódico, se levanta, lo agarra y solo cuando está en su sitio, lo despliega. *The Guardian*. «¿Cómo se lee esto, Dios mío? *Te Guardián*.» Ella repasa la primera página con los ojos, aburrida ya, y abre el diario, que la cubre como una falda de camilla en pleno invierno. Sigue empeñada en seguir viéndolo, solo por aparentar, como si esperara que cambiara de idioma a la mitad.

Si la Señora hubiera sabido inglés, quizá no hubiera pasado de largo ese artículo en el que los británicos se preguntan qué quieren los españoles: «¿que nos bañemos como en 1900?». Cuenta el periodista que los turistas de su país van al consulado para informarse de las normas que rigen las playas, miedosos de las multas y las reprimendas. Ellos solo quieren el sol y el mar, nada más, pero no entienden que los de aquí se bañen tapados hasta el cuello, con esos trajes tan feos y tan antiguos, propios de un bisabuelo. La Señora, como si se hubiera encontrado de pronto en las manos con una revista picante, la echa a un lado, con repugnancia, harta de no entenderla. «A la porra.» Sigue mirando cualquier cosa que le pasa por delante de los ojos. A los que salen del hotel riéndose, con las voces afinadas de entusiasmo, al recepcionista, siempre amable, y a ese sol que ve detrás de las ventanas y que hace que todo parezca blanco. Y allí está la Señora, rezando para no desentonar frente a la puerta, confiando en no quitarles la alegría a los turistas, en no parecerles una mujer apagada y triste. Se pone en pie y se arrima más a los cristales, tiene la mirada perdida. Desde ahí siente el calor del día. No volverá a leer un periódico en su vida, ni en castellano ni en otro idioma. Al rato, tuerce la cabeza hacia la escalera, a ver si aparecen ya sus retoños.

42

La Señora a solas con sus dos hijos. Eso la pone más nerviosa que someterse al juicio de las mujeres ricas de su pueblo. ¡Malnacidas todas! Ojalá Dios les dé su merecido por negarla una y otra vez, como hizo san Pedro con Jesucristo. Es la hora última del atardecer. A ella le gustaría encerrarse en el balcón y pensar en mañana, en pasado mañana. No puede hacerlo. Desasosegada, ha decidido ir con ellos a la piscina del hotel. Les permite cualquier cosa con tal de que se entretengan; incluso les ha comprado unos refrescos y un cartucho de patatas fritas para tenerlos ocupados. «¡Remedio infalible!» Cuando ellos engullen, ella disfruta de unos segundos de tranquilidad. Ya que no tiene balcón desde el que mirar el mar, pierde los ojos en el azul de la piscina. No le hace falta zambullirse para sentirse bajo el agua. Aun así, se acerca. Coloca los pies justo en el borde y piensa que podría saltar, con ropa y todo. La Señora frente a un abismo de agua mientras sus criaturitas se manchan la boca con el aceite de las patatas y la llaman a todas horas, como si quisieran acapararla: «Mamá, mamá.» El corazón de Consuelo cabalga bajo su pecho, incansable. La sola posibilidad de dejarse caer a la piscina la sume en un estado de excitación que la hace parecer medio loca. Sus ojos, negros como una cueva, se siguen llenando de azul.

—Mamá, cuidado. ¡Te vas a caer!

Antoñito, olvidándose de su gula, corre hacia su madre y la agarra de la mano con sus deditos pringosos. Tira para atrás.

—Que te vas a caer y llevas un vestido muy bonito.

Ella lo observa lentamente, después le sonríe.

—No.

¿Qué le pasa, que parece que echa de menos a la del bikini amarillo? Querría saber, por ejemplo, cómo se está divirtiendo ahora, en quién piensa, dónde está su felicidad. Se agacha hasta ponerse a la altura de su hijo y vuelve a sonreírle.

—No te preocupes, que no me caigo.

El niño pocas veces le ha visto los dientes tan de cerca a su madre.

44

La palabra se le queda en la boca como un caramelo, dulce y enorme, deformándole el carrillo izquierdo. «Ilusionista.» Vuelve a leerla, ahora en un susurro, y se va deteniendo en cada sílaba para convencerse de que no se le escapa nada, de que dice justamente eso. Sí, «ilusionista». Jamás ha recitado nada con más duda, con más expectación. Con el siguiente parpadeo se le cuelan en la memoria un puñado de imágenes fantasiosas: hadas brillantes, niñas que vuelan de noche en sus camisones blancos, estrellas que caen y se le enredan en el pelo y también en las pestañas. «Ilusionista, ilusionista, ilusionista.» La palabra-caramelo es inagotable, siempre dulce. A la Señora le da por sonreír como una tonta, aquí mismo, enfrente del cartel que anuncia un único pase: «Esta noche, a las diez y media, en el Salón España. ¡No se lo pueden perder!» Ella está parada en la entrada de la alfombra marrón, junto a la puerta principal del hotel, atrapada entre los que salen y los que entran, como una isla solitaria en mitad de un torrente de viajeros. Levanta el cuello, busca a su Marido con los ojos, sube una mano no más allá del hombro para decirle que se acerque. Él, que ha ido a buscar a su mujer y a sus niños a la piscina, se da la vuelta y camina hacia ella, que con su dedo delicado señala hacia el cartel:

—Quiero ir.

—¿Adónde?

—A ver esto, al ilusionista. —La sorprende, y la fascina, que un hombre cargue con la responsabilidad de llamarse así. Se le pasa por la cabeza que pudiera no ser humano—. Quiero ir.

«Entrada gratuita. Hasta completar aforo.» Él percibe la necesidad en su mirada, en la súplica de su petición, y echa la barriga hacia delante. Alza un poco la barbilla, como valorándolo, e hincha el pecho. Ella lo agarra del brazo:

—Es como un mago, ¿verdad? —Y ella, Consuelito, es como una niña.

Él tarda unos segundos en contestar.

—Sí, ya sabes... Tonterías de los hoteles para ganarse a los turistas.

—Quiero ir. Por favor, vengamos. Por favor.

—Sí, sí, está bien.

Consuelito no puede sacarse la palabra de la boca; de hecho, lleva intrigada toda la tarde y descubriéndose a sí misma pronunciándola cada dos por tres, en el balcón y frente al espejo del cuarto de baño, mientras se mira las manos y con los ojos cerrados, sentada en el borde de la cama... Como si no quisiera olvidar el efecto que produce en ella: un millón de burbujas de champán que se le suben a la cabeza. Le ocurrió lo mismo cuando murió su padre. Le parecía tan irreal su ausencia, tan absurda, que tenía que recordárselo todo el tiempo, y era habitual encontrarla alrededor de la casa o asomada a la ventana colgada a esa letanía. «Mi padre ha muerto, mi padre ha muerto.» El reloj da las ocho y media, la tarde aún incandescente. «¿Qué me pongo?», le ha preguntado al Marido. «Algo bonito», como si eso le diese la clave.

Los ha azuzado a todos tanto que la familia al completo baja veinte minutos antes del espectáculo. Amalia va quejéndose por lo bajini, dice no sé qué de las prisas y de que las vacaciones están para descansar, no para ir corriendo «como las locas» de un lado para otro, de la iglesia al hotel, de su cuarto a la planta principal. «¡Que le dejen dormir la mona!» Al final, los mejores sitios son para ellos, en primerísima fila, frente a un bulto enorme tapado con una tela negra, a la que la luz de las lámparas le arranca destellos, como guiños de un faro. Ya están todos quietos, sentados, expectantes; la Señora mira a izquierda y a derecha, nerviosa, tiene los pies cruzados bajo la silla. Su Marido pide unas Caseras para los niños y para las mujeres.

—Para mí, un güisqui. —Antes de que el camarero se vaya, añade—: Bien despachado, por favor.

Beben, esperan, vuelven la cabeza hacia la puerta de vez en cuando y vuelven a beber y a esperar.

—¿Cuándo empieza?

—Chelito, es la tercera vez que lo preguntas. Que nos ha dicho el hombre que en un rato.

—Es que son ya las diez y media. Las diez y treinta y dos minutos. —Solo tiene que levantar un poco la vista para ver un reloj barroco y dorado, con números tan historiados que parecen letras. Se lo imagina mudo, pero no lo está. En el silencio, cuando no hay murmullos ni pasos de aquí para allá, ni palabras tontas de su familia, se oye un tic tac diminuto, a ras de la pared, como el latido de un corazón debilucho.

—Estas cosas nunca empiezan puntuales. Hay que esperar a que vengan los demás.

Y ella, en su fuero interno, que siempre tiene una región dispuesta a levantarse en armas, culpa a los demás de que tarden tanto, de que la hagan esperar, de que la priven de su premio. Madre, de negro, pero un negro mate y profundo, sin el centelleo de la tela del ilusionista —otra vez esta palabra, «ilusionista»—, le da la mano a Amalia, que se la acaricia. La otra le dice algo de que tiene que limarle las uñas. «Mañana lo haré.» La Señora mira a su criada y esboza una sonrisa, más bien se le escapa, porque es un acto involuntario, ajeno por completo a ella.

—¿Y qué hace un ilusio... nosta? —A Antoñito se le atraganta la palabra.

—Ilusionista, se dice ilusionista.

—¿Y qué hace un ilusionista?

—Para eso estamos aquí, para verlo, pero tiene que ser algo de magia, no sé. Debería empezar ya.

—Me hago pipí.

—Te aguantas, haberlo dicho antes.

—Es que me han entrado ganas ahora.

—Antoñito, por favor... Os lo digo a los dos: *comportaros*; no me digáis a la mitad de la función que tenéis hambre. Ni una mosca quiero escuchar.

—¿Y cuánto tarda?

—Lo que tenga que tardar.

Y les vuelve la cara, que no quiere cabrearse.

Mientras la Sala España se va llenando de gente, la Señora cuenta las baldosas del suelo, después las flores de los jarrones y las lámparas, encendidas y apagadas. También calcula las sillas que quedan libres. Los que llegan más tarde de las diez y cuarenta tienen que acoplarse a un trozo de pared, con los brazos cruzados al pecho. «¡Que se fastidien!» Su Marido saca otro cigarro, abre más las piernas para dejarle paso a la barriga: la corbata le cuelga a un lado, como una serpiente muerta. El runrún de los demás caldea el ambiente, y a ella la impacienta. «No habrá que esperar a nadie más, ¿verdad?» Se bebe su Casera de un trago largo. Se apagan las luces y un foco alumbra directamente el escenario. «Que empieza, que empieza.» Una voz que sale de no sé dónde, dice:

—Señores y señoras, directamente desde París, llega...

Después de los aplausos aparece el ilusionista, con una chistera y unos bigotes largos que se le derraman por la comisura de los labios. Es guapo a pesar de la chistera y de esos bigotes largos. Hace varias reverencias, «gracias, gracias». Tiene los ojos abiertos, como en una sorpresa permanente, como presa de un entusiasmo que a la Señora le resulta agotador y fascinante al mismo tiempo; y justo en mitad de la frente un punto rojo o una mancha estratégicamente colocada entre las dos cejas. Ella se limpia las manos sudadas en la falda y el anillo se resbala. Podría quitárselo sin esfuerzo, con la delicada ayuda de la mano contraria. Se echa para adelante en el asiento, solo quiere ver, escuchar, rendirse. Ella abre los ojos más que él.

«Tachán», dice el ilusionista justo antes de retirar, de un solo movimiento, esa sábana negra y llena de destellos —ideal para una mortaja, piensa ella—, que deja al descubierto lo que parecía un bulto deforme, y que no es otra cosa que una pequeña mesa medio descuajaringada con dos cajas, una jaula y un montón de paños de colores, desordenados en una esquina. «Empieza la función.» Él camina hacia un lado y hacia otro, a grandes zancadas, y se acerca al público hablando de «lo que los ojos no son capaces de ver»; sin dejar de extender los brazos y de subirlos hasta el techo, de abrir la sonrisa aún más.

—La magia está aquí, entre nosotros, ¿la notan? Cierren los ojos, ¿la notan?

Nadie asiente.

Él chasquea los dedos cada dos por tres. Qué sonido tan maravilloso. La Señora no sabe adónde mirar, tiene siempre la sensación de estar perdiéndose algo. El Marido aguanta su güisqui con las dos manos y piensa que podrían haberle puesto unas almendritas de acompañamiento.

—Señores y señoras, ven ustedes lo que tengo aquí. —Cómo habla... Su voz ocupa un espacio enorme en aquella sala.

Es un ramo de flores de plástico (rojas, amarillas, verdes) que acaba de sacar de una de las cajas.

—Tóquelo —le dice a alguien del público. Y le guiña un ojo.

Ese alguien, una mujer, solo extiende un dedo, como si le diera miedo la magia. Él mete el ramo debajo de un paño azul opaco y, tras un breve movimiento, «tachán», desaparece.

—Oh...

La Señora mira a un lado y a otro, buscando compartir su asombro con cualquiera. Los demás están igual.

—¿Has visto, Chelito? Magia —le dice el Marido.

Pero ella no le contesta: ¡que nadie la interrumpa! Sus cuerdas vocales están agarrotadas, como fósiles en mitad de su garganta.

El ilusionista saca después una paloma blanca, gorda. Se oye su arrullo, como el del mar.

—Alguien del público. Necesito a alguien del público para que me ayude con este truco.

Las mujeres sonríen en sordina y se hacen las tímidas encogiendo un poco el cuello y subiendo los hombros. Los hombres miran a otro lado, como si la petición del de la chistera no fuera con ellos.

—Usted.

Señala sin dudarlo a Chelito, y todos la miran con fijeza, también él y la paloma. Diría que el ilusionista se ha pintado los ojos como un egipcio. Cree que podría hipnotizarla.

—¿Yo? —La mano sudada, al pecho.

—Sí, usted.

Ni siquiera mira a su Marido para pedirle permiso. Sabe que se va a levantar, las rodillas ya preparadas, los pies apoyados en el suelo. Ella quiere estar más cerca de la magia, ¡en el centro de la magia!

—Venga.

Traga saliva y, esforzándose por aparentar timidez, se

pone de pie y camina hasta el mago, junto a la mesa descuajaringada. Mira al público y es incapaz de identificar las caras; solo ve pares de ojos, como si caminara por la jungla y los animales se asomaran entre la maleza. Nunca se ha sentido tan observada.

—¿Cómo se llama?

—Consuelito.

—Gracias, Consuelo.

—Consuelito.

—Como quiera, Consuelito. Dígales a los demás: ¿qué hay aquí? —le pregunta él.

—Una paloma.

—Dígalo más alto, que se enteren todos.

—Una paloma.

—Pero viva, ¿verdad?

—Sí.

—Más alto.

—Sí, está viva. —Sube también el pecho.

—Pues va a ver lo que pasa ahora. Necesito, señorita...

—Señora.

—Qué afortunado su marido. —La paloma, en sus manos, no deja de temblar. Se caga en sus zapatos—. No se sonroje. ¿Dónde está él?

—Ahí. —Ella hace un movimiento impreciso con la barbilla. El ilusionista abre más los ojos, sube las cejas varias veces.

—¿Es usted?

—Sí.

La Señora baja la mirada y sonríe sin separar los labios.

—¡Vaya mujer! Es usted un hombre con suerte. Me la presta un par de minutos, ¿verdad? Aunque... ya quisiera yo una ayudante así. —Los demás murmuran algo, el Marido vuelve su cuello gordo. El ilusionista continúa—. ¿Preparada? Voy a meter la paloma en la jaula, ¿ve? Ya está. Ahora tapamos la jaula con este paño verde y voy a necesitar que sople, pero que sople fuerte, ¿eh? Con ganas. A la de tres. Levante un poco más la jaula, que los demás la vean, así, muy bien.

Una. Dos. Tres.

Un leve sobresalto dentro de la jaula y, tras retirar el paño, todos comprueban que la paloma no está. La Señora abre la boca, está a punto de salir corriendo.

—Usted sostenía la jaula, ¿verdad?

—Sí.

—¿Dónde está la paloma?

—Ha desaparecido.

—Pero ¿dónde está?

—No lo sé, no lo sé. Es magia.

—¡Eso es! ¡Magia!

La Señora mira a sus pies, como si la paloma pudiera haberse escondido ahí. O en alguna lámpara o bajo las mesas. «¿Dónde está? ¿Dónde está?» Revisa los barrotes con los dedos. Ahora sí busca la complicidad de su Marido.

—Ha sido usted una ayudante fantástica. Véngase conmigo a hacer magia, recorramos el mundo juntos. La haré famosa.

Los demás se tronchan, sobre todo los hombres. Sus risas toscas revolotean por la sala, mezclándose con el humo.

—Gracias a usted —susurra la Señora.

—Un fuerte aplauso para ella.

Consuelito no se mueve. Se ha quedado parada.

—Puede volver a su sitio —insiste él.

—¿Qué le ha pasado a la paloma?

—Ha desaparecido.

—¿Ha muerto?

—No, ha desaparecido —le aclara el ilusionista.

«¿No es acaso lo mismo?», piensa ella.

—¿Lo puede hacer usted con cualquier cosa?

—Por supuesto.

—Oh.

Ahora sí vuelve a su asiento la Señora. El corazón ha dejado de palpitarle: solo le tiembla.

Ese hombre merece llamarse «ilusionista».

—¿Estás bien? —le pregunta el Marido.

Ella solo es capaz de asentir.

Uno de los niños le dice tocándole el brazo:

—¿Cómo lo ha hecho?

Consuelito —la boca seca, las manos empapadas, la mente turbia, como apaleada— sube con desgana los hombros.

—Yo tampoco lo sé.

—¿Quieren más? —El de la chistera parece incansable.

—Sí, sí —La voz de la Señora sobresale de las demás, desafinada, como el pájaro que, por unos segundos, se aleja de la bandada y vuela más alto.

Saca ahora a otra mujer. La Señora aplaude con todas sus fuerzas. La Madre la mira, como si tuviera a su lado, de nuevo, a esa hija asalvajada y contestona, como si llegara directamente de las chabolas, sin pasar por la casa de la calle Ancha, por el Marido y por los niños. Como si acabara de robar ese vestido granate de cualquier sitio. Como una prostituta disfrazada de marquesa.

—Otro, otro.

El ilusionista dice ahora que meterá la mano en una caja y la cortará por la mitad con un serrucho:

—¿Se va a cortar la mano? Virgen santa... Ese hombre está loco. —Hace el ademán de taparse los ojos con las manos, pero se las deja sobre la nariz.

44

Acalorados —de aplaudir, de la emoción, «qué bochorno en aquella sala»—, salen a dar una vuelta por la ciudad, a picar algo y a tomar el fresco, a hablar de magia. Como si no hubiera nada más en el mundo ni en sus mentes, como si nada más importara. Solo magia, magia y magia. ¿Y dónde estará la paloma blanca, la que se esfumó a la vista de todos? «Como siga así, este hombre va a acabar con todas las palomas de España», dice Madre, y no es un chiste. Lo piensa de verdad, que ella es de darle muchas vueltas a todo. Ninguno entiende nada. Las cosas no desaparecen, las palomas tampoco. «¿Y dónde ha aprendido ese hombre a hacer magia?», los niños le tiran al padre de la chaqueta y se miran las manos, porque creen que ahí reside el poder. Ya se imaginan haciendo aparecer bollos de crema, orejones de melocotón y latas de leche condensada al grito de «tachán», en la cocina, en su dormitorio, en cualquier momento. Y también esos cromos que nunca consiguen. El Marido no se atreve a decir que es todo mentira, que es un simple truco, nada más. Sella los labios: no será él el encargado de echar por tierra tantas ilusiones.

Va la familia al completo, andando por una calle tan normal que podría ser otra, hablando varios a la vez. Amalia está diciendo algo, pero se calla a la mitad. La pobre sufre también las secuelas de la resaca y tiene la cabeza *abombá*, se siente más torpe que nunca. La Señora camina la primera, tirando de su razón como si fuera un globo, con la vista rastreando el suelo —parece que buscara alguna pista—, y sin haber pronunciado ni una sola palabra todavía. «Pero ¿a qué sitio la han traído de vacaciones?» ¡A uno donde existe la magia, donde todo es posible! Desaparecen palomas, aparecen bikinis, serruchos que no cortan, telas que se convierten en confeti, y el mar. Definitivamente, está en el paraíso, uno hecho a su medida. Mira a su alrededor, a *esos* que suele odiar, y sabe que hay algo que la mantendrá unida a ellos para siempre. Un cordón umbilical irrompible. Se para y espera para cogerse del brazo del Marido.

—Consuelito, que estás dormida.

—¿Eh?

—Que no has dicho nada desde que hemos salido.

—Ya.

—No te preocupes, que nos vamos pronto al hotel. ¿Nos paramos por aquí a comer?

—Como quieras.

Ella tan solo desea estar en su habitación de hotel y cerrar los ojos, «pensar en su nueva vida». ¡Que la dejen digerirla!

45

Arrebatada por una extraña fuerza, la Señora se retuerce como un tornillo de carne en su lado del colchón. Parece que estuviera tumbada sobre un lecho de espinos. No se encuentra. Le sobran hasta las sábanas blancas, que se arrebuja en los pies. Es pura emoción. Se pone boca arriba, de perfil o con la cabeza hundida en la almohada —siempre sin salirse de su parte de la cama—, pero en ninguna posición aguanta más de dos minutos. Ella sí que tiene resaca, la de la felicidad. No está segura de que tener un día tan feliz sea beneficioso para su vida posterior, para lo que le espera en el pueblo. La brisa que ayer la calmaba hoy la importuna. Desearía quitársela de encima como ha hecho con las sábanas. Echa los párpados, pero se enerva aún más. Es como un zarandeo en las entrañas. Así que, en una vigilia constante, nota cómo se arrastra la noche, pesada y oscura, sobre ella. Sobre todo lo que le rodea. Solo tiene un temor: que no amanezca, porque con la luz y con el sol llega la magia. Y su plan, ese para el que necesita los diez duros.

46

Nuevo día en el Congreso. Aunque en los discursos se dicen cosas como que «España bien vale un nudo de la corbata» —en referencia a esos desaprensivos que van a pecho descubierto por las ciudades, y a plena luz del día—, después, durante los muchos descansos, se debate sobre el turismo, más en concreto sobre cómo atraer a los turistas. Se forman corrillos, junto a las ventanas y en los pasillos, de hombres enchaquetados que fuman sin parar y que se dan palmadas en la espalda, que tienen soluciones para todo. Parlotean de forma atropellada, se les hinchan las venas del cuello y dicen mucho eso de «sí, hombre, que yo sé de lo que hablo». Uno, que el Señor cree que se llama don Nicolás y que, a juzgar por cómo lo siguen los demás, debe de ser unos de los peces gordos, lleva cinco minutos criticando el estado de las carreteras. Da nombres: la que lleva a Valencia, la que baja de los Pirineos, la que conecta con Málaga. El sudor le chorrea por las sienes.

—¿Cómo van a venir los extranjeros si parece que van por un camino de mulas? —Levanta las manos. Da una calada larga, echa el humo en mitad del corrillo—. Es que no hay derecho que se tarden tantas horas en viajar en coche hasta la playa. ¿Y las colas que se forman en la frontera? ¡Hombre, por Dios!

Que eso no es bueno para España ni para nadie, y menos para los que invierten o están empezando a hacerlo en la construcción de hoteles: la costa se presenta ahora como un solar baldío, desatendido y virgen, a la espera de edificios que serán enormes moles de hormigón, muros de muchos ojos junto al mar. ¡Cuánto terreno desaprovechado!

—¡Coño, que tenemos que dar la imagen de un país moderno! —Don Nicolás, bajando la voz, les confiesa a los demás que va a tener que convencer al Generalísimo de que invierta en infraestructura, y no solo en pantanos. A ver si queda con él pronto y le vuelve a dar *la chapa* con esto del turismo. Algunos se ríen en silencio—. Hombre, que nos ayude un poco.

El coro asiente a la vez y piensa, como si todos tuvieran una mente colectiva, que todavía les queda mucho por hacer.

—Que tenemos que hacerles las cosas fáciles a los de *afuera*, que lo importante es que vengan. Hacedme caso, que yo sé de lo que hablo.

Los mandamases, esos que manejan el cotarro, aún no se terminan de creer que los turistas les puedan dar de comer. «Tonterías, cosas de los rojos.» Un país como este tiene que cimentarse en la industria, no en el dinero de los comunistas que vienen tan alegremente a beber y a despelotarse. Es quizá dinero sucio, millones de divisas traicioneras. ¿Cuándo nos ha hecho falta a nosotros que vengan de otros países a ayudarnos? «¡Anda y que les den!» Pero algunos visionarios insisten: que a los extranjeros les gusta esto, de verdad, que si los atendemos bien, nos forramos.

—Allí no tienen tanto sol ni tanta playa. Lo único que nos faltan son los hoteles, sitios para que se queden.

—Ajá —dice alguno.

—Hay que invertir en ladrillo, en hormigón.

El Señor, en un segundo plano, estira el cuello e intenta hacerse un hueco intimidándolos con su barriga. Los otros, cuando notan su presencia, se vuelven y le miran el traje y las manos, como si él fuera el encargado de ofrecerles un vaso de agua o una cerveza fría, un camarero cualquiera. Dicen que no con la cabeza y siguen a lo suyo, que son los negocios y arreglarse el país. El Marido de la Señora pone la oreja.

—Señores, que va a ser un bombazo. Que la gente le está cogiendo el gustillo a venir, ahora es el momento de invertir.

El Señor frunce el entrecejo. Piensa en su dinero, en las casas que tiene —cinco, por lo menos— y en la herencia de sus santos padres, que sigue multiplicándose sola en el banco, alimentándose a ella misma como una extraña criatura. La tiene ahí para un desaguisado. No sé, para algo urgente, para algún revés de la vida o un imprevisto, que a él nunca le ha gustado eso de no tener un as en la manga. Ese tal don Nicolás se mete la mano en la cartera y saca sus tarjetas de visita, blancas y con letras de máquina de escribir. Las reparte ceremoniosamente, como si fuera la comunión. El Señor estira la mano:

—¿Una, por favor?

—Tome.

«Valcárcel y Asociados.» Una empresa de construcción turística.

—¿Y eso qué es?

—Pues de construcción para los turistas, que son los que tienen dinero. Pisos para ellos, frente al mar.

—Ah.

Y, de repente, a todos se les llena la boca de billetes. Hablan del dinero que pueden arañar y de que quieren ser socios, mientras se preguntan cuánto tardarán en recuperar lo que han puesto. «En cinco años somos ricos.» Babean y se crecen, «que estas cosas hay que hacerlas rápido» porque el tiempo es ahora. Ya. Hoy. Antes de que algún listillo se les adelante.

—Y usted, ¿qué, se anima?

Alguien le habla así al Marido de la Señora, que no separa la vista de la tarjeta. Su silencio llama la atención.

—Pero esto...

—Esto son pesetas a espuertas.

—Yo es que vivo muy lejos.

—¿Y qué más da?

Están todos los ojos pendientes de él. Al final, se arranca a hablar:

—Hombre, pues yo dinero tengo.

—Y lo tiene guardado, ¿verdad?

—Pues... Sí.

—Entonces, ya sabe. Invierta en la playa y me lo agradecerá, que estas oportunidades solo se presentan una vez en la vida. Una vez.

Alguien al fondo dice que el Congreso sigue y ruega que vuelvan a sus sitios. El Señor sigue con la tarjeta en la mano. La relee y le da la vuelta; vuelve a releerla, como si ahí estuviera la clave de algo. «Construcción turística.»

47

«Pero ¿qué son esos gritos?» La muchacha bajó de la planta de arriba, rápida y con las manos coloradas, oliendo toda ella a lejía, y se frenó al ver a Francisquito, en mitad del pasillo, berreando como un cochino y agarrado a las piernas de su madre, doña Ascensión del Campo, que le repetía que tenía que ir a la escuela, que se lo pasaría divinamente, que haría amigos, y que así aprendería a sumar y a restar. Después, como no había manera de calmarlo, le dijo, con la voz ya más enérgica, que se comportara como un hombre y que dejara de llorar.

—¿O es que quieres que te confundan con una mujercita?

Francisquito miró a la muchacha con sus ojos borrosos y ella movió la cabeza de arriba abajo, de abajo arriba. El único hijo de los señores no dejó de sollozar, pero la advertencia le sirvió para ponerse en pie y caminar hacia la puerta, con los hombros caídos y la boca entreabierta, brillante de babas. Una ráfaga de viento le enfrió las mejillas. Subió por la calle Ancha, arrimándose a las fachadas, y aunque caminaba solo, sabía que su madre lo seguía. El sonido de los tacones la delataba. Se secó las lágrimas con los puños de su camisa de encaje, y también los mocos, y antes de cruzar por la plaza de la iglesia, torció a la izquierda y miró hacia el suelo para no saludar al lechero. Su madre sí lo hizo:

—Buenos días, don Edelmiro. Mire usted el panorama que llevo encima.

Y los dos se rieron a sus espaldas. El pobre Francisquito se paró en la puerta de la escuela, donde lo esperaba Tomasa, menuda y sobria, quien también parecía haber llorado porque tenía los ojos rojos. Él le extendió la mano y ella lo llevó hasta el aula. Por el camino lo consolaba, le decía que los demás niños estaban deseando conocerlo, que tenía preparados algunos juegos y que se le pasaría el tiempo volando. Todo mentira. En la clase hacía más frío que fuera, o esa fue su impresión. Sus compañeros se quedaron callados al verlo. Ella le señaló su pupitre, el que estaba cerca de la ventana, al lado de Carlos, que se apartó y se pinzó la nariz con dos dedos:

—Apestas —dijo.

Y como si todos los demás hubieran estado esperando el chiste, se rieron y lo señalaron. Y alguno aplaudió.

La maestra, cuando se hubo sentado detrás de su mesa, se frotó las manos sobre el brasero encendido, se estremeció con un escalofrío —qué frágil parecía, qué enfermiza— y, sin quitarse el abrigo, dijo que hablaría de los números. Francisquito callaba y, con su boca sin cerrar, miraba el mapa que colgaba de la pared con la cara de la península Ibérica, rayada por los ríos, como una mujer arrugada. Se le antojó que su país tenía que ser muy viejo. Aunque ya no sentía necesidad de llorar, tenía el pecho oprimido y, a veces, suspiraba. Las pestañas se le habían hecho *montoncitos*.

Como un inesperado sol salió de entre las nubes y amarilleó el patio y los tejados que veía desde la ventana, a Francisquito el recreo se le presentó como la promesa de algo emocionante. Aun así, salió el último de la clase y, antes de mezclarse con sus compañeros, los vio jugar a la peonza y con una pelota vieja. Saltaban, hablaban a voces y, cuando Tomasa no miraba, lanzaban piedras por la tapia que daba al convento. Otro de los niños, el que no dejaba de mirar hacia arriba, proponía trepar a los árboles pequeños y robar los nidos de unos pájaros marrones que piaban todo el rato. Él, delgado como las ramas de esos árboles, se les acercó. Se le oyó decir:

—Hola.

Los otros lo miraron un segundo, pero después siguieron a lo suyo, que era la pelota, meter los dedos en la tierra en busca de gusanos o llenarse los bolsillos de piedras. A Francisquito no le quedó otro remedio que sentarse, medio oculto por un arbusto, en la sombra, y esperar a que el recreo se consumiera. Aterido de frío, volvió a clase y a su sitio, para seguir las tristes explicaciones de la maestra. Allí, bajó la cabeza y se le cerró la garganta; tuvo ganas de llorar de nuevo.

Su madre, ya a la salida, ondeó la mano en cuanto lo vio aparecer. Juntos, echaron a andar hacia la calle Ancha. Volvía a estar nublado.

—No ha sido para tanto, ¿verdad, mi niño? A partir de mañana vendrás solo, que ya eres un hombrecito. Vamos, date prisa, que la muchacha ha hecho arroz con higaditos, que te encantan.

—Dicen que apesto.

La mujer se quedó clavada en la acera. Tardó unos segundos en volverse a mirar a su hijo:

—¿Que apestas? Pero si hueles a gloria bendita. —Se agachó para comprobarlo. Inspiró dos veces—. ¡A gloria bendita! ¿Qué sabrán ellos de perfumes? Eso es porque están acostumbrados a oler a estiércol.

—Y no quieren jugar conmigo.

—¿Eso cómo va a ser?

—No sé, no quieren. —Se encogió de hombros. Realmente, no lo sabía.

—Ya veremos mañana.

—Mañana, ¿qué?

—Que ya veremos mañana si juegan contigo o no.

Doña Ascensión del Campo irguió la espalda, cogió a su hijo de la mano y lo llevó trotando hacia casa. No volvió a hablar en todo el trayecto. Caminaba como si fuera hacia la guerra, con la mandíbula apretada. Ella hubiera gobernado el país si se lo hubiera propuesto —algo así como una Pasionaria, pero recta y religiosa—, hubiera llevado a un ejército hasta la victoria, hubiera matado a alguien si hubiera sido necesario. Y más por su hijo.

—No me aprietes tan fuerte. —Bajaban por la calle Ancha—. Mamá, que no me aprietes tan fuerte, por favor.

A la mañana siguiente, Francisquito tenía demasiado sueño como para ponerse a llorar, así que casi se dejó arrastrar hasta la puerta de la escuela. Vio a Tomasa de lejos, que movía las rodillas y se había guardado las manos en los bolsillos; estaba tiritando. Antes de cruzar la calle, doña Ascensión del Campo detuvo a su hijo, lo obligó a mirarla y le puso en las manitas un paquete cuadrado, pequeño, perfectamente envuelto. Era marrón.

—Toma, cógelo.

—¿Qué es?

—Para que no te quedes solo en el recreo.

—Ah. —Se lo acercó a la nariz. Lo olió.

—Es chocolate. Estoy segura de que tus amigos no lo comen a menudo. Ofréceles y ya verás. —Sonreía. La euforia le agrandaba los ojos—. Te van a adorar, como te adoramos todos.

—¿Y jugarán conmigo?

—Mucho mejor. Serás el rey de la clase, mi niño pequeño. Dale un beso a mamá. —El niño le dio dos y después la abrazó. Ninguno quería separarse—. Anda, que no puedes llegar tarde.

Francisquito entró en clase de la mano de Tomasa. Con la otra, se apretaba contra el pecho el paquete que le había dado su madre. Se sentó en su sitio, colocó los brazos sobre el pupitre y esperó. No hacía tanto frío como el día anterior, o al menos esa fue su impresión.

—Apestas —le dijo otra vez su compañero.

Siguieron hablando de números, y también de letras que la maestra escribía en la pizarra y que pidió a los niños que copiaran. Francisquito tocaba con un dedo el paquete, que había colocado en el regazo. El ruido de la uña contra el papel de estraza le parecía mágico. Tomasa, en un momento dado, miró por la ventana y, sin apartar la vista del poco paisaje que veía, dijo que era la hora de tomarse un descanso. Sus alumnos, como revividos, saltaron de sus asientos y, al segundo, se les veía en el patio, enloquecidos:

—No tienes por qué salir —le dijo la maestra con su tristeza habitual—, hace mucho frío.

Él asintió tímidamente, pero fue tras quienes estaba dispuesto a convertir en sus amigos. Se quedó a lo lejos y los dejó que saltaran, que se enseñaran los cromos y que jugaran al escondite. Después, caminó hacia ellos como había visto a su madre hacer el día anterior, con el paso duro de los que van a la guerra.

—¿Puedo jugar con vosotros?

—No.

—Además, apestas —dijo otro.

—Es agua de colonia. —Se excusó. Les enseñó el paquete marrón—. Traigo chocolate.

La pelota botaba sola y se chocó contra el tronco de un árbol.

—¿Y nos vas a dar?

—Si queréis...

—Claro que queremos.

Los niños rodearon a Francisquito, extendieron la mano y

lo vieron romper el paquete con la misma garra con la que se rompe el envoltorio de un regalo de cumpleaños. Él les enseñó el chocolate, después caminó hasta un rincón y les ordenó que se pusieran en fila. Los demás se pelearon a empujones por ser los primeros: Carlos, Ramón, Eustaquio, Jualianín... Todos cogieron su onza y volvieron a clase con los labios marrones, chuperreteándose los dedos.

A doña Ascensión del Campo solo le hizo falta ver la cara de su hijo para saber que su plan había funcionado. ¡Cómo sonreía desde la acera, cómo subía la barbilla! Pocas veces se sintió esa mujer tan triunfante. Los otros niños, esos que no comían chocolate a menudo, esos acostumbrados a oler a estiércol y a dormir en cualquier camastro, se despedían de él a la salida de la escuela.

Ella lo abrazó:

—Mañana más.

Francisquito empezó a ir a la escuela sin despedirse de la muchacha y de su madre, dejando la puerta sin cerrar. No se olvidaba del pizarrín ni del paquete de chocolate, envuelto con cuidado por alguna de las dos mujeres la noche anterior, y el niño corría por la calle Ancha, sin escolta ya de ningún tipo, y entraba en la clase sonriente y apresurado, recibiendo los saludos de sus compañeros, que lo llamaban por su nombre y que no salían al recreo sin él. «Francisquito, Francisquito» a todas horas. Su sola presencia, con sus puños de encaje y sus zapatitos brillantes, les subía la gula a los ojos, los hacía babear. Y eso que el niño seguía yendo embadurnado en colonia, pero todos eran felices. Un día de marzo —sí, era marzo porque el chocolate se había acabado en la celebración de San José—, doña Ascensión le dijo a su hijo que no se preocupara y que sus amiguitos lo entenderían, y le dejó un beso más largo de lo normal en sus mofletes blancos.

—Diles que mañana volverás a llevar. Díselo así.

—Que mañana habrá más —repetía el niño con su lengua torpe.

—Eso.

—Que mañana habrá más —insistió.

Francisquito caminó, temblón como una hoja, hasta la escuela, le pidió por favor la mano a Tomasa para entrar y ocupó su sitio, pegado a la ventana. No quiso mirar a sus compañeros. Ninguno escuchó a la maestra hablar de la suma con muchos números porque todos se preguntaban dónde llevaba escondido el paquete de chocolate. Quizás era mucho peor: ¿no lo traía? Lo esperaron en el patio, todos juntos y callados, como una tropa al borde de la rebelión: los ojos duros, los labios apretados. Él se acercó caminando con el titubeo de un traidor:

—Hoy no he podido traer.

—¿Por qué?

—Se nos ha acabado, pero mañana habrá más. Mi madre me lo ha dicho, que mañana traeré otra vez.

—¿Y hoy?

Él se encogió de hombros. Los otros, decepcionados y hambrientos, recurrieron a la pelota y jugaron a chutar y a regatear, a marcar goles en una portería imaginaria. Aunque lo dejaron que participara —o que estorbara—, Francisquito corría siempre detrás de sus amigos, regazado y solo. A veces ni veía el balón.

A la mañana siguiente, otra vez en patio, los niños volvieron a rodearlo, a agobiarlo, a extenderle la mano como pedigüeños, pero él, sin decir ni una palabra, rasgó el paquete, tiró el papel a sus pies, sacó la tableta de chocolate y, después de mirarlos, se fue a una esquina. Sentado bajo un árbol, mordió una onza:

—Dame la mía.

—Hoy no hay para vosotros.

—Tienes mucho, una tableta entera —dijo uno.
—Pero es toda para mí.
—¿Por qué?

No tuvo que contestar. Delante de ellos, se comió todas las onzas, una tras otra, sin descansar, sin dudar, masticando a conciencia y con la boca abierta, mientras los otros babeaban y se tragaban litros de saliva. Y así lo hizo todos los días. Fue entonces cuando el futuro Marido de la Señora aprendería lo que es el poder. Y también la envidia.

No tardaron en llamarlo el Gordo.

48

Camina sin rumbo, aunque se va acercando a la playa. Lo sabe y no hace nada por evitarlo. Tampoco tiene mucho tiempo. Mujer-a contrarreloj, más fugitiva que nunca. Debe estar de vuelta en el hotel dentro de una hora, dos como mucho. Su Marido no quiere que salga sola por esta ciudad mágica, e intuye que esas —Amalia o Madre— se chivarán con tal de dejarla en evidencia, pero no es momento de pensar en memeces. «¡Memas, más que memas!» Sacude la cabeza. La abruma esa alegría que viene de no sé dónde y que parece contagiarla por el aire. Sonríe sin darse cuenta, lleva así desde ayer. «Soy feliz.» Le cuesta imaginarse un pueblo como este en guerra. La batalla, los tiros y las bombas parecen incompatibles con el sol, con los colores y este runrún del mar. Todo su afán es no parecer una cateta. Porque ella sí los reconoce: identifica a esos hombres que caminan por la calle con el hambre sexual, reprimida durante años, en los ojos, y esas mujeres a punto de escandalizarse siempre, con ese aire de tristeza, pero a las que nada les gustaría más que abrirse la camisa y enseñar el escote. La Señora no trae el bañador antiguo debajo del traje; aun así, se coloca frente a la playa en la que estuvo ayer. Y es inmediato. Frente al mar, llora: una auténtica hemorragia de dolor, de alegría. ¡Qué sabe ella!

49

Va de vuelta, melancólica ya. Si sus espías la interrogan, les dirá que le estaba buscando el regalo a don Ramón, pero que no ha encontrado nada: todo era cateto, caro o inapropiado para un cura. Aún le quedan diez minutos de camino, de dulce travesía. No sabe por qué sonríe. De repente se para: de lejos le parece ver un animal mitológico y tiene que parpadear. «¿Está alucinando? Lo que le faltaba ya.» Compone la misma cara que si hubiera visto un unicornio o un caballo alado. Es un ojo brillante bajo la barbilla, un ojo luminoso. «¿Qué demonios es eso?» La Señora, asustada, pero irremediablemente curiosa, se acerca con disimulo. No pierde de vista a la turista, como si no quisiera que desapareciera. Es delgada, rubia y alta, casi una gigante le parece, con la piel más blanca que las de las esculturas de la iglesia. Camina ahora hacia ella como si la empujara una corriente de aire y comprueba que eso que lleva colgado sobre el escote es una moneda de oro. «¡Virgen santa, una cadena con una moneda!» Qué raros son los de por ahí. La mira a los ojos, intentando adivinar por qué alardea del Dios del Dinero, y solo ve una actitud liviana. Consuelo, como agredida, se toca su cadena, la de la cruz, la del Señor Jesucristo, y no sabe qué pensar. Se da media vuelta. La mano le suda. No será hasta más tarde cuando se imagine con una peseta al cuello.

50

Ve el hotel de lejos, ocupando todo su horizonte, y es incapaz de avanzar. Han pasado dos horas y siete minutos. Se le ha acabado la tregua, y la soledad. La luminosa libertad. Mira a un lado, a otro, se da la vuelta: se pasará antes por la iglesia. Sí, es lo que debe hacer, se lo dijo don Ramón, que rezara de vez en cuando. Lo culpará a él por llevar fuera casi toda la mañana. Deja el hotel a la izquierda y huye. Necesita algo, urgente. Algo que la alivie. Rezar, recogerse, arrepentirse.

Volver al redil.

51

¿Por qué no es capaz de conmoverla la fe de este hombre? Ella lo escucha y asiente con la mirada al suelo, pero sus palabras la dejan fría —como si escuchara los resultados de un partido de fútbol—, hundida en ese mar de dudas del que, por más que chapotee, no sabe salir. La Señora está a punto de naufragar y las recomendaciones de don Julián son como salvavidas de piedra. «¿De qué servirían todos los reinos de este mundo si se pierde el alma?» Ha ido a la iglesia, se ha sentado en uno de los bancos en penumbra y ha cerrado los ojos; después le ha pedido unos minutos al párroco. Él, solícito y agradable, se ha puesto a su disposición.

—Me alegro de verla, doña Consuelo, espero que estén disfrutando de la costa. Además hace un tiempo ideal para...

Ella sonríe con tristeza.

—No le quitaré mucho tiempo.

Don Julián baja la voz, como si le hablara a alguien que está dentro de él:

—¿Puedo ayudarle en algo?

La Señora intenta explicarse sin ser explícita. Llena los silencios con suspiros.

—Solo quería hablar con usted, padre. Necesito un poco de aliento.

Qué elegancia para pedir ayuda, para reconocerse débil. Ella quiere que algo la haga reaccionar: el olor de las velas, alguna de las beatas de negro que rezan de rodillas en los primeros bancos o la imagen de la Virgen, sufridora universal, doliente de todos los dolores. Sigue fría, aferrada al pecado con todas sus fuerzas. La asusta tener conciencia de sus flaquezas y asumirlas como si nada.

—¿Le pasa algo?

El párroco no tiene idea de cómo abordar esa duda: tan perdido como ella.

—Estas vacaciones...

—¿No se encuentra bien?

—Me tienen aturdida. —La Señora menea la cabeza. Ni siquiera sabe para qué ha ido a la iglesia. Por primera vez en mucho tiempo, no encuentra qué decir ni qué buscar en su interlocutor. Lo mira con la esperanza de que él vea en sus ojos la explicación.

—¿Aturdida? —Él no se quita la sonrisa de los labios.

—Sí, no sé, llevo tres días sin rezar los dos rosarios que me puso don Ramón, mi director espiritual, como penitencia. Lo intento, pero me entretengo en otras cosas, me quedo dormida o me embobo con el paisaje...

—A Dios hay que llevarlo siempre dentro. No importa que esté aquí, en la playa, o en su pueblo, debe sacar un rato para dedicárselo a Él. Por eso se siente aturdida, porque le está dando la espalda a Nuestro Señor Jesucristo y su corazón se rebela... No hay alegría fuera del Padre. Recuerde ese versículo de la Biblia: «¿De qué servirían todos los reinos de este mundo si se pierde el alma?»

—Las costumbres, sobre todo las cristianas, se hacen más pesadas de vacaciones. Será la luz o el calor...

—No se equivoque, señora, Dios nos acompaña siempre. Él no se olvida de nosotros, vela siempre por su rebaño. ¿Qué padre se toma vacaciones de sus hijos? Ninguno en su sano juicio. Sea agradecida y busque su momento de comunión con Jesucristo.

—Sí, ya.

—Le vendrá bien.

La Señora toca al cura en la mano. Mira a su alrededor:

—He ido a la playa.

Un segundo de desconcierto atraviesa el rostro de don Julián:

—Son bonitas.

—Mucho. Yo nunca había visto el mar.

—Impresiona, ¿verdad?

—No me lo imaginaba así, es más grande, más... No sé, es... —Cualquier palabra le parece insuficiente, así que se calla—. ¿Vienen turistas?

—¿A la iglesia?

—Sí, a la iglesia. A misa.

—¡Qué más quisiera yo! Las turistas no vienen a España buscando a Dios, solo quieren sol y playa. ¿Y contra eso quién puede luchar?

Lo que ella temía. Se desinfla:

—Sí, contra eso, ¿quién puede luchar?

52

A Amalia le da apuro que otra mujer le haga la cama. Es algo superior a sus fuerzas. Le parece que eso es señalarse como una guarra o una dejada. Vamos, como una inútil. Teme, por alguna ridícula razón, que se enteren los hombres solteros y que ya no quieran casarse con ella. Sí, es una tontería, pero no puede evitarlo. Que sepa todo el mundo (hasta la gente de este hotel) que ella es limpia, honrada y menesterosa; como decía Joaquina, que en paz descanse, «una mujer para un pobre». Sabe cocinar, limpiar, zurcir, criar niños, y hasta ordeñar vacas y sembrar patatas. ¿Qué más se le puede pedir a una esposa? Ah, sí, que sea guapa. Hombre, ella guapa, como las mujeres de las revistas, no es —ser criada estropea mucho—, pero a los hombres les gusta, que ve cómo la miran cuando va al mercado. Pero ella no quiere un hombre que la mire sino que le proponga matrimonio y con el que formar una familia: quiere tener cuatro niñas, solo niñas. Madre la reprende en cuanto le ve las intenciones.

—Amalia, no se te ocurra hacer la cama, que aquí hay una muchacha a la que pagan por eso. ¿Qué quieres, que nos tomen por pueblerinas? ¡Si hemos venido aquí como señoras, nos comportamos como señoras!

Ella se defiende como puede.

—Pero si no me cuesta trabajo, doña Trinidad. Si yo la hago en un santiamén.

Y en un momento de despiste de la anciana, no puede reprimirse y se encorva sobre el colchón. La cabra tira al monte.

—¡Abuela, Amalia está haciendo su cama! —grita Vicentito.

La abuela se encoge de hombros, exasperada —o *jarta*—, mientras la sirvienta riñe al chivato con los ojos.

—¿Ves? Ya casi está hecha.

Y cuando termina, sigue con las otras tres. Le gustaría limpiar el cuarto de baño, pero no tiene ni un triste estropajo. En fin, que ya solo le queda esperar a que Madre termine de arreglarse. Ella es tan trabajadora que no se acostumbra a las vacaciones o a estarse de brazos cruzados. Con un ratito libre ya tiene suficiente. Para hacer tiempo —el día como un abismo lleno de minutos—, dobla la ropa de los niños y la de la abuela, recoge la habitación, separa las prendas que quiere meter en agua *calentita* en el bidet, repasa con la mano las colchas sobre las camas, saca al balcón sus babuchas... La abuela sale del cuarto de baño con un vestido de verano, pero también negro. La anciana no concibe otro color sobre su cuerpo que no sea el negro profundo y doloroso de las viudas. Madre se despide y se lleva a los niños a desayunar mientras la sirvienta, la última siempre para todo, se coloca su atuendo de playa.

—Te esperamos abajo, no tardes.

Ella se mete en el cuarto de baño, tranquila. Está lavándose la cara cuando llaman a la habitación débilmente:

—¿Quién es? —pregunta con los ojos tapados con la toalla.

Una muchacha de blanco, apocada, le sonríe desde la puerta. No hay duda: es de pueblo, como ella.

—Buenos días, venía a limpiar, pero no se preocupe, señora, volveré más tarde.

Amalia la mira de arriba abajo. ¡Qué joven es! ¿Cuántos años tendrá?

—Ya he hecho las camas.

—No tenía por qué. Los huéspedes no hacen las camas. —Quiere entrar. Viene con su carrito de la limpieza.

—No se preocupe. Vaya a otra habitación... —Amalia se atreve a subrayar sus palabras dándole un toquecito en el brazo.

—No, señora, tengo que limpiarla, es mi trabajo. Volveré más tarde si no le importa.

—Mira, haremos una cosa: diremos que lo has hecho y no se enterará nadie.

—Se lo agradezco, de verdad, pero no me cuesta trabajo. No hay duda, es sirvienta, también como ella.

—Ni a mí tampoco. Anda, vuelve mañana.

—¿Seguro?

—Que sí.

—Gracias, señora, muchas gracias. Dios se lo pague...

Sonríen porque se reconocen la una en la otra, porque hay algo —invisible, pero enérgico y vivo— que las une. Como encontrarse a un conocido del pueblo en una ciudad extranjera, como París o Londres.

—Espera un momento. —Amalia busca su monedero y le da una propinilla.

53

—¿Puedo ayudarla? —La joven, demasiado elegante para ser tendera, habla con las manos cogidas sobre el estómago, como si escondiera un tesoro o un bicho. Lleva un lápiz colgando de la cadena que tiene al cuello.

—No, gracias, solo estoy echando un vistazo.

—Usted es de fuera, ¿no? Ese acento no me suena de por aquí.

—Sí, de un pueblo pequeño, muy lejos. No creo que lo conozca. —La Señora comprueba que no la pueden ver desde la calle, que el escaparate está lo suficientemente atestado de maniquíes como para tener un poco de intimidad. Aun así, se pone de espaldas.

—¿De vacaciones, entonces?

—Más o menos. —No quiere confraternizar con nadie, porque después vendrá la caída, la decepción, ¡el juicio!

—Espero que tenga tiempo de ir a la playa, es maravillosa. ¡Un lujo! Qué arena más fina.

—Sí, sí. —Ella se aleja, no se preocupa en mirarla. ¿No se da cuenta de que no quiere hablar?

—Ah, ya veo lo que va buscando. —La joven sale del mostrador y se coloca a su lado—. Déjeme recomendarle. A usted le quedaría muy bien este.

—No sé. Tampoco...

—Confíe en mí, le quedará muy bien. Veo a cientos de mujeres todos los días y con el tipo que usted tiene, créame, estará divina. ¿Quizá no le gusta el color? También lo tenemos en...

—Seguiré mirando.

Se da una vuelta por la tienda, aunque ya sabe lo que quiere. Remolonea, como un águila que vuela en círculos antes de bajar a por su presa. Al final, se acerca, lo coge, lo mira, lo toca. Sí, es eso lo que quiere.

—Me llevo este.

—¿Está segura?

—Sí. —¡Que se lo cobre ya!

—¿Sabe usted...?

—Tengo un poco de prisa, gracias. Tome. —Deja el dinero exacto encima del mostrador, al lado de la tendera, para que no tenga más remedio que cogerlo, para que no la deje arrepentirse.

—¿Se lo envuelvo?

—No, no.

Y ya con el paquete, sale apresurada, casi al trote, en dirección al hotel. Quiere perder de vista la calle, la tienda y a la mujer que la ha atendido. La única testigo. La que debe de estar juzgándola ahora mismo.

54

La única mujer que pronunciará una conferencia en el Congreso de Moralidad en Playas y Piscinas va vestida de riguroso negro, con la raya de las medias perfectamente alineada, desde la parte de atrás de las rodillas hasta el talón; además, carraspea y templa su garganta, buscando su tono de voz más bronco. Ha preferido no ponerse collar de perlas, todo sobrio. Dice en el folleto que se llama María Rodríguez Kucich —«¿y ese apellido?»— y que es directora de un montón de cosas, y también experta en cuestiones de moralidad. A los hombres les da reparo cuchichear o bisbisear mientras ella está enfrascada en la defensa de lo que ha denominado como «las playas cristianas». De hecho, no se ha oído ni una mosca desde que se levantó, caminó hasta el pequeño escenario y se puso detrás del atril. Doña María es la única que puede hablar desde la experiencia. Empieza diciendo que es una mujer que va a hablar de otras mujeres. Y los oídos se abren. Ella se presenta a la vez como víctima y verdugo, heroína y mártir, guardiana de cien ojos, atacante y atacada: difícil papel el suyo. Insiste —para que le quede bien clarito a los que la miran— que ella es «digna» y que eso le da autoridad suficiente para censurar a sus congéneres, a esas que no tienen reparo en bañarse en el mismo mar que los hombres —la hembra, la madre, la hermana no está hecha para eso—. Nada bueno puede salir de las olas, de los juegos y de las pieles desnudas.

Los aplausos la dejan muda durante unos segundos. Después sigue hablando, pero nadie la escucha, así que vuelve a detenerse y agacha la cabeza en señal de agradecimiento.

Doña María baja la guardia y la voz se le hace más aguda, más pasional. Más de esposa cabreada. Y es ella, como mujer, la que se echa las manos a la cabeza por las cosas terribles que hacen otras mujeres: las que no les importa que su nombre y sus apellidos salgan en los periódicos, en la página de la vergüenza; las que acceden a que un hombre puede verlas e incluso tocarlas, aunque sea por descuido, en una playa; las que se dejan a un lado sus valores por culpa de los placeres. Y manda un mensaje también a las modistas, aunque en la sala no hay ninguna, para recordarles que también tienen que rendirle cuentas a Dios.

—¿Se creen más modernas? ¿Por qué? ¿Por enseñar el ombligo? Por Dios bendito, las mujeres modernas son las que sustentan lo más importante de nuestra Patria, que es la familia. Somos nosotras las que les transmitimos a los hijos la educación, el respeto y la fe. Yo soy una mujer digna que defiende la dignidad y abomina eso que algunas llaman libertad. ¿Libertad es que cualquiera te vea? ¿Quién quiere esa libertad? Yo, señores, no.

El Señor, desde su asiento, está intentando imaginársela en bikini. Y no. Esa mujer no debe de ser mucho de bañarse en la playa.

55

Madre dice «frufrú» ante cualquier cosa. Es una palabra comodín que puede ser todas las palabras, un camaleón de la lengua. «Pásame el frufrú. ¿Alguien ha visto mi frufrú? El frufrú de la vecina, la de tres casas más arriba.» Dependiendo del contexto o de adónde mire, los demás saben a qué se refiere, lo adivinan. «Pásame la cuchara de palo. ¿Alguien ha visto mi abrigo negro? La olla de la vecina, la de tres casas más arriba.» A veces —muy pocas— su interlocutor arruga la cara y queda a la espera de que ella dé más pistas, cosa que nunca hace, por pereza, y al final, se va y «frufrú» queda como un misterio no desvelado, una conversación fallida para siempre. La anciana ve normal esta peligrosa simplificación del lenguaje, por eso recurre a ella a diario. Le da igual, así tiene que pensar menos y los otros, los que la escuchan y tienen que atenderla, la entienden, que es lo importante. A Amalia le parece divertido:

—¿De dónde se habrá sacado usted eso?

Y los niños, sus nietos, la imitan cuando quieren reírse a carcajadas. Sustituyen palabras por frufrú, igual que ese juego de utilizar solo una vocal.

—Abuela, abuela, ¿por qué le llamas frufrú a todo? —le preguntó uno de los dos, cuando eran más pequeños, fascinados por su capacidad de inventar palabras tan sonoras, tan de cuento.

—Y yo qué sé. Mi cabeza es una jungla, y... —Se encogió de hombros—. Es más fácil.

—¿Y puede ser cualquier cosa?

—Claro.

—¿Esto? —Los dedos gordos de Vicentito señalaban el suelo.

—Sí.

—¿Y esto? —Se tocó los ojos. Y el pelo. Las orejas. El cordón de los zapatos. Los botones de la camisa.

—Sí.

—¿Y esto? —Ponía la mano sobre el marco de la ventana. El aldabón de la puerta. La hoja del árbol.

—Sí, puede ser todo.

Después, en su cuarto, se sentaron en el suelo, uno enfrente del otro, y se turnaron para hacer uso de la palabra:

—Dame mi frufrú —dijo el mayor, refiriéndose al pizarrín.

—Me toca a mí. ¿Vamos a la cocina y buscamos frufrú para merendar?

—¿Leche condensada?

—Sí, eso.

—Me voy a comer un bocadillo de frufrú.

—¿Chorizo?

Pues sí, «frufrú» parecía una palabra mágica, todopoderosa. Absolutamente maleable, como la plastilina.

Madre no ha vuelto a pronunciarla desde que está en la playa. Aquí todo tiene nombre: el calor, el mar, la maleta, lo bonito, el miedo a no volver, las ganas de encerrarse en casa. La anciana está alerta y debe defenderse del entorno también con el lenguaje, así que le da su denominación exacta a todo lo nuevo. Frufrú es para las cosas mil veces nombradas, para su vida pequeña y sus cuatro paredes.

Doña Consuelo ha vuelto al hotel, ha escondido el paquete misterioso debajo del colchón, ha comprobado que no habría forma de descubrirlo a primera vista y se ha reunido con su familia, que ya había desayunado y empezaba a desesperarse, a molestar en la recepción. «He estado buscándole un regalo a don Ramón, pero no he encontrado nada, todo era caro, cateto o inapropiado.» ¡Qué buena es inventando excusas! Salen las mujeres y los niños a la calle, a dar un paseo, a hacer algo que ayude a consumir esta mañana inagotable. Solo son casi las doce. Los niños están de guasa, revoltosos. «Inaguantables», piensa ella. Han empezado con los pellizcos y a huir uno del otro entre los mayores, agarrándose a las cinturas de cualquiera. Casi no pueden seguir andando.

—Al final acabáis llorando.

La Señora tiene dotes de adivinadora e intenta apartarse, pero los brazos de Vicentito la rodean. Aprisionada por una fuerza descomunal, tiene que pararse. La cabeza grande del hijo se asoma a un lado de su cuerpo. Y Antoñito lo aborda por detrás y encuentra tiempo suficiente para agarrarle un trozo de carne del brazo: un pellizco de monja, que esos sí que duelen.

—¡Me ha dolido!

—Estaos quietos ya, no os lo digo más. ¡Qué pesados! —Resopla, mueve mucho la cabeza. ¡Qué tranquila estaría sola! No la dejan deleitarse con el mar ni con el cielo. Ni con el silencio siquiera.

Los niños se quedan quietos —saben hasta dónde pueden sacar de quicio a su madre— y recuperan el aire, rojos y con la camisa por fuera. A los tres pasos, vuelven a sonreír, a buscarse con guiños. Se sacan la lengua.

—¿Qué les pasa? —dice Consuelo para sus adentros.

—Será que están todo el día encerrados en el hotel, que

necesitan aire —explica Amalia. Ella se mete en todo. Otra pesada.

—Me duele el frufrú —dice Antoñito, que tiene ganas de seguir jugando.

—Te aguantas —le dice el otro.

—A callar. *Portaros* bien, que no quiero tonterías. ¿Me estáis escuchando?

—¿Nos pasamos por la iglesia a rezar un poquito, y así me lo quito esta tarde? —La anciana lo pide con la voz pequeña—. Creo que estamos cerca.

—Esta noche tenemos cena de gala.

—Por eso, nos pasamos ahora un ratito por la iglesia, que yo le haga la novena a mi Patrona.

—*Ofú*, ¿vamos a ir otra vez al frufrú? —pregunta Vicentito.

—¿A qué frufrú? Niño, déjate de tonterías.

—A misa.

Y como un pájaro que cruzara un cielo, la Señora mueve la mano y le da una palmada en la boca.

—Ah —lloriquea el pequeño.

—Cuidado con esas cosas. Un respeto, hombre.

—¿Por qué? La abuela me dijo que frufrú valía para todo.

—Para todo, no. La misa es la misa.

Hay cosas que también deben ser nombradas siempre con precisión, que no admiten sustitutos.

La abuela, como una traidora, no sale en defensa de su nieto, gordo, que se toca los labios, como si se los hubiera manchado de grasa. La Señora, altiva, se alivia porque sabe que ha hecho lo que se espera de ella. Así es como debe comportarse la mujer de don Paco Villalobos. Y ya la han puesto de mala leche.

56

Esto es un no parar. Después de dos charlas, un descanso y una misa, y antes de finalizar la jornada, a los asistentes al Primer Congreso Nacional de Moralidad en Playas y Piscinas se les entrega un folio.

—Es una encuesta —dice un lumbreras sentado en la primera fila.

—En efecto —contesta el obispo Milzáin—. Deben rellenarla antes de la hora de comer. Mañana, entre todos, analizaremos las respuestas y debatiremos sobre las conclusiones finales. Ah, recuerden que esta noche tenemos la cena de gala. A las nueve y media. Sean puntuales, por favor.

El Marido se echa sobre el respaldo de su silla, mira el folio por delante y por detrás y se lo acomoda sobre la barriga; después, saca la pluma —con la punta de oro— del bolsillo de la chaqueta y se pone manos a la obra. ¡Cuánto está disfrutando! «A ver qué dice aquí.»

Y lee:

1. ¿Concurre mucha gente a las playas de esa Diócesis? Señale el tipo de gente.
2. ¿Asiste mucha juventud a las piscinas de la Diócesis?

3. ¿Los bañadores son aceptables?
4. ¿Los bañistas se exhiben en la vía pública, restaurantes, bailes... en traje de baño?
5. ¿Se guardan las normas dictadas por la autoridad civil para estos casos? Indique los casos más graves.
6. ¿El elemento veraniego escandaliza en las playas y piscinas de esa Diócesis?
7. ¿Desean los padres una eficaz moralización de esos lugares?
8. ¿Puede acotarse alguna playa para allí guardarse las normas de moralidad que ordena la Santa Iglesia?
9. ¿Puede interesarle algún tipo de asistencia en orden a la adquisición económica de trajes de baño, orientaciones, instalaciones, recursos diversos para impedir la inmoralidad y medios para implantar una decencia que debe exigirse en esos lugares?
10. ¿Han hecho algo para evitar la inmoralidad en estos lugares?

«Pues qué fácil.» Esto lo hace él en un periquete.

57

Se tumba en la cama, sobre la colcha, y echa los párpados, aunque sabe de antemano que no habrá siesta. Abre los ojos al segundo: no se soporta ciega. La Señora, como la princesa esa del guisante, está incómoda e inquieta, a orillas de la histeria, pero «venga, no pasa nada», se concentra en respirar profundamente, se despereza, cambia mil veces de postura. Se rasca un pie con el otro y no deja de notar, bajo su cuerpo y bajo las sábanas, algo parecido a un corazón palpitante, como una criatura viva que quisiera salir de su escondite. «Así no hay quien descanse», resopla de puro hastío. Termina por levantarse de un brinco y, a media luz, comprueba que el paquete sigue ahí, donde ella lo dejó. Lo abre con cuidado, como si fuera un pájaro que pudiera salir volando, lo observa por delante y por detrás, lo manosea, se lo pega a la cara para notar el tacto. También lo huele. Y de repente, escucha el sonido de unos pasos que se amplifican en el pasillo. ¿Quién será? Mira hacia la puerta de la habitación, que empieza a vibrar levemente. A la Señora le da tiempo a ocultar el paquete antes de que entre su Marido, que la encuentra de rodillas, casi encorvada, frente a la cama.

—¿Chelito?

—¿Sí? —dice ella, y se pone de pie. Las manos, a la espalda—. Qué temprano has vuelto

—Necesitaba descansar un rato.

—Yo también. Estaba a punto de... —Sus gestos completan la frase: se echa en el colchón.

—No veas lo que nos han puesto de comer; potaje con este calor. —Así viene de colorado—. Nos han dado una encuesta en el Congreso; vamos, unas preguntas para que contestemos. —Deja el maletín sobre la silla. Se quita la corbata y los zapatos.

—Ah.

—Por si queremos que haya unas playas de cristianos y otras para los demás.

—¿Para los turistas? —Ella lo observa. Quiere verle la cara.

—Sí, pero no lo veo yo demasiado claro. —Se acuesta a su lado—. No sé si... —En su voz está el debate, la vacilación.

—¿Qué?

—Si es lo correcto, Chelito. —Está boca arriba. Entrelaza ahora las manos sobre la barriga.

—Pero ¿cómo?

—Pues unas playas para los cristianos y otras para *ellos*. —Eso no es una explicación ni es nada. Se ve que no tiene ganas de hablar. Ya ha cerrado los ojos.

—¿Y cada uno tiene que ir a un sitio?

—Y las playas nuestras serían más estrictas, ya sabes. Que nosotros tenemos que dar ejemplo.

El Marido no ha terminado de acomodarse cuando vuelve a ponerse de pie. La Señora se asusta y también se incorpora. Teme que él también sienta a esa criatura viva que palpita bajo el colchón:

—¿Adónde vas?

—A quitarme la camisa...

—Ah, sí, claro...

«Menos mal.»

—¿Te parece mucho que las multas por escándalo en la playa sean de 40.000 pesetas? —Al final se quita también los pantalones. Ahí lo tiene: en ropa interior, y calcetines.

—¿40.000? —Sube la voz sin darse cuenta—. ¡Eso es lo que cuesta un piso!

—Entonces, es demasiado, ¿no?

—Sí, es mucho.

—Por llevar bikini o por encerrarse con un hombre en una caseta.

—Por el amor de Dios...

—Es para que no lo hagan, Chelito, que si no les da igual todo. —Le habla ahora como un conferenciante—. Es lo que se llama «una medida disuasoria».

—Pero es mucho, ¿no? —insiste.

Que no, que no tiene el cuerpo la Señora para siesta.

58

Madre se vuelve temerosa cuando la sacan del pueblo. Le pasa cuando la llevan a la ciudad por alguna cuestión de médicos que no sabe resolver el practicante o para ver a una prima segunda suya, Rocío, a la que no soporta, pero a la que cree deberle una visita de vez en cuando por eso de la lealtad a los vínculos de sangre. En ambos casos, se va por la mañana, antes del amanecer, y regresa —ahí no hay tu tía— en el último autobús, que como en la cama de una no se descansa en ningún sitio. Es que a ella no le gusta salir del pueblo: «¿para qué?». Lo hace cuando no le queda más remedio y a regañadientes. El día en que el Marido de su hija les anunció (a modo de sorpresa) el viaje a la playa, los niños despertaron de su letargo vital con la misma energía que derrochan ante un buen trozo de tocino y ella, después de demostrar más agradecimiento que alegría, intentó escabullirse de los planes. «Pero yo no pinto nada ahí, que ya con mis años soy una carga, y encima las rodillas, que me dan una lata... Me quedo aquí un par de días sola y no pasa nada. ¡Con lo que me gusta a mí estar tranquila! Y, además, que no va usted a pagar una cama más para mí... ¡con lo carísimo que es eso, que me lo ha contado a mí la Sonsi, la del hijo que es novillero, que a veces viaja con él! *Iros* vosotros y disfrutad. Yo ya con eso estoy contenta. ¡La juventud es la que tiene que disfrutar, no yo!» Pero nada. El yerno se negó en redondo y ahí la tienes, recién salida del hotel, después de haber comido una comida que no era comida ni era *ná* y de haberse echado la siesta unos minutos, aprovechando que el cielo está aún luminoso, paseando con su familia por el centro: con miedo a despistarse y a no reencontrarse jamás con los suyos, con miedo a que la atraquen, le roben o la empujen —que nunca se sabe la gente que puede haber por estos sitios—, con miedo a descubrir una dimensión desconocida y monstruosa del ser humano, algo que la deje espantada para siempre, ¡algo peor que matarse o morir en una guerra!

Sí, porque ella, a pesar de ser la más astuta de todos, es muy sensible a las aberraciones, a las almas perdidas, a las costumbres disolutas y a la vergüenza ajena. En su pueblo, ella mira a las gentes de frente, sin temor a ver nada que la asuste, pero aquí, la pobre, arrastra la mirada, eludiendo una realidad que podría revelársele como Sodoma y Gomorra. Ya ha visto casi de todo. Las mujeres se pintan de rojo los labios y van demasiado frescas, enseñando incluso los hombros y riéndose a mandíbula batiente por la calle. «Las mujeres plebeyas se ríen, las cristianas sonríen», le dijo una vez el cura, y tenía toda la razón. Otras van dejando a su paso un asqueroso olor a tabaco o a humo. «¿De dónde vendrán?» Y ve a hombres con las camisas abiertas, enseñando pecho y pelo, engominados hacia atrás y con la pinta de poder comprar el mundo. Ella ya ha visto suficiente. Además, va más segura con la mirada baja, contemplando un paisaje en el que solo hay suelo y pies.

—¡Madre, levante la cabeza y disfrute! ¡Esto da vida!

La Señora, contenta en exceso, sube la barbilla e inspira la brisa del mar. La anciana, acurrucada sobre sí misma, camina cogida del brazo de Amalia y agarrada con la otra mano de Vicentito, el más voluminoso de sus nietos, aferrándose a los demás —necesidad básica— y acordándose de su pueblo más que nunca. ¡Lo que daría ella por estar en su sofá, haciendo algo de punto y con la radio encendida!

—¿Adónde vamos? —pregunta Amalia, quien casi chasquea los dedos al ritmo de una musiquilla que sale de un *pub*. Esa palabra le suena tan sofisticada, tan de mujer parisina, tan de cócteles impronunciables...

—Mira, eso de ahí es Casablanca, una discoteca famosa en España entera... —cuenta el Marido.

—¿Un sitio de baile? —pregunta la abuela.

—Y de fulanas —añade la Señora.

—Mamá, ¿qué es una fulana? —Vicentito la mira.

—Una mujer que baila en los bares —contesta ella.

—Ah.

—Sí, y que también fuma. Todo el día fumando.

—¿Una mujer que fuma es una fulana? —insiste el niño.

—Sí.

—Hay mujeres que fuman que no lo son —interviene la sirvienta.

—¿Por qué no vamos al hotel, que tengo los pies que no me aguanto? Si vosotros queréis seguir, no pasa nada, que Amalia me acompaña, ¿verdad, hija? —Madre no ve la hora de que le digan que sí, que se vuelven a su cuartito. Ella se conforma con poco. Con ver el mar desde la ventana ya tiene suficiente.

—Sí, vámonos todos, que tenemos que arreglarnos para la cena de gala y no queremos que se nos haga tarde —habla el Marido—. ¡Las ocho ya!

—Mamá, ¿una mujer que fuma es una fulana?

—Ya te he dicho que sí.

Amalia le echa una última mirada —corta, disimulada— a ese sitio, Casablanca. ¡Cuánta gente!

—Pues Amalia a veces es un poco fulana.

—Pero, niño, ¿qué estás diciendo? —La sirvienta se espanta.

—Que a veces fumas en el patio.

Mira cómo aquí la Señora no hace ni el intento de darle un bofetón a su Vicentito. Se adelanta unos pasos y se traga una sonrisa.

—¡Vaya tela, el niño!

59

La mesa es tan larga como la de un bautizo o la de alguna celebración de familia numerosa, y está atestada de platos blancos, copas altas y bajas, muchos cubiertos, centros de flores y menús con la letra antigua, todo en orden sobre el mantel bordado. No cabría nada más. También hay mondadientes, para después. Los invitados al Primer Congreso Nacional de Moralidad en Playas y Piscinas entran en la sala y se acercan a las sillas buscando sus nombres en los cartelitos y llevando del brazo a sus mujeres. Los camareros, en fila y pegados a la pared, como a punto de ser fusilados, no se mueven, pero sonríen. Varias velas encendidas decoran un mueble del fondo y, desde arriba, enormes lámparas derraman una luz demasiado potente, impersonal. «Bienvenidos a la cena de gala», dice una y otra vez alguien con uniforme negro. El Marido va primero, con las manos agarradas a la espalda, seguido de la Señora, que estrena el traje que le hizo la modista y que lo mira todo con demasiado respeto, como si pudiera romper algo sin darse cuenta; no termina de ubicarse. Le molesta una de las mangas —cree que le está haciendo una rozadura en el hombro— y no puede evitar ver a los demás como enemigos, todos compinchados para dejarla en ridículo. Ella se estira por instinto y sigue avanzando. Los otros van encontrando su sitio y se sientan, ponen los codos sobre la mesa y sacan sus pitilleras. «¿Dónde diantres estará la tarjeta con el nombre de Don Francisco Villalobos?» El Marido resopla y se encorva para leer los cartelitos. Nada, ni rastro. Siguen adelante, se temen lo peor. «Aquí está.» Han terminado en un extremo de la mesa, junto a dos puertas, una da a la cocina y la otra, a los baños. Consuelo no sabe si aliviarse por estar tan lejos de todo o avergonzarse por esa escenificación de las categorías. Y vuelve a estar en la más baja, aunque esta vez es por culpa de su Marido.

—Pues parece que nos ha tocado aquí. —Él disimula su decepción—. Como nos hemos apuntado los últimos... Pero vamos, no está mal este sitio, así podemos salir a fumar o a estirar las piernas. —Señala un patio que intuye por los ventanales—. Y se está más fresco, ¿verdad?

La Señora, que hoy más que nunca debe ser «la Señora», se siente examinada ya. Pega la espalda contra el respaldo de la silla.

—¿Estás bien? —le pregunta él.

—Sí, sí. —A ella no se le olvida lo que le ha soltado en el hotel, justo antes de salir. Que si iban a cenar con gente muy importante, que tenían que dar buena imagen, que no se preocupara, que no tenía que hablar mucho, solo sonreír y dejar que él llevara las riendas de la conversación. «Lo harás bien», la había intentado consolar, y esas palabras solo la habían puesto más nerviosa. Había dejado en evidencia que existía la posibilidad de que no lo hiciera bien, de que pudiera desentonar.

—Ponte la servilleta en el regazo —le susurra.

—Lo sé.

Consuelo obedece. Con cuidado, se estira el trozo de tela blanco sobre las piernas y lo alisa con la mano, dejándolo perfecto.

—Muy bien —le dice él con condescendencia.

Ella sonríe (porque no se le ocurre qué otra cosa podría hacer) y se queda tiesa, a la espera de más instrucciones. Enfrente, con su mismo desconcierto, se sientan un hombre bajo y cuadrado, demasiado joven para estar tan calvo, junto a la que se supone que es su esposa, fina, coqueta, y encantada de sentarse la última. Quizá tiene los ojos excesivamente separados. Arrastran la silla hasta la mesa:

—Buenas noches, soy Ángel Caraballo. Ella es mi mujer.

—Encantado. Francisco Villalobos. —Los hombres se chocan la mano sobre los platos y las copas. Las mujeres se saludan con los ojos y un leve movimiento de cuello—. Ella es Consuelo.

—Encantada. ¿Y usted? —Inquiere con la mirada a la joven de delante.

—Señora de Ángel Caraballo.

—Pero... —No sabe cómo preguntárselo—. ¿Cómo se llama usted?

—Señora de Ángel Caraballo.

—Ah, eh...

—Señora de Ángel Caraballo —repite la otra.

—Sí, por supuesto. Encantada.

Y la otra, mientras los camareros le llenan la copa de vino a los hombres y le echan un *culito* a las mujeres, que ellas no están acostumbradas a beber, parece deseosa por compartir su historia: les cuenta que vienen de lejos, de León —la Señora no es capaz de situarlo en el mapa—, que jamás había visto el mar y que casi no sale del hotel porque no sabe adónde ir y porque le gusta la tranquilidad y hacer punto de cruz; que qué buena temperatura hace por aquí y que el otro día se dieron un paseo por el centro. «Qué bonito, ¿verdad?» Además, sufre de varices y a veces le duelen tanto que solo se le calma metiendo los pies en un barreño con agua y sal. Tienen seis hijos, el mayor de nueve años, que se han quedado en la ciudad, con la muchacha. Su marido asiente mientras alarga la mano hasta el plato de queso.

La Señora les explica que ellos solo tienen dos, «los dos varones», y que se los han traído con ellos. La esposa de Ángel Caraballo abre sus ojos separados, más pegados a las orejas que a la nariz:

—Oh, qué sorpresa se habrán llevado... Son ustedes unos padres estupendos.

—Gracias. —Asiente.

—Me imagino lo que estarán disfrutando. —Se dirige ahora a su esposo—. Deberíamos haber hecho lo mismo.

El otro, con la boca llena, sube los hombros:

—Está bueno el queso.

—¿Y dónde están ahora? Los niños, me refiero.

—En el hotel.

—¿Solos?

—No, con la muchacha.

—¿También ha venido?

—Sí, también.

—Eso no lo pagaba la organización. —Ella vuelve a molestar a su marido con esa mirada tan terrible—. ¿O sí?

—No, pero él nos convenció para que viniéramos todos, incluso mi madre. —Consuelo relaja la postura: ha empezado a alardear—. Yo no había viajado antes, tampoco había visto el mar.

—Ojalá nosotros pudiéramos permitirnos viajar, porque ya sabe, con seis niños... Yo no paro, desde que me levanto hasta que me acuesto. Atender a mi esposo, vigilar a la muchacha, la iglesia y bueno, seis hijos. ¡Seis!

La Señora quiere dejar de hablar de hijos:

—Se está bien de vacaciones. —Se permite esa confidencia, como si estuviera frente a una amiga.

—¿Bien? Yo estoy deseando volver.

—¿No le ha gustado la playa?

Coge la copa y suelta una risotada:

—No me ha gustado la arena. Me sigo quedando con la piscina, más limpia y más cómoda.

—Yo podría vivir aquí.

—¡Qué graciosa es usted! ¿Cómo va a querer vivir aquí? —Se dobla sobre la mesa, está a punto de contar un secreto—. ¿No ha visto a los turistas? Nadie en su sano juicio podría querer esto para sus hijos, ¡qué espanto! ¿No ha visto cómo se pasean? Y por lo que me dice mi Ángel, esto va a ir a peor, ¿verdad, Pichoncito?

—¿Qué?

Los hombres, más atentos al jamón y al lomo que a la conversación, la miran. Ella lo vuelve a explicar:

—Que cada vez vendrán más turistas y que esto será una locura, todas esas extranjeras paseándose por aquí como si esto fuera suyo, casi en pelotas, como primitivas, pero ¿qué se creen? Muy poca vergüenza es lo que tienen; vienen aquí y hacen lo que les da la gana. Yo creo que lo que les gusta es provocarnos, seguro, sacarnos los colores. ¿No las habéis visto? Paseándose con faldas cortísimas o enseñando los hombros, ¿eso dónde se ha visto? ¿Cómo lo llamas tú, Pichoncito? Ah, sí, colonización. Pues eso, una colonización, como cuando los moros querían nuestra tierra. Y ella —señala a Consuelo— dice que le gustaría vivir aquí. No puede ser verdad. No, no y no.

El Marido, con un trozo de pan en la mano izquierda, le quita importancia:

—Porque le gusta el mar, pero se cansaría en dos semanas. Ella es muy impresionable.

Consuelo opta por el silencio, por comer algo, por tirar de una sonrisa, aunque le gustaría dar un puñetazo en la mesa. La otra continúa.

—No sabe lo que dice. ¿Le confieso una cosa? Pensé que no iba a encajar aquí y fíjese, me encuentro con usted.

—Sí.

—Qué suerte que nos haya tocado juntas en la mesa. No sabe lo que me alegro.

—Sí. Y yo también.

—Tienen que venir a visitarnos alguna vez. Les va a encantar León, pero no vengan en invierno, que hace un frío...

La Señora se niega a ser igual a otra mujer que no admire el mar, que no quiera contemplarlo a diario o mojarse los pies en la orilla. La mira unos segundos, con terror: no, no son iguales y tampoco tendría por qué encajar con una mujer sin nombre. Suspira. Y la cena no ha hecho más que empezar. La Señora se toca el hombro, le escuece. Le va a decir un par de cosas a la modista en cuanto vuelva. «Maldita sea.»

Ángel Caraballo picotea del jamón que está en los platos más lejanos. Lo hace para mantener intacto el que tiene enfrente. Entre una loncha y otra, comenta:

—Quiero llevar al Congreso una propuesta sobre los piropos.

—¿Cuál?

—Para que los prohíban y castiguen a los que los hacen. Es una grosería, una cosa de chulos y sinvergüenzas. Además, ya estaban perseguidos por ley en los tiempos de Primo de Rivera. Multa y, si no, calabozo.

—A mí me dijeron uno el otro día. —Y mientras pronuncia la frase se da cuenta de que no tendría que haberlo dicho. Consuelo-bocazas. Ya no hay vuelta atrás. Ahora solo le queda apechugar.

El Marido deja de comer, dobla el cuello para mirarla de frente:

—¿A ti?

—Sí.

—¿Aquí?

—Sí.

—¡No me has dicho nada!

—No sé, fue...

—¿Cuándo?

—Ayer, sí. Ayer, creo.

—¿Quién?

—Yo qué sé. ¿Cómo voy a saberlo? Alguien. Uno. Iba en una moto.

—¿Qué te dijo?

—Nada, no sé, no lo escuché.

—Entonces, ¿cómo sabías que era un piropo?

—Lo era. O eso creo. Me dijo que era muy guapa y que mi madre era pastelera o algo así. —Se acuerda perfectamente de las palabras del desconocido.

—Me cago en la mar, Chelito. Esas cosas me las tienes que contar.

—No fue nada, de verdad.

—¿Te avergonzó?

—No... Sí... Yo seguí caminando.

—¿Ve? Tiene que castigarlo —interviene el otro.

—No me molestó. No...

—Una mujer no puede escuchar eso, Consuelo. —La otra parece reprenderla—. ¿Y si fuera alguna de sus hijas...? ¿Le gustaría?

—No tenemos hijas.

—¿No buscó a un policía de las costumbres? —Parece que el delito lo ha cometido ella por callárselo.

—No, no pensé... Seguí caminando. En serio, no pasa nada.

—¿Cómo que no pasa nada? Pues tendrías que haberlo hecho, esas cosas no pueden quedar impunes. Lo que no tienes que hacer es salir sola.

—Lo siento.

El Marido, que no termina de comerse su loncha de jamón, se pone serio, malhumorado:

—Ya me has escuchado. No quiero que salgas sola ni a la vuelta de la esquina, que después pasan estas cosas.

—No, no.

—A partir de ahora, me esperas en el hotel. O sales con Amalia y con los niños.

Ella asiente por obligación:

—Sí.

—Y dice que quiere vivir aquí, usted no sabe lo que dice —interviene la señora de Ángel Caraballo meneando su moño—. Me dicen a mí eso y me da un patatús. Lo que no sé es cómo puede contarlo tan tranquila...

El Señor se mete en la boca el jamón y, aún masticando, saca una caja de puros. Le apetecen un par de caladas antes de que venga la sopa. Coge uno, le da unos golpecitos en la mesa y después ofrece. Aclara que son de los buenos. Dice «buenos» por no decir «caros». Ángel Caraballo, por supuesto, acepta. Los otros, los que están al lado, en cuanto lo ven, estiran los brazos sobre los platos y dicen, como quien no quiere la cosa, que van a probarlo. La caja, con tonos amarillos, pasa a manos desconocidas y recorre la mesa en la otra dirección. Por mucho que estire el cuello, el Señor no tarda en perderla de vista.

60

Un filete de solomillo puede ser una prueba de amor como otra cualquiera. «¿Por qué no?» La Señora, que ya no puede con el segundo plato, suelta un suspiro, de esos que van acompañados de un «ay», y suelta el tenedor de cualquier manera. Toma aire, se toca el estómago y niega con la cabeza. Después, pone su mano encima de la de su Marido, que parece una rana rosada y húmeda, encima del mantel. Él, con los dos carrillos llenos, entiende a la primera que ella no va a comerse la carne —«pero si está casi entera, mujer»— y, en un movimiento rapidísimo, pincha el filete y se lo lleva a su plato. Los dos sonríen y cruzan una mirada de complicidad; parecen por vez primera un equipo compenetrado. Consuelo está extrañamente satisfecha, inusualmente contenta. Acaba de hacer algo normal entre las parejas, entre dos personas que se aman y se cuidan, que velan el uno por el uno, y encima delante de testigos, y lo que es más importante: ella sigue ilesa. El cura de su pueblo, don Ramón, le dice después de cada confesión que debe mimar a su esposo, ser su bálsamo (odia esa palabra) cuando llegue a casa y hacerle las cosas fáciles. Ella se lo toma todo como un sacrificio: llevarle las zapatillas para sus pies horribles, bajar a por agua cuando ya está dormido, masajearle los hombros si él dice que le duelen. La Señora lo hace, porque esa es su labor, pero con más resignación que entrega. Ahora no. Le ha dado el filete de solomillo solo porque quería dárselo a él antes que a otro y antes incluso que dejarlo en el plato. Mira a un lado y a otro, tocándose el collar de perlas, como si hubiera hecho algo heroico o extraordinario. ¡Que todos la miren y la aplaudan! La señora Caraballo se ha percatado de todo:

—¿Ya no quiere más?

—No soy de comer demasiado —se excusa Consuelo—. Y él... A él le encanta.

—Esta carne está de escándalo. —Su Marido se relame.

—Pues cómetela toda.

Y ese parece ser su papel en esta cena de gala y también en la vida: sorprenderlo con su generosidad, cuidarlo como lo haría Amalia, dejar que disfrute.

—¿Te ha sobrado pan? —le pregunta él.

—Toma.

Y a estas alturas le da igual que su Marido no parezca saciarse o que coma como una mala bestia. Consuelo se echa las manos al regazo, sobre la servilleta que le cubre el vestido, y sigue mostrando impostado interés por la vida de la mujer que tiene enfrente. «Ajá, siga contándome.» La sonrisa le abre el rostro. ¿Cuánto hace que no se sentía así? En el lugar para lo que ha sido creada, haciendo para lo que ha sido elegida, en armonía con el entorno. En este momento epifánico, ella es una Señora-mansa, rendida a su destino.

61

Ha dejado los paisajes marrones y verdes, húmedos, por los azules inmensos. El camarero —«qué manos, por Dios»— la coge del antebrazo y ella traga saliva. Él es de la tierra, del campo y de la cosecha, de levantarse aún de noche y de coger aceitunas, melocotones o uvas, lo que se precie, pero con esto de la sequía hay que buscarse la vida donde sea, «ya lo sabes tú bien». Eleuterio, aunque los demás lo llaman Ele, lleva dos años viniendo en autobús a la playa a trabajar, a servir a los demás, y de paso, a ligar. Porque un camarero liga, con todas las que se dejen. «Cualquier cosa por contentar a las clientas.» Él forma parte del atractivo turístico de España: además del flamenco, los pollinos con sombrero cordobés y la guitarra están también los morenos, aunque sean bajitos, cazurros y peludos. Y ellos, los bajitos, los cazurros y los peludos, que no están acostumbrados a las mujeres altas, a las melenas rubias ni tampoco a que sean ellas las que lleven la voz cantante, pues claro, se quedan embobados y no saben decir que no. Amalia mira a Ele mientras le cuenta algo acerca de una clienta del hotel, rubia y alta, que había perdido la cartera con un montón de billetes, y solo puede pensar en que parece como si ayer mismo le hubiera dado el sol en la cara, como si siguiera vinculado al campo de alguna manera, coloradísimo. Quizás es demasiado bruto. Y se asombra juzgándolo así, ella que no es ninguna lumbreras y que no sabe ni leer, pero que por lo menos vive con una familia de postín, en una casa que tiene grandes balcones y una balda en la alacena de la cocina, llena de latas de leche condensada y ristras de chorizos *coloraos*.

La sirvienta escucha las historietas de *su* Ele y le admira las manos, también del campo y la cosecha, a la vez que asiente y mueve la punta de los tacones. No deja de preparar mentalmente su defensa. Sí, está aquí, en un salón de baile, a solas con un desconocido y bebiendo un cóctel transparente que no sabe cómo se llama, pero que está dulce como la miel. Le ha dicho el camarero de este sitio, otro moreno, cazurro y peludo, que es especial para las mujeres, que no es demasiado fuerte. De todas formas, ella se lo bebe a sorbitos, que no quiere perder los estribos como el otro día. Se moja los labios y después se los chupa. A pesar de que la decisión de estar aquí la define como una mujer lanzada y atrevida, debe convencer a Ele de que ella es diferente a las demás. Ay, no habría venido si este hubiera sido su pueblo, que allí la conocen todos, si él no le hubiera insistido tanto, diciéndole que no se alejarían mucho, que solo quería ver de cerca «sus ojos bonitos», y si Madre no le hubiera dado el último empujón. «Que sí, mujer, que no pasa nada. Anda y disfruta.» Tampoco habría aceptado si los señores no hubieran tenido esa cena de gala tan elegante. Aún huele al perfume de la Señora en su trozo de pasillo, en el hotel. Al otro lado del bar, apartados lo suficiente como para que los clientes puedan hablar sin chillar, están unos músicos vestidos de negro con sus instrumentos. Unas rubias bailan solas, moviendo el cuello de un lado para otro, balanceando con esquizofrenia sus matas de pelo. Ele se esfuerza en no mirarlas.

—He venido porque te has puesto muy pesado, porque yo jamás he quedado así con un desconocido. Bueno y porque quería conocerte antes de irme, por si vamos a empezar a hablarnos por carta.

—Ya te aviso de que yo tengo muy mala letra, que a mí lo de escribir no se me da muy bien. Tampoco me gusta mucho, la verdad. ¿Y me mandarás una foto tuya? Grande.

—Claro. —Tiene que hacerse una foto en cuanto llegue al pueblo. Sí, y se la hará con el traje gris, ese que le queda tan bien.

—Firmada y con un beso.

—Mucho pides tú.

—Yo pido y tú me cortas.

—Bueno, ya veremos.

—No seas mala, Amalita.

Ella menea la cabeza. Nunca nadie la había llamado «Amalita».

—Mira cómo me tienes, *nerviosita perdía*. —Le adelanta la mano temblona, ruda como la de él.

—¿Por estar aquí conmigo? Tú estate tranquila.

—Ya, pero el pellizco que tengo aquí...

—¿No te estoy cuidando bien?

—Muy bien, muy bien. Doña Trinidad me ha dicho que parecías un buen muchacho, por eso he venido, que hay cada granuja suelto... —Ella se toma unos segundos para mirar también a las rubias; están una enfrente de otra, bailando más con los brazos que con cualquier otra parte del cuerpo. La distraen. Ojalá se fueran (lejos)—. Pero, me has traído a un sitio de turistas, ¿no?

—Conozco al camarero, es de un pueblo al lado del mío; y además, aquí estamos más tranquilos y no me cobra nada por los cócteles, que tengo que ahorrar para ir a verte. —Sube los hombros. Le acerca la cara—. Te gusta bailar, ¿eh?

—¿A mí?
—Sí, no dejas de mover los pies.
Ella devuelve el cóctel a la mesa y baja la cabeza para sonreír.
—No te creas, tampoco soy de bailar mucho.
—Pues el otro día...
—No sé qué me pasó, será que estaba muy contenta. Qué sé yo.

Las dos extranjeras, alocadas, se cogen de las manos y se mueven juntas, como si estuvieran frente a un espejo. Dan vueltas por la pista y a veces levantan una pierna y giran sobre sí mismas; después, regresan otra vez a su rincón, se ríen con el cuello hacia atrás, y hala, otro trago de lo que sea que estén bebiendo. Una se abanica con la mano, le dice algo a la otra y miran hacia donde está Amalia con *su* Ele:

—Bailan muy bien —dice Amalia—. ¿Cómo te comunicas con ellas?

—Ya sé decir *thank you* y *good bye*. Y también *Sorry, lady*, que es perdóneme usted, señorita. ¿A que no lo sabías? Yo tampoco hasta que llegué aquí. Y si no, con los gestos. Las manos valen para todo.

—Qué raro no poder hablar con nadie.
—Y si no, les guiño un ojo.

Amalia se ríe, pero no le ve la gracia. Le habla, mira ahora para otro sitio.

—Se van a creer que quieres algo con ellas.
—No. Saben que los camareros somos muy simpáticos.
—Ah.
—Además, que a mí la que me gusta eres tú, tonta.
—Ya. —No reprime una sonrisa.
—Que me estoy enamorando de ti, ¿o es que no lo ves?

Ella sube los hombros:
—¿Y tú vuelves?

—¿Adónde?

—Al pueblo.

—Cuando acabe esto. Los turistas solo quieren sol, mar y cachondeo. A ellos no les gusta la lluvia. Cuando llueve, me vuelvo, porque aquí ya no hay trabajo.

—¿Y no te da pena venirte? No sé, dejar tu casa y a los tuyos.

—No. El dinero está aquí. Esta gente —señala con los ojos a las rubias— sí que tienen billetes.

Ella no deja de imaginárselo como su marido, siendo el hombre que vuelve a su casa (y a su cama) cada noche, al que sus hijos llamarán papá.

—Está muy rica esta bebida.

—¿Y tú tienes muchos pretendientes en el pueblo?

—¡Yo? Qué va.

—Anda, *pillina*, que te veo sonriendo.

—Alguno hay.

—Pero quieres casarte, ¿no?

—Pues claro. ¡Qué cosas dices!

—Tú te mereces alguien como yo.

—No seas zalamero.

¿A qué viene este dolor de estómago? ¿Y *estas* calores en el cuello? Amalia se echa el pelo para atrás, sin querer estropearse el peinado.

—¿Y si te casas, volverías? —Le acaba de lanzar *la* pregunta.

—Si el trabajo está aquí, habrá que darle de comer a nuestros hijos, ¿no? Tendré que venir.

—Ya estás pensando en hijos.

—Con una mujer tan bonita como tú voy a querer muchos.

—¡Hala, qué exagerado!

—Exagerado no, la verdad. Eres preciosa.

—Y me dejas en el pueblo con *tó* los chiquillos, ¿no?

Las dos rubias, que llevan un rato cuchicheando, se acercan a la pareja, dando saltitos, como los gorriones. Amalia, desde su asiento, las mira. «Sí que son altas.» Ni idea de lo que hablan —algo así como *chuchichuchichu* entiende el oído de la criada—, pero una de ellas coge a Ele de una mano y lo tira hacia arriba.

—Que quiere que bailes con ellas —le aclara.

—Pero si yo soy un pato mareado. Yo no sé bailar. —Ele ya se ha puesto de pie—. *I not* bailar.

—*Come with us.*

—Ve, no pasa nada. —Amalia se agarra a su cóctel. Los nudillos de la mano se le ponen blancos.

—¿Seguro?

—Seguro. Ve con ellas.

—Que me da cosa dejarte aquí —va diciendo mientras se aleja. Las dos rubias lo rodean; una por delante y la otra por detrás. Lo engullen.

Amalia mira para otro lado y vuelve a mojarse los labios. Ay, este dolor de estómago, que no se le va. Con las piernas cruzadas, no deja de mover la puntera de los zapatos. Un tic en el pie.

62

Comprueba otra vez que la puerta está bien cerrada y que nadie podría abrirla sin echarla abajo a patadas, con lo que tendría tiempo suficiente para gritar, pedir ayuda y esconderse bajo alguna de las camas. Hace lo mismo con el balcón, a pesar de que esta noche corre una brisa la mar de agradable, y echa las cortinas hasta la mitad. La habitación, cerrada a cal y canto; y Madre se sienta en una silla, expectante, mirando un cielo que no termina de oscurecerse. Cada vez que oye un ruido en el pasillo, se pone de pie a toda prisa, se acerca a la puerta y manda callar a sus nietos con un gesto. «Shhhh.» Suelen ser pasos que se acercan o que se alejan, y voces desconocidas, alegres la mayoría, que solo la asustan durante unos segundos. «¿Qué va a pasar aquí, si estamos rodeados de gente?», se repite una y otra vez, y suspira. A la anciana no le gusta eso de quedarse sola, a cargo de sus nietos, en una ciudad extraña. Ella ya no está para estos trotes. Los señores han ido a una cena de gala y Amalia ha aprovechado para tomarse *un algo* con el camarero. «Claro que sí, hombre, que vaya, que es joven. Además, ¿quién se va a enterar?» A decir verdad, hubiera preferido que la acompañara, pero no quiere ser egoísta, que la pobre también se merece disfrutar un poquito.

Antes de recluirse en la habitación, sus nietos escucharon *mentar* a alguien del hotel que están poniendo semáforos en la ciudad y ahora dicen que por qué no van a ver eso de las luces que cambian de color. La abuela se niega con una risotada. «¿Salir ahora?» Estos niños están locos. Que esto no es su pueblo, que ella pueda entrar y salir a su antojo. Para quitarles la idea, se descalza, dejando al descubierto sus pies deformes, y se pone un camisón, con una bata por encima. «Ea, a ver si así se callan, que están de un pesadito...»

—Que ya sois mayores, *dejar* el teléfono, *hacer* el favor. —Como ella también se aburre, su único cometido es el de regañar a sus nietos.

—Papá dice que se pueden pedir cosas —le informa uno de ellos.

—Como lo rompáis, encima os pego.

—*Ojú*. —Lo dejan a regañadientes. Es un interfono que conecta directamente con recepción—. ¿Y qué hacemos, entonces?

—Pues *poneros* a contar ovejas.

—Eso es para dormir.

—*Jugar* a americanos y japoneses, que tanto os gusta.

—Es que Antoñito siempre quiere ser el americano.

—Bueno, pues uno cada vez, y punto. —Madre va a recurrir al ganchillo. En realidad, no sabe con qué entretenerse.

Los niños vuelven al teléfono, se lo pasan, ponen voz ronca —que es así como habla la gente importante— y teatralizan conversaciones, casi siempre discusiones en plan «Eso no es lo que yo quiero, voy a llamar a la policía para que te metan en la cárcel» y el otro le contesta «Pues voy a coger una pistola y un palo...». Vicentito, de repente, se pone nervioso y abre mucho los ojos, alejándose el cacharro del cuerpo.

—Abuela, abuela. Hay un hombre que habla.

—¿Un hombre?

La anciana, como si no terminara de creérselo, se lo pega a la oreja:

—¿Mande?

—¿Quería algo? ¿Necesita alguna cosa?

—¿Yo?

—Sí, usted se ha puesto en contacto con la recepción.

—Yo no... —Cambia de tercio—. Muchacho, ¿se puede pedir cualquier cosa?

—Sí.

—Pero no tengo dinero aquí mismo.

—No se preocupe, todo va a la cuenta del señor Villalobos.

—¿Sí?

—Sí.

—Pues un plato de nata con nueces.

—Ahora mismo.

—Con tres cucharas.

—Grandes —dice Vicentito.

—Grandes —repite la abuela.

No pasan ni cinco minutos cuando llaman a la puerta. Madre la abre con cautela, no termina de fiarse, de nada ni de nadie. Agarra el plato y deja al camarero que se vaya sin propina. Eso le gusta a ella: pedir cosas sin pagarlas. Los niños ya han cogido su cuchara y la siguen, ni se les ocurre separarse, como los polluelos de esa gallina recién parida que tienen en su corral. La anciana dice que esperen a que se siente. Se coloca la nata con nueces en el regazo; sus nietos se acercan y se quedan de pie, con las cucharas levantadas.

—Ya.

Y atacan todos a la vez. Tonto el último.

—Qué rico... —Comen y hablan. Los labios, pringosos. Casi no mastican las nueces.

—Rico no, riquísimo —dice uno de los niños.

—Más que riquísimo —le contesta el hermano.

El plato queda vacío demasiado pronto, pero las cucharas lo repasan, una y otra vez. Vicentito recurre el dedo índice, después se lo chupa.

—También tienen flanes y natillas. ¿Pedimos, abuela?
—Lo que *ustedes* queráis.

El nieto le acerca el interfono:

—¿Oiga? ¿Oiga? ¿Me escucha? Soy la de antes.
—Dígame.
—Queremos un flan y unas natillas. Y un plato de nata y nueces con más caramelo, hijo, que esta vez ni lo he visto. Ah, ¿y arroz con leche hacéis?
—Sí, uno muy bueno.
—Pues póngame otro. Grande.

Y con la cama llena de platos, como un picnic improvisado, los tres se dan un banquete de los buenos, tranquilos, sin padres ni hijas ante los que cortarse, y libres para comer como a ellos les gusta, que es con ganas, cargando las cucharas demasiado, llenándose los dos carrillos a la vez. Y se ríen de lo ansiosos que están.

Madre hará todavía una llamada más, con la voz pesada, para pedir sal de frutas Eno. Los niños, llenitos de azúcar y con la cuchara aún en la mano, se han quedado dormidos de cualquier manera, entre los platos vacíos. A la anciana también se le cierran los ojos, pero no se deja vencer por el sueño, que está sola en un hotel, al cuidado de sus nietos, y debería esperar levantada a que viniera Amalia o su hija. Que no, que ella no se queda tranquila estando sola. ¿Tardarán mucho?

63

Cuando el Señor se ríe con tantas ganas parece que tose. Se pone colorado, abre la boca y se tuerce hacia delante —lo que le permite su barriga—, y la carcajada termina pareciéndose a un ataque de algo, de asma o de alergia. La mayoría de las veces, los que no lo conocen demasiado y lo escuchan, se asustan y le preguntan si está bien, si necesita ayuda. «¿Está usted bien, necesita ayuda?» Uno que está a su lado le da golpes en la espalda para librarlo de la asfixia, pero él hace un gesto con la mano para que lo deje en paz. Consuelo, que se ha visto obligada a reunirse con las demás mujeres para hablar de sus cosas, vigila de lejos a su Marido. No le quita ojo. Lo ve mudarse de un corrillo a otro, con su primer puro aún en la mano y casi siempre apagado, asintiendo o tosiendo. La señora de Ángel Caraballo le está contando no sé qué de la primera comunión de su hijo mayor, que mandaron asar un cochino y algo más. «Me hice un traje que me quedó hecho un sueño», y le toca un codo para que le preste toda la atención posible. Una de las invitadas a la cena de gala las pone en fila —«A ver, ¿cuántas somos?»—, las cuenta señalándolas con el dedo y dice que va a repartir los centros de flores de las mesas. Todas se emocionan y la obedecen: unas piden las margaritas; otras, las flores amarillas, porque el amarillo es su color favorito.

—No cuenten conmigo. —La Señora se desvincula del sorteo de flores. Sonríe y da un paso hacia la izquierda.

—De ninguna manera. Hay para todas.

—Estoy en un hotel, no las necesito. Y tengo un jardín precioso en mi casa, con jazmines y damas de noche. En serio, para ustedes.

—Todas tenemos jardines, pero queremos llevarnos un recuerdo, ¿no?

Al final y por no señalarse, contesta que sí, que claro. La otra le recomienda que las ponga en un vasito con agua y que verá cuánto le duran. Le habla como si eso no lo supiera hasta una tonta de pueblo. Y así, desarma los centros de flores, los divide en montoncitos y después los distribuye. A cada una el suyo.

—Creo que están todos más o menos igual.

Con su pobre ramito en una mano —lo dejará en cualquier mesa en cualquier momento—, la Señora sale al rescate de su Marido. Cruza el salón acordándose de los muertos de la modista, por culpa del hombro, ya en carne viva.

Nunca se le acerca tanto como cuando le va a pedir algo:

—Deberíamos irnos.

—¿Ya? —La cara, roja. Los ojos, también.

—Es tarde. —Busca algún reloj en la sala para que apoye su propuesta, aunque su sola palabra debería bastar—. Es muy tarde. Estoy cansada. —«Y mañana quiero madrugar», le ha faltado decir.

—¿Y tu vino dulce?

—Allí. —Lo ha dejado casi entero.

—Tómatelo, mujer.

—Estoy llena, ya no puedo más.

No es para menos: ha dado buena cuenta de los entremeses, de la sopa, del solomillo con una salsa dulce, de la tarta de Santiago y después de los bombones. De esos se ha hartado, «qué ricos». Es tan golosa como Madre, aunque le cueste reconocerlo; porque preferiría no serlo. No quiere nada que le recuerde a esa mujer, nada que la vincule a ella. Ahora solo piensa en tumbarse, en dedicarse a hacer la digestión, y en olvidarse de esta gente y de estas risas. Parece ser la única que quiere irse, impaciente. Los demás saben que es tiempo de interactuar, de hablar de pie mientras se baja la comida, de seguir relacionándose bien. El humo flota en el salón como un segundo techo. El Marido se recoloca la corbata y le habla ahora al oído. Le pega el aliento a la cara.

—Me tomo esto y nos vamos —dice él.

—No te queda casi nada.

—Déjame que me lo tome tranquilo.

—Sí, sí. Sin prisas.

Decide no moverse de su lado, de su sombra, para meterle prisa: su presencia como recordatorio, como remordimiento. Consuelo tiene los brazos bajados, parece que el ramito de flores le pesara demasiado.

—¿Y esta es tu mujer? —Don Nicolás grita desde el corrillo que está junto a la mesa, a unos metros de distancia. Los demás siguen el rastro de la voz, como si fuera una flecha.

—Sí, Consuelo —responde él.

—Un placer, un verdadero placer. —Deshace el grupo y se les acerca, viene sonriendo—. No me diga que se aburre.

—No. Es que estoy cansada. —Ella estira la comisura de los labios.

—Así son las mujeres. —La excusa don Paco—. Los tacones.

—Aquí no se aburre nadie. Tómese una copa de vino y acompáñeme, le voy a presentar a la gente.

—Es tarde. No sé... —Le pide consejo con los ojos a su Marido. ¿Qué debe hacer? «¡Ayuda, por favor!»

—No diga eso, ahora viene lo mejor. ¿Le ha contado su marido lo bien que lo estamos pasando en el Congreso? Bueno, estamos trabajando mucho, pero es por el bien de la Patria, por salvarla, así que no nos vamos a quejar. Alguien tiene que hacerlo, ¿no le parece? Vamos, don... No me lo diga.

—Don Francisco, pero puede llamarme Paco.

—Vamos, don Francisco, no se quede atrás. Que no podemos dejar que su señora se aburra. Una mujer aburrida es más molesta que un dolor de muelas. Y peligroso también, porque las mujeres cuando se aburren se ponen a pensar y ya estamos perdidos. —Se ríen él y su Marido: «Jajajaja»—. Hay que tenerlas siempre entretenidas, eso me lo enseñó mi madre. Y fue el mejor consejo que me dio en su vida.

—No estoy aburrida, se lo prometo.

—Pues razón de más para no irse. Miren a quién les traigo, es doña Consuelo...

Y allí está la Señora, en mitad de un círculo de hombres, acribillada a preguntas, agobiada de miradas y colmada de atenciones, mientras el Marido lucha por mantenerse junto a ella, esforzándose por que los demás los relacionen. Sí, el esposo de Consuelo, esa mujer que con sonreír lo tiene todo hecho. «¿Se lo está pasando bien?» «¿Ha conocido la ciudad?» «¿Su esposo la ha llevado a la playa?» Y a todo contesta con un sí. Ya lanzada, ella se toma la libertad de hablarles del mar y del viaje, de algunos cotilleos de sus vecinas, y termina contándoles aquella vez que su Marido se las arregló para salvar a una niña del pueblo con tuberculosis, porque fue él quien le dio el dinero a sus padres para que la llevaran a los mejores médicos de la ciudad. Los demás se callan para escucharla.

—Allí todo el mundo lo quiere mucho —apostilla ella.

—¿Usted fuma? —le pregunta uno.

—No, por Dios. Nunca.

—¿Y qué es lo que más le ha gustado de aquí?

—Pues...

—Yo ya me he tomado mi copa —la interrumpe él. Y le enseña el vaso vacío—. ¿Nos vamos?

La señora de Ángel Caraballo se les acerca a toda prisa, como alertada por algo, y vuelve a cogerla del codo:

—No estarán pensando en irse, ¿verdad?

—Lo que diga él...

—No puede ser verdad. Quédese. ¿Sabe usted el tiempo que hace que no salgo por la noche?

El de antes vuelve a insistir:

—Cuéntenos qué es lo que le ha gustado más, doña Consuelo.

Entre unos y otros, la rodean, le hablan, le hacen creerse que es imprescindible. Ha vuelto a perder de vista a su Marido, que volverá con un güisqui en vaso ancho, y que no dejará de preguntar por su caja de puros hasta que la encuentre, abierta y vacía —como una tumba saqueada— entre los platos, los centros de flores, las cucharillas pequeñas, las copas y el vino dulce que dejó la Señora, todo desordenado sobre el mantel blanco. Y los demás han disfrutado de este regalo caído del cielo, y que, además, cuesta un ojo de la cara.

64

El mar de noche es muy distinto del que ella admira de día, desde el balcón del hotel o desde la orilla misma. El Marido, por el paseo marítimo, se atreve a agarrarla de la cintura y ella se deja: no para de mirar, muchas veces de reojo, esa masa negra y ruidosa que los escolta de vuelta al hotel. Parece que los persiguiera. A ella le falta el aire y se pasa la lengua por los labios, como si fuera un sobre. La Señora, que no se siente los pies —no está acostumbrada a estar tanto tiempo en tacones—, cree que la enorme presencia del Señor la protege de ese monstruo. Su esposo-escudo. Sí, ese mar oscuro es un monstruo que podría tragársela, como una enfermedad mortal o un amor no correspondido. No reconoce ese paisaje que tiene a un lado. Y ahí está, con el alma agazapada, doblada tantas veces que se ha quedado del tamaño de un grano de arroz.

—¿Tienes frío, Chelito?

Ella se cruza de brazos y se coge de los codos. El mar que la fascina de día, la asusta de noche. El Marido se quita la chaqueta sudada y se la pone sobre los hombros. La envuelve también su olor. Aguanta la respiración, ese calor repentino en la espalda la asquea:

—Estoy cansada. Y me duelen los pies.

—Ya estamos llegando. Muy buena gente esa pareja, ¿eh?

—Sí.

—Podrías quedar con ella mañana.

—Ya veré.

—Pero que no me entere yo de que te vas a pasear por la ciudad tú sola, que no me quito de la cabeza lo del piropo.

—No te preocupes.

—Te lo digo en serio, no quiero que salgas sola. —Pocas veces ha sido tan rotundo.

—Que no.

—¿Has visto a los del Congreso? Toda gente importante.

—Sí.

—Gente de bien, creyente. Esos son los que van a escuchar mañana mi ponencia. Yo creo que les hemos caído en gracia, que les hemos dado buena impresión. ¿A ti qué te parece?

—Que sí.

—Yo también lo creo. No querían que nos fuéramos, ¿te has fijado?

—Sí, sí.

—¿Te lo has pasado bien?

—Claro. —Espera que la felicite por su comportamiento, pero siguen andando en silencio.

Se paran los dos. El aire les da en la cara, la Señora se arrebuja dentro de la chaqueta de su Marido. El sonido de las olas, a sus pies; el reflejo de la luna como una mancha en la superficie. El cielo es un muro negro frente a sus ojos. Parece que se han quedado sin futuro.

—No somos nadie —dice él, sorprendido también por el agua. Estas escenas propician los pensamientos metafísicos, las reflexiones ñoñas. Le pasa el brazo por los hombros—. Estoy pensando que deberíamos tener una niña. ¿Qué dices?

—Vamos a darnos prisa, que estoy muerta de frío.

65

Amar puede ser lo mismo que chapotear en alta mar. Jadeante y aterrada, sin hacer pie, con la certeza de que acabarás tragando agua o con un calambre en las piernas que te dejará tiesa, aullando de dolor. Sacas tus manos temblorosas para pedir ayuda —«¡¡Auxilio, socorro!!»—, pero todos están demasiado lejos, en la orilla, cada uno a lo suyo. No sabes nadar, nadie se ha preocupado de enseñarte, nunca. A veces ellos creen ver cómo te hundes, pero no hacen nada por salvarte, solo se compadecen, se echan las manos a la boca y dicen que esto tiene muy mala pinta. Pues sí, el amor (cuando se parece a una locura) también tiene muy mala pinta. Es una emoción feroz que ataca el sistema inmunitario, te debilita, como una gripe mal curada que arrastras todo el invierno o todo el año. La Señora, cuando era Consuelito, amó así. No debía de tener más de veinte años y no veía los peligros. Insensata. Ya desde pequeña detestaba los héroes mediocres y los sentimientos moderados. Todavía le cuesta reconocerse en esa dulce indefensión, en ese no dejar de suspirar, en esa agonía que duraba hasta que caía la luna. Bendita oscuridad. Era entonces cuando llegaba Juanito. Lo veía subir por el camino de tierra, descamisado, con sus manos duras en los bolsillos, y una bola de luz sobre sus labios que parecía una promesa viva, su cigarrillo; ella, en el umbral mismo del desmayo, se aguantaba un grito de placer y estiraba los brazos como pidiendo ayuda —«¡¡Auxilio, socorro!!»— para que él la rescatara. Las piernas le temblaban siempre, sus rodillas huesudas chocaban una contra otra. Solo recuperaba el oxígeno acurrucada en su pecho, tranquilizada por los latidos de su corazón, que debía de ser enorme a juzgar por cómo chocaba contra las costillas. «¡Un corazón para un macho, un corazón de toro!» Consuelito subía la cabeza, como quien no quiere ahogarse, para pedirle más besos y comprobaba que estaba a la deriva, a merced de una corriente de agua más poderosa que ella, contra la que no podía ni merecía la pena rebelarse. «¡Qué feliz era, qué inocente!» Él la besaba, se olvidaba del cansancio, le dejaba en la lengua el sabor amargo del tabaco. En ella no cabía entonces la maldad ni el hastío, tampoco el hambre. Sus tripas dejaban de quejarse en cuanto estaba con él. Después, le tiraba del brazo y lo arrastraba hasta algún rincón aún más oscuro —sus ojos, abiertos de par en par, refulgían como diamantes— para meterle las manos bajo la camisa y enredarlas entre los vellos del pecho. Suspiraba con los labios separados. Él se dejaba adorar y enseguida la agarraba por la cintura, la apretaba y le besaba el cuello. A veces, se lo mordía:

—Vámonos —jadeaba ella. Abría un poco los ojos y miraba la luna.

—Es temprano, chiquitita mía. ¿Ya quieres volver a casa?

—No, vámonos lejos. —«A la luna mismo», hubiera añadido si no le hubiera parecido absurdo.

—Consuelito, ¿adónde nos vamos a ir? —Él hablaba y besaba: saliva derrochada—. Vivimos en este pueblo, aquí está nuestra casa.

—Dirás nuestra chabola, nuestra chabola de mierda.

—¡Qué raro era escucharla decir «mierda» con el gesto extasiado!

—Pero aquí estamos los dos.

—Vámonos, a cualquier sitio, juntos. —Ella le dejaba su súplica en el borde del oído.

—No puedes dejar a tu madre sola.

—¿Por qué no?

—Porque es tu madre y eso no se les hace a las madres.

Ella le agarraba del pelo que le crecía recio en la nuca y apretaba:

—Quiero estar siempre contigo —decía desesperada.

—Y lo estaremos. Nos vamos a casar. Tú y yo nos vamos a casar, Consuelito —le prometió él, tomándole el rostro con las dos manos.

—Juanito, no me engañes, que ya sabes que yo me lo creo todo. —Ella volvió al pecho de su amado, como quien escucha pegando la oreja a una puerta—. No me engañes, por favor.

—¿No quieres casarte conmigo?

—Claro que quiero. Y tener muchos hijos.

—Eso te lo prometo yo, como que me llamo Juan Gómez Gago. ¡Por mis muertos todos, que tú y yo nos casamos!

—... —Ella solo pudo suspirar.

—Y vamos a tener un campo, Consuelito, ya verás. Las cosas mejorarán y tendremos una olla de comida para nuestros niños, potaje del bueno y pan blanco; jamón y todo lo que tú quieras. Y, además, yo voy a ahorrar para comprarnos una casita. Vas a ser la reina de este pueblo. —Juanito no sabía que, en efecto, su Consuelito acabaría convertida en la reina del pueblo.

—Y podríamos comprar una vaca para tener leche.

—Una, no. Dos.

—Yo solo quiero que estemos siempre juntos. —Consuelito lloraba a oscuras. Las lágrimas, con una pizca de luna dentro, le rajaban la cara. El amor la agotaba—. Llévame a casa, Juanito.

Y él, como si llevara a la orilla a una medio ahogada, la dejaba junto a su puerta con las fuerzas justo para arrastrarse hasta su cama y echarse a dormir.

66

Sus pies se paran a la vez junto a la fachada, en uno de los laterales del hotel, bajo las muchas ventanas apagadas, invisibles los dos en medio de tanta oscuridad. Ni siquiera saben qué hora es; «tardísimo, seguro». Amalia lo ubica gracias al brillo de los ojos y también de los dientes, y porque él acaba de encenderse un pitillo. Aprovecha para suspirar, para mirar al cielo y para hacer un comentario tonto sobre las estrellas, al que el otro no se molesta en contestar. Como si fuera una coreografía ensayada, se pegan más a la pared. Ele, con el redondel naranja encajado en los labios, igual que un faro diminuto, se abre un poco más la camisa y se sube las mangas. En el pecho le florece una pelambrera negra y tupida, acaracolada, donde se pierde una cadena de oro. Ella imagina cómo sería tocarlo, y él, que parece haberle leído el pensamiento, le coge la mano derecha y se la coloca en uno de sus pectorales. El tacto es desconcertante, a la vez duro y acolchado. Amalia se resiste a darle un beso, no es por ninguna razón en concreto, sino porque las cosas no se hacen así, tan a la ligera. Ella baja la cabeza, aprieta la mandíbula, recoge la mano y se la coloca detrás, entre su espalda y la pared: está aprisionada, sin escapatoria. Él le pregunta que cuándo se volverán a ver:

—Mañana en el desayuno. —No maneja su voz. Le parece, de repente, demasiado aguda, quizás agresiva. Son los nervios. De noche se debería hablar siempre en susurros.
—No, me refiero a verte a solas. Tú y yo, como hoy.
—Ay, yo qué sé. Estoy aquí con los señores y los niños, no me dejan sola ni un momento... Hoy he podido escaparme por la cena del Congreso, pero... —Menea la cabeza porque no sabe qué quiere decir, cuál es su postura. Ella, barca-sin ancla que se acerca a su faro diminuto.
—Para llevarte otro día a bailar.
—A ti no te gusta eso. —Suena a reproche.
—Yo te llevo adonde tú quieras. ¿Adónde quieres ir tú, mi vida?
—No sé, pero a ese sitio, no. A otro.
—¿No te ha gustado?
—Bueno...
—Bueno, ¿qué?
—Mucho ruido... —dice por decir algo.
—Dame un beso, anda.
—No, todavía no. —Habla tan bajo que su voz parece el runrún del mar.
—¿Me vas a decir que no quieres?
—No es eso.
Tuerce la cabeza y reconoce, al fondo, iluminados por la luz que sale de la puerta del hotel, a los señores. Van muy juntos; ella con la chaqueta de él sobre los hombros, a paso lento. No aparta la vista hasta que desaparecen.
—¿No quieres, entonces? —insiste él.
—Yo no soy como esas, como las turistas.
—Ya lo sé. Si no, no querría casarme contigo. Es solo porque te vas dentro de nada y quiero acordarme de ti, que después serán muchos meses sin verte. Anda, déjame que te recuerde bien.

Ella chasquea la lengua, mira a la derecha y a la izquierda y se pone de puntillas, escenificando su rendición:
—Uno, ¿eh?
—Pero uno de los buenos.

Los labios le saben a tabaco y a alcohol, son más mullidos de lo que esperaba. Su poca barba le araña la barbilla y los mofletes, y le gusta. Ella le vuelve a pasar las manos por su pecho, con los dedos separados le peina la pelambrera. Las rodillas le tiemblan. Se aparta al rato de un respingo.

—Ten cuidado, a ver si me vas a quemar el vestido con el cigarro.

—Que no. ¿Dónde vas? No te separes tan deprisa, que me has dicho un beso de los buenos.

Amalia se palpa el peinado y carraspea antes de despedirse.
—Me voy ya.

«Es tarde», se recuerda. Tarde para acostarse, para no sentirse una traidora —«¿a qué viene este sentimiento de culpa?»—, para enamorarse quizás.

—Un ratito más, anda.

—Que no. —Lo dice con tan poco ánimo que el otro la coge por la cintura.

—¿Dónde vas con tanta prisa con lo a gusto que estamos aquí los dos?

—Que me tengo que ir, que como se enteren los señores...

Es ella la que provoca un nuevo beso, fugaz y violento, casi desesperado. Él se queda con ganas.

—Pero ¿ya te vas?

—Buenas noches. —Y echa a andar.

Amalia aprieta el paso hasta que está a punto de correr, dejando claro que no quiere que el otro la acompañe. Se pega a la fachada, se aleja. Antes de entrar en el hotel, le levanta la mano, pero no sabe si Ele sigue allí. No ve nada, ni siquiera su fueguito naranja. El recepcionista se reprime un bostezo y le da las buenas noches. ¿Quién le mandará meterse en estos líos? Que ella ya no está para ir haciéndose promesas de amor con un desconocido, que tiene treinta años, por Dios. Sube las escaleras aprisa, estampando sus tacones en cada peldaño, enseñándole al mundo su inquietud. Lo que le haría falta ahora es la ayuda de la consejera de todas las españolas. «Querida Elena Francis...» Le empieza a escribir mentalmente una carta, que es la única forma de escribir que ella conoce:

«Señora, solo usted, que es tan comprensiva, podrá ayudarme con mi caso. Pues verá, desde muy niña perdí a mi madre y he tenido que afrontar sola todos los problemas que se le vienen a una mujer. De chica, estuve sirviendo en muchos sitios, pero ahora vivo en una casa muy bonita con los señores, que me tratan muy bien, mejor él que ella, la verdad. Y también están sus dos niños, a los que he criado yo desde que nacieron, y la Madre de ella, que tiene el cielo ganado, porque no vea usted lo que aguanta. Yo, como ya le he dicho, estoy muy bien en esa casa porque llevo tanto tiempo que parece también un poco mía, pero ahora he conocido a un hombre que trabaja en un hotel de playa y que me ha dicho que soy muy guapa, que me quiere y que quiere formar una familia conmigo. Él dice que es un flechazo y que no ha conocido a otra como yo, ni en su pueblo ni aquí, nunca. A mí me entra dolor de barriga cada vez que me lo dice, porque me lo ha dicho lo menos tres veces, mirándome a los ojos, y después se besa la medalla de la Virgen. A él no le gusta jurar, que eso está muy feo, pero ha jurado por Dios que está enamorado de mí. Lo que me preocupa es que ya sabe usted el tipo de mujeres que vienen a la playa: son rubias y muy altas, y además beben, fuman y les dan a los hombres lo que quieren, no se guardan nada para ellas y van siempre provocando, les da igual que el hombre esté con otra. ¿Usted cree que debería fiarme de él? ¿Usted cree que habla en serio? ¿Debería dejar la casa de los señores y venirme a vivir aquí? ¿Y las turistas, cómo las alejo de él? Señora, ayúdeme, por favor, que tengo la cabeza que me va a estallar. Firmado: una desgraciada que no sabe qué hacer.»

Debería decirle también que el Señor la *trata* muy bien y que tiene treinta años. Bueno, o que tiene veintisiete, para que nadie la reconozca. Le profesa una confianza ciega a la señorita Francis, porque tiene mucha vista para los males del corazón. Amalia recuerda que le dio unos consejos la mar de buenos a una mujer que se había quedado embarazada siendo virgen, y a otra que creía que su marido era un egoísta porque no la quería llevar al cine. El problema es quién le va a escribir la carta, porque no se lo va a pedir a la Señora, ¡antes muerta! Al Señor tampoco, ¡qué vergüenza! ¿Y los niños? No, no, son muy pequeños para meterlos en estos chanchullos. Podría pagarle a alguien, en el pueblo hay una mujer que ha estudiado y que le escribe cartas a la gente por una peseta o por dos, pero mejor se va a la ciudad, a un sitio donde no la conozcan, y lo hace allí, que es más discreto. Entra en la habitación a oscuras, rápida y torpe, directa al cuarto de baño. «¿Dónde coño estaba la luz?» Al minuto, Madre la encuentra sentada en el váter, con la falda por los tobillos, casi tapándole los tacones, y el rímel enmarcándole los ojos. Del pintalabios no le queda nada.

—¿Ya estás aquí?

—Sí. Y me estaba meando.

—¡Qué mala cara traes, hija!

Ella se palpa las mejillas y después se pone en pie, se sube la falda y se coloca frente al lavabo. Mira a la anciana a través del espejo.

—Yo es que no soy de trasnochar —le confiesa—. Hoy no he bebido.

—Hueles a tabaco.

—¿A qué quiere que huela si he estado en un salón de baile? Y allí todo el mundo fuma, como carreteros. —Se moja las manos en colonia y se las pasa por el cuello y por el pelo. La mezcla es hedionda—. Ay, doña Trinidad, que estoy *tó liá*.

—Te has enamorado, ¿no?

—Que no sé si me quiero enamorar de este. Que yo estoy muy tranquila en el pueblo... —Deja los pendientes de los buenos en el lavabo. Tiene la barbilla rosa, incandescente, de los besos y la barba.

—Di que sí.

—Y con las turistas aquí, que no sabe usted cómo son.

—Me lo imagino.

—Que no respetan *ná*. Todo el día provocando...

—Esas no conocen la vergüenza.

Se queda parada, mirando al techo, como haciendo memoria:

—Eso sí, guapo es un rato.

—De la guapura no se vive. Y tampoco llena la despensa.

—También es muy trabajador. —Se lava los ojos—. Los señores han llegado ya, que los he visto entrar en el hotel. Venían agarrados.

—A la cama ya, Amalia. —Madre está descalza.

—Ahora voy, tengo que desmaquillarme. —Parece a punto de llorar. La mirada brillante.

—No te vayas a poner a pensar, que eso no sirve de nada.

—¿Y qué hago, doña Trinidad?

—Hija, yo qué te voy a decir, que hagas lo que quieras, pero ¿por qué no lo intentas? Tú sabes bien que en el pueblo vas a tener siempre una casa... Será mejor que te acuestes.

La criada cierra la puerta del cuarto de baño, suspira con la vista fija en el lavabo. Madre no es tan objetiva como la señorita Francis.

67

Los suspiros de la Señora y el Señor se solapan. Están los dos despiertos y eso que son ya casi las cuatro de la mañana. La oscuridad del cuarto es como un envoltorio. Él va fijando en su memoria las frases que debe utilizar en su charla para arrancar los aplausos de los demás. Fantasea con el auditorio puesto en pie y con gritos de «Bravo». Ojalá pudiera imitar a don Ramón, el cura de su pueblo, que siempre que habla de cosas importantes se pone rojo como un tomate. Y eso le da credibilidad, y fuerza, deja a los feligreses pegados a los bancos, inmóviles durante toda la homilía. A ver si le sale... Ella, en cambio, no hace otra cosa que desear que sea mañana.

—¿No puedes dormir? —le pregunta a su Señora.

Tarda en contestar:

—No.

—Yo tampoco.

Nada de cuerpos ni de miradas o desprecios: sus voces son lo único que hay. Las sienten flotando sobre ellos, como algo físico, como si, al alzar las manos, pudieran tocarlas.

—Mañana ya nos vamos.

—Sí.

—A la gente le has gustado. Lo has hecho muy bien en la cena.

Vuelven a quedarse en silencio, y a seguir despiertos.

68

Cualquiera diría que él es el director del Congreso. Llega el primero, y se pasea por la sala vacía, y aún inodora, probando las sillas de los invitados ilustres y sonriendo sin parar, lo que le hace estirar la cara en una muestra extrañísima. Quizá sea la falta de costumbre. Ni siquiera está nervioso por la conferencia que tiene que dar, y eso que no se la ha preparado. El ratito —que en realidad fue un *ratazo*— que pasó en la balaustrada del paseo marítimo, esa que de tan blanca parecía de mármol, fue una ducha de inspiración. Quedó tan iluminado que tiró los papeles que había ido escribiendo los días anteriores, cuando el pobre aún era un cateto, un pueblerino, un ignorante en eso de las artes playeras. Ahora que, como santo Tomás, ha visto y (casi) ha tocado, ha decidido improvisar. Hablará de su experiencia, de sus fantasías y de la impresión que se llevó. Solo recordar el espectáculo al que asistió lo hace sudar: se siente los sobacos encharcados, la lengua seca. Poco antes de las nueve y media, los invitados van llegando, y él, aún en su papel de anfitrión, les da la mano empapada, los saluda con excesivo entusiasmo y los entretiene con cualquier chorrada

—¡Qué día más bueno hace! ¡Qué bien se come en esta tierra!

—Ajá...
—¿Han dormido bien?
—Sí, sí.
—Soy Francisco Villalobos, hablo ahora...
—Ah, ¿qué tal su mujer?
—Bien, bien.
—Consuelo se llamaba, ¿verdad? ¡Qué agradable!

Él insiste en explicarles que viene de un pueblo perdido y en nombre del Gobernador porque bla-bla-bla. Los demás se aburren y se vuelven a escaquear a la mínima de cambio. Cuando están todos sentados —desde atrás, la convención parece un catálogo de calvas— y después de los rezos de rigor, don Paco sube al estrado y apoya los antebrazos en el atril. Una bocanada de fuego le sube desde el estómago y le colorea la cara. Disfruta de este triunfo, de todas las atenciones sobre él:

—Señores todos, buenos días. Ha sido esta, nuestra España, bendecida con miles de kilómetros de playa...

69

Los observaban con lupa, estaban en el punto de mira del mundo civilizado. Los extranjeros —tan avanzados, tan modernos ellos— tenían que ver que los españoles eran listos, eficaces y profesionales. O más bien que no eran tontos ni ignorantes ni chapuceros. El turismo estaba llamado a convertirse en la mejor propaganda del Régimen, es decir, los mandamases estaban convencidos de que los que venían aquí de vacaciones volverían a sus países maravillados y, gracias a la magia del boca-oreja, Europa se rendiría a nuestros pies, y a los de fuera ya no les quedaría más remedio que morirse de envidia. Ese era, a grandes rasgos, el plan. «¡Pobres desgraciados, los que no han tenido la suerte de nacer en Nuestra Patria!» Y todo así. Estaban el sol, el mar y la sangría y también un ejército de campesinos que empezaba a dejar el campo para dedicarse a atender a los visitantes. Venían frotándose las manos, imaginándose los fajos de billetes y las noches de promiscuidad, y se hacían camareros o limpiadoras, servían los platos, cargaban las maletas y limpiaban las habitaciones de hotel. La imagen de España dependía de ellos. Y la Dirección General de Turismo se imaginó lo peor. Tamaña misión no podía quedar en manos de «esos analfabetos», así que, en julio de 1950, salió a la calle el primer número de la revista mensual *Hostal*, destinada al sector y concebida como una guía imprescindible para sobrevivir al turismo. Abría con unas rimbombantes palabras de Alfonso XIII en las que recordaba eso de que no había otro país como España. El Edén. La tierra soñada. Nuestro paraíso, y también el de los que se gastaban las libras en visitarnos. Las páginas de esta publicación estaban atestadas de consejos para los trabajadores de los hoteles y de los restaurantes, alegando siempre al «orgullo nacional», porque estaba en juego la imagen de la patria y, todos, pero sobre todo ellos, eran responsable de mantenerla impoluta.

Eran recurrentes los reportajes sobre la limpieza y la iluminación para acabar, de una vez por todas, con esas críticas que se centraban, por ejemplo, en que se limpiaban los vasos como en la Edad Media —o sea, que estaban medio sucios—, o en que los hoteles de dos o tres estrellas parecían tugurios de mala muerte. Se daban también normas muy claritas de decoración, de protocolo y de cómo tratar a los clientes. *Hostal* tenía además una sección terrible, llamada «Así nos ven», en la que se analizaban las impresiones de los visitantes. Y todos coincidían en lo mismo: el clima, el paisaje y (otra vez) la sangría eran insuperables, pero se quedaban con la sensación de que se hacían las cosas aprisa y corriendo. *Typical Spanish*. Los grifos, a veces, no tenían presión suficiente. El agua, también a veces, provocaba diarreas. Y los que trabajaban de cara al público se las veían y se las deseaban para hacerse entender. Tema aparte era la comida porque, en contra de lo que piensan algunos, comer mucho no es lo mismo que comer bien, nunca lo ha sido. La Dirección General de Turismo no se cansaba de repetir que se evitaran los guisos regionales con «características demasiado raras» y recomendaba apostar sobre seguro: la paella, el cocido a la madrileña, la tortilla a la española, el pescado bien frito y, cómo no, el aceite de oliva.

Los consejos iban también a los detalles más tontos. Por ejemplo, se les instó a los dueños de los hoteles a que los cuartos de baño estuvieran pintados de blanco, a que el personal masculino se afeitara diariamente y a que los espejos estuvieran colgados un pelín más altos, porque los extranjeros superaban con creces el 1,60 nacional. La limpieza se convirtió en una obsesión —para el Régimen y para los turistas— y el Gobierno no tuvo más remedio que amenazar con «inspecciones y graves castigos» para los que incumplieran las normas.

A Ele, camarero en el hotel en el que se aloja la Señora, le ha dicho su jefe que aproveche el descanso para leerse la revista *Hostal*:

—Y hazlo rápido, que también se la tienen que leer tus compañeros.

Él pasa las hojas con la misma mano en la que tiene el trozo de pan. Se para en los pocos dibujos, nada le interesa. Sobrevuela la publicación sin aterrizar nunca. Deja una marca de pringue en la página tres. El jefe, cuando se la devuelve, le interroga:

—¿Qué?

—Muy bien. Que sonriamos siempre, que eso les gusta a los visitantes —se inventa. Para él la sonrisa es la panacea, la solución a (casi) todo.

—Claro, eso le gusta a todo el mundo. Y, además, no cuesta trabajo. ¿Cómo no les vas a sonreír a esas rubias que vienen?

El impacto de la revista en el sector fue más bien escaso: los que leían y seguían los consejos de *Hostal* no pasaban del cinco por ciento. ¿Por qué? Pues porque simplemente pasaban o porque no sabían leer. El caso es que siguieron haciendo las cosas a su manera. En la década de los setenta, los turistas seguían quejándose más de la suciedad que, por ejemplo, de los precios de los hoteles.

70

Otro día que se libra. «¿De qué?» Pues de desperdiciar la mañana, su última mañana, con Madre, la criada y los dos niños. No está ella para esos derroches de tiempo ni para tanta intrascendencia. Sale de su habitación temprano, le dice al recepcionista —aún adormilado— que le diga a su familia que no la busque, que ha quedado con una amiga y que volverá a la hora de comer; y le repite eso de que no la busquen. Después, sale a la calle de un brinco, a ese fresco de las nueve y media de la mañana, y se pasa las manos por brazos, alisando su piel de gallina. Tiene que atravesar tres calles para llegar al hotel Don algo, no se acuerda del nombre, pero sabe dónde está. Ha pasado frente a él varias veces y cada una de ellas se sorprende por esa entrada tan barroca, con columnas y todo, como de palacio de cuento. «¡Qué bonita!» Un vendedor, a su izquierda, vocea los sucesos del periódico. «Lo último, señores, lo último.» Ella sube las escaleras, entra y le dice a su recepcionista, con los antebrazos apoyados en el mostrador, que llame por favor a la señora de Ángel Caraballo. «Dígale que está aquí doña Consuelo, señora de Francisco Villalobos.» Quizá debería haber esperado a una hora más prudente. No, su plan exige este madrugón y esta premura.

Las diez menos cuarto de la mañana. El joven, con el teléfono en una oreja, la invita con un gesto a sentarse en uno de los sillones de la entrada, con brillantes estampados de flores amarillas, rojas y marrones. «Oh, qué mullidito.» La Señora se deja caer y sigue sonriendo, aunque lo que a ella le gustaría es estallar en carcajadas, troncharse de risa y señalar a su recién estrenada amiga como la nueva tonta del bote.

En cuanto la ve aparecer por las escaleras, arreglada a toda prisa, peinada de cualquier manera y con los ojos todavía hinchados, se pone de pie y agranda su sonrisa. Da un par de pasos cortos, como si fuera a recibirla, pero se detiene, solo abre los brazos. Trae la falda a medio planchar.

—Consuelito, ¡qué sorpresa! Como me dijo que posiblemente no pudiera... —Se besan en las mejillas como dos mujeres con dinero.

—Espero no haberla molestado. Pensé...

—Ha hecho bien, querida, y sobre todo después de cómo lo pasamos ayer. A las tres nos volvimos nosotros al hotel. ¡Qué noche! —La agarra del brazo, parecen dos comadres—. Está muy guapa, no parece cansada.

—No lo estoy. —Y tampoco podría estarlo. Aquella luz, aquella excitación la mantiene alerta a todas horas—. Quería despedirme de usted, fue tan amable conmigo...

—Oh, es usted un ángel. Deberíamos tutearnos, ¿qué opina? Es lo que hacen las amigas.

—¿Le... Te apetece que paseemos?

—Sí, cómo no, me vendrá divinamente estirar las piernas. Mi plan de hoy era preparar la maleta y hacer punto de cruz, imagínate. Estoy con un mural así de grande, quiero colgarlo en el despacho de Ángel, eso si no me quedo cegata antes, porque ¡menudo trabajo! —Salen, parece como si la Señora tirara de ella—. ¿Vamos para allá? Sí, yo me dejo guiar por ti, parece que conoces esto un poco mejor que yo. Ahora que me acuerdo, creo que no terminé de contarte lo de mi boda. ¿Lo del carruaje, te lo conté? Creo que no.

—No me suena. —Se deja cegar por el sol.

—Pues escucha bien, querida, porque algo así es digno de ser escuchado. Yo iba en un carruaje, pero no uno cualquiera, sino uno enorme, como el de Cenicienta por lo menos, tirado por dos caballos blancos, y no te lo vas a creer, engalanado con lazos de raso y azahares. Como una princesa.

—Oh, qué bonito. —Ella le echa un vistazo al mar, lejano, inalcanzable aún.

—Precioso, no tengo palabras para tanta belleza. El cochero, que conducía divinamente y que nos dio un paseo por todo el centro, iba con chistera... —La Señora se acuerda del ilusionista, de su chistera—. La gente me aplaudía y me decía que parecía una artista de cine, y yo sacaba la mano por una de las ventanillas y saludaba a todo el mundo. Mis amigas todavía hablan de eso. Fue un sueño, lo que toda mujer quiere. Al amor, además, le hace falta un poco de teatro, ¿no crees? Ojalá podamos vernos otra vez para que te enseñe las fotos. ¿Cómo no se me ha ocurrido traérmelas? Porque no pensé que iba a conocer a alguien como usted, perdona, como tú. Y el traje lo mandé hacer a Margarita Domínguez, supongo que no te suena, pero es una modista de allí, de León, muy...

Casi sin darse cuenta, han llegado andando hasta el centro, las dos juntas y enfrascadas en el monólogo de la boda. La campanilla del tranvía las sorprende por detrás, y ellas, de un respingo, se arriman a la fachada y lo ven pasar en silencio: deslizándose como una culebra, y hasta arriba de gente apretujada e incómoda, todos rozándose; parece un cargamento de sombras. A doña Consuelo le sorprenden los rostros de esos viajantes: hastiados, y sus labios, como una cicatriz horizontal. Se han olvidado de mirar el mar.

—Salimos en los *Ecos de Sociedad* —continúa la señora de

Ángel Caraballo—. ¿Te lo puedes creer? ¡En los *Ecos de Sociedad*! «Una boda de ensueño» se titulaba el artículo. Y no lo decía yo, sino la periodista. Como verás, no me lo invento y tampoco me canso de contarlo. —¿Cómo podría hartarse de contar el momento más feliz de su vida?—. ¿Quieres una horchata?

—No, creo que no.

—Bueno, y ahora cuéntame tú, amiga.

—¿Qué?

—¿Cómo fue tu boda? Yo te he contado la mía.

—¿La mía? Otro sueño.

—Pero no te quedes callada, no seas tan tímida, cuéntame. —Le da una pequeña palmadita en el brazo.

—Un sueño primoroso. —Es así como lo suelen llamar en las revistas—. No sé si voy a poder contártelo sin emocionarme.

—Emociónate, Consuelito, ¿qué hay mejor que unas lagrimillas de felicidad?

—Él, mi marido, alquiló un coche enorme y negro, de esos que utiliza la gente poderosa, y cuando llegué a la iglesia y me bajé, cayó del cielo una *petalada* de flores blancas. Fue como una nevada, bueno, mejor que una nevada, porque el suelo se cubrió de blanco y todo olía a gloria. Rosas y jazmines. Después me enteré de que le había costado un ojo de la cara, pero él, como siempre hace, solo quería lo mejor para mí. Es que mi Paco, desde que falta su madre, es así... —Se tapa un segundo la boca con dos dedos—. Los vecinos del pueblo querían entrar todos en la iglesia para verme y querían tocarme y felicitarme, pero claro, no había sitio para tanta gente. Se armó una... ¡No te lo puedes imaginar! Después, hicimos una matanza en el campo. Carne para todos. No sé cuántos invitados había, doscientos, quizá más.

La cara de la señora de Ángel Caraballo cambia de ánimo como un día indeciso: se nubla, se ilumina, se vuelve a apagar. Sorpresa. Envidia. Asombro. Decepción: ella debería haber pedido también una *petalada*. Y una matanza.

—¿Y qué más?
—¿Más?
—Sí, sigue contando.
—Vinieron políticos muy importantes, aunque no puedo decir los nombres porque no quiero alardear ni ser una chismosa, y me hicieron unos regalos... ¡Qué regalos, madre de mi alma! Aunque, ¿qué más podría pedir después de haber encontrado a un hombre tan encantador? La próxima vez que nos veamos, te enseño el anillo que me dio la noche de bodas.
—¿Te dio un anillo la noche de bodas?
—¡No te puedes imaginar cómo brilla! —Mira directamente al sol—. Un diamante.
—¿Un diamante? Pero eso... ¡Qué callado te lo tenías! Un sueño, todo un sueño
—Sí. —La Señora cierra los ojos.
—Cuánto me alegro por ti.
—Y yo por ti.
—Sí, somos muy afortunadas. Míranos, Consuelito, maridos formidables, casas grandes y hasta viajes. Y fíjate que yo pensaba no venir, porque era mucho lío. Además, quería quedarme cuidando de mis hijos, que el más pequeño solo tiene siete meses. Pero si no hubiera decidido acompañarlo yo, ya sabes...
—Hubiera tenido que venir tu marido solo, sí. —Haciéndose la tonta es la mejor.
—No, en realidad, no quería que viniera con ella.
—«¿Ella?» —Se detiene.
—Sí, la querida. Rosita. La verdad es que no me puedo quejar, que la muchacha es joven, estilosa, así como muy española, morena y con los ojos grandes y negros. Además,

está estudiando mecanografía, dice que quiere ser una secretaria de las buenas, a ver qué pasa... porque no la veo yo aplicarse demasiado. Solo quiere viajar e ir al teatro. Eso sí, es muy discreta, ¿eh?, ni un escándalo ni nada, y cuando nos ve por la calle, ni nos saluda. Que algunas queridas son para tenerlas escondidas de lo brutas que son. —Se ríe con ganas y enseguida se tapa la boca con la mano—. No será tu caso, ¿verdad?

—¿El mío?

—¿No la conoces?

—No creo que mi marido tenga. Él no. —Consuelito se encoge de hombros—. Él quiere estar con los niños y viene siempre directo a casa. Nosotros es que vivimos en un pueblo. —Se toca ahora el estómago.

—¿Estás segura?

—Él no es de esos.

—Bueno, todos los hombres lo hacen, pero no me voy a quejar, que yo estoy muy contenta con la nuestra, pero...

La Señora apoya una mano en una fachada, se centra en respirar:

—Me siento mal.

—¿Qué te pasa?

—La barriga, que me dan unos dolores... Y mareos.

—¿No estarás embarazada?

—Puede ser, puede ser.

»Creo que debería volver al hotel a tumbarme un poco, a descansar; espero que me perdones.

—¿Te acompaño? —La otra busca algo en el bolso, le saca un pañuelo y le seca su frente seca.

—No te preocupes. Quédate tú por aquí, mira qué ciudad.

—No me quedo tranquila dejándote sola.

—En serio, no pasa nada. De verdad. —Le toca el brazo—. Espero verte pronto, amiga. Tu marido le ha dado vuestra dirección al mío, así que estaremos en contacto. Ojalá volvamos a vernos.

Y ya no aguanta más: echa a andar cabizbaja, agachando el cuello a conciencia, y riéndose por lo bajini. «Ea, por fin libre.»

71

Isabel, la que está liada con un guardia civil, no le habla bien de la playa a nadie. Su marido la llevó, a ella y a sus cuatro niños, al sur hace tres años. Desde entonces, no para de relatarle, a cualquiera que quiera escucharla y hasta el hastío, los horrores del veraneo. Sacude la cabeza y pone cara de asco, como reviviendo el peor de los castigos. «¿Yo? ¿Otra vez a la playa? ¡Ni muerta, vamos! ¡Ni aunque me regalen el viaje voy yo!» Es que Isabel es muy escrupulosa. Ella no dejó ni un segundo de imaginarse que en el agua de ese mar, abarrotada de mujeres bastas y gordas, se meaban todas. Por eso solo se mojó la puntita de los pies. Y claro, decía que la playa era un infierno, que pasó un calor de mil demonios y que acabó con arena hasta en sitios que no se pueden nombrar. Para colmo, de vuelta al hotel, se sentó en un poyete a limpiarse los pies cuando un granujilla le robó las chanclas y se fue corriendo. La Señora, cuando escuchó la historia —y no porque se la contara a ella sino porque estaba acompañando al párroco—, le dijo: «Seguro que a él le hacían más falta que a usted, Isabel. Piénselo así.» La otra ni le contestó, pero desde entonces no la puede ver. Le da igual lo que le diga la Señora. Odia la playa y eso lo defenderá hasta la muerte.

72

Se presenta como redactor de la sección de Sociedad del diario local, pero solo tiene pinta de ser el último becario. «Don Manuel Estévez —dice, y ofrece su mano lánguida—. Manolito para los amigos», añade. Es joven, demasiado quizás, y por eso se preocupa continuamente por aparentar más edad: su traje de *tweed* y su pelo repeinado hacia atrás, no deja de fumar. Lleva ya en una mano el cuaderno y en la otra, el lápiz, junto al cigarro. A veces parece que es el lápiz el que humea. Se pasea por la sala sin saber muy bien qué hacer. Se queda un rato junto a la pared, silencioso y alelado, después da otra vuelta, y vuelve al sitio de partida. Aún no ha escrito nada en su libreta. Muchos se preguntan por qué este Congreso, que tiene vocación de salvar a todos los españoles de la amenaza del turismo, solo se merece un periodista *mindundi*. Además, el Señor se extraña —no sabe si cabrearse o alegrarse— de que el joven se dirija a él, expresamente a él.

—Disculpe, ¿puedo hablar con usted?

—Por supuesto. —Se pone serio, respetable.

—¿Participa en este Congreso?

—Soy uno de los ponentes, no sé si me ha escuchado. He hablado hace un rato. Don Francisco Villalobos. Mucho gusto.

Y otra vez la mano lánguida, como un animal recién muerto.

—Me gustaría hacerle algunas preguntas, rápidas, para un artículo que estoy escribiendo.

—¿No trae fotógrafo?

—No, este artículo irá sin foto.

—Ah. Entonces, dispare. —Es eso lo que dice la gente que está acostumbrada a que lo entrevisten, ¿no?—. Dispare, dispare. Soy todo oídos.

—¿Cuáles son las conclusiones del Congreso?

Carraspea, abre un poco más las piernas para distribuir el peso. La charla va a ser larga:

—Pues bien, ateniéndonos a lo que han expuesto mis admirados compañeros a lo largo del Congreso... Disculpe, antes me gustaría mostrar mi complacencia por haber participado en este Congreso y tengo la esperanza de que las conclusiones a las que hemos llegado tengan la eficacia merecida porque harán mucho bien en la educación de este pueblo tan honrado y ejemplar. Pues bien, ¿por dónde íbamos? Ah, ¿le he contado que hemos recibido un telegrama del Santo Padre bendiciendo el Congreso?

—No.

—Pues así ha sido. Nos ha llegado...

—Disculpe, señor Villalobos. Voy a intentar hablar con el obispo Milzáin, que lo acabo de ver al fondo.

—Eh... Estaré por aquí, por si me necesita. Puedo contarle las conclusiones, si quiere. Son muchas y algunas muy contundentes. Por ejemplo, yo mismo he propuesto penar con multas los escándalos, algo muy acertado en mi opinión porque...

—Gracias, señor Villalobos, muchas gracias. Después nos vemos. —Pero no volverá a verlo más.

73

Los españoles de la época, esos que las generaciones posteriores imaginan en blanco y negro, no sabían de coplas más que por la radio y el cine. Ahí las escuchaban, se emocionaban y las aprendían para cantarlas después, con mayor o menor tino, mientras fregaban o paseaban por la plaza del Generalísimo. Eran ellas, evidentemente, las más cantarinas, que eso de tararear no es muy de macho. Por eso, todos se sorprendieron cuando sus calles, sus barrios y sus ciudades empezaron a llenarse de carteles que anunciaban espectáculos en los bares —Show flamenco, a las 21.00. Gran estrella. Manolita Sevilla— y unas mujeres, muy morenas, muy raciales, con el ceño siempre fruncido, se montaban en un pequeño escenario de madera y zapateaban, con los brazos al cielo mientras movían las muñecas y los dedos, y cantaban con sus trajes de volantes y sus flores en el pelo. España entera se hizo andaluza (de prestado) y no por casualidad, sino porque eso era puro marketing, lo que buscaba el extranjero que venía con las manos llenas de billetes: sol, mar y salero del sur, algo que quedaba perfectamente escenificado en esas juergas flamencas. Los visitantes, tras unos días en nuestras playas, se iban palmeando de cualquier manera, esforzándose en un ritmo que jamás encontrarían y con la convicción absoluta de haber asistido a un espectáculo hipnotizador. La prensa extranjera se haría eco de esta fiebre y hablaría de la garra, de la pasión y de todos esos tópicos.

Los Señores no lo verían ese año de 1951, pero sí en veranos posteriores, cuando los turistas se toparon con hombres que llevaban burros con sombrero cordobés y que pedían alguna perra chica por la broma. Ellos, encantados, se montaban y se hacían fotos, siempre sonriendo. Los ingleses, los suecos, los alemanes venían a las playas —da igual que fueran de Santander, de Valencia o de Málaga— y querían ver eso. Cante. Baile. Palmas. Y muchos olé. Esa era a menudo la única palabra con la que volvían, el resumen sonoro de sus vacaciones: olé. Había que decirlo levantando la mano y casi a grito pelado: «¡Olé!» Lo mismo ocurría con las corridas de toros y las capeas, que la Señora odia y a Amalia le encantan, igual que al Señor. Muchas ciudades, conscientes del tirón, se pusieron manos a la obra y construyeron a toda prisa plazas de toros para el disfrute de lo que se llamó la fiesta nacional, y para mayor gloria de esa figura *typical Spanish* que era el torero, mitad seductor, mitad héroe. Así se vendió y así lo recibieron los escritores, los príncipes, las estrellas de cine, todos fascinados con el folclore español. Y dieron buena cuenta de ello. Ejemplos hay incontables, desde Ernest Hemingway a Ava Gardner.

Aún suena en la casa de la calle Ancha la risotada que soltó la Señora el día en que Vicentito, todavía gordo y siempre torpe, dijo que quería ser torero. Madre, aguantándose las lágrimas, lo abrazó y le dijo que era muy valiente, que llegaría adonde quisiera. Amalia, que se lo comentó al Señor durante una cena, propuso llevarlo al campo por las tardes y que practicara con vacas o con perros. ¡Qué más daba! Incluso se ofreció a poner un poco de dinero, no mucho, para comprarle un traje apropiado. La Señora, que nada odia más que alimentar ilusiones absurdas, guardó silencio durante los primeros días y cuando ya no pudo más, llamó a su hijo:

—Los toros son muy grandes, Vicentito.

—Da igual. Seré torero. —Ella le miraba las hechuras al niño.

—No puedes ser torero.

—¿Por qué no?

No sería tan cruel como para decirle la verdad.

—Porque no quiero que te pase nada.

—Aprenderé a torear.

—Te doy una lata de leche condensada si dejas de decir tonterías. Nada de ser torero y nada de pedirnos un traje de luces.

—Tres.

—Como quieras.

—¿Solo para mí?

—Que tu hermano no se entere.

Nadie más volvería a decir nada en aquella casa. Vicentito vería que su futuro se adaptaba más a un funcionario importante, como su padre, que a una estrella de los ruedos, de esas que sobreviven a los toros y seducen a las actrices de Hollywood.

Y así fue como España, casi por intuición o por necesidad, se hizo la mejor campaña de publicidad que se recuerda, y ellos, los de fuera, los que ponían en peligro la moralidad sobre la que se cimentaba el país, empezaron a venir en masa. No necesitaban nada más: playa, sol, flamenco. Y olé.

74

Ya está lo suficientemente lejos, y sola. Se queda parada en mitad de la calle. Vuelve de improviso la cabeza, asustada, y escruta a los viandantes —sus caras, sus andares— como si la otra, la aburrida señora de Ángel Caraballo, pudiera haberla seguido. No, está a salvo. Libre. Comprueba que lleva encima el paquete, «sí, aquí lo tengo», y sube los ojos hacia arriba: el cielo se mueve, como algo vivo. La Señora no lo sabe, pero está tan nerviosa que tiene la boca fruncida, parecida a un calcetín remendado. «Ha llegado la hora», se anuncia. Siempre llega: la hora de la muerte, la de la felicidad. También la de su plan. Nota en las sienes el tam-tam del pulso. Y ya no hay nada que la frene, nada que se interponga entre ella y el futuro: su mar Rojo se ha abierto delante de sus narices para que lo atraviese y se redima. Y no hay heroicidad ninguna en su decisión, solo la *necesidad* de hacerlo. Dentro de sus ojos, una chispita de miedo. Ningún riesgo es en vano. Echa a andar hacia la playa.

75

Lleva siete minutos encerrada en la casetilla, con la frente apoyada en una de las frágiles paredes. Ni el siseo de las olas es capaz de acallar su conciencia. La Señora cierra los ojos y cae casi hasta el umbral mismo del desmayo. Durante la noche anterior, larga como una tarde a solas con sus hijos, no ha pegado ojo. No ha parado de imaginarse justamente así: inmóvil de miedo, arrepintiéndose una y otra vez, cobarde hasta el último segundo. Doña Consuelo está a un paso de la salvación —de *su* salvación—, pero algún cable neurotransmisor le falla: lo tiene claro en su mente, pero no es capaz de ejecutarlo con las manos. El simple movimiento de empujar la puerta de la casetilla se le resiste. A punto está de volverse a vestir, como una señora, salir de allí con la cabeza baja y dormir hasta que regresen al pueblo. Lleva ya once minutos diciéndose que no puede hacerlo, que se ha equivocado y que no le gusta tanta libertad, como una jilguera que extraña su jaula. Se toca la cabeza con las dos manos, como queriendo parar el torbellino de pensamientos que la aturulla. Todo cambia en un santiamén. Como si se hubiera convertido en otra (una loca impulsiva), abre los ojos, inspira todo el aire que puede y abre de una patada la puerta de la casetilla. Se zambulle en la arena. Quema. El sol la deslumbra. Avanza con los ojos casi cerrados, dejándose guiar por el sonido del mar. Mejor. Prefiere no saber si los demás la miran.

La Señora se luce en un bikini rojo: deja a la vista de todos su cuerpo esbelto, su ombligo hondo, su barriga blanca. Intimidada incluso por la brisa que la roza —su piel no está acostumbrada a tanta desprotección—, camina y duda, porque está pidiendo a gritos la aprobación de los presentes, que siguen a sus juegos, a sus baños de sol, a sus remojones. Por una vez siente el alivio de la indiferencia. Levanta lentamente la barbilla y contonea las caderas. Se dice a sí misma que lo ha conseguido, que lo está haciendo, que es una heroína anónima. ¡Que le pongan una calle en su pueblo! Consuelo llega a la orilla: mujer de rojo sobre fondo azul. Entierra los pies en la arena mojada y sonríe a las que considera sus compañeras de batalla, a esas rubias valientes y alegres. Las extranjeras, siempre educadísimas, le devuelven el gesto de cariño, pero enseguida siguen a lo suyo, que no es más que lucirse y broncearse. La Señora se coloca las manos en la cintura y se siente, de repente, dentro de una comunidad en la que es bienvenida. Le dan ganas de abrazarlas a todas. Un hombre de pelo en pecho pasa a su lado y, con un silbido largo, le hace saber que es una sirena dentro de aquel bikini. Ella se ruboriza y le deja caer una mirada, igual de seductora que su bikini. ¡Qué dirían si la vieran Madre, la criada y el párroco! Su Marido, perdido en debates sobre la moral, jamás sabrá que los diez duros que le dejó eran para la prenda de baño más pequeña de la tienda. Este, de repente, le parece el momento más importante de su vida. Y está a punto de marearse. Se mira los pies, ocultos por el encaje de las olas.

76

El coronel don Rafael Villalobos Méndez y Gómez siempre supo que un padre no pinta demasiado en la educación de un hijo durante los primeros años, al menos hasta que el niño cumple tres, quizá cuatro. Hasta entonces, el hombre es un mero figurante, un ente silencioso y prescindible, como un fantasma que pulula por la casa, porque las tareas cotidianas de darle el biberón, cambiarle los pañales y preocuparse de que no llore o de que no pase frío es tarea de la madre, y si no, de la criada. «Eso es así, de toda la vida.» Después las cosas cambian y cuando el hijo camina y parlotea —las dos cosas, a todas horas— vienen las excursiones de domingo al campo, la caza de lagartijas o de mariposas, los juegos con las pistolas y las espadas. También se le enseña a curtirse en tirarles piedras a las ranas —para comérselas, por supuesto—, en trepar a los árboles, en caerse de la bicicleta y no llorar. Es ahí cuando el padre se hace carne, cuando suena su voz en toda la casa e impone su mando. Y esa época es la que esperaba, ansioso, el marido de doña Ascensión del Campo y Márquez. Cuando llegaba del cuartel, casi siempre anochecido, se quitaba la chaqueta verde y le echaba un vistazo a la cuna, solo para ver que su hijo seguía ahí, dormido. Y se decepcionaba de que aún fuera tan pequeño. Él nunca pidió cogerlo en brazos.

El coronel dormía poco, siempre tuvo insomnio. Muchas noches se levantaba aún de madrugada, desvelado por completo, e iba al cuartillo del corral. Allí, encendía varias palmatorias y hacía espadas y pistolas de madera. Las lijaba, las barnizaba. Se le daba tan bien la ebanistería que él mismo había diseñado un precioso altar para una escultura de la Inmaculada Concepción, que ahora está en el despacho del Señor. Hacía armas inofensivas, grandes y pequeñas, calculando siempre cómo sería el tamaño de las manitas de su hijo, y después las pintaba de azul, de rojo o de verde. Las metía todas en una caja, también de madera, y así sentía que acortaba la espera, que aceleraba el momento en el que su Francisquito tuviera edad para pelear contra los monstruos. El pobre hombre murió antes de que pudiera educar a su único hijo. Apenas pudo verle jugar con una espadita azul que aterrorizaba a doña Ascensión. «¿No es demasiado pequeño para eso?»

Don Paco creció sin pistolas de madera, sin escudos con su nombre ni tirachinas ni arcos. Su madre los guardó todos en la caja, de muy mala manera, y cerró con llave el cuartillo del corral. Para siempre. Deben de seguir allí, cogiendo polvo, con otras cosas de ebanistería, como pequeños crucifijos y rosas talladas. Y por eso el Marido de la Señora no sabe luchar con una espada.

77

Lleva toda la mañana queriendo hablar con él, controlando sus movimientos, y al final, ha tenido que perseguirlo hasta los servicios, que están en la otra punta de la sala, después de atravesar un pasillo medio a oscuras. «¡A lo que tiene que llegar uno, por Dios!» Ha entrado detrás de él y ha carraspeado, de forma muy artificial, para llamar su atención, pero don Nicolás, el pez gordo que los fascina a todos con sus engolados vaticinios sobre el turismo y los negocios, solo se vuelve cuando escucha la palabra «dinero». Palabra-imán. Palabra-mágica. Palabra-hechizo. Se para, con la mano en la bragueta y la mirada expectante, y el Señor levanta la tarjeta que les dio el otro día, la de «Construcción turística», como si solo eso bastase para presentarse.

—¿Tiene un rato para hablar de dinero? —Están en los servicios, solos. La pregunta allí, amplificada por ese eco frío, suena absurda.

—Hombre, don...

—Don Francisco Villalobos, también del Congreso. El de la ponencia de esta mañana.

—El marido de Consuelo, sí, claro.

¿De qué hablan dos hombres en un aseo público? Don Nicolás no tiene demasiada paciencia, así que termina por bajarse la bragueta y ponerse frente a uno de los urinarios, con una mano apoyada en la pared, equilibrando todo su peso. El Señor le mira la espalda, su traje nuevo, hecho por un sastre. La coronilla se le ha quedado calva. Se da la vuelta por pudor:

—Hablaba usted de las construcciones... —El Marido de la Señora no sabe qué hacer. Podría lavarse las manos y disimular, pero en un impulso incontrolable se pega a otro urinario. Lo peor es que no tiene ganas de orinar. Emula todo el ritual: la bragueta, el suspiro de alivio, la mirada fija al frente.

—Sí, eso he dicho. Es el futuro.

—Quería que me contara más sobre ese negocio. —Aprieta por si puede obligarse a descargar la vejiga, pero lo único que consigue es ponerse más colorado. Echa el aire, vuelve a intentarlo. El chorro del vecino suena potente, poderoso—. Me pareció que quería usted inversores.

—¿Se está ofreciendo?

—Depende.

—Sí, quiero inversores.

—Me gustaría hablar más tranquilamente. Yo podría ayudarle. —Y dice «ayudarle» girando la cabeza hacia donde está el otro, pero con la vista hacia lo alto, claro. Don Nicolás sacude la mano, después se sube la bragueta, se recoloca la corbata y camina hacia la puerta—. Y podría conseguirle más ayuda.

—¿No me diga?

—Sí.

—Esto no son tonterías, don Francisco. No se puede invertir con un sueldo de funcionario, ¿lo sabe usted, verdad? —Se limpia la mano en los pantalones.

—Tengo unos terrenos y... una herencia buena. Mi madre era... —Nombra a su madre y se le agarrota la garganta. Su solo recuerdo hace que le escuezan los ojos. Tiene que tragar saliva.

—Ah, eso ya es otra cosa. ¿Por qué no me llama algún día y me cuenta? Dígale a mi secretaria que es urgente, que es usted don Francisco Villalobos. No se arrepentirá.

Ya se ha aprendido su nombre.

—Eso espero.

—Dentro de unos años nos alegraremos de esta conversación, se lo aseguro.

El Señor también está ya listo para volver al salón en el que se celebra el Congreso. Él tampoco se lava las manos.

—¿Nos vamos? Creo que el obispo Milzáin va a decir unas palabras de clausura.

Asiente y echan a andar, como dos camaradas, como dos cómplices bien avenidos. El Marido de la Señora sonríe satisfecho, y su barriga parece que crece: no hay duda de cuál es su atractivo y su carisma. Se maneja bien —«muy bien», dice él— en los negocios. No falla, los demás se ponen a sus pies en cuanto él empieza a negociar. Piensa en que, afortunadamente, siempre tiene algo que los demás quieren. Llámalo chocolate, puros o billetes. El caso es que los otros terminan por buscarlo, por hacerlo imprescindible y por rogarle.

—Llámeme, ¿eh? Ahí está el número, en la tarjetita. —Don Nicolás se despide con dos palmadas en la espalda—. Y dele recuerdos a su mujer.

78

Si ya lo sabía ella, que esta ciudad la espantaría antes de irse y que le dejaría la evidencia de que la vida, a las afueras de su pueblo, es una agresión al espíritu. Igual que el mordisco de un animal que se creía ya domesticado. Han salido a comprar unos pasteles, unas barras de pan o cualquier cosa de comer para el camino. A dar una vuelta, la última, antes de hacer las maletas y prepararse para la marcha. Van Madre y Amalia, con los niños, excitados de nuevo ante la expectativa de otro viaje. La anciana se agarra más fuerte al brazo de la sirvienta y fija la mirada en sus zapatos negros y en sus pasitos cortos. El sol pega fuerte, pero no molesta. No se alejan demasiado, van calle arriba, calle abajo, sin quitarle ojo al hotel, no vaya a ser que se pierdan. La anciana, que todavía conserva la vista de un águila, identifica a lo lejos a un hombre sin camiseta —fornido, peludo, joven— que se pasea por la acera con el pecho descubierto, exhibiendo su hombría como quien exhibe un coche caro.

—No mires, Amalia, no mires. Y vosotros, niños, tampoco. Seguid para adelante como si nada.

A la anciana le parece una provocación o un insulto proferido a la cara. El sexo, los machos semidesnudos y las miradas sobonas deberían limitarse al lecho matrimonial y no airearlos en plena calle.

—No miréis.

La sirvienta no le hace caso.

—¿Cómo no voy a mirar? Tendré que saber por dónde ando, ¿no? Ay, doña Trinidad, tenga usted cuidado, que me está clavando las uñas.

—¿Por qué no podemos mirar? —pregunta Antoñito.

Y el hombre, decidido y musculoso, destapado de cintura para arriba, sigue andando, tan campante, haciéndose cada vez más enorme a los ojos de la anciana y la criada, las dos con los ojos abiertos de par en par. Y, encima, cuando pasa a su lado, a punto de rozarlas, les sonríe a modo de saludo. «Madre del Amor Hermoso.» Lo peor de todo es que Madre jamás olvidará esa escena, que no ha durado más de cinco segundos en su retina, pero que la asqueará el resto de su poca vida.

79

Está lejos, pero no lo suficiente. Un hombre barrigón, con un techo de pelo sobre los labios, se para frente a la playa de la Señora. Afina la vista y se dobla hacia delante. Dice algo. O más bien, grita algo. Ella lo mira, arruga tanto los ojos que casi los cierra. «No tenéis vergüenza.» Primero, un picotazo en el estómago de la cobarde, después, un rebufo al aire. «Sí, vosotras, no tenéis vergüenza.» Ella devuelve la vista al mar, cálido como el abrazo de una madre, pero no de la suya. Observa a las extranjeras, que, como no saben castellano, no se inmutan. Y la Señora se hace la sueca y camina hacia la orilla. «Que esto es un país decente, id a enseñar el ombligo a...»

80

Tumbada en la arena, tan cerca de la orilla que una ola rápida le moja los talones, mira directamente al sol y se esfuerza por mantener los ojos abiertos. Al cabo de unos segundos, cegada por completo, los cierra y siente cómo dos lágrimas le salen por las comisuras. Mujer-nada, solo mar y sol, toda calor. Ella se relaja, estira los brazos, y se vacía también de aire: demasiada felicidad. ¿Por qué un rato en esta playa es mucho más largo que todo su pasado?

81

Al Señor ya no le queda nadie de quien despedirse. Qué paciencia la suya: ha chocado ceremoniosamente todas las manos, una a una, incluso la del obispo Milzáin, que le ha dado las gracias por su intervención. Él va repitiendo siempre lo mismo: «Un placer.» «Un honor.» «A su disposición.» Incluso hace eso tan de pueblo de ofrecerle su casa a todo el mundo, a cualquiera con el que se haya cruzado un par de palabras: «Ya saben dónde tienen su casa, sí, está un poco lejos de aquí, pero si alguna vez pasan cerca, los recibiré encantado. Es un sitio precioso.» Y los demás se lo agradecen. Algunos incluso le dicen que ha hablado muy bien y que a ver si vuelven a coincidir pronto. Se va del Congreso con la satisfacción del trabajo bien hecho, y la absoluta certeza de que él, don Francisco Villalobos, hijo de doña Ascensión del Campo y Márquez, es fundamental para la salvación de su Santa Patria. Don Nicolás le da un abrazo de los fuertes —nada une más que el olor del dinero— y le pregunta si no se va a quedar un rato:

—Podríamos ir a comer a algún sitio.

—No, no. Tengo que irme...

—Bueno, pues no se olvide de llamarme, que tenemos que hacer grandes negocios juntos.

—Descuide.

—Y a ver si trae más puros de esos. Eran buenos, ¿eh? —Y le guiña un ojo.

El Señor se aleja con el paso imperturbable mientras busca un taxi. No mira para atrás porque se imagina que los demás siguen pendientes de él.

82

«¡Vaya por Dios, qué casualidad!» Se reconocen de lejos —sus siluetas, inconfundibles— y aflojan por instinto la zancada. Por sus mentes, desfilan a paso militar todas las opciones: darse media vuelta, cambiar de acera como quien no quiere la cosa, mirar para arriba o ser valiente y apechugar. Darse media vuelta, eso es lo que les gustaría hacer a los dos, pero siguen andando, acercándose irremediablemente, preparados para el encuentro. «Me cago en la mar...» Van intentando sonreír, con las cejas enarcadas. El Señor y el cura se saludan en el paseo marítimo de Pinoverde, frente a esa balaustrada abarrotada de hombres, ya desde tan temprano. No escatiman en entusiasmo, exageran los gestos y la amabilidad.

—¡Qué alegría verle, don Julián, se lo digo en serio!

Los dos se quitan la palabra para excusarse:

—Venía a visitar a una enferma —dice el cura. No miente, pues le han dicho que una de sus feligresas está muy mal y que no se levanta de la cama. Le enseña el crismal, dorado, como un pastillero grande—. Por si tengo que darle los santos óleos, que me da a mí que no sale de esta.

—Vaya por Dios. Yo venía a... —Dirige la vista hacia el mar, aunque se topa con la espalda de los mirones. Ve un hueco, como si estuviera reservado para él—. Pasaba por aquí. Creo que me he perdido.

—Está usted lejos... ¿En qué hotel se hospedan?

—Solo quería dar un paseo. ¡Con este tiempo hay que aprovechar! Además, nos vamos esta tarde.

—Es una zona preciosa, no se lo voy a negar. Mi madre me traía aquí de pequeño, a mojarnos los pies, y a hablarme de Dios. Siempre me decía que Dios era grande como el mar.

—¿Lo invito a un café? —El Señor pretende compensar así la debilidad de su excusa.

—Eh... —Consulta el reloj, valora la propuesta durante unos segundos—. Sí, tengo un rato.

—¿Y la enferma?

—Puede esperar, no tardaremos mucho.

—Le ofrecería un puro, pero no me quedan. De hecho, estaba buscando un estanco. Me habían dicho que por aquí había uno muy bueno. —¡Qué gran excusa! Una pena que sea demasiado tarde.

—No sé qué decirle. No vengo mucho por esta zona.

Otean el paisaje como dos exploradores perdidos en la selva, el Señor señala hacia un bar de la izquierda, y echan a andar. Dejan la balaustrada atrás, le dan la espalda a los mirones. En una fachada, un cartel, anuncia todo en mayúsculas: «Se suben puntos de medias.» Hace tanto viento que la sotana le acorta los pasos al cura.

—¿Fuera o dentro?

Se sientan a la sombra, pero en un sitio en el que les da el aire. El Señor ya está sudando; con su pañuelo blanco, hecho un gurruño, se seca la frente.

—Dos cafés. Uno oscuro y largo, en vaso —le pide al camarero.

—Los llaman mirones porque no hacen otra cosa en todo

el día. —Los dos sabían que debían comentar el panorama, tarde o temprano.

—Hemos hablado de eso en el Congreso.

—¿Y?

—Y no sabemos si podemos hacer algo.

—¿No hay multas?

—¿Por mirar? No. Mirar es libre y gratis.

—Eso es culpa de las de fuera, por no respetar nuestras costumbres.

—Hay que tener cuidado con estas cosas, dejan mucho dinero. Tenemos que andar con mil ojos.

—Yo le he escrito al mismísimo Franco.

—¿Para quejarse?

—Para expresarle mi indignación, por supuesto. ¿Cree usted que esto se puede consentir?

—¿Y qué le ha contestado?

—Nada todavía. Mire el periódico. —Es el del bar, el que compra el dueño para que los parroquianos se entretengan y consuman más. Tiene los bordes manchados de aceite.

El Señor echa un vistazo a esas noticias abigarradas.

«Ya en cines la gran película *Lo que el viento se llevó*.»

«Ayer se celebró el Día del Seguro.»

«Sesión ordinaria de la Junta de Obras del Puerto.»

—No, eso no. Lea esto. —Su uña, pulcra y redondeada, es perfecta para dar la comunión.

«Campaña a favor de la moral en las playas.» Es la sección en la que se somete a escarnio público a los sancionados:

—Lea, lea.

—«Por no presentarse en las playas de forma decorosa, han sido denunciadas Ruperta Imela Catasul, María Dolores López Romero, Elvira Martínez Martínez, Carlota González Bustamante, Francisco Arnán Pérez, Santiago García Ureta y Jaime Valenciano Ferrer.»

—Ya ve, en esas estamos.

—¿Y cree que esto sirve para algo?

—Debería. Por lo menos para avergonzarse.

—Si les queda vergüenza.

—¿Sabe usted? Del periódico es lo que primero leo, la lista de sancionados, junto a las esquelas; ya sabe, por si conozco a alguien.

—¿Para reñirles?

—Podría, pero no sirve de nada. A los jóvenes pocas cosas les importan, solo el placer inmediato.

—Por eso yo quiero que paguen, que les cueste el dinero, o que pasen la noche en el calabozo. A ver si así aprenden —explica el Señor.

—Es complicado e insisto en que es culpa de los turistas. Es como meter a alguien con los pies llenos de barro en casa y no querer que te manche nada. Los extranjeros acabarán por corromper a los españoles. Al tiempo.

—¿Cree usted que acabaremos todos manchados? —Recoge el periódico, lo dobla, lo deja encima de la mesa.

—Si no lo estamos ya. Tengo un cine fórum para los cristianos, lo organizo todas las semanas. Películas sin besos, sin descoques, sin primeros planos.

—Me parece bien.

—Pues debe de ser el único al que le parece bien porque el último día tuvimos a seis personas. Seis, imagínese. No sé qué hacer.

Suspira y lleva la vista al horizonte, como ilustrando su impotencia, su melancolía.

La playa es larga. Al fondo, al Marido le parece ver a una morena. Entre tanta rubia resalta, como si estuviera subrayada. Es una mujer con un bikini rojo que se acerca al mar tímidamente. Frunce el ceño. Piensa en otra cosa, deja de escuchar. Le gustaría correr —sí, correr— hasta la balaustrada y asomarse y ver a esa mujer que le recuerda a su Consuelito. Pero no puede. No quiere dejar al cura ahí, solo, y señalarse como un vulgar mirón. Él no es de esos.

—¿Y qué hacen los vecinos?

—Las mujeres evitan pasar por aquí y las madres con los niños, ni le cuento. Es normal, no quieren que sus hijos vean esto. Los hombres es otra historia. Cualquier excusa es buena para asomarse a este paseo marítimo. Nunca he visto esta zona tan transitada, se lo prometo.

El Señor se abochorna: como él.

—¿Ah, sí?

—Mirones. ¿Hay una forma peor de referirse a un hombre? «Mirón.» Me lo imagino con los ojos llenos de lujuria, babeando. Un diablo.

—Puede ser.

Al cura le sorprende una morena en la orilla. Se lo diría al Señor: ¿ve cómo se están contagiando? Pero se calla, no quiere que piense que lleva la cuenta. Cualquier movimiento —el paso de un coche, despacito, algún ruido inesperado, el saludo de un feligrés— le sirve para echar un vistazo rápido a la playa.

—Le pido a Dios que me ilumine para luchar contra esto.

—¿Y la policía no viene?

—Muy poco. Prefiere ir a las playas a las que van las de aquí...

—Pero estas van en bikini... O eso dicen, que yo no las he visto.

—Puestos a salvar, habrá que salvar antes a nuestras mujeres, ¿no le parece?

—Sí. —Aunque por su cara bien podría haber dicho «no»—. ¿Usted cree que invertir en un hotel es un pecado? —El Señor tiene sus dudas.

—¿«Un pecado»?

—Por sacar dinero de los turistas.

—Tendría que pensarlo. ¿Me da tiempo a tomar otro café?

Anda, ya se ha apuntado otro café por la cara. El Señor asiente. ¿Qué va a decir? Siguen hablando de los otros, de los pecadores y del mar. La mujer del bikini rojo ha desaparecido. Miran de vez en cuando al mar, pero no la ven. Ah, sí. Ahí está, tendida al sol.

—Voy al aseo un segundo. —Solo quiere tener más tiempo para confirmarlo. Maldita miopía. Se ausenta unos segundos.

Vuelve a sentarse; la conversación, ahora descafeinada, los aburre a los dos:

—Tiene usted una familia muy buena.

—Sí, estoy contento.

—Debe estarlo.

—Lo estoy. Mi mujer, mis hijos... Queremos tener más. Consuelito quiere una niña, ya sabe cómo son las mujeres...

Cuando se han acabado los cafés, el Señor se despide rápido, espera a que el cura se aleje y se acerca casi sin aire a la balaustrada. Tiene que pedir por favor que le dejen un hueco. A regañadientes se lo dan. La morena ya no está. No la ve.

—¿Había una morena en la playa? —le pregunta al de al lado.

—Y no veas cómo estaba.

—¿Ya se ha ido?

—Ahora mismo. Justo ahora mismo.

Suspira: «Bueno, ¿qué se le va a hacer?» Mira el reloj, aún tiene unos minutos para despedirse de la playa como Dios manda. Se pone cómodo en esa balaustrada que de tan blanca parece de mármol.

83

Casi la coge el toro. Llega al hotel justo antes de comer, sobre las dos. Pasa por la recepción con la barbilla baja, pidiéndoles a los clientes que abarrotan la entrada que la dejen pasar. El recepcionista, cuando la ve, levanta el brazo —«Señora, señora»—; ella tiene que pararse. «Su familia ha preguntado por usted.» Y ya no sigue escuchando, solo quiere subir a su habitación y recomponerse, borrar las huellas del crimen. Se le ha quedado el pelo áspero, pegado al cuero cabelludo, apelmazado, y la piel tirante, después de ese baño espontáneo que no ha sido otra cosa más que un bautismo a conciencia en el mar: en el que siempre será *su* mar. Entra en el cuarto —la única presencia de su Marido es la de su olor, esa conquista invisible de la que es imposible escapar— y va al balcón a tomar aire, y después deja las puertas abiertas de par en par: entra la luz. Se queda quieta en el cuarto de baño, frente al espejo, como una testigo de sí misma, y no sabe quién es esa mujer del reflejo. Una desconocida, una intrusa. Se mira a los ojos, casi febriles, y se desnuda. Debajo del traje, el bikini rojo, aún mojado, y sobre la piel, las marcas de su hazaña, la prueba indiscutible de que es valiente. Las líneas blancas en los hombros. Su estómago rojizo. Su ombligo lleno de sal. El hombro herido, por culpa del traje de anoche.

Y así, se mete en la ducha: el agua, caliente y sosa, le cae por la cara y por el pelo, arremolinándose en los pies después de atravesarle todo el cuerpo. Su Marido debe de estar a punto de llegar. Ahora la esperan Madre, Amalia, sus niños y la otra Consuelo, la de siempre. Se dice a ella misma que sí, que le ha compensado todo: huir del hotel, tomar a la señora de Ángel Caraballo como excusa y engañarla después —el Señor no la hubiera dejado pasar otra mañana sola—, y mostrarse al mundo en bikini. Claro que compensa. Allí, bajo el chorro de agua, pierde la noción del tiempo, va armando sus justificaciones: «He pasado el día con la amiga..., hemos tomado una horchata..., hemos paseado.» No le dirá jamás a nadie que se despidió de ella una hora después de ir a buscarla. Y de repente, como si el agua le saliera congelada sin esperárselo, da un brinco y se recoge los brazos al pecho porque es consciente de que las alegrías se han acabado. Ya no quedan más mares ni más ratos en una ciudad extraña ni más baños de sol. Solo la maleta. Y el viaje. Y la casa. Su futuro le parece que cabe en la palma de la mano. Qué pequeño es. Y llora.

Sus dedos están arrugados, es hora de salir, de secarse. De ponerse ese vestido que es una piel. Y, sobre todo, de mantener los recuerdos. Aprisionarlos.

84

Aunque se ha planteado rasgar el folio hasta convertirlo en una montañita nevada sobre su escritorio, junto a un crucifijo, al final se decanta por arrugarlo, por dejarlo hecho una bola deforme y crujiente. Tiene la mandíbula apretada. No contento con eso, el cura don Julián la aplasta con el puño y después la tira a la papelera que tiene a un lado, como si fuera una colilla. Se permite decir un taco, a media voz y porque está solo, completamente solo. «Cabr...» Mira hacia la ventana, un cuadrado de sol cae sobre la mesa, sobre sus manos impolutas. Se tira del alzacuellos hacia abajo y se le asoma la nuez, enorme, igual que una aleta de tiburón. Él no quiere releer más, ni ahora ni nunca, la tibia respuesta de las altas esferas a su petición de ayuda para frenar la ola de inmoralidad que inunda las playas y vacía las iglesias. «Me cago en la leche»: segundo taco. Le dicen algo así como que todos tenemos que hacer un esfuerzo con el turismo, «un necesario ejercicio de comprensión» con los que deciden visitarnos, porque es el peaje que debe pagar «un país de tanta belleza y esplendor». Vamos, que es lo mismo que decir que no van a mover un dedo, que les da igual que esas impúdicas se paseen por las playas con menos tela que Tarzán. «Malditos comunistas.» De una forma muy cortés, todo sea dicho, le dejan claro que no pueden multar así, al tuntún, a los que vengan de fuera porque «sería nefasto» para la imagen de Nuestra Patria en el extranjero. «Son otras costumbres, otras tradiciones alejadas de la Fe. Quizás el mejor contraataque sea demostrarles con el ejemplo cómo deben comportarse, de una manera pacífica y silenciosa», se sabe de memoria ese párrafo. Pues no hay derecho: vienen aquí, nos soliviantan, y encima no se les puede hacer nada. Nada de nada. Inmunes. Los dejamos que campen a sus anchas, que siembren la duda, que desvíen a nuestros jóvenes, que nos tienten a todos.

El cura se pone en pie, se acerca a la ventana —la luz del sol le da toda a él—, cierra los ojos. «Ilumíname, Dios mío.» Una paloma se apoya en el alféizar. Da un golpe con el puño en el cristal para espantarla. Si tiene que librar esta batalla solo, lo hará. Es lo que hacen los grandes cristianos, los mártires buenos y los héroes de verdad, no achicarse ante las adversidades. Don Julián se arrodilla ante la papelera y busca la bola de papel entre las colillas, otros folios desechados y una piel de plátano; después, se acomoda en su escritorio, alisa la cuartilla con la palma de la mano y, tras acercar su máquina de escribir, prepara una respuesta. Lo van a oír:

Estimado señor mío,
Insisto en...

Quedarse callado y de brazos cruzados sería un pecado por omisión, y él no es de esos. Ya busca aliados: las feligresas, las madres de familia... El próximo día, en misa, pedirá su colaboración. Suda, le sobra la sotana; algún motor se le ha encendido en las entrañas y está a mil revoluciones. Y empieza a teclear como si necesitara toda su fuerza para hacerlo. Sus dedos finos recurren a la brusquedad. Una hora después, don Julián irá a Correos para enviar esta respuesta. «Urgente, por favor.»

85

Le dice que sí, que le escribirá —bueno, que se buscará a alguien que escriba las cartas por ella: «Espero que al recibo de la presente esté usted bien...»— y que, por supuesto, le mandará una foto con el pelo recogido, que es como a él le gusta, y los labios rojos. Después le promete, besándose la medalla que lleva al cuello, que hará todo lo posible por que se vean pronto. Baja la cabeza, igual que una corderita: «Que no, pesado, que no me voy a olvidar de ti.» Ele, en un arranque de macho cabrío, la coge de la cintura, casi en volandas, se la pega al cuerpo, y le promete que va a ir a visitarla al pueblo y que le llevará un ramo de flores, y a lo mejor un anillo. «Avísame antes, ¿eh? A ver si me vas a coger desprevenida, y arreglada de cualquier manera, que me da mucha vergüenza que me veas así.» La despedida de la criada y el camarero es breve, acelerada y a contrarreloj. Han aprovechado un descanso de él para verse un momento a solas, no más de cinco minutos, mientras él se fuma un pitillo. Han salido afuera, a una parcelita de sombra, con la poca intimidad de la calle, entre las mujeres que vuelven de la compra y las turistas que van a la playa. Está harta ya de tanta rubia. De lejos, parece que los dos danzan porque se arriman y se alejan, se cogen unos segundos de las manos y se sueltan; él mete su pie entre los de ella, reclamando su espacio, dejándole claras sus intenciones.

—Que tú a mí me gustas, Amalia. —Aparta un poco la cabeza para echar el humo—. Me gustas mucho.

—Ya lo sé, pero estamos muy lejos. —«Y tú trabajas rodeado de suecas», quiere añadir, pero eso se lo calla. Tiene que sellar los labios para no soltarlo, para no escupir.

—Eso hasta que nos casemos.

Ella mira hacia una de las ventanas del hotel, se coge las manos.

—Tengo que irme a hacer la maleta, que está doña Trinidad sola en la habitación con los niños... Y es un lío.

—Prométeme que me vas a escribir.

—Pero si yo no sé ni leer, Ele.

—Pues te buscas a alguien que lo haga. —Baja la cabeza hasta su altura—. Prométemelo por *lo que tú más quieras*.

Ella agacha la mirada y se le aparece en la mente, como un latigazo, la imagen de su Señor. Piensa en alguien más al que quiera mucho: la mente en blanco. Quizá los niños. Sí, a los niños los quiere.

—Te lo prometo por lo que yo más quiero.

—Un beso en la mejilla me dejarás darte, ¿no? Un beso de despedida.

Mira atrás, otra vez a las ventanas. Al final, susurra:

—Sí.

Ella le coloca la cara. Él deja ahí la presión de sus labios, pringados. Huele a aceite frito, a cocina llena de gente, a ollas en ebullición.

—No me llores, mujer.

—Que no es nada, de verdad. —La criada, con sus dedos enormes, se da manotazos en la cara, después se pasa las mangas de la camisa por los ojos—. Es que soy muy tonta, que me emociono con nada, con cualquier tontería. —Se sorbe los mocos—. Tendrías que verme escuchando los seriales de la radio. Hay uno que me encanta, pero que me hace llorar todas las tardes.

—Pero esto no es un serial, es amor. ¡Amor del bueno! Y tú eres la protagonista, mi vida.

—Hablas como un poeta.

—No, habla mi corazón.

—Zala-mero. —La palabra, interrumpida por un hipido.

Ele la abraza —la llorona acomoda la cabeza en su pecho, con las pestañas mojadas— y da una calada:

—¿Se lo has dicho a tus señores?

—¿El qué?

—Que te has enamorado.

Se encoge de hombros.

—Pues se lo tienes que decir ya, que se vayan buscando a otra, que yo, en cuanto ahorre un poco, voy a buscarte, pero voy a buscarte de verdad. Y a montarte una casa en condiciones.

—La casa en la que vivo es muy bonita, grande. Y de dos plantas.

—Pero no es tuya.

—No, eso no.

Amalia solo sabe suspirar. Escucha la voz de su caballero, pero las imágenes que le vienen a la cabeza son las del camarero moviéndose en la pista junto a las suecas, o de donde demonios sean, sonriéndoles a las dos, ajeno a la pobre criada que se había quedado en una silla, sonriendo también, haciendo como si esa fuera la diversión: que el hombre que la cortejaba se divirtiera con otras.

—Venga, que tienes que irte a hacer la maleta. Piensa en mí durante el camino de vuelta, ¿eh? Amalita de mi vida.

86

—Doña Trinidad, ¿puede venir un momento? Doña Trinidad. ¡Doña Trinidad!

La criada habla a voces, a grito pelado, aunque sabe que la anciana está en el cuarto de baño. Pone los brazos en jarras, sacude la cabeza frente a una de las camas y resopla: «¿Será posible?»

—¿Puede venir? Se lo pido por favor.

Los dos niños, que se estaban enseñando los cromos y volvían a intercambiárselos por enésima vez —«Dame este. No, este no»—, se quedan callados, quietecitos de repente. Intuyen que pasa algo. Madre sale del cuarto de baño con la barbilla goteando; el agua le recorre la cara de arriba abajo, entreteniéndose en sus arrugas. Amalia no se mueve.

—Ay, que yo ya tengo la barriga mala. Cada vez que hay un viaje, lo mismo. —La vieja hace el amago de sentarse en su cama, ya hecha—. ¡Con lo bien que estoy yo en mi casa!

—Venga usted *pa* acá. —Mira a los dos niños—. Y vosotros *irse* a la habitación de vuestros padres y preguntadles cómo van. Después, os podéis quedar un rato en el pasillo jugando a algo, que tenemos que recoger la habitación y estorbáis. No os peleéis, que ya sé yo cómo acaba la tontería de los cromos.

—¿Por qué estorbamos, Amalia?

—Porque estáis siempre en medio. —Da dos palmadas fuertes—. Venga, hale, fuera de aquí.

—*Ofú*.

Los niños se guardan sus cromos, con los bordes doblados, en los bolsillos y salen de la habitación. Madre ha aprovechado para volver a meterse en el cuarto de baño. Cuando la criada se da cuenta, la aporrea:

—¡Salga de ahí!

—Que ya te he dicho que me encuentro mal, que...

—¡Doña Trinidad!

—Me estoy cagando otra vez, que todo hay que decirlo.

—Se dice *obrando*, que se le olvida a usted muy pronto que estamos en un sitio fino. —Baja el volumen—. Bueno, no tarde mucho, que tenemos que hablar.

—Ay, qué malita estoy.

Amalia, como una policía que custodiara a un preso, da vueltas en círculo frente a la puerta del cuarto de baño. Se ha cruzado de brazos y arruga los labios en un mohín exageradísimo:

—¿Le queda mucho?

Solo oye un gemido, y a ella solo se le ocurre decirle:

—Pues a ver cómo aguanta las seis horas de autobús.

—Ay, no me digas eso.

—A ver, ¿qué quiere? Que al Señor no le gusta coger el coche para viajes tan largos. Y, además, con todos los que somos no cabríamos ni aunque tuviera una furgoneta.

—¿Has metido los bocadillos?

—No me cambie de tema, que la conozco. Salga ya, que la estoy esperando. —El pomo de la puerta se gira, y la anciana sale, igual de abatida que antes. Amalia no muestra signo de debilidad ni de compasión—. Venga, venga aquí. —La lleva hasta su cama—. ¿Esto qué es?

—Nada.

—¿Nada? —Abre la maleta de par en par, como las casas de un patio de vecinos—. Pues yo aquí veo tres ceniceros, una toalla, un jarrón de cristal... Y todo del hotel. Pero ¿se ha vuelto usted loca?

—Para casa. —La anciana susurra.

—¿Para qué quiere estas porquerías, por Dios santo?

—Para llevarme un recuerdo.

—¿Un recuerdo? Pues salga al balcón y mire el mar. —Señala con su dedo, más acusador que nunca, los inesperados objetos, sobre la ropa negra y perfectamente doblada de la anciana—. A esto se le llama robar.

—Es para las vecinas.

—¿Cómo les va a regalar un cenicero con el nombre del hotel, doña Trinidad? Que esto es un hotel fino, de cuatro estrellas nada menos. —Coge un cenicero, lo pone en la mesita de noche.

—Nos lo llevamos. —Las manos-garras de la anciana se lanzan a por el cenicero.

—Que no.

—¿Cómo que no? Eso me lo llevo. Que es mío.

—¡No es suyo!

—Con lo que cuesta la habitación, seguro que tienen para comprar más. —En la mente de Madre no caben los lujos. Ella es una mujer rapiñadora desde siempre. ¿Por qué iba a dejar ahí esas cosas si se las puede llevar sin que nadie se dé cuenta? ¿Quién reniega de algo gratis?—. Lo he cogido de abajo, cuando íbamos a desayunar.

—¿Delante de mis narices? ¿Y de sus nietos? ¿Es ese el ejemplo que quiere darles? Imagínese que la cogen, con el Señor delante. Ay, qué vergüenza, que nos pongan la cara *colorá* por cuatro porquerías. Me está dejando anonadada, se lo digo de verdad.

Madre, que saca fuerzas cuando quiere, cierra la maleta. La otra está embalada, ya no se calla:

—Anda, claro, como usted no tiene que cargar con ella... Si me descubren, que me lleven al calabozo a mí, ¿no? Mucha caradura veo yo aquí. ¡Mucha! Llévela usted.

—Si no puedo ni con mi alma, y ya te he dicho que tengo la barriga suelta.

—Suelta tiene usted la mano. —Amalia se aparta de la cama. No quiere ser cómplice del delito—. Doña Trinidad, que yo he sido muy honrada siempre, que las criadas es lo único que tenemos, ser honradas y que nadie hable ni una palabra mala de nosotras. —Se tapa los ojos, como una niña chica—. Yo no he visto nada, ya lo sabe.

—A tu edad no tenía yo tantos remilgos.

—Doña Trinidad, no me tire de la lengua, que eran otros tiempos y...

Vicentito entra seguido de su hermano. Las dos mujeres se callan enseguida:

—Dice mi padre que en un rato estamos, que ya ha llamado al taxi para que nos lleve a la estación.

—Ea, pues *iros* fuera a jugar. —Amalia los coge de la mano y los conduce hasta la puerta.

—¿Podéis sacar la maleta, que pesa mucho para Amalia y para mí? —dice Madre con toda la tranquilidad del mundo. Los niños, cada uno por un extremo, cargan con esa maleta que parece una caja—. Que no se os vaya a caer.

—Pesa mucho. —Se queja el mayor.

—Anda ya, si eres casi un hombre.

Amalia menea la cabeza.

—A ver qué necesidad habrá de esto...

87

A la niña no se le iba de la cabeza la imagen de su madre humillada ante la marquesa. Ni tampoco que por su grandísima culpa habían sustituido las comodidades prestadas, las sábanas finas y la comida decente, por el hambre, el frío y la mierda. «Maldita sea su estampa.» Ese sentimiento indefinido, que se debatía siempre entre el odio y el sadismo, emergía en el momento menos pensado, y entonces Consuelito se quedaba mirando a su madre, con los ojos fijos, penetrantes: dos bocas de pistola. No decía nada, ni siquiera se movía, solo se la imaginaba sufriendo. Podía llevarse así horas enteras, deleitándose en las crueles escenas que pasaban por su mente. Estaba segura de que su padre, si siguiera vivo, la habría condenado también y habría querido marginarla, porque *eso* era lo que se merecía. Eso y más. A veces incluso se levantaba a medianoche e iba al cuartucho en el que dormía su madre; allí la contemplaba, roncando y desprotegida, sin posibilidad de defenderse. Tenía la boca medio abierta. La niña la maldecía entre dientes (de leche), y se le quedaba en la boca un regusto ácido, a huevo podrido. En una ocasión, se acercó a ella y le colocó la mano a pocos centímetros de su cara; notó su calor, su aliento duro, y se sintió tan eufórica que ya no pudo dormir en toda la noche. Consuelito no había cumplido aún los diez años.

Habían tenido que volver a las casitas bajas, a esas que se disponían en torno a una calle de arena que se hacía barro con las lluvias. Las mantas, los zapatos y las ropas, siempre en alto o sobre las camas, para que el agua sucia no se las llevara por delante cuando entraba por debajo de la puerta. Ocurría cada invierno. A pesar de todo, Consuelito se empeñaba en no olvidarse de la marquesa, su mentora. En su sillón raído y cojo, la niña se sentaba con los pies cruzados y llegaba a creerse que el agua era un té servido en tacitas de porcelana. Bebía a sorbitos pequeños, lo saboreaba, y hablaba con alguien imaginario sobre las telas y los dolores de cabeza. No se había atrevido a gritarle a la madre, porque su imagen abochornada era aún demasiado vívida. Podía recurrir a ella a menudo, cuando le hiciera falta. Doña Trinidad, que entonces no era doña, les contó a las vecinas que se había cansado de servir en casa de *esos*, que eran muy pejigueras, y que no pagaban bien. Todo mentira. Las otras le dijeron que los ricos se comportan todos igual, que se creen superiores a los demás y que ellas, por supuesto, no eran esclavas de nadie. Consuelito las oía hablar desde su saloncito de té y las despreciaba, como una mujer rica.

La hija esperaba, no sabía qué, pero esperaba. Algo maravilloso, seguro. Mientras tanto, se agarraba a cualquier periódico atrasado o se quedaba de pie ante todos los carteles, leyendo para ella, aliviada de que nada de lo aprendido se le hubiera olvidado. Leer era su arma, lo único que la diferenciaba de sus vecinos. Y así fue como la niña empezó a ganarse unas perras. Los otros le pedían que les leyera una carta, que le miraran un papel que les había dado el alcalde, que enseñara a escribir a sus hijos. A esto último siempre se negaba. A lo demás le decía a todo que sí y casi a cualquier precio: un conejo, un puñado de espárragos trigueros o unos roscos de azúcar. Debajo de la cama escondía una parte de ese botín, que era solo para ella y que se comía de noche, a oscuras. Su madre lo sabía, pero se callaba. La llamaban la maestrita, esa que con las primeras perras se compró unos zapatos de charol y una tacita de té.

Margari era una vecina que vivía cuatro casitas más para allá. Venía a menudo, a cotillear con Trini, a fumarse las colillas que encontraba por la calle, a decir que su hija, por Consuelito, se estaba convirtiendo en una mujercita y que iba a volver locos a los hombres. Después, siempre contaba algo de alguno de sus siete niños. No se estaban quietos: corrían de un lado para otro, o saltaban o se tiraban a sus brazos, cansaban a cualquiera. Una vez a la semana, cuando Margari tenía que coger el autobús para ir a la cárcel a ver su marido, le pedía a Trini que les echara un ojo a los *cafres*. La buena mujer le decía que por supuesto y se pasaba en esa casa toda la tarde, mandándolos callar, intentando que se portaran bien, vigilando que no se quitaran la comida, escrupulosamente repartida en raciones enanas. Una noche de invierno, después de un día entero con los niños de la Margari y ya acostada en su cuarto, Trini se levantó sobresaltada por unos golpes en la puerta. Eran las tres de la mañana, más o menos. Consuelito estaba despierta, *esperando*:

—Margari, ¿ha pasado algo?

—¿Y la cadenita de mi padre?

—¿*Lo* qué?

—La cadenita de oro que tenía guardada en el cajón, en mi cuarto.

—¿Qué cadenita? —Entre el sueño y las preguntas en clave, no entendía nada. Solo pudo arrugar el ceño.

—Trini, no te hagas la tonta, que me han dicho mis niños que entraste en el cuarto. —La furia le encendía la mirada.

—Sí, porque Juanito me pidió una toalla y no la encontraba, pero yo no he tocado nada.

—¿Y la cadenita de mi padre?

—Por Dios, que nos conocemos desde hace años, te juro que no sé qué me estás diciendo.

—Mira, Trini, que soy capaz de cualquier cosa, ¿eh? Que esa cadenita es sagrada, de mi padre que está en el Cielo. —Y miró hacia lo alto.

—Margari, yo...

Consuelito levantó las cejas y se cruzó de brazos, como la mujercita que ya empezaba a ser:

—Trini, Trini... —A estas alturas, ya estaban algunas vecinas asomadas a la puerta. Sus ojos brillaban en la negrura, como pequeñas estrellas.

—Margari, que yo no he hecho nada, solo cuidar de tus hijos. Te lo juro una y mil veces. Que me parta un rayo si digo mentira.

—Encima de ladrona, mentirosa. Ay, que no me aguanto, que me vuelvo loca.

Y, efectivamente, no se aguantó. Cogió a Trini por los pelos y la sacó de casa. La pobre gritaba y solo intentaba explicarse; no parecía entender que la lucha iba en serio. Los perros ladraban por todos lados. La otra, la de los siete niños, que corrieron a ayudar a su madre, no escatimó en golpes, en patadas y en arañazos a la vez que chillaba a pleno pulmón.

—¡Ladrona, ladrona!

Unos vecinos, Madre no se acuerda quiénes, las separaron y la arrastraron hasta su casa. Consuelito, que no se había movido, vio sus ojos llorosos, los pelos alborotados, la sangre que le cubría la cara: humillada de nuevo.

—Yo no he hecho nada, lo juro —iba diciendo.

Sola, caminó hacia su cama y se quedó en trance. La hija

se pasó toda la noche observándola, respirando rítmicamente. Cuando amaneció, con sus zapatitos nuevos, caminó hasta el río y vio cómo la cadenita de Álvaro, el padre de Margari, se hundía hasta el fondo, entre el agua verdosa.

88

—Consuelito, que nos vamos. —El Marido se queda en la puerta, ya no quiere entrar en la habitación.

La Señora le contesta desde el balcón:

—Ahora voy. —Pero no se mueve.

Él no le da tregua. Qué impaciente se pone, «y qué mandón»:

—Que el taxi nos está esperando. Ya han bajado todos.

—Un segundo. —Sobrevuela el mar con la mirada.

—Venga, hombre...

—Sí. —Y no sabe qué más decir. Obedece: cruza la habitación casi cojeando, sin mirar las camas ni la lamparita ni el teléfono, concentrada solo en su Marido, al que tiene ganas de abrazar, no sabe por qué, como el día de su llegada a este hotel. Se reprime. Su gesto es indescifrable, como una cara con una verja. Sale. Un portazo, y la Señora aprende que un corazón puede pararse sin abandonar la vida—. No se nos olvidará nada, ¿verdad?

89

Han llegado con más de cuarenta minutos de antelación, demasiado pronto, como le gusta al Señor. «Siempre el primero, que las prisas no son buenas.» Ahí están de nuevo los seis, moviéndose todos a una —familia reencontrada—, con las maletas a cuestas, y las malas caras. En la estación de autobuses hay lo que algunos locutores de radio llaman *nervio*, y que no es otra cosa que gente entrando, saliendo, corriendo unas veces y llorando otras, apresurados. La Señora, sin *nervio* ninguno, vuelve la vista atrás, solo para comprobar que no se ve el mar. Tampoco hay rastro de la playa, como si ya estuviera en su casa. A estas alturas, da lo mismo distanciarse cien metros que cien kilómetros, todo está lejos: se acabó. «¡Se acabó!» El Marido busca el andén número cuatro, y dice que va a hablar con alguien para asegurarse de que es ese; ella mira a las ventanas mientras responde que sí, que vaya, que se quedará al cuidado de los bultos. Amalia y Madre revisan la cesta con unos bocadillos grandes que han comprado, y después se arriman a un puesto ambulante que está junto a la entrada. Buscan alguna barrita de regaliz, cañas de azúcar o cucuruchos de pipas, que el viaje es muy largo, y muy pesado.

—Ay, bolas de anís, con lo que me gustan... Yo me voy a pedir unas. ¿Usted qué quiere, doña Trinidad?

—No sé. —La anciana tiene todavía el estómago revuelto. No se le antoja nada. Revisa otra vez la mercancía.

El vendedor espanta a una mosca que revolotea sobre los cucuruchos de atramuces. Tiene la uña del meñique larguísima. Después les sonríe:

—¡Todo bueno, todo de primera calidad! —Qué raro que les diga eso con su dentadura a medias.

—Ay, no sé. —La anciana busca el brazo de Amalia.

—Doña Trinidad, no le vaya a decir al Señor nada de lo de Ele. Ni al Señor ni a la Señora, se lo pido por favor.

—Yo soy una tumba. —Piensa en ella ya muerta. ¡Qué poquito le queda!

—Que no quiero que se enteren.

—¿Y quién te va a leer las cartas? A alguien se lo tendrás que decir.

—Que no, que no voy a escribirle.

—¿Ah, no?

—No.

—¿Y eso por qué? ¿Te ha hecho algo? Por eso llorabas anoche, ¿no?

—Que él no es hombre para mí, ni tampoco me imagino yo aquí.

—Amalia, Amalia...

El hombre las mira y después le da a una madre que está junto a ellas un regaliz. Le cobra y se despide con un «Adiós, guapa».

—Que no, doña Trinidad, que... No me quiero casar con él. Bueno, ¿qué compramos, entonces?

—¿Estás segura?

—Ay, yo qué sé.

La criada no le habla de la amenaza de las suecas ni de la

escenita en el salón de baile, ni tampoco de que no se ve viviendo en otra casa o en otro pueblo, y que no está preparada para más abandonos. «Que ya ha tenido suficientes, hombre, en toda su vida»: su madre, su padre, sus tíos...

—¿Les pongo algo, señoras? ¿Se deciden?

—En tres días te has olvidado de él. —Tose como la vieja que es—. Sí, yo voy a querer un cartucho de pipas.

—¿Un cartucho de pipas con los dientes como los tiene? —le pregunta Amalia—. Pídase una cosa más blandita, no *me* sea usted bruta.

—Unos caramelos, sí, de esos. Amalia, ¿pues sabes lo que te digo? Que muy bien hecho, que *en verdad* yo no quiero que te vayas. —Y le busca con su mano la suya—. ¿Quién me va a cuidar mejor que tú?

—No me diga eso, que me voy a echar a llorar, que estoy de *un* sensible... Oiga, usted, pónganos unas bolitas de anís...

90

«¿Cuánto tiempo hace que se fueron?» La Señora tiene la impresión de que lleva mil años fuera. Se imagina que podría encontrar su casa llena de telarañas, con los sillones raídos y los muebles anticuados, y caca de ratas en los rincones. Y que quizá no conozca a ninguna de sus vecinas porque muchas se han muerto, ojalá, o que un tranvía recorre el pueblo de arriba abajo. No sabe qué esperar de su vuelta, no sabe cómo adaptarse de nuevo a aquella luz, a la tierra seca y a las ventanas pequeñas. El autobús está ya frente a ellos, como una mole a punto de tragárselos; desde su asiento el conductor fuma y los mira, no abrirá la puerta antes de tiempo. Tranquilo, ella no tiene prisa. Ninguna. Están los primeros de la cola, rodeados de bultos, cansados de antemano. Cogerán los mejores sitios. Ella ya se ha pedido ventanilla.

—Amalia.

—Dígame.

—Cuando volvamos, quiero una limpieza general de la casa.

—Como quiera, señora.

—Aún no hemos llegado —la defiende Madre, que al final también se ha llevado el cartucho de pipas—. Déjala descansar.

—Quiero zafarrancho de limpieza. —Esa le parece la única forma de sobrevivir, de conquistar de nuevo su espacio.

—No llevamos fuera ni una semana.

—Llevamos tiempo queriendo hacerla. Es el momento —defiende ella con mucha menos pasión de la que los tiene acostumbrados.

—Como usted quiera. —Amalia tampoco tiene fuerzas para contrariarla.

—Gracias.

Amalia le ofrece una bola de anís. La Señora niega con la cabeza y vuelve a fijarse en el conductor. Cierra un momento los ojos, inspira hondo.

—Ya ha abierto las puertas —dice el Señor con la voz grave, como si hiciera un anuncio importante para sus vidas.

Parte final

LA VUELTA

1

El Ministerio de Gobernación recogió las ideas que salieron de los castos asistentes al Primer Congreso Nacional de Moralidad en Playas, Piscinas y Márgenes de Ríos —entre los que se encontraba don Francisco Villalobos— en una circular que envió a todas las zonas costeras, y exigió su estricto e inmediato cumplimiento. ¿El Marido de la Señora quedó satisfecho? Solo a medias. Él hubiera querido ser más duro, más implacable, y haber dejado su impronta en esta cruzada contra el Mal. Aquí se ofrece un extracto de las curiosas conclusiones:

- El Congreso cree muy oportuna la organización de una gran campaña nacional de DECENCIA.
- En ningún caso podrán hacer uso de la misma caseta personas de distinto sexo. Las casetas tendrán separaciones hasta el techo.
- Es indispensable que se prohíban terminantemente los bailes en las playas y piscinas, y mucho más en traje de baño, abuso gravísimo que se va extendiendo y que no puede tolerarse.
- El Congreso pide *angustiosamente* al Poder Público que

ponga coto a la invasión paganizante y desnudista de extranjeros que vilipendian el honor de España y el sentimiento católico de nuestra Patria.
- Se considera fundamental para la salvaguarda de la decencia la separación de sexos en los baños.
- El Congreso pide a la Comisión Episcopal que se publique un catecismo sobre moralidad en playas, piscinas y márgenes del río, para que sirva de orientación y enseñanza de este problema.
- Queda prohibido el uso de prendas que resulten indecorosas, exigiendo que cubran el pecho y las espaldas debidamente, además de que tengan falda para las mujeres y pantalón de deporte para los hombres y nunca *slip*. ¡Nunca *slip*!
- El Congreso suplica a la Comisión Nacional de Moralidad y Ortodoxia que dé normas sobre cuál debe entenderse como bañador aceptable, tanto para las señoras como para los caballeros.
- Queda prohibida cualquier manifestación de desnudismo o incorrección en el mismo aspecto que pugne con la honestidad y el buen gusto tradicional entre los españoles.
- Queda prohibido que hombres y mujeres se desnuden o se vistan en la playa, fuera de la caseta cerrada, para cambiar el traje de calle por el de baño y viceversa.
- Queda prohibida la permanencia en playas, club, bares, bailes, excursiones y, en general, fuera del agua en traje de baño, ya que este tiene su empleo adecuado dentro de ella y no puede consentirse más allá de su verdadero destino.
- Quedan prohibidos los baños de sol sin albornoz.
- Los niños mayores de dos años deberán llevar traje de baño.

- Queda también prohibida la mendicidad.
- La autoridad gubernativa procederá a castigar a los infractores, haciéndose público el nombre de los corregidos.
- El Congreso expresa su deseo de que el próximo año se celebre la segunda Asamblea Nacional, que será, sin duda, de mayor utilidad después de los humildes ensayos de esta y de las experiencias que nos depare el próximo verano. Se atreve a proponer como punto de reunión la ciudad de Santander.
- Se prohíbe igualmente la circulación por la zona de baños de coches, automóviles, motocicletas, bicicletas, carruajes, como asimismo arrojar papeles, restos de comidas... que ensucian la playa.

Las anteriores normas, que deberán ser particularmente observadas en las calles, playas, riberas de los ríos, piscinas y demás lugares de excursionismo o locales y sitios de esparcimiento, se completarán con la instalación de solarios tapados al exterior en los que, únicamente con la debida separación de sexos y vestidos al menos en trajes de baño, se permitirá tomar baños de sol, siendo indispensable tanto a la salida de dichos solarios como a la del agua, el empleo de albornoces que cubran perfectamente el cuerpo.

Los agentes de la autoridad cursarán sin demora las denuncias por las infracciones de las anteriores reglas, y detendrán, cuando proceda, a los infractores, a quienes además se les sancionará por el incumplimiento de estas disposiciones, haciendo responsables igualmente a los propietarios de los establecimientos, balnearios, de comidas y bebidas, así como a los padres y tutores cuando se trate de menores de edad.

La ley, sobre el papel, está clara, pero para su más estricto cumplimiento es imprescindible la colaboración de todos: conociéndola, urgiéndola, practicándola, apoyándola y llevándola, si es preciso, hasta las últimas consecuencias. Decía el documento que salió de este Congreso que nadie tiene derecho a quejarse de los escándalos que puedan ocurrir si no ha colaborado eficazmente y en la medida de sus fuerzas con la autoridad. La idea era que cada español fuera un verdugo, un chivato, un policía. Solo así, se mantendría la decencia en las playas.

Nada quedó establecido en el documento sobre el griterío o cobrar para entrar en las playas, tal y como le planteó la Señora a su Marido.

2

En 1954 se funda la Asociación de la Cruzada Nacional de la Decencia, cuyos miembros se comprometían a no ir a piscinas o playas utilizadas simultáneamente por personas de uno y otro sexo. Aunque don Ramón le insiste a la Señora para que se inscriba «de inmediato» en este grupo, ella encuentra la forma de darle largas al párroco. ¡Qué escurridiza es!

3

Algunas ciudades —las más adelantadas, como Benidorm— establecieron poquísimos años después sanciones económicas para los ciudadanos que insultasen o importunasen a las mujeres que lucían bikini, tanto en la playa como en las calles.

4

Más valiente que ninguno. En 1953, solo dos años después del Primer Congreso Nacional de Moralidad en Playas y Piscinas, el alcalde de Benidorm, Pedro Zaragoza, se puso la pacatería por montera e hizo de su ciudad la primera «pasarela legal» de bikinis en una España tapada hasta el cuello. Firmó con pluma un decreto que permitía el uso de este modernísimo bañador dos piezas en sus playas: provocador ombligo al aire y también hombros y muslos. La mujer reconvertida en sirena. La reacción de los vecinos —más bien de las vecinas— no se hizo esperar y movieron Roma con Santiago —cartas a las más altas instancias, protestas, novenas, triduos y rosarios de la aurora— para que, de una forma u otra, se le diera un escarmiento al edil. Se inició incluso un proceso de excomunión comandado por el obispo de Valencia, Marcelino Oleachea. El pobre visionario, más solo que la una, pues nadie se atrevía a respaldarlo públicamente, acudió al germen del asunto. Tras un viaje de más de ocho horas en su vespa, se presentó en el Palacio del Pardo y habló con el Generalísimo, y en presencia de doña Carmen Polo, de bikinis, de turismo y de dinero. «Si quieres que la gente venga a tu pueblo a pasar sus vacaciones, debes estar preparado para acomodarlos, y no solo a ellos sino también a sus culturas.» Y así fue como el Guardián de España, con gran ojo para los negocios, cerró los suyos a la indecencia y permitió, sin resistirse demasiado, ese oasis de libertad. Todo sea por las divisas. Otras ciudades como Torremolinos o Santander también se subirían al carro de las suecas. La puerta a Europa ya se había abierto. *Spain is different. Benidorm is different.*

5

Les quedan seis horas de viaje en las que ninguno mostrará el más mínimo interés por hablar. Solo los niños, de vez en cuando, se quejan a voces. «Tengo hambre. ¿Qué hay de comer?» Menos mal que esta mañana compraron algunos bocadillos de chorizo y unos refrescos con burbujas, y también unos pasteles que parecen decir «cómeme». Amalia se dobla hacia delante y busca en la cesta de esparto con la que carga a todos lados; se imagina que cada gesto que hace puede ser el último como sirvienta. Pero no, no lo hará. No dejará esto. Les da a los niños su bocadillo y su refresco y se recuesta en su asiento. Cierra los ojos, le viene a la mente la imagen de Ele y el estómago le da varias vueltas de campana. La anciana, recta como una momia, tiene ganas de llegar. Tanto hotel y tanta playa la tienen agotada. Ella, como un barco que necesita anclarse, echa de menos su casa, su radio y su iglesia. ¡Y su Patrona milagrosa! Y su cuartito, que eso de dormir con la criada y con sus nietos tiene mandanga. «¿Cuánto queda?» Don Paco —«Mucho, doña Trinidad, duérmase un poco»— aún no entiende cómo pudo hilar un discurso tan bueno, propio del mismísimo Caudillo, que levantó al público y que le granjeó incontables palmadas en la espalda. Casi una hora hablando sin parar. Y sin papeles por delante. Se acuerda de que estructuró su charla, con tintes de homilía, en torno a los conceptos del Bien y del Mal. Habló de la España hermosa que atrae a los turistas, pero que corre el riesgo de perder su idiosincrasia —es decir esta palabra y se siente importante—, elogió a la mujer como madre y como esposa, pero censuró a las bailarinas y a las provocadoras; subrayó la belleza de las playas pero alertó de sus gravísimos peligros. «Porque yo estoy orgulloso de ser español y de que los demás nos visiten, pero quiero esta España tal y como es, que nadie me la cambie.» Y el estallar de los aplausos.

La Señora, quemada por delante y por detrás, se acerca a la ventanilla para despedirse de la ciudad que se aleja. «Ay», casi no puede respirar. En una de esas playas se queda una versión de ella misma. Sonríe, quizá con tristeza. Esta mañana, mientras hacía la maleta, se planteó llevarse el bikini rojo. Lo metió, lo sacó, lo volvió a guardar y, por último, se lo quedó entre las manos y lo tiró a la papelera. Vuelve al pueblo diferente, condecorada con una medalla en las entrañas. Y también herida: la rozadura en el hombro no deja de molestarla. La Señora es inasible, impredecible, siempre sorprendente. Se acuerda de su piedra-amuleto. La saca del bolso. Le ha dado suerte, sin duda.

—Consuelo, me han dicho los del Congreso que el año que viene estamos invitados. ¿Qué? ¿Nos apuntamos?

Ella asiente con la cabeza. «Claro.» Esperará. Es lo que ha hecho toda su vida. Esperar a que pasen cosas. Esperar otra ola que le moje los pies. Otro bikini rojo. Otro mar. Otro verano.

6

En 1946, el prestigioso diseñador francés Louis Réard creó un revolucionario traje de baño de dos piezas que dejaba al aire el ombligo y al que no sabía cómo llamar. Fue la bailarina del Casino de París Micheline Bernardini la primera mujer que se atrevió a lucirlo en público, quien le puso el nombre con el que todos lo conocemos: «Esto va a ser más revolucionario que la bomba de Bikini.» En efecto, antes de que esta palabra (y esta prenda) les quitara el sueño a los españoles de los años 1950, 1960 y 1970, Bikini era un atolón polinesio donde Estados Unidos llevaba a cabo ensayos nucleares, y que terminó arrasado. Muy acertada, señorita Bernardini.

7

Ni el bikini era rojo. Ni ella tiene los hombros y los mofletes rojos por el sol. Ni está roja de vergüenza o de emoción. «Señores, hablemos con propiedad.» En todo caso, el bikini sería encarnado, carmín o bermellón y la piel se le puso colorada, del mismo color de la vergüenza o de la rabia. En esta época, y eso lo sabemos todos, la palabra rojo estaba reservada al enemigo, a los innombrables y los comunistas —¿acaso no eran lo mismo?— o a los que deberían huir, a cualquiera que estuviera contra el Régimen. En ese grupo de indeseables estaban los vagos, los maleantes, los violetas, las frescas, las impúdicas. Lo peor de lo peor. La obsesión era tal que nadie la pronunciaba en público, a no ser que quisiera hundir a alguien. Los niños de la Señora leyeron mil veces el cuento de *Caperucita Encarnada*, que no era plan de que esa niña que cruzaba un bosque con una cesta llena de comida fuera encima una comunista que se merecía que el lobo se la zampara.

«Un bikini rojo —dice ella para sus adentros—. Rojo, rojísimo.»

8

El Marido lo verá al año siguiente: cuando llegue a la playa de Pinoverde no encontrará la balaustrada, que de tan blanca parecía de mármol. Caminará hacia delante y hacia atrás, buscará referencias —verá enfrente el bar en el que se tomó dos cafés con el cura—: «juraría que estaba aquí». En efecto, lo estaba. Ahora la sustituye una hilera de árboles, grandes y frondosos, con los que se pretende esconder a las extranjeras y a sus bikinis. Al parecer, los virtuosos vecinos no soportaban tan demoníaco espectáculo. Se echó el telón. Ese fue el único logro de don Julián en su particular cruzada contra el turismo, aunque él, incansable, seguirá organizando manifestaciones, protestas y cursos de cristiandad para veraneantes. El Marido de la Señora, igual de sudado que siempre, se llevará unos segundos pensando, frente a ese ejército de árboles, si es capaz de bajar a la playa. A *esa* playa.

9

La Señora da un respingo en su asiento: «¡No le he comprado ningún regalo a don Ramón!»

ACLARACIÓN

Aunque el escenario en el que transcurre la acción es real, el Primer Congreso Nacional de Moralidad en Playas y Piscinas se celebró en España en 1951 con las conclusiones detalladas en las páginas anteriores, todos los personajes que aparecen en la novela son inventados. Cualquier parecido con la realidad es pura coincidencia.

AGRADECIMIENTOS

Y llega el momento en el que todo escritor teme equivocarse o, lo que es lo mismo, olvidarse de alguien importante. Ojalá que no. Mis afectos, supongo que como los vuestros, son móviles, mutables, así que estos son mis agradecimientos aquí y ahora, al terminar esta novela:

A mi hermana, Fátima, por el apoyo, porque sus opiniones, a menudo contrarias a las mías, hacen mi mundo más ancho. A mis abuelos, a los que solo puedo admirar, por su coraje, por sus ganas de vivir, por compartir los recuerdos de una época que me apasiona: la posguerra. Además, mi abuelo Antonio Blanco es el mejor contador de historias que conozco. Y a mi familia grande, mis muchos tíos y muchos primos, porque a ellos me unen vivencias maravillosas. Gracias, siempre.

A Ángela Reynolds, (más que) mi agente literaria, por los consejos y la paciencia, por las charlas interminables. Tiene la amable virtud de hacerlo todo fácil.

A Carol París, por la pasión con la que hablaba de esta novela. Gracias por encender la mecha. Estoy seguro de que la vida nos volverá a reunir.

A Marta Rossich, mi editora, que tuvo que lidiar con mi tendencia a las cursivas —perdón—, gracias por hacer de esta una novela mejor, y más firme. Gracias por el cuidadoso trabajo, a ella y a todo el equipo de Ediciones B.

A Javier Caró, por salvarme el pellejo tantas veces. Gracias por el arte, la entrega y la amistad. Y a Sergio Rodríguez, por ser tan buen documentalista, por estar siempre al servicio de la historia. Gracias por la guía, por la complicidad.

A Amalia Bulnes, por su generosidad, por enseñarme a aspirar siempre a la excelencia; y a Miguel Ángel Parra, por su dedicación, por ser tan resolutivo siempre. Es una suerte tenerlos cerca, como amigos y como profesionales.

A Rosa Domínguez y a Israel Montes, por acompañarme a los viajes y a las presentaciones, por su lealtad y su alegría. A Maribel Baliñas, porque es imposible resistirse a su optimismo.

A Mari Gens, por sus ánimos, porque la siento cerca, a pesar de la distancia.

A Pedro Abeja, por iniciarme en el vasto mundo de las redes sociales, por su lucidez.

A Almudena Parra Píriz y Javier Moruno, a los que no sé por qué no descubrí antes, por su implicación y sus historias. A Lidia Vila, que me escucha y me guarda recortes de prensa, siempre interesantes.

A Jackeline de Barros, por darme un hueco, y a Rafael Adamuz, por darme voz.

A los miembros de mi club de lectura, que sigue sin nombre, por ser tan viscerales con los libros que leemos —así debe ser la literatura, nunca tibia—, porque me organizaron mi primera cena-sorpresa. Y no me la merecía.

A mis dos pueblos: al mío, Moguer (Huelva), al que cada vez echo más de menos. ¡Cuánta gente a la que quiero sigue allí, y qué nostalgia al recordarlos: gracias por el calor y los abrazos!, y al adoptivo, Villanueva del Fresno (Badajoz), por tantos veranos.

A los que conforman mi universo, y a los que debería ver más (y estos son solo algunos): Carole Vecten, Lara Torres,

Mónica Ureta, Eva Moro, David Peral, Irene Pintor, Gloria Martos, Iván Romero, Juan León, Chantal Duque, Isabel González, Alberto Pinteño, Rosa Delgado, Gorka Erviti, Misael Oses, Lucía Gómez, Julia Oliva, Marcos Román, Antonio Sánchez, Montemayor Mora, Bely G. Isla, Rafael Bellido, Pilar Benítez, Israel Pavón, Jesús Torres, Alberto Roldán, Raúl Medina, Joe Doran y Denis Dorlin.

Como es cierto que la literatura une, a los blogueros y a los nuevos amigos: Daniel Sánchez, Merche Murillo, Víctor Heranz, Miguel Trujillo, Daniel Ojeda, May R. Ayamonte, Alberto Porta, Laura Bueno, Álex Campoy, Fátima Embark, Estefanía Esteban, Geli Sanz, Nieves López, Celia Puigrós, Eva Rubio, Rocío Muñoz, Montse López, Irene Barbero, María Gardey, Pedro Llamedo, Cristina Andvari, Teresa Arias, Pedro Galván, Ely Lemos y Dolo Balseiro. También, cómo no, a mi querida Anabel Botella, que me invitó a reseñar en su blog, *La ventana de los libros*, y me hizo sentir como en casa.

A las escritoras Sandra Andrés, Elena Martínez Blanco y Amy Lab, por su cercanía.

A los (imprescindibles) libreros, en especial a El principito (Isla Cristina), Shalakabula (Mislata) y La taberna del libro (Moguer), por esos grandes *ratitos*.

A los institutos que me abrieron las puertas para dar charlas sobre mi primer libro. A los alumnos, gracias a todos por la acogida, por el *subidón* de adrenalina.

A Rubén y Daniela, ¡qué grandes! Y a la familia Rubio-Salazar-Peña por adoptarme.

A las esperadas (y bienvenidas) Carolina y Valeria.

A todos los que, sin saberlo, me dieron una idea, una palabra o un paisaje para *Los pecados de verano*.

Y a todos vosotros, claro, por llegar hasta aquí.